W0278938

TOTEM

CRAIG JOHNSON a exercé des métiers aussi divers que policier, professeur d'université, cow-boy, charpentier et pêcheur professionnel avant de s'installer définitivement dans l'Ouest, où il possède un ranch sur les contreforts des Bighorn Mountains, dans le Wyoming. Il est l'auteur de la série Walt Longmire, qui compte près d'une vingtaine de titres aux États-Unis et a fait l'objet d'une adaptation télévisée diffusée en France sur la chaîne D8.

LE CAMP DES MORTS

Avec une puissance narrative digne des hautes plaines de l'Ouest américain, Craig Johnson écrit un hymne de compassion aux gens de là-bas. On se sent comme chez soi dans ce Wyoming déchiré. Mieux qu'un polar, *Le Camp des morts* pourrait bien être un grand roman d'amour.

Télérama

Craig Johnson apporte une voix nouvelle, timbrée d'une étrange poésie, à ce coin oublié des grandes villes.

Valeurs Actuelles

L'humour et le drame, la haine et l'amour marchent du même pas dans les romans de Craig Johnson. *Le Camp des morts* ne fait que confirmer l'impression d'avoir découvert un auteur hors pair.

Le Républicain Lorrain

Pareille chaleur humaine, au milieu des paysages glacés, est assurément la marque d'un très grand romancier.

Lire

À la fois dense, drôle et chaleureux, c'est le genre de roman qui rend optimiste et même, osons le mot, tout simplement heureux.

Le Monde des livres

DU MÊME AUTEUR

Le Cœur de l'hiver, 2022

Western Star, 2021

Une évidence trompeuse, 2020 ; Points, 2021

Dry bones, 2019 ; Points, 2021

Tout autre nom, 2018 ; Points, 2020

La Dent du serpent, 2017 ; Points, 2019

À vol d'oiseau, 2016 ; Points, 2018

Steamboat, 2015

Tous les démons sont ici, 2015 ; Points, 2018

Molosses, 2014 ; Points, 2016

Dark Horse, 2013 ; Points, 2015

Enfants de poussière, 2012 ; totem n°36

L'Indien blanc, 2011 ; totem n°26

Little Bird, 2009 ; totem n°9

Craig Johnson

LE CAMP DES MORTS

Roman

Traduit de l'américain par Sophie Aslanides

TOTEM

TOTEM n°16

Titre original : DEATH WITHOUT COMPANY

ISBN 978-2-35178-847-9
ISSN 2105-4681

Illustration de couverture © Sam Ward
Conception graphique de la couverture : Valérie Renaud

Une vie sans ami s'achève par une mort solitaire.
(*Adiskidegabeko bizita, auzogabeko heriotza.*)
PROVERBE BASQUE

À Dorothy Caldwell Kisling (1930-2005)
vers laquelle je me tourne toujours quand je ris.

I

— Ils utilisaient du feu, dans le temps.

Le vieux cow-boy voulait dire que les gars qui avaient la fantaisie de mourir pendant l'hiver au Wyoming trouvaient le repos éternel sous un mètre cinquante de terre gelée.

— Ils construisaient un feu de joie et le laissaient brûler quelques heures pour que ça dégèle, et ensuite ils creusaient la tombe.

Jules enleva le bouchon d'une flasque qu'il avait tirée de la poche poitrine de sa veste en jean, une véritable loque, et s'appuya sur sa pelle complètement pourrie. Il faisait - 2 °C, il ne portait rien d'autre que cette veste en jean et il ne frissonnait même pas ; la flasque y était probablement pour quelque chose.

— Maintenant, on sort les pelles seulement si la pelleteuse a fait tomber des mottes de terre dans le trou.

Le tout petit homme avala une lampée et se replongea dans les complexités de sa réflexion philosophique.

— Le cercueil chinois traditionnel, il est rectangulaire avec trois bosses, et on ne peut pas se faire enterrer habillé en rouge parce que, autrement, on se transforme en fantôme.

Je hochai la tête et fis de mon mieux pour résister au vent. Il but une autre gorgée sans rien m'offrir.

— Les anciens Égyptiens se faisaient retirer leurs organes, et on les mettait dans des vases.

Je hochai la tête de plus belle.

— Les Hindous brûlent le corps, j'admire, mais nous, on a incinéré mon oncle Milo et pour finir, on l'a perdu : le couvercle s'est défait et il est passé par les trous du plancher rouillé d'un Jeepster, sur Upper Powder River Road. (Il resta pensif, secouant la tête au souvenir de cette fin indigne.) C'est pas là que j'voudrais passer l'éternité.

Je hochai la tête à nouveau et laissai mon regard se perdre vers les Big Horn Mountains, où il neigeait encore. Je trouvais les feux de joie plus romantiques que les engins de terrassement, ou les Jeepsters, d'ailleurs.

— Les Vikings les collaient dans un bateau avec toutes leurs affaires, ils y mettaient le feu et le poussaient vers la haute mer, mais ça me paraît être un gaspillage terrible, sans parler de la perte d'un bateau en parfait état.

Il marqua une pause et reprit :

— Pour eux, la mort était un voyage comme un autre et on ne savait pas ce dont on pouvait avoir besoin, finalement, alors, autant tout prendre avec soi.

Le charpentier amateur riva sur moi ses yeux d'un bleu glacial et avala une autre goulée en l'honneur de ses ancêtres, passant à nouveau mon tour.

Je fourrai mes mains dans les poches de ma veste d'uniforme, sur laquelle se tendit l'étoile du Bureau du Shérif du comté d'Absaroka, et baissai un peu la tête tandis qu'il continuait à parler. J'avais vu Jules dans un contexte professionnel alors qu'il résidait à la prison parce que le neveu du précédent shérif, un de mes adjoints à l'époque, l'avait arrêté pour ivresse sur la voie publique et l'avait tabassé. J'avais tabassé Turk à mon tour, au grand désarroi de ma réceptionniste/standardiste Ruby, avant de le refiler à la Police de l'Autoroute dans l'espoir qu'un environnement plus structuré lui fasse du bien.

— Les Mongols calaient le corps du défunt sur un cheval jusqu'à ce qu'il tombe.

Je poussai un profond soupir, mais Jules ne parut pas s'en apercevoir.

— Les Indiens des Plaines avaient probablement raison, avec leur échafaudage funéraire ; puisqu'on n'a pas d'autre projet, on peut aussi bien nourrir les buses.

Je n'y tins plus.

— Jules ?

— Ouais ?

Je me tournai et baissai les yeux vers lui.

— Il t'arrive de la fermer ?

Il repoussa son chapeau de cow-boy sur sa nuque et but une dernière gorgée, sans cesser de sourire.

— Non.

Après un dernier hochement de tête, je tournai les talons et descendis d'un pas lourd le flanc de la colline, m'éloignant du vieux peuplier de Virginie près de la clôture où j'avais déjà tracé un chemin dans la neige. Jules était là lors de mes trois passages précédents et il connaissait mes habitudes.

J'imagine que l'activité de fossoyeur provoque un vrai sentiment de solitude.

On reconnaît les tombes fraîches aux jalons en parfait état et aux monticules de terre. De mes nombreuses conversations, ou plutôt de ses nombreux monologues, j'avais appris que dans le cimetière circulait un réseau souterrain avec des robinets qu'on ouvrirait au printemps pour humidifier la terre et damer les tombes récentes ; mais pour l'instant, c'était comme si le sol refusait d'accepter Vonnie Hayes. Il s'était écoulé presque un mois depuis sa mort, et je me retrouvais ici une fois par semaine.

Lorsque quelqu'un comme Vonnie meurt, on s'attend à ce que le monde s'arrête, et peut-être que pendant une fraction de seconde le monde s'en aperçoit, effectivement. Mais peut-être que ce n'est pas le monde extérieur qui s'immobilise, plutôt le monde intérieur.

Il me fallut à peu près dix minutes pour retourner au centre de Durant où j'avais laissé mon adjointe désigner d'office des futurs jurés pour le tribunal. J'entrai dans le parking, me grattai la barbe tout en me garant et jetai un œil aux fagots emballés sous plastique (deux pour sept dollars) qui étaient empilés à l'entrée de l'épicerie. Nous avions été contraints de jouer les recruteurs pour le comté environ huit fois depuis que j'avais pris mes fonctions de shérif, il y a près d'un quart de siècle. Les fichiers du tribunal comportaient tant de données erronées qu'un fort pourcentage des assignations revenait à l'expéditeur, et celles qui parvenaient au destinataire étaient bien souvent ignorées. J'avais suggéré qu'on mette simplement "À l'attention de l'occupant des lieux" sur les enveloppes, mais ma proposition avait été rejetée.

Je regardai le beau morceau de femme à l'entrée de l'épicerie ; elle tenait dans les mains une écritoire à pince. Victoria Moretti n'aimait pas qu'on la qualifie de beau morceau, mais c'était en ces termes que je pensais à elle. Ses traits étaient un peu trop marqués pour être vraiment jolis. Sa mâchoire était un tout petit peu trop carrée, ses yeux couleur vieil or un tout petit peu trop perçants. Elle faisait penser à un de ces beaux poissons d'eau de mer qu'on admire dans des aquariums où on ne se risquerait pas à tremper la main, dont on n'oserait même pas tapoter la vitre.

— De toutes les choses merdiques que tu me fais faire, je crois que c'est ce que je déteste le plus. J'ai un diplôme en droit, je ne sais plus combien de crédits de mastère, je suis sortie de l'Académie de police de Philadelphie dans les cinq pour cent de tête. J'ai fait quatre ans de patrouille de rue, reçu deux citations… Je suis ton agent le plus gradé.

Je sentis un truc pointu s'enfoncer dans mon ventre.

— Putain, tu m'écoutes ?

J'observai mon adjointe si compétente et si diplômée accoster un homme d'âge mûr vêtu d'une canadienne, relever les informations prises sur son permis de conduire, et l'informer qu'il fallait qu'il se rende au tribunal en quatrième vitesse s'il ne voulait pas être accusé d'outrage à la Cour.

— Et toc, une encoche de plus sur mon Glock.

Je suivis des yeux l'infortuné client qui attrapait ses achats et repartait vers sa voiture.

— Hé, il y a des endroits pires pour une planque. Au moins, on a toutes les provisions qu'il nous faut.

— Il est censé neiger encore une vingtaine de centimètres cette nuit.

Je jetai un œil aux allées bien déneigées devant les maisons.

— Ne t'inquiète pas. Tu peux entrer dans l'épicerie et les foutre tous dehors, et t'auras même le temps de faire tes courses de dernière minute. (J'étais en train de tapoter la vitrine et de recevoir une bonne dose de vieil or.) Combien de *talis jurors* nous faut-il encore ?

— Deux.

Elle regarda à travers les portes vitrées derrière nous. Dan Crawford était assis à la caisse la plus éloignée, en train d'exprimer sa contrariété à la vue de notre détournement officiel mais abusif de sa clientèle. Elle se tourna vers moi.

— *Talis jurors*?

— Tout a commencé dans ce comté avec le Massacre de Boston. Ils ont désigné des spectateurs installés au balcon dans la salle du tribunal pour qu'ils jouent le rôle de jurés lors du procès d'un soldat britannique. Ça vient du latin, ça veut dire spectateur. Tu es italienne, tu devrais comprendre…

— Je suis de Philadelphie, où on vote souvent et tôt le matin, et où tous les membres du jury ont un nom qui finit par une voyelle.

Je laissai mon regard dériver vers les montagnes à l'ouest de la ville et vers les ténèbres qui paraissaient gronder, tapies derrière les sommets. Je ne pus m'empêcher de penser que ce serait une belle soirée à passer au coin du feu. L'entreprise Red Road Contracting avait promis que mon corps de poêle à triple paroi serait installé le week-end dernier, mais jusqu'à présent, la seule chose qu'ils avaient faite, c'était ouvrir une brèche de la taille d'un grand hublot dans mon toit. Ils disaient que le conduit de fumée qui monterait jusqu'au plafond boucherait le trou, mais pour l'instant la seule chose qui séparait mon douillet petit intérieur du grand extérieur tout proche, c'étaient dix millimètres de plastique et un peu de scotch. Ce n'était pas vraiment leur faute. Les exploitations de méthane offraient près de vingt dollars l'heure, soit à peu près le double de ce que le bâtiment payait n'importe où dans les Hautes Plaines, alors Danny Pretty on Top était entré chez Powder River Energy Exploration et avait refilé le bébé à Charlie Small Horse.

— Et si j'y retournais et que je les foutais tous dehors? dit-elle.

Je lui lançai un regard interrogateur.

— J'ai juste envie de rentrer et de descendre ton clébard s'il a à nouveau chié dans mon bureau.

J'avais eu raison de suspecter une motivation cachée. Le chien avait effectivement commis ce péché ; c'était vrai. Je ne l'avais pas depuis très longtemps, et il avait décidé qu'il lui suffisait de traverser le hall et de se soulager dans le bureau de Vic plutôt que de se fatiguer à aller jusqu'à la porte et obtenir de Ruby qu'elle le laisse sortir.

— Il t'aime bien.

— Je l'aime bien aussi. Mais je lui mettrai une balle dans le cul s'il me dépose encore un paquet.

Je soupirai et me dis que j'aimerais bien retrouver la chaleur de mon bureau, moi aussi.

— OK, vas-y.

C'était comme si j'avais déchaîné les chiens de guerre ; ses yeux devinrent glacials, les coins de sa bouche s'étirèrent en une moue de louve, elle tourna les talons et disparut.

S'il neigeait effectivement cette nuit, tout le comté serait pris de panique et frigorifié, les audiences seraient de toute manière annulées, et mon petit département serait sollicité au maximum de ses possibilités. Jim Ferguson n'était adjoint qu'à temps partiel et Turk était déjà parti rejoindre son poste à la Police de l'Autoroute ; mon personnel se réduisait en gros à Vic ; mais nous avions un candidat pour le poste de Turk. C'était un jeune Mexicain qui avait terminé ses études à l'Académie de police du Wyoming et avait ensuite choisi de commencer sa carrière à Kemmerer ; puis il s'était fait embaucher au centre pénitentiaire de haute sécurité de l'État. Après y avoir passé deux ans, il avait changé d'avis et cherchait des paysages plus verdoyants. Il était censé venir en voiture de Rawlins le lendemain matin pour un entretien, mais je n'avais pas grand espoir. Il lui faudrait arriver à passer le col de Muddy Gap à deux mille mètres d'altitude, à traverser Rattlesnake Mountain puis à remonter la vallée jusqu'au pied des Big Horns pour atteindre Durant. Le trajet était de cinq heures par temps sec et, d'après mon observation des montagnes, la météo ne serait pas clémente. Apparemment, nous allions nous prendre la troisième tempête de neige depuis l'automne ; la première avait failli me tuer dans les montagnes, et l'autre, je l'avais contemplée de loin, installé sur un tabouret au Red Pony, le bar de Henry Standing Bear.

C'était juste après Thanksgiving, et nous avions descendu plus de la moitié d'une bouteille de single malt. Quand je m'étais réveillé le matin suivant, Henry avait déjà installé deux chaises en simili cuir devant un poêle improvisé fait de deux barils empilés. Je sortis de mon sac de couchage, m'assis sur le bord de la table de billard sur laquelle je m'étais endormi et essayai de réactiver les muscles de mon visage. Henry, toujours enfilé dans son duvet, était penché au-dessus du poêle. Je regardai les volutes de buée formées par ma respiration et me débattis avec mon sac de couchage pour m'enrouler à nouveau dedans.

— Pas de chauffage.

Il tourna la tête et ses yeux noirs me regardèrent entre les mèches argentées qui parsemaient sa longue chevelure d'ébène.

— Exact.

Je m'approchai du baril, en chaussettes. Le sol était glacial et je regrettai de ne pas avoir mis mes chaussures.

— Tu veux du café ?

— Ouais.

— Alors va en faire. Moi j'ai lancé le feu.

Je trouvai les filtres et la boîte en fer pleine de café déjà moulu sur la seconde étagère au-dessus du bar. J'avais plein de petits paquets contenant des grains de café très chers que ma fille m'avait envoyés quand elle était étudiante en droit à Seattle. Cady était maintenant avocate à Philadelphie, et je ne m'étais toujours pas décidé à me procurer un moulin à café. Henry Standing Bear en avait un. L'Ours possédait aussi une mandoline de cuisine, et je ne connaissais personne d'autre qui en avait une.

Je mis le café en route, retournai en sautillant jusqu'au poêle, et attrapai mes bottes en chemin. Les vitres avaient commencé à se couvrir de givre à l'intérieur.

— Comment se fait-il que l'eau n'a pas gelé ?

— Cordon chauffant.

J'enfilai mes bottes et m'enroulai à nouveau dans mon duvet.

— T'as plus de propane ?

— Le chauffage ne marche jamais quand il fait vraiment froid.

— C'est pratique.

— Oui, en été, il marche très bien.

Nous restâmes là un moment, tandis que le fourneau improvisé commençait tout juste à réchauffer le coin nord-est du petit bâtiment, ou tout au moins le périmètre de cinquante centimètres autour du foyer. Je bâillai et regardai Henry bâiller à son tour. Il continuait à m'observer. Nous ne nous étions pas parlé ces derniers jours ; il y avait trop de choses à dire. Nous observâmes le fût du dessous qui commençait à cliqueter et à rougeoyer.

— Dena est partie à ce tournoi de billard à Vegas finalement ?

— Oui.

— C'est une bonne ou une mauvaise chose ?

— Je n'ai pas encore décidé.

C'était agréable d'être là, avec le sentiment étrange d'être dans un lieu public sans public. Bientôt il me faudrait appeler le bureau et pointer, mais il était encore tôt et nous étions dimanche, le jour le plus tranquille de la semaine. Je repoussai l'échéance, surtout parce que je me retrouverais piégé dans une conversation avec Lucian. Il nourrissait quelques idées étranges sur ce qui se passait au Foyer des Personnes dépendantes de Durant et il se prenait pour une espèce d'Agatha Christie locale. Je lui avais dit que si quelqu'un raccourcissait la durée de vie d'un des résidents, ce ne serait finalement pas une si grande privation, et il m'avait répondu qu'il adorerait m'attraper par mon oreille mutilée âgée d'un demi-siècle pour me faire faire le tour du pâté de maisons. Et depuis que j'avais embauché le shérif à la retraite comme standardiste à temps partiel le week-end, il reprenait sacrément du poil de la bête.

Je contemplai, dans la brume lumineuse typique de l'hiver des Hautes Plaines, la neige qui tombait en gros flocons pareils à des jetons de poker. J'avais eu plusieurs fois l'intuition que ce serait un hiver mémorable et je ne m'étais pas trompé. La veille de Thanksgiving, Cady s'était retrouvée coincée à l'aéroport de Philadelphie ; elle essayait de rentrer dans le Wyoming pour me faire une visite surprise. Je ne me sentais pas bien ; je venais de boucler une des affaires les plus dures de ma carrière et elle le savait. Cady avait appelé, en proie aux larmes, à la frustration et à la fureur contre une tempête à deux vagues qui avait cloué au sol les avions aussi bien sur la côte Est qu'à Denver, la plate-forme tournante qui permettait d'accéder à notre partie du monde. On lui avait assuré que même si elle arrivait à Denver, elle passerait ses vacances à l'aéroport. Nous nous étions parlé une heure et quarante-deux minutes. À la fin de notre conversation, elle avait retrouvé ce rire franc qui était le sien et qui allait si bien avec sa voix rauque bien de chez nous, et moi, je me sentais mieux.

— Dena dit qu'elle va s'installer à Vegas.

— Vraiment ?

— Oui.

Le café était prêt ; je remontai un peu le sac de couchage sur mes épaules et le traînai avec moi jusqu'au bar. Je devais ressembler à une mante religieuse géante. Je me versai une grande tasse et allai chercher la crème épaisse que l'Ours gardait dans le réfrigérateur du bar. J'ajoutai la crème dans sa tasse à lui, versai ce que je pensai être une quantité raisonnable de sucre, y ajoutai une cuillère et la lui apportai. Le moins qu'il puisse faire était de le remuer lui-même. Je lui tendis le mug Sturgis et m'assis.

— Ça aurait pu être pire.

— Ah bon ?

Je bus une gorgée de café, histoire de marquer une pause rhétorique.

— Tu aurais pu sortir avec une meurtrière.

Je vis les larges épaules se tourner dans ma direction et son regard se poser sur moi. Cela ne me paraissait pas juste de dire les choses de cette manière-là. Comme un manque de respect à l'égard de quelqu'un qui avait encore beaucoup d'importance pour moi. Je continuai :

— On dirait que tout le monde est trop gêné pour me parler, hein ?

Il ne cilla point.

— Oui.

— Je vais bien.

Il ne dit mot.

— Je t'assure.

— Oui.

Je secouai la tête et baissai les yeux vers le poêle. Il réchauffait un peu notre coin d'univers et je sortis les épaules du duvet.

— Est-ce que tu vas te décider à dire autre chose que "oui" ?

Et j'ajoutai précipitamment :

— Ne réponds pas à cette question.

Le vent soufflait fort, battant contre les parois en bois de la vieille station essence Sinclair que Henry Standing Bear avait convertie en bar. Le Red Pony était en bordure de la Réserve, et le vent était plus ancien ici. J'écoutai les voix des Vieux Cheyennes qui descendaient du Nord-Ouest pour aller se perdre dans les Black Hills. J'avais vécu des épisodes hallucinatoires lors de la première tempête de neige de la saison, tout au moins, c'était ainsi que j'avais décidé de les appeler, mais d'une certaine façon les Vieux Cheyennes me manquaient. Ils n'étaient pas les seuls à me manquer. Je gardai pendant une seconde le goût amer du café dans ma bouche. Ce n'était la faute de personne ; j'étais en mode silence radio. Mes amis m'avaient épargné les manifestations accablantes de sympathie, et pire encore, la multiplicité de conseils, mais j'allais devoir refaire surface pour reprendre mon souffle ; Henry était un bon point de départ.

— Je crois que je ne sortirai plus jamais avec personne.

— Oui. (Il but une gorgée de son café et hocha la tête de concert avec moi.) T'as raison, on pourrait croire que les femmes sont agréables à fréquenter, qu'elles sont douces, qu'elles sentent bon ou…

— Ta gueule.

Il hocha la tête encore plus.

— Oui.

Nous eûmes une grande conversation sur Vonnie, nous parlâmes de l'amour, du destin, et de l'incapacité de tous les êtres humains à laisser une fois pour toutes le passé derrière eux. Cette vilaine affaire avait causé la mort de deux jeunes hommes et d'une belle femme, et après quatre ans d'autocondamnation à la solitude, j'en avais pris plein la tête et plein le cœur.

Henry n'avait rien dit de plus que "oui". J'imagine que c'était à ce moment-là que les vannes s'étaient ouvertes, que tout l'air vicié s'était répandu dans l'atmosphère et que l'air frais était entré dans mes poumons. Il m'avait fait courir dans la neige l'après-midi, et je dois admettre que cela m'avait fait plutôt du bien.

Vic en attrapa deux de plus et ajouta Dan Crawford à sa liste pour faire bonne mesure. Elle me tendit l'écritoire après être montée dans son pick-up et avoir refermé la portière.

— Voilà le travail du jour accompli par le dévoué serviteur de Sa Majesté.

Elle se pencha en avant et je la contemplai tandis qu'elle tendait son cou frêle vers le haut du pare-brise pour voir les nuages couleur d'ardoise qui emmuraient progressivement le ciel.

— T'as prévu quoi pour ce soir ?

Elle me regarda et je remarquai les lignes fines d'une esquisse de sourire qui se dessinait aux coins de ses lèvres.

— Pourquoi ?

— Tu veux m'accompagner chez Lucian ?

Les lignes disparurent en un temps record.

— Faut que je me lave les cheveux.

— Il demande souvent de tes nouvelles.

— Il demande souvent des nouvelles de mes nichons.

En fait, j'avais quelque chose derrière la tête. Le mardi précédent, Vic était venue et Lucian avait été tellement distrait que j'avais gagné toutes nos parties d'échecs.

— Peut-être que tu devrais considérer ça comme une visite à Pappy Van Winkle ?

Le seul véritable argument que je pouvais utiliser pour la persuader était son goût prononcé pour le bourbon très cher qui était en libre accès dans la chambre 32 du Foyer des Personnes dépendantes.

— Je peux acheter mon bourbon moi-même, comme une grande, sans avoir à me faire reluquer par ce salopard de vieux pervers. (Elle s'assit confortablement et boucla sa ceinture.) Tu veux que je te dise ? Dans la série soirées en ville, celle-là était plutôt naze. Je n'en avais pas eu d'aussi foireuse depuis la fois où mon grand-père m'a emmenée sur un terrain vague sur South Street pour boire du vin et faire une partie de pétanque avec ses copains. (Elle me lança un regard.) J'avais six ans et je savais déjà très bien ce qu'était une bonne soirée.

Les petites lignes réapparurent lorsqu'elle passa son bras par la portière et posa les yeux sur le capot du Bullet. Je jetai un œil à sa main posée sur sa cuisse et remarquai qu'elle ne portait plus son alliance. Glen et elle s'étaient séparés en novembre dernier ; il était parti en Alaska et elle était restée là, Dieu merci. Elle avait refusé des offres qui flattaient son honneur et qui rendaient hommage à ses états de service et à son intégrité, tant de la Police de Philadelphie où elle avait travaillé auparavant que du FBI. Eh oui, elle était vraiment balèze. Et là, elle était l'adjointe du shérif du comté le moins peuplé de l'État le moins peuplé des États-Unis, avec la perspective de récupérer mon poste en novembre prochain.

Je clignai des yeux, repris mes esprits et m'aperçus qu'elle me regardait.

— Quoi ?

— Je te demandais comment t'allais ces derniers temps.

— Bien.

Elle attendit.

— Tu sais que j'offre des consultations sur le thème des relations foireuses, hein ?

— J'ai ta carte.

Quand nous arrivâmes au bureau qui était situé derrière le tribunal, de vagues plumetis de neige avaient commencé à voleter nonchalamment. Cette tempête croyait qu'elle pouvait nous tromper en démarrant lentement. Certains soirs, dans le Wyoming, il valait mieux savoir où on était garé pour être certain de retrouver sa voiture le lendemain matin.

Je suivis Vic et marquai une pause pour examiner le chambranle de ma porte à la recherche de Post-it tandis qu'elle s'arrêtait auprès de Ruby pour prendre son courrier. Le chien leva les yeux, regarda quelque part entre nous deux, puis reposa sa grosse tête aussi carrée qu'un jerrican sur ses pattes.

Vic hochait la tête tout en parcourant ses enveloppes :

— Ouais, je ferais profil bas si j'étais toi, tête de nœud.

Lucian m'avait laissé Ruby en héritage. Farouche comme un lynx et aussi loyale qu'un garde suisse, elle surveillait de son œil bleu mon évolution morale. Elle avait soixante-cinq ans, mais pas plus de trente dans la tête. Je glissai rapidement, avant que la vraie bataille ne commence :

— Des Post-it ?

Ruby ne cessa pas de caresser le chien.

— Quelqu'un a balancé un tas d'ordures et un vieux frigo à Healy Reservoir.

— Laisse-moi deviner qui a découvert ça.

Notre pêcheur local et adjoint à temps partiel, Ferg, nous rancardait régulièrement sur tous les coins de pêche de la région.

— Il dit qu'ils ont laissé du courrier dans les sacs-poubelle, alors il est allé jusqu'au village de mobile homes près de la bretelle de contournement pour avoir une petite conversation avec les suspects du délit. Oh, et Rawlins a appelé pour confirmer l'entretien de demain.

— Le jeune Mexicain ?

Elle se tourna.

— Au téléphone, il n'avait pas l'air mexicain.

— Il avait l'air de quoi, alors ?

— Seulement différent. (Elle retourna à son écran.) Lucian a appelé pour s'assurer que tu y allais bien ce soir. Est-ce que par hasard tu te comporterais mal avec lui ? Généralement, il n'appelle pas pour confirmer une soirée échecs.

Je ramassai une partie du courrier de routine, feuilletai le dernier catalogue d'uniformes de la police et envisageai de remplacer ma combinaison.

— Il est un peu bizarre ces derniers temps.

— Comment ça ?

Je décidai de garder mon ancienne tenue et refermai le catalogue.

— Juste bizarre, comme si quelque chose le tracassait. (Je jetai le catalogue dans la corbeille à papier métallique et me dirigeai vers mon bureau.) Est-ce que ce gamin sait qu'après la neige qui va tomber cette nuit, un Peau-Rouge de deux mètres cinquante en aura jusqu'au trou de balle ?

Ses yeux montèrent au-dessus de son écran pour me regarder.

— Est-ce que ton ami amérindien sait que tu utilises ce genre d'expressions ?

Je m'arrêtai devant la porte de mon bureau.

— Et où tu crois que je vais les chercher ?

— Où est l'Ours, ces derniers temps ?

Les femmes de ma vie demandaient toujours des nouvelles de Henry ; c'était agaçant.

— Il est à la Réserve, dans le sous-sol d'une ancienne église mennonite.

Je m'appuyai contre le chambranle de la porte et réfléchis à ce que je ferais si Ruby prenait sa retraite un jour ; il me faudrait prendre la mienne aussi.

— Ils ont trouvé quelques cartons à chapeaux pleins de photographies que les Mennonites ont dû prendre il y a un bon bout de temps.

— Des Mennonites sur la Réserve des Cheyennes du Nord ?

Je haussai une épaule.

— Ça n'a pas pris.

— On dirait qu'ils ont découvert un vrai trésor.

— Il est en train de répertorier et d'annoter environ six cents photos.

Elle retourna à son écran et le doux tapotement sur le clavier reprit.

— Ça devrait le tenir éloigné des ennuis pendant un certain temps.

Henry me manquait, mais je me disais qu'il reprendrait contact dès qu'il aurait un moment. Il était comme un doux chinook qui se lève au moment où on s'y attend le moins. Je me grattai la barbe.

— Rien d'autre ?

Sans lever les yeux, elle ajouta :

— Nous sommes en train de collecter les signatures sur une pétition pour exiger que tu te rases.

Mon bureau était relativement bien rangé pour un mardi et le dossier de Santiago Saizarbitoria était le premier de la pile la plus proche. Santiago Saizarbitoria. Qu'est-ce qu'elle croyait qu'il était, norvégien ? Je ne pensais pas qu'il allait y arriver, mais j'avais dix minutes du temps du contribuable à tuer, alors j'ouvris la chemise en carton et regardai la première page. Je ne lui avais jamais parlé. Ruby avait reçu sa candidature en courrier prioritaire avec une lettre de présentation et un CV. Depuis, tous les contacts avaient été effectués par mail sur l'ordinateur de Ruby. Je n'avais pas d'ordinateur – ils ne voulaient pas que j'en aie un.

Vic prendrait en charge la moitié de l'entretien qui allait probablement ressembler à une séquence punitive digne de l'Inquisition. Si le gamin avait de la chance demain, il passerait la journée au routier de Casper, au Flying J, rentrerait à Rawlins et poursuivrait sa carrière dans le milieu pénitentiaire.

Il était marié et sa femme s'appelait Maria. Ils n'avaient pas d'enfants et son premier salaire avait été de dix-sept mille dollars annuels, soit 18 % de moins que la moyenne nationale. Il avait vingt-huit ans, il mesurait 1,75 m, pesait quatre-vingt-trois kilos et avait des cheveux et des yeux bruns. Il était apparemment doué en langues ; il parlait espagnol, portugais, français et allemand. Il faudrait que je me renseigne sur son niveau en cheyenne et en crow.

J'allai directement à la dernière page et contemplai le portrait format cinq par cinq. Ébouriffant. Telle fut la première impression que j'eus du jeune homme que Vic avait déjà surnommé Sancho. C'était un beau garçon avec un bouc Vandyke qui lui donnait un côté mousquetaire canaille et espiègle. Il avait l'air sympa et paraissait costaud, même si ses traits étaient fins. J'accordais toujours une importance particulière aux yeux, et son regard était acéré avec seulement un tout petit éclat un peu rebelle. J'eus dans l'idée que Sancho laissait passer peu de choses et quand c'était le cas, il en concevait une silencieuse ironie.

Si nous envisagions sérieusement de le recruter, nous allions devoir contacter Archie, le chef de la police de Kemmerer, puis l'homme qui le supervisait à Rawlins. Il avait été deux ans en charge des cellules disciplinaires dans le quartier de haute sécurité du pénitencier d'État. Cela m'en disait pas mal sur le bonhomme. Nous entrons dans les ténèbres, effectivement.

Chaque fois que je lisais un dossier de candidature, je me surprenais toujours à me demander comment je répondrais aux questions. Quelle impression de moi me donnerais-je à moi-même ? Est-ce que je m'embaucherais ? Je n'avais pas eu à remplir de dossier quand j'étais venu travailler pour Lucian ; il n'en avait pas.

Nous avions passé la soirée assis au bar de l'Euskadi Hotel, sur Main Street. Il était tard, un vendredi soir, et du juke-box sortait la voix nasillarde de Montana Slim qui chantait *Roundup in the Fall*. Nous étions seuls. Lucian préférait l'Euskadi parce que le bar n'avait ni jeux vidéo ni clients, dans cet ordre. On était fin octobre, je venais de me marier et j'avais trente-sept dollars sur mon compte en banque.

— Alors, tu étais flic là-bas, au Vietnam ?

— Oui, monsieur.

Il s'était interrompu au milieu de sa gorgée.

— M'appelle pas "monsieur". Chuis pas ton père, pour autant qu'on l'sache.

Je le regardai, son grand verre à la main, en train de m'observer du coin de ses yeux nichés dans un faisceau de rides tannées par le soleil ; ses pupilles étaient d'un noir que je n'avais jamais vu auparavant. Il avait à peu près l'âge que j'ai aujourd'hui ; je le trouvais très très vieux.

— Est-ce que c'est le bordel que j'imagine, là-bas ?

Je réfléchis un instant avant de répondre.

— Ouais.

Il sirota un peu de son bourbon en évitant soigneusement la chique de tabac qu'il avait coincée entre sa lèvre inférieure et sa gencive.

— Ben, la nôtre, de guerre, elle était sûrement tout aussi naze. C'est juste qu'on n'avait pas assez de jugeote pour le savoir.

Je hochai la tête – je ne voyais pas bien ce que je pouvais faire d'autre.

— Pour moi, dans c'te histoire de Vietnam, si tu te fous dans la merde à vingt mille kilomètres de chez toi, c'est qu'tu l'as bien cherché.

Je hochai la tête de plus belle.

— Incorporé ?

— Perdu mon sursis.

— Et comment t'as fait ça ?

— J'ai eu mon diplôme.

Il reposa son verre en cristal taillé exactement dans le petit rond marqué sur la minuscule serviette en papier et le poussa vers Jerry Aranzadi, le barman, que je ne connaissais pas à l'époque.

— Un diplôme d'où ?

Je bus une gorgée de ma Rainier et espérai que mon compte en banque résisterait à la totalité de l'entretien.

— University of Southern California.

Il ne dit rien.

— C'est à Los Angeles, ajoutai-je.

Il hocha la tête en silence tandis que Jerry lui remplissait son verre à nouveau à hauteur de quatre doigts au moins.

— Deux choses qu'il faut que t'oublies jamais, Troupier. (Il m'appellerait Troupier pendant les huit prochaines années.) Un petit crayon, c'est mieux qu'un gros souvenir et c'est toi qui m'achèteras mon tabac à chiquer, vu que chuis handicapé.

La dernière partie de la phrase faisait référence à sa jambe manquante, qui avait été arrachée par des bootleggers basques dans les années 1950.

— Quelle marque ?

Je refermai Santiago Saizarbitoria, le posai délicatement sur mon bureau et me promis de me rappeler le péquenaud avec la drôle de coupe de cheveux assis dans le bar de l'Euskadi Hotel, qui se demandait ce qu'il allait bien pouvoir faire de sa vie si le vieil homme avec qui il était assis lui disait non.

— Je rentre à la maison.

Je levai les yeux vers mon adjointe.

— C'est comment, dehors ?

— Neige de folie.

Bien qu'elle s'apprêtât à partir, elle entra, s'assit et plia sa veste avant de la poser sur ses genoux. Elle désigna le dossier d'un mouvement de menton.

— C'est Sancho ?

— Ouais. T'en penses quoi ?

Elle haussa les épaules.

— Je pense qu'il a du jus et des couilles, on n'a qu'à le mettre aux patrouilles.

Sans me quitter des yeux, elle poursuivit :

— Tu comptes t'y prendre comment pour manger ce soir ?

— Je ne sais pas, peut-être aller au Bee.

Le Busy Bee était installé dans un petit bâtiment en béton qui se cramponnait à la rive de Clear Creek grâce à la ténacité de sa propriétaire et à la séduction qu'exerçaient ses petits pains à la sauce épicée. Dorothy Caldwell possédait et faisait tourner le Busy Bee depuis que Dieu avait créé le cow-boy. J'y mangeais souvent et comme c'était tout à côté de la prison, nos rares pensionnaires en profitaient aussi.

— Je parie qu'elle est rentrée chez elle.

— Je vais tenter le coup. Dans le pire du pire des cas, je peux toujours arriver à temps pour le steak au poivre au Foyer des Personnes dépendantes.

Elle fit la grimace.

— Ça fait envie.

— Plus, en tout cas, qu'un burrito emballé dans du plastique de chez Kum and Go.

— Eh bien, t'en connais un rayon sur les endroits branchés.

— Oui, j'ai toujours eu la réputation de savoir où sortir les filles.

Après le départ de Vic et Ruby, le chien entra d'un pas traînant et s'assit sur mon pied. J'étais du deuxième choix, mais c'était quand même bien de faire partie des élus. Vic avait probablement raison ; avec la tempête imminente, Dorothy était sûrement rentrée chez elle. Je réfléchis aux différentes possibilités et me décidai pour une tourte au poulet que je prendrais dans les réserves de la prison. Le chien me suivit jusqu'au mini-réfrigérateur où je farfouillai à la recherche du surgelé du jour. Nous n'avions pas de pensionnaires, alors j'emportai ma petite barquette brûlante dans la cellule numéro un et m'assis sur la couchette avec une canette de thé glacé. Le chien se coucha en rond à la porte et me regarda. Je lui avais appris qu'il pouvait quémander à condition de respecter une distance de deux mètres.

Il n'y avait pas de fenêtres ; je pouvais donc ignorer totalement les centimètres de neige qui s'accumulaient, mais pas le téléphone, qui se mit à sonner. Je posai ma tourte entamée sur la couchette et décrochai le combiné installé sur le mur de notre kitchenette.

— Bureau du Shérif du comté d'Absaroka.

— C'est vous, le putain de shérif ?

J'avais reconnu la voix.

— Peut-être.

— Bon, alors si c'est pas vous, vous feriez bien d'envoyer quelqu'un chercher ce fils de pute demeuré et lui dire de ramener sa fraise ici. J'ai pas toute la nuit !

La communication fut coupée par un claquement retentissant tandis que le socle de l'appareil absorbait le choc à l'autre bout. Je restai planté là, le téléphone contre l'oreille, tandis que ma tourte se faisait dévorer.

J'avais réussi à persuader Lucian de venir jouer les standardistes à temps partiel le week-end et je crois que cela lui plaisait, mais je serais la dernière personne à qui il le dirait. Je pris la barquette en aluminium et la jetai dans la poubelle avec la fourchette en plastique et la canette vide. Je repartis vers mon bureau pour prendre mon manteau, le chien sur mes talons.

Vic avait raison. Quand nous arrivâmes dehors, il neigeait si fort qu'on ne voyait même plus le tribunal de l'autre côté de la rue. Je plissai les yeux pour empêcher les flocons de me piquer les yeux, rabattis mon chapeau et embrassai du regard les halos de lumière diffuse sous les lampadaires alignés qui surplombaient Main Street. Il n'y avait qu'une seule voiture, qui était garée à peu près à mi-chemin entre le Busy Bee et le magasin de sport. Le chien s'arrêta à côté de mon pick-up et se planta le nez au vent, comme moi. J'ouvris la portière et le regardai grimper sur mon siège pour gagner la place passager. Il se tourna, attendant que je monte à sa suite, mais j'observai la voiture garée. Il s'étendit sur la banquette et se prépara à piquer un petit roupillon, sachant très bien ce que j'allais faire avant que je le sache moi-même.

Je descendis la pente douce jusqu'au véhicule en faisant attention de ne pas glisser, je m'accroupis et balayai la neige qui recouvrait la plaque minéralogique à l'avant du vieux tacot marron : plaques du Wyoming, deuxième comté, Cheyenne. Je jetai un œil sur les devantures de magasins, mais le seul qui paraissait avoir un semblant de vie était le bar de l'Euskadi Hotel où les néons publicitaires vantant la Rainier et la Grain Belt luisaient faiblement dans les deux minuscules fenêtres.

Mis à part les décorations de Noël, le bar de l'Euskadi n'avait guère changé depuis que Lucian m'avait embauché toutes ces années auparavant. Le juke-box était toujours là et diffusait par hasard mais non sans ironie la chanson de Sinatra *Let It Snow, Let It Snow, Let It Snow*. Le côté droit était entièrement occupé par un comptoir et un bar en bois de séquoia sculpté, dont l'antique miroir au mercure s'était terni, n'ayant plus guère la force d'assurer la gloire du passé ; j'y vis le reflet de la blonde assise au bar.

Je repoussai mon chapeau dans la plus avantageuse des positions, à la Dashiell Hammett, et sentis une coulée de neige fondue glisser entre mes omoplates, sous mon manteau en peau de mouton retournée. En fait d'entrées, j'en avais connues de plus réussies.

— Bonsoir, shérif.

Jerry Aranzadi était toujours le barman à plein temps. C'était un petit homme un peu voûté qui portait des lunettes cerclées de noir. Ses petites épaules se courbèrent pour se pencher vers la glacière et faire sauter la capsule d'une Rainier avant que j'aie pu l'arrêter. Dans ce genre de moments, j'aurais aimé que mes habitudes soient un peu plus exotiques.

— Qu'est-ce qui vous amène un soir comme celui-ci ?

Je m'assis à quelques tabourets de la blonde tandis que Jerry déposait une petite serviette en papier sur le bar avec la bouteille de bière. Il connaissait tous mes rituels, y compris ma manie d'économiser les verres.

— C'est soirée échecs.

Je bus une gorgée de bière. Elle ne me regardait pas, elle paraissait absorbée dans ce qui semblait être un irish coffee. Il tapota doucement la main devant elle pour attirer son attention.

— Mademoiselle Watson, voici notre shérif, Walter Longmire.

J'essaie toujours de garder la première impression que me fait une personne ; généralement, c'est une caractéristique physique, mais chez elle, ce fut l'énergie qu'elle dégageait, une vivacité qui ne pouvait être tempérée ni par l'âge, ni la fatigue, ni l'alcool. Je remarquai seulement après qu'elle était tout simplement très belle, avec de grands yeux bleus très francs et des lèvres joliment dessinées.

— Shérif, je vous présente Maggie Watson. Je parie que vous n'arriverez pas à deviner ce qu'elle fait dans la vie.

— Miss Watson est fonctionnaire de l'État.

Je bus une nouvelle gorgée et leur lançai à tous les deux un regard. J'eus beaucoup de plaisir à voir les grands yeux bleus s'écarquiller en regardant Jerry avant de se tourner vers moi. Elle devait avoir entre quarante-cinq et cinquante ans ; une adepte des activités de plein air, et depuis toujours, à en croire son visage hâlé exactement comme il fallait. Elle avait une allure sportive et pratiquait sans doute le ski.

— Les plaques sur la voiture dehors. "Élémentaire, mon cher…" (Les yeux se plissèrent.) Et là vous pensez qu'on devrait vous donner un nickel chaque fois que quelqu'un dit ça.

— Vous ne savez pas à quel point. (De plus, elle avait une jolie voix, douce mais puissante, avec une légère pointe d'accent du Sud.) Département des Finances. (Elle me gratifia d'un sourire entendu et but avec élégance une gorgée de café.) Gestion des biens non réclamés. (C'était son tour de montrer un peu d'autosatisfaction.) On ne voit pas beaucoup de gens de cette espèce par ici.

J'approuvai d'un signe de tête et me tournai vers Jerry.

— On n'en a jamais vu, effectivement.

Cette remarque me valut un rire mélodieux mais bref.

— Je restitue le contenu de coffres abandonnés à leurs propriétaires ou héritiers légitimes. (Elle posa son verre et me regarda intensément.) Tout au moins, c'était mon boulot avant que je me retrouve en rade.

Je réfléchis un moment avant de ressentir l'appel du devoir. Je reposai ma bouteille de bière presque pleine sur le comptoir.

— Donnez-moi les clés de votre voiture, je vais la démarrer. Je pense qu'on peut encore vous trouver une chambre si on fait vite. Les motels sont pris d'assaut quand le temps prend cette tournure.

J'essayai de payer ma bière mais Jerry refusa d'un geste de la main.

Quand j'arrivai à mon pick-up, le chien m'accueillit avec un immense bâillement, confirmant ainsi ce que je soupçonnais de son inquiétude à mon sujet lorsque je m'absentais. Je nettoyai le pare-brise avec les essuie-glaces et allumai les warnings de la rampe placée sur le toit du Bullet. Un vague sentiment de tristesse s'emparait toujours de moi quand ces lumières étaient allumées ; trop de ceintures de sécurité oubliées, trop de pneus lisses. Je me garai devant sa voiture, saisis le grattoir à long manche sous mon siège et la déneigeai, ajoutant quelques bons centimètres à la couche neigeuse qui recouvrait la rue. En moins d'une heure, sa voiture aurait été définitivement intégrée à Main Street. Elle sortit du bar en courant et s'installa au volant. Elle était plus grande que je ne l'avais imaginé, ou alors elle ne s'enfonçait pas dans la neige autant que moi.

— Suivez-moi et roulez dans mes traces, OK ?

Elle hocha la tête et claqua la portière.

Elle fit consciencieusement demi-tour en franchissant la ligne blanche et me suivit : nous remontâmes la colline, contournâmes le tribunal et nous dirigeâmes vers les montagnes. La lueur rouge du néon du Log Cabin Motel n'était pas loin et, dans le pire des cas, elle pourrait aller à pied à toutes les banques de la ville. Je me garai juste devant la réception et sortis sans m'attarder sur le panneau COMPLET.

Je la fis monter sur le porche, appuyai sur la sonnette et la poussai un peu plus près de la porte en bloquant le vent du mieux possible avec mon dos. Elle sentait vraiment bon. Personne ne répondait au coup de sonnette, alors j'y appliquai mon pouce en continu. Au bout d'un moment, une voix furieuse grésilla dans l'interphone en plastique jaune.

— C'est complet, savez pas lire ?

Le haut-parleur se tut, mais presque immédiatement un individu émacié vêtu d'une robe de chambre à carreaux élimée apparut près du comptoir du minuscule hall et déverrouilla la porte.

— Bon sang, Walt, mais qu'est-ce que tu fais dehors par ce temps ?

Je poussai Maggie à l'intérieur.

— Cette dame a besoin d'une chambre.

Je pris la clé des mains d'Erma, la femme de Willis, et me frayai un chemin dans la neige pour aller allumer la lumière et le chauffage dans un des bungalows du bout de la petite allée. Ce serait une petite chambre douillette, mais je l'avais prévenue, la température n'atteindrait pas les 5 degrés avant une bonne vingtaine de minutes.

— Je ne sais pas comment vous remercier.

— Ben, si vous découvrez un exemplaire de la Déclaration d'Indépendance dans un de ces coffres…

— J'en doute… Mais je pourrais au moins vous inviter à déjeuner.

Le trajet jusqu'au Foyer des Personnes dépendantes ne prit pas beaucoup de temps ; un peu de marche arrière sur deux blocs. Quand j'y arrivai, je trouvai une ambulance garée devant l'entrée principale – un événement pas complètement inédit mais malgré tout un peu troublant. Les portières étaient fermées, mais le moteur tournait et les gyrophares jaunes projetaient sur la façade en briques les silhouettes fugaces d'une meute de loups. J'ouvris les portes du bâtiment, pour me faire vriller les tympans par Fred Waring et les Pennsylvanians chantant *Ring Those Christmas Bells* à un volume assourdissant. La plupart des résidents étaient sourds comme des pots de chambre. Le chien m'emboîta le pas. Tandis que nous passions devant le sapin de Noël dressé derrière le comptoir désert et entrions dans le couloir qui menait à la chambre 32, un léger sentiment de panique s'empara de moi. La porte était entrouverte, et j'accélérai le pas : la chambre était vide. L'échiquier était installé sur la table pliante, et apparemment, Lucian avait déjà avalé une bonne rasade de bourbon. Le chien examina la pièce avec moi et me suivit quand je sortis de la chambre en vitesse et retournai à la réception.

Les Pennsylvanians chantaient toujours. J'aperçus l'ambulance qui s'éloignait, mais mon attention fut attirée par un employé vêtu de blanc. Il était plaqué contre le mur d'en face par le bras le plus puissant du comté.

Je pris le chemin le plus direct, derrière le comptoir, ce qui s'avéra être une grave erreur : je me pris les pieds dans les pattes du chien et le percuteur de mon .45 s'accrocha à la guirlande lumineuse du sapin bardé de décorations, propulsant l'arbre à ma suite dans une explosion à l'exubérance festive.

Il me fallut mes deux mains et tout le poids que je pouvais y mettre pour arracher les doigts de Lucian de la gorge de l'employé étranglé que je reconnus immédiatement : c'était Joe Lesky.

— Eh ben, il était moins une.

Lucian se dégagea de moi pour s'appuyer contre le mur opposé et se redresser à l'aide de ses bras. Il fusillait Joe du regard. Ce dernier était en train de se masser la gorge en toussant, éperdu, tandis que le chien, qui s'était sorti sans dommage du sapin, continuait à aboyer.

— Ferme-la !

Le chien se tut et alla s'asseoir à côté de Lucian comme si rien ne s'était passé. Je ne pardonnais pas aussi facilement. Je me dégageai des branches du conifère.

— Bon sang, qu'est-ce qui se passe ici ?

Ma question était surtout adressée à Lucian, mais une fois passé son accès de toux, Joe fut le premier à parler.

— M. Connally s'interposait dans le transport d'un défunt.

Il se remit à tousser et s'appuya contre le mur.

— Je veux que la chambre qui se trouve derrière moi soit mise sous scellés, c'est une scène de crime, et je veux qu'on ordonne une autopsie complète du corps.

Je regardai fixement Lucian tandis que ses yeux restaient rivés sur l'arbre ravagé renversé à nos pieds.

— Lucian, tu as perdu la tête ou quoi ?

Ce n'était pas le moment pour Joe d'ouvrir la bouche, mais il ne le savait pas.

— Shérif, j'étais justement en train d'expliquer à M. Connally que nous ne pouvions pas garder le corps sans la permission de la famille.

Lucian ne leva pas les yeux de l'arbre.

— Vous l'avez devant vous…

Je dégageai la guirlande électrique de mon holster et donnai un dernier coup de pied à l'arbre – tant pis pour l'esprit de Noël.

— Lucian, ça n'est pas possible.

Ses yeux noirs se levèrent lentement et le monde s'y engloutit.

— Tiens ta langue deux minutes.

Il parut soudain tellement vieux ; petit, vieux et fatigué, comme je ne l'avais jamais vu auparavant. Ses yeux se posèrent à nouveau sur les ampoules éteintes du sapin.

— C'était ma femme.

2

La chambre 42 du Foyer des Personnes dépendantes avait été mise sous scellés et le corps de Mari Baroja attendait maintenant l'expert qui devait venir de la Division des Enquêtes criminelles.

Dans la chambre 32, deux vieux veufs étaient assis devant un échiquier oublié, le regard perdu dans le lointain d'une manière si dickensienne qu'on aurait pu penser à une illustration de Phiz. Le sommet du culot concave de la bouteille de Pappy Van Winkle's Kentucky Straight Bourbon Whiskey de vingt ans d'âge flottait au milieu de l'élixir doré : une tempête dans un verre, tout le comté dans une bouteille ou la muse emprisonnée.

Le chien était déjà endormi sur l'unique canapé où il avait le droit de monter.

Je m'attendais à voir le fond en verre épais de la bouteille se détacher et remonter à la surface. Je m'attendais peut-être à le voir sortir du long goulot et se mettre à danser tout autour de la pièce ; après tout, nous étions dans la saison des miracles. Peut-être était-ce bien ce que j'attendais, quelque chose qui nous ferait flotter, libres, comme le fond de la bouteille, quelque chose qui me permettrait d'approcher le roi noir assis en face sur le champ de bataille, un homme que je croyais connaître avant ce soir.

— Tu vas devoir parler ou jouer, sinon, je vais m'endormir.

Il ne joua pas.

— Endors-toi, alors.

J'avais commencé la partie avec une ouverture est-indienne, variante Petrossian, une stratégie que je n'avais ni la compétence ni la volonté de prolonger, mais Lucian aimait y réfléchir quand je m'y risquais.

Je ne m'endormis pas consciemment, c'était juste que le fauteuil était moelleux et confortable, la pièce sombre et surchauffée, et peut-être que c'était une manière de me soustraire à ces yeux noirs qui reflétaient les ridicules illuminations de Noël. Ces yeux n'étaient pas plongés dans les ténèbres de l'autre côté des fenêtres à double vitrage ; ils regardaient plus loin, vers un lieu dont j'ignorais tout. Rien ne nous surprendrait ce soir sans que ces yeux ne le voient, rien qui ne parlerait sincèrement avec un roi qui n'était pas tout à fait dans son bon sens.

Je dus dormir un certain temps. Je ne me rappelai pas m'être réveillé, et il avait dû attendre exprès que je m'assoupisse pour commencer son récit. Je me souviens d'avoir entendu sa voix douce et calme monter d'un endroit très lointain.

— Après la guerre. C'étaient des Basques de Swayback. Quatre frères et elle. (Il marqua une pause pour avaler une gorgée de bourbon.) Bon sang, si tu l'avais vue. Je me vois encore en train de mater par-dessus le toit de la Dodge '39 de Charlie Floyde quand elle sortait sur le porche. Ses cheveux noirs étaient épais comme une crinière de cheval.

Il s'arrêta sur ce souvenir. Le seul autre son qu'on entendait dans l'appartement de Lucian était le chauffage à air pulsé. Ses deux pièces n'étaient en rien différentes des autres dans leur conception générale, mais elles contenaient tout le style et la masse du mobilier ancestral des Connally. Je remuai un peu dans mon fauteuil hyper rembourré et attendis.

— C'était l'été, et elle portait une petite robe bleu marine avec des pois blancs. Le vent la plaquait contre son corps. (Il lui fallut un moment pour reprendre son récit.) Elle était la chose la plus farouche, la plus belle que j'aie jamais vue de toute ma vie. Ses cheveux, ses dents… Le feu a brûlé entre nous tout cet été-là, avant que son père n'essaie de nous séparer à l'automne. Ils voulaient l'envoyer loin, dans la famille, nous éloigner l'un de l'autre, mais c'était trop tard.

Je le regardai et la nuit dans ma tête me parut plus noire.

— Nous tremblions quand nous nous touchions. Elle avait la peau la plus magnifique que j'aie jamais effleurée. D'une nuit à l'autre, j'oubliais. Elle n'était pas comme les filles américaines ; elle était silencieuse. Elle répondait quand on lui parlait, mais seulement dans ce cas-là. Des réponses courtes, douces… basques. Il y avait une partie d'elle qui me serait toujours inconnue, je le savais. Ce n'était ni hostile, ni intentionnel, c'était juste là, comme une vie distincte de nous. Peut-être qu'elle savait, tout simplement. (Il regardait fixement l'échiquier.) Les Basques ont un vieux proverbe : "Une vie sans ami s'achève par une mort solitaire." (Il soupira.) On s'est enfuis tous les deux, on a réussi à atteindre Miles City et on a arraché un juge de paix à ses bottes de foin pour qu'il vienne nous marier. (Il laissa échapper un éclat de rire.) Sa femme jouait de l'harmonium, et il était planté là, dans ses bottes en caoutchouc crottées, à lire ses phrases. (Il but une autre gorgée et j'écoutai les glaçons tinter dans son verre.) Ils nous ont rattrapés un peu au nord de la ville ; son père et trois oncles basques.

Il marqua une nouvelle pause, et je me rendis compte qu'il avait les yeux ouverts et qu'il me regardait.

— Une putain de bagarre.

Il se pencha, m'attrapa la main et la frotta sur son crâne, le long d'une ancienne cicatrice qui allait du sommet de son front à l'arrière de son oreille gauche. Il lâcha ma main et remit son chapeau en place.

— Un des oncles a fini par partir et revenir avec un démonte-pneu.

Voilà une seconde interaction avec des Basques dont je prenais connaissance, après celle des bootleggers au cours de laquelle il avait perdu sa jambe.

— Ils l'ont envoyée loin ?

Il s'attaquait à quelque chose de coincé entre ses dents, ou peut-être sa mâchoire n'était-elle pas encore prête à oublier le démonte-pneu.

— Ils ont annulé notre union et l'ont mariée en vitesse. (Il posa un coude sur l'accoudoir de son fauteuil en cuir ouvragé et cala son menton dans sa paume.) Je voyais son père et ses oncles de temps en temps en ville, même quand j'étais shérif. Ils ne m'ont jamais parlé, et moi non plus.

— Quand l'as-tu revue ?

Il lui fallut un moment pour répondre et j'eus le sentiment que je m'immisçai plus qu'il ne l'aurait voulu. Peu importait ; en mettant la chambre 42 sous scellés et en obtenant des ambulanciers qu'ils l'emmènent au Durant Memorial, j'avais lancé une démarche officielle.

Il contempla le reflet sombre dans son verre.

— Il y a environ un an, un de mes amis m'a dit qu'il y avait une femme dans l'autre aile qui demandait de mes nouvelles. J'y suis allé et c'était elle.

— Ça a dû te faire un sacré choc ?

— Hmm… Elle avait une petite maison à Powder Junction. J'imagine que c'était là qu'elle vivait.

Je m'avançai un tout petit peu sur ma chaise.

— Lucian, comment se fait-il que j'ai fait poser des scellés sur sa chambre et que je l'ai envoyée sur une table d'autopsie ? (Ses yeux pivotèrent jusqu'à ce qu'ils croisent mon regard et s'y fixent.) Tout ce que je dis, c'est que l'époux fantôme d'un mariage valable trois heures annulé depuis plus de cinquante ans ne va pas peser lourd face à la famille.

Je passai ma main sur mon visage, essayai de me lisser la barbe et poursuivis sans le quitter des yeux.

— Lucian, il faut que tu me donnes quelque chose de solide avant que les enfants et les petits-enfants ne débarquent et commencent à me pourrir la vie. (J'attendis.) Il faut que tu me donnes des éléments sur lesquels je puisse travailler.

— Tu me fais pas confiance ?

Je restai silencieux un moment. Il n'était pas du tout rationnel, et peut-être lui faudrait-il un peu de temps pour le reconnaître. Je parcourus mentalement mes fiches internes concernant les fureurs de Lucian et me retrouvai avec la peur de l'inconnu, la frustration devant la société et le système, le tout mêlé à un ingrédient que je n'avais jamais connu chez lui auparavant : l'amour. Lucian amoureux ; c'était difficile à imaginer.

Son regard se tourna à nouveau vers l'extérieur, et je discernai un soupçon de honte dans son attitude.

— Fais faire une autopsie complète au légiste de la Division des Enquêtes criminelles, ensuite, reviens ici et on reprendra la discussion.

Quand j'arrivai à la réception, je vis que l'arbre avait été remis à son emplacement premier. Il avait perdu quelques décorations et je remarquai que la guirlande lumineuse était éteinte. C'était Nat King Cole qui chantait maintenant en allemand, ce qui donnait à cet endroit une atmosphère internationale dont il manquait cruellement.

Joe Lesky faisait partie de ces personnes qui soulagent le malheur humain et qui font de leur mieux pour améliorer un tout petit peu la vie des gens ; il avait à peu près mon âge, des cheveux et des yeux noirs. Il pouvait avoir un peu de sang indien, mais tout ce temps passé enfermé avait dû lui en enlever beaucoup.

Je m'appuyai sur le comptoir et le chien s'assit sur mon pied. Je me tournai vers le sapin de Noël.

— Comment va le patient ?

Joe s'enfonça dans son fauteuil et jeta un œil par-dessus son épaule au conifère victime de maltraitance. Certaines branches ressemblaient à des bras de sémaphores en train de guider un avion.

— Je crois pas qu'il ait perdu beaucoup de bijoux de famille, mais j'arrive pas à faire fonctionner les lumières.

— Tu n'aurais pas le dossier de Mme Baroja par hasard ?

Il poussa le dossier vers moi.

— Je l'avais sorti pour les ambulanciers.

— Tu ne discutes même pas ?

— Vous êtes le shérif.

— C'est justement la raison pour laquelle les gens discutent.

Avec l'avènement des techniques modernes de réanimation cardio-pulmonaire, de transplantations d'organes et de respirateurs artificiels, le meneur de jeu s'était déplacé du cœur et des poumons au cerveau. Comme le stipulait un accord inédit entre hommes de loi et médecins, l'indicateur ultime de l'intervention de la Grande Faucheuse était désormais le moment où tout fonctionnement cérébral avait cessé d'une manière qu'on jugeait irréversible. Mort cérébrale.

Pour Mari Baroja, le couperet était tombé à 22 heures 43 minutes et 12 secondes précises. Chris Wyatt et Cathi Kindt étaient les ambulanciers de service. Six tentatives de réanimation furent effectuées, la norme dans ce genre d'incident, et un code 99 fut envoyé à l'hôpital. Wyatt positionna les électrodes du défibrillateur, le corps de la femme s'arqua cinq fois comme la tête d'un taureau déchaîné un jour de rodéo. Puis ils éteignirent la machine et ils éteignirent Mari Baroja.

— Je suis désolé, shérif.

Je levai les yeux du dossier et regardai Joe.

— Hmm ?

— Vous connaissiez Mme Baroja ?

— Non. (Je frottai mes yeux secs.) Non, je ne la connaissais pas.

— Elle est partie dans un lieu bien plus agréable.

Je hochai la tête.

— Et vous ?

— Moi quoi ?

— Vous connaissiez Mme Baroja ?

Il réfléchit un moment.

— Pas vraiment. Je crois qu'elle était très calme. La plupart de nos clients dorment pendant ce service-là.

Je laissai échapper un petit sourire, méditant sur les lieux bien plus agréables.

— Vous connaissez Lucian, n'est-ce pas ?

Il se frotta la gorge et haussa les épaules.

— Tout le monde connaît M. Connally. C'est une légende.

Je baissai à nouveau les yeux sur le dossier.

— Je crois que Mme Baroja était peut-être bien une légende, elle aussi. (Je refermai le dossier et le lui rendis.) Pourriez-vous faire des copies de ça pour moi ? Cela m'épargnerait le tracas de le faire moi-même plus tard cette nuit.

— Bien sûr.

— Qui l'a trouvée ?

— Jennifer Felson. Mme Baroja a dû appuyer sur le bouton d'appel de l'infirmière dans sa chambre.

— Elle a eu d'autres visites hier soir ?

Il s'apprêtait à ouvrir le dossier mais s'interrompit en me désignant un registre du doigt.

— Je ne suis pas sûr, mais vous pouvez vérifier le registre des visiteurs.

Je tournai les pages du registre de toile relié à la page que je cherchais, passai les noms en revue et cherchai d'autres Baroja. J'en trouvai un seul : Lana Baroja était arrivée à 19 h 10 et elle était repartie une heure plus tard. Il y avait aussi un couple nommé Lofton qui s'était rendu à la chambre 42 moins de vingt minutes avant Lana. Je pourrais peut-être y aller et fureter un peu. Je regardai le chien ; il agita la queue.

Je ris.

— Allons trouver le maître d'hôtel qui a fait ça.

Franchement, ça ne ressemblait pas à une scène de meurtre. C'était une petite chambre retirée où une femme belle et vive avait été remisée pour y finir sa vie. Il n'y a pas d'indemnité pour meurtre, pas de graphique selon lequel nous évaluons une vie humaine sur une échelle chronologique descendante, même si j'avais beaucoup taquiné Lucian sur ce sujet. J'étais redevable à Mari Baroja. Je ne l'avais jamais rencontrée, mais elle était du comté d'Absaroka, elle relevait donc de ma juridiction.

Un crucifix était accroché au-dessus du lit, c'était la seule décoration sur les murs. Je vis aussi quelques effets personnels et une couverture, une bible et quelques lettres d'un cabinet d'avocats de Miami. Je me dis que j'examinerais les lettres plus tard.

Je vis sept photographies, toutes dans des cadres anciens en argent. Certaines d'entre elles étaient tellement vieilles que l'émulsion avait adhéré à la surface interne du verre. La plus ancienne représentait ce que j'aurais parié être les quatre frères rase-mottes, tous sur des chevaux rase-mottes. Ils étaient minces et avaient un visage dur, et je suis certain que le vent devait siffler quand il les frôlait; on aurait dit qu'ils avaient été taillés dans du séquoia brut. Je repensai à la bagarre au nord de Miles City et je me réjouis de ne pas avoir assisté à cette apocalypse.

La photo suivante représentait un homme, que je crus reconnaître comme étant le quatrième cavalier du cliché précédent, accompagné d'une femme que je supposai être son épouse. Ils avaient un air austère et vertueux, alors je passai à la suivante. Elle était de cette teinte qui ne semblait exister que dans les années 1950, comme si la vraie couleur n'était pas assez bien. On y voyait deux petites filles en robes d'été, des barrettes dans les cheveux, assises devant une porte. Elles avaient l'air heureuses, mais on aurait dit qu'elles n'avaient pas le choix. Toutes les deux avaient de longs cheveux noirs et celle de droite tournait le regard vers le côté.

Sur la suivante, un jeune officier de l'armée de l'air aux environs du milieu des années 1960, qui me paraissait vaguement familier. Il était lieutenant et portait des décorations, dont une barrette verte et jaune qui m'indiqua qu'il s'agissait du Vietnam. La photo dégageait une certaine tristesse et le personnage ne semblait pas appartenir au groupe des autres; il était plus blond, et ses yeux étaient différents. La série de photos suivantes était posée par terre au milieu de médicaments, avec un exemplaire relié de *Orgueil et préjugés*. J'ouvris une bible usée jusqu'à la corde et y trouvai un mot en basque qui disait : *A ver nire aitaren etxea defendituko dut, otsoen kontra*.

Je m'accroupis à côté d'une assiette qui contenait ce qui paraissait être, à la vue et à l'odeur, quelques biscuits aux amandes. J'avais faim et je fus tenté de me saisir des preuves, mais je renonçai et ramassai la photo suivante. C'était la famille Baroja, en groupe. La position de l'appareil et la distance faisaient qu'il était difficile de reconnaître les individus, mais les frères étaient là avec leurs épouses et un prêtre. Je parvins à reconnaître les deux petites filles qui avaient grandi et s'étaient mariées, mais le lieutenant n'était pas là.

La dernière était la plus récente ; on y voyait une femme qui devait avoir à peu près trente ans et qui avait un air gauche dans sa veste et sa toque de chef. C'était la seule qui portait, en bas, une légende officielle : INSTITUT CULINAIRE BASQUE, BAYONNE, FRANCE. La jeune fille avait de petites mèches de cheveux d'un noir de jais, tirées en arrière et coincées derrière les oreilles, ce qui faisait ressortir ses yeux foncés un peu écartés, pétillants d'ironie malicieuse. Elle me plut immédiatement, ce qui était une bonne chose, parce que lorsque je me retournai, je la vis debout à la porte.

Elle eut une phrase toute simple.

— Elle est morte.

Je me relevai et regardai le chien, qui la regardait, elle. Quel chien de garde. Quand je levai la tête, je la trouvai les yeux rivés sur la moquette. Je fis un pas vers elle, mais ses yeux ne bougèrent pas. Je lançai mon hypothèse tout juste acquise.

— Mademoiselle Baroja ? Lana Baroja ?

Elle n'avait pas beaucoup changé depuis la photo de l'école de cuisine. Elle était plus mince, les traits un peu plus tirés peut-être. Elle portait un long manteau matelassé dans les tons violets et un bonnet en laine rouge qui n'était assorti ni à l'écharpe enroulée autour de son cou ni aux gants qu'elle tenait à la main. Elle portait des chaussures montantes imperméables, et je me dis que c'était une bonne chose qu'elle cuisine car une carrière dans la mode ne paraissait guère envisageable. Je la regardai à nouveau et me sentis gêné de porter de tels jugements sur une personne qui venait de perdre un être cher.

— Je suis le shérif Walt Longmire, et je vous présente mes condoléances. J'ai fait emmener Mme Baroja au Memorial.

— C'est vous qui l'avez ?

C'était juste une expression, à moins qu'on y cherche un sens particulier.

— Oui.

— Est-ce que je peux la voir ?

C'était parti.

— Il y a juste quelques formalités que nous devons accomplir concernant feu Mme Baroja.

— Des formalités ?

— Je regrette, mais la mort de votre grand-mère a eu lieu alors qu'elle était sans surveillance, la déclaration de décès a été enregistrée par l'urgentiste de service, mais nous allons avoir besoin d'un certificat en bonne et due forme établi par le médecin de garde indiquant si la mort a une cause naturelle consécutive à son âge.

Je pensai avoir donné l'impression d'être compétent en la matière.

— Ou si ?

Elle avait repéré la faille.

— Ou si les circonstances sont plus compliquées, nous devrons faire appel à un médecin légiste pour établir la cause du décès.

— Compliquées ?

— Des circonstances troublantes qui pourraient nous conduire à penser qu'une autopsie est pertinente. (Je la regardai un moment, mais elle ne broncha pas.) Dans l'état actuel des choses, nous parlons de formalités hypothétiques, mais je suis certain que vous voudriez connaître la cause de la mort de votre grand-mère. (Elle resta silencieuse.) Pourriez-vous me dire qui était le médecin qui suivait votre grand-mère ?

— Bloomfield.

Isaac.

— Je vais prendre contact avec lui.

J'avais sorti mon atout et obtenu des réponses intéressantes. Je fis un autre pas dans sa direction.

— Rentrez donc chez vous. Je vous appellerai plus tard, si vous voulez.

— D'accord.

Elle se prépara à partir.

— Mademoiselle Baroja ?

— Oui ?

— Pourriez-vous me donner votre numéro de téléphone ? Cela m'éviterait d'avoir à le chercher.

Elle revint et me le donna avec un petit sourire triste et réticent.

— Je suis désolée.

Je tendis le bras et effleurai son épaule.

— Non, c'est moi qui suis désolé. Cette conversation était très maladroite, à un moment tout à fait inopportun.

J'ai cru comprendre que votre grand-mère était une femme formidable.

— Vraiment ? (Je m'attendais à un sarcasme facétieux et j'en pris un d'excellente facture.) Et où avez-vous entendu dire ça ?

Le premier soleil du matin n'était même pas encore levé lorsque je retournai à pas lourd vers le parking. Le chien essaya d'attraper les flocons dans sa gueule et fit un grand bond en crabe pour sauter vers le pick-up. Quand je m'arrêtai pour le regarder, il aboya. Je ne le quittai pas des yeux et il continua à aboyer, prêt à jouer. Ses yeux étaient brillants à cause de la fatigue et sa langue pendait sur le côté de sa gueule. Il fallait vraiment qu'un de ces jours je lui donne un vrai nom.

Après une lutte aussi courte que réfrigérante, je parvins à ouvrir la portière. Le chien grimpa et laissa des empreintes neigeuses sur mon siège en allant rejoindre sa place habituelle. Il fallait aussi que j'achète des housses. Je montai, claquai la portière, mis en route le moteur et jetai un œil au dossier posé sur mes genoux – à l'étoffe dont étaient faites les légendes. Je tournai la molette du dégivrage à fond et contemplai le nuage de buée formé par ma respiration qui s'enroulait sur ma poitrine et se dispersait au contact des papiers que Joe m'avait donnés. Les ventilateurs commencèrent à produire de la chaleur et le pare-brise s'éclaircit lentement.

Quand je montai sur la route 16 et tournai à gauche, je vis Lana Baroja marchant sur le trottoir ; on aurait dit un tipi de toile sur pattes. Je me demandai vaguement où elle habitait, puis où elle allait travailler si tôt le matin. Elle avait gribouillé deux numéros de téléphone au dos du dossier posé à mes côtés. J'aurais pu lui proposer de la ramener, mais j'avais l'impression qu'elle était impatiente de s'éloigner de moi. Dans ce métier, on s'habitue à ce genre de réaction.

Apparemment, les chasse-neige étaient déjà passés une ou deux fois, ce qui voulait dire que la petite zone du centre ville de Durant était praticable. Je quittai la route derrière le tribunal et me garai à ma place habituelle. Le chien me suivit jusqu'à mon bureau. Je jetai le dossier sur la table pour ne pas être tenté de le lire et poursuivis mon chemin jusqu'aux cellules, plus exactement jusqu'à la cellule numéro un. Nous n'en avions que deux, mais j'essayai de ne pas utiliser la cellule numéro deux ni la prison au sous-sol parce que ce n'était pas mon habitude et s'il arrivait quelque chose, personne ne saurait où me trouver. Le chien monta d'un bond sur l'autre couchette et, rapidement, nous fûmes tous les deux endormis. Je ne sais pas si l'examen rapide de la chambre de Mari Baroja ou le récit de Lucian en furent la cause, mais mon sommeil fut rempli de rêves et ne fut pas particulièrement réparateur.

Il y avait une maison, une petite maison à deux étages et au toit dissymétrique, au bord de l'un des bras escarpés de la Powder River. Des arroyos striaient les contreforts des Big Horns et des hiboux peuplaient les chênes de Kellogg et les peupliers rabougris. L'endroit ressemblait à celui où j'étais allé environ un mois auparavant et où je ne voulais pas retourner. La maison était vide, abandonnée, perdue sous le ciel d'un violet profond. Une porte à moustiquaire sur des gonds rouillés claquait dans son cadre et les fenêtres étaient inexistantes ou bien cassées, comme des yeux vides, sans vie, qui ne donnaient sur rien. À côté se dressaient une vieille grange et un abri de vêlage branlant incliné par la force du vent. Les lattes manquantes me faisaient penser à des touches de piano à bout de souffle, qui, fatiguées de jouer toujours le même air, avaient décidé d'abandonner la partie.

C'était un lieu de rêves palpables qu'on pouvait toucher comme des empreintes de doigts et qui transpiraient à travers le grain patiné et gondolé du bois ; des volutes et des flèches de passion et d'amours perdues, de succès mitigés et de défaites écrasantes. Je n'étais pas seul dans cet endroit. Une femme était là, le visage tourné vers les montagnes. La brise du nord-ouest étirait les longues mèches de ses cheveux et plaquait une robe à pois élimée sur ses reins. Les mollets de ses jambes bien campées sur le sol étaient forts et elle ne portait pas de chaussures. Ses mains serraient autour de ses épaules une étole en soie frangée aux motifs anciens, qui ne ressemblait à rien que je connaisse.

Au bout d'un moment, elle tira l'étole sur sa chevelure. Elle la tint là un instant puis la lâcha. Je la regardai s'envoler au-dessus de l'herbe à bison, s'accrocher à un buisson noueux de sauge avant de disparaître. Quand je me retournai vers elle, je vis qu'elle me regardait. Ses yeux étaient de la couleur obsidienne de la nuit dernière et lorsqu'elle se retourna vers la petite maison, elle ne s'arrêta pas. Je pus observer la délicatesse de ses traits, la forme subtile de ses lèvres. *A ver nire aitaren etxea defendituko, otsoen kontra.*

Je relevai le bord de mon chapeau. Ruby était debout à l'entrée de la cellule. Le chien avait déjà quitté sa couchette pour aller la rejoindre.

— La nuit a été dure au Foyer des Personnes dépendantes ?

Je laissai le chapeau me retomber sur les yeux.

— Tu ne me croirais pas si je te racontais.

Elle tourna les talons et je poursuivis.

— Je vais peut-être te demander de contacter la Division des Enquêtes criminelles ; je risque d'avoir besoin d'un légiste pour une autopsie complète rapidement.

Elle revint avec une tasse de café, plus rapidement encore.

— La nuit a dû être très, très dure.

Je m'assis, repoussai mon chapeau sur ma nuque et saisis ma vieille mug des Denver Broncos.

— Merci.

— Alors, le toutou…

Elle caressait la tête du chien qui était calée contre son genou, et buvait tranquillement son café dans sa tasse Wall Drug, qui prétendait contenir un café à cinq cents.

— Tu as déjà entendu parler des Barojas ?

J'observai dans ses yeux les connexions binaires scanner une zone de la taille du Vermont, la quadriller finement et localiser le carré approprié.

— Basques, à Swayback, quatre frères.

— C'est bien eux. Tu aurais connu une Mari Baroja ?

Elle marqua une pause un tout petit peu trop longue et détourna les yeux.

— Non.

Je sirotai mon café et laissai passer.

— Alors, tu n'as plus la moindre chance.

— Aurait-elle une petite-fille qui vient d'ouvrir une boulangerie ici, en ville ?

Je laissai échapper un bâillement que je dissimulai derrière ma tasse.

— On a une boulangerie en ville ?

Sans cesser de caresser la grosse tête du chien, elle poursuivit :

— Qu'est-ce que tu veux dire par "risquer d'avoir besoin d'un légiste" ?

— Lucian pense qu'il pourrait bien se passer des choses bizarres. (Je bus encore un peu de café et contemplai l'étalon qui s'ébrouait dans la boucle du D orange.) Ruby, qu'est-ce que tu sais de Lucian ?

Elle réfléchit un moment.

— Je pense que c'est un homme bon. Je pense qu'il se laisse trop embarquer dans son délire. (Elle leva un sourcil.) Si tu veux avoir des infos sur les trips romantiques des vieillards, demande à une femme plus jeune.

Elle ne cilla pas et reporta toute son attention sur le chien. Elle croisa les jambes et tapota à côté d'elle sur la couchette. Le chien s'y installa, roulé en boule en une seconde. Il fallut un moment à Ruby pour rassembler ses pensées ou décider de les partager avec moi.

— J'avais vingt-huit ans et j'étais entre deux mariages, quand je suis venue travailler pour Lucian.

Je vis Ruby sourire et le temps remonter à toute allure. Elle était comme ça ; le temps n'exerçait aucun poids sur Ruby puisqu'elle ne s'appesantissait pas sur lui.

— J'étais une sacrée pépée, en ce temps-là.

Je ris et elle commença à se lever.

Je tendis le bras et pris sa main dans la mienne.

— J'ai ri à cause du choix de ton mot. Où t'es allée chercher une expression pareille ?

Le détecteur de mensonge au néon bleu était en train de me scanner pour juger de ma sincérité.

— Ta fille.

— Je me disais bien. (Je tins sa main fine et glissai mon pouce entre son pouce et son index.) J'ai un scoop pour toi. Tu es toujours une sacrée pépée. (Elle rougit visiblement et retira sa main.) Bon, on dirait que ce bon vieux Lucian faisait des ravages dans la région ?

— Oui, il était fringant pour un unijambiste.

— Tu savais qu'il avait été marié ?

Le grand bleu. C'était la seconde fois de la journée que j'usais de l'effet de surprise pour pouvoir regarder la femme à laquelle je m'adressais.

— Je vais prendre ça pour un non. (Ruby était l'incarnation même du flegme ; c'était amusant de la voir déstabilisée, pour une fois.) Il a été marié à Mari Baroja.

— Quand ?

— À la fin des années 1940, pendant environ trois heures. C'est-à-dire le temps qu'il a fallu à son père et à ses trois oncles pour les rattraper, la reprendre, passer Lucian à tabac et annuler le mariage.

— Eh ben, si je m'attendais à ça…

J'attendis qu'elle fasse le lien et il ne lui fallut pas beaucoup de temps. J'écoutai le doux cliquetis des radiateurs devant les cellules. Notre prison était autrefois une des minuscules bibliothèques Carnegie. Elle avait été bâtie derrière le tribunal au début du siècle, du dernier. Red Angus, le shérif précédant Lucian, s'était habilement approprié le bâtiment de granit rouge et l'avait converti en bureau du shérif.

— C'est la femme sur laquelle Lucian veut qu'on pratique une autopsie ?

— Ouaip.

Nous restâmes là, à nous regarder.

— Et tu lui as dit que tu le ferais ?

J'avais pourtant espéré que la conversation ne dévierait pas dans cette direction ; la dernière chose dont j'avais besoin, c'était que Ruby contribue à ce que je m'enferme dans une posture où je perdrais ma neutralité.

— Peut-être.

— Es-tu absolument certain qu'il n'y a pas de raison de faire une autopsie ?

Je grognai et me relâchai brusquement pour m'appuyer contre le mur, et c'est alors que quelques gouttes de café se mirent à dégouliner le long de ma tasse. J'en essuyai le fond sur ma jambe de pantalon.

— Bien sûr que non, mais je ne suis pas non plus absolument certain qu'il y ait une raison d'en faire une.

Elle prit ma tasse et s'apprêta à quitter la cellule.

— Bon, eh bien, tu le sauras quand tu l'auras fait faire.

— Il neige toujours ?

Elle regarda en direction des fenêtres à l'extrémité du couloir.

— Oui.

— Alors, toute cette discussion est stérile, parce que aucun envoyé de la Division des Enquêtes criminelles ne va arriver jusqu'ici avec toute cette neige.

Elle ne me regardait pas, et elle ne le ferait plus. C'était une de ses techniques favorites pour obtenir de moi que je prenne ce qu'elle considérait comme la bonne décision.

— Tu peux faire venir un légiste de Billings.

Elle disparut au coin du couloir, le chien sur ses talons.

Je pensai au vieux shérif. Je pensai au mensonge que Ruby venait de me servir sur Mari Baroja. Je pensai à ce que je ne savais pas, au fait que je connaissais les anecdotes mais peut être pas l'histoire.

Quand j'arrivai à mon bureau, je trouvai ma tasse pleine et fumante posée au milieu de mon sous-main, et la lumière rouge de la ligne une clignotait. Cheyenne. Je décrochai le combiné et appuyai sur le furieux petit bouton. S'ensuivit la pause nécessaire à l'explication de la situation.

— Tu plaisantes ?

— Non.

— Ça doit être sérieusement ralenti là-haut, dans l'arrière-pays.

Je m'installai confortablement dans mon fauteuil et jetai mon chapeau sur mon bureau. Il atterrit à côté de ma tasse.

— Je crois que je vais avoir besoin d'une autopsie complète.

— Tu veux qu'on appelle Billings ?

Je remarquai la présence de Ruby à ma porte.

— On est en pleine tempête et un peu juste en personnel.

Je hochai la tête et elle m'apporta le message.

— Je vais voir ce que je peux faire, mais je parie qu'ils vont vouloir que vous assuriez le transport.

Je raccrochai. Le message disait qu'un accident avait eu lieu près de l'autoroute au niveau de la bretelle de raccordement. C'était un mauvais virage où une rangée de peupliers de Virginie obstruait la visibilité quand on sortait de l'I-25.

— Je vais aller sur place et abattre moi-même cette rangée d'arbres.

J'attrapai mon chapeau et me le vissai sur la tête. Je levai les yeux vers la vieille pendule Seth Thomas qui avait accompagné les quatre derniers shérifs du comté d'Absaroka – une période d'environ cent ans. Des matins comme celui-ci, j'avais le sentiment que je portais ces cent ans à moi seul. Il était 7 h 47 et mes administrés avaient apparemment décidé de ne pas rester enfermés chez eux.

Ruby était au téléphone. Elle posa sa main sur le combiné et leva les yeux.

— Un autre au croisement de Fetterman et de la 16. Je vais appeler Vic et lui dire d'y aller directement.

— Ça a l'air grave ?

— De la tôle froissée.

Le téléphone sonna à nouveau et elle fronça les sourcils.

— Appelle Ferg et dis-lui qu'il passe à temps plein jusqu'à nouvel ordre.

J'eus l'impression d'entrer dans une boule à neige, et depuis que j'avais garé mon pick-up, il était tombé trois centimètres de plus. L'aube s'attardait, un léger rougeoiement était perceptible vers les collines, et avec les halos des lampadaires, la ville commençait à prendre des airs de Bedford Falls*.

Il ne me fallut pas longtemps pour atteindre la route 196, et encore moins longtemps pour comprendre ce qui s'était passé. La bonne nouvelle, c'était que toutes les personnes impliquées dans l'incident étaient vivantes, saines et sauves ; elles étaient en train de se disputer sur le bord de la route. J'allumai ma rampe lumineuse et garai le Bullet de l'autre côté pour qu'il soit visible des deux directions. Je vis un Chevy Blazer assez vieux dont je savais qu'il appartenait à Ray Thompson et un petit 4 × 4 japonais plus récent qui avait des plaques en 6, comté de Carbon. Le toit du Nissan était équipé d'une de ces galeries ultramodernes et sur le parechocs un autocollant disait *Si tu crèves, on se partage tes pneus !*

* La ville où se déroule le film de Frank Capra, *La vie est belle*. (Toutes les notes sont de la traductrice.)

Salut, Santiago Saizarbitoria. Il ressemblait beaucoup à sa photo, sauf qu'il avait l'air agacé.

— Hé Ray ! Ce type t'est rentré dedans ?

— Ouais, pour sûr.

La femme de Ray était à côté de lui, ils devaient être en route pour la cafétéria de l'école où elle travaillait.

— L'est sorti de nulle part, à fond dans le virage, et y nous est rentré en plein dedans.

Saizarbitoria était sur le point d'exploser lorsque je levai une main gantée devant lui.

— Une minute.

Je passai mon bras autour des épaules de Ray et l'éloignai des voitures, je l'entraînai vers le côté où j'étais garé. Je jetai un œil dans les deux directions, mais aucun véhicule n'était passé depuis l'accrochage.

— Ray, j'veux te montrer quelque chose. (Je l'amenai derrière mon pick-up, jusqu'au panneau STOP où les deux routes se croisaient.) Ray, voici tes traces, ce sont celles qui traversent complètement l'intersection.

— C'est pas…

— On voit aux traces des pneus que ta voiture n'a pas marqué le stop et on voit aussi, au point d'impact des deux véhicules, que tu as traversé au moment où il passait. Peut-être que dans le feu de l'action, tu ne l'as tout simplement pas vu.

Il n'ajouta pas un mot, il se contenta de regarder les traces et de fulminer. J'attendis un moment, tandis que les lumières rouges et bleues clignotaient sur la surface lisse de la neige.

— Dans une situation comme celle-ci, la responsabilité incombe à celui qui ne contrôle pas son véhicule, et c'était ton cas. Maintenant, je vais aller chercher mon appareil photo et prendre quelques clichés de ces traces. Comme ça, si des questions se posent par la suite, nous aurons les réponses. Mais si j'ai un conseil à te donner, tu retournes là-bas, tu présentes tes excuses à ce jeune homme et tu sors tes papiers d'assurance.

Le temps que je prenne les photos, ils étaient tous rassemblés autour du capot du Blazer. Je relevai les coordonnées des deux conducteurs, n'écoutant que d'une oreille Saizarbitoria en train de raconter au couple qu'il était venu pour un entretien d'embauche et les deux autres qui lui souhaitaient bonne chance.

Le Blazer pourrait repartir vers l'école même si je doutais que celle-ci fût ouverte, mais le petit 4×4 gris métallisé n'irait nulle part. Ray avait percuté l'avant du véhicule de plein fouet et la roue avant gauche était passablement rentrée dans le bloc moteur. Je contactai Ruby par radio une fois que nous fûmes montés dans le Bullet et que nous eûmes pris les dispositions nécessaires pour que le véhicule soit acheminé à Sheridan où il serait réparé.

Je demandai aussi des nouvelles de Vic.

Parasites.

— Elle est à Fetterman et Ferg est sur Western où un des chasse-neige a arraché une boîte aux lettres et s'est coincé en faisant demi-tour. Au fait, tu as ton médecin légiste de Billings.

— King Cole va venir en voiture par une tempête pareille ?

Parasites.

— Tu devrais te tenir au courant de l'actualité politique du comté de Yellowstone. Fast Eddie a été remplacé en novembre. Le nouveau s'appelle Bill McDermott et il est très sérieux, alors sois gentil avec lui.

— Oui, m'dame.

Je me tournai vers le jeune homme triste assis à côté de moi, arrachai un gant en me servant de mes dents et tendis une patte.

— Walt Longmire, bienvenue au Far Far West. Vous avez quelque chose dans cette voiture dont vous allez avoir besoin ?

— Tout.

Je le vis descendre et traverser, non sans avoir regardé à droite et à gauche. Chat échaudé… Il donnait l'impression d'être beaucoup plus grand qu'il n'était. Je l'observai pendant qu'il extrayait un sac de voyage, une casquette du Meeteetse Cow-boy Bar et un téléphone portable de la voiture avant de revenir vers moi. J'aurais juré qu'il mesurait plus d'1,80 m.

Je continuai à remplir le rapport de police concernant l'accident.

— Alors, c'est quoi, l'idée ?

— Pardon ?

— Pour vous et votre femme. J'imagine que vous avez un projet pour venir passer cet entretien. (J'essayai de dérouler le scénario.) Si ça se passe bien, qu'est-ce que vous faites ensuite ?

— Oh. (Il hocha la tête et embraya dans la seconde.) Si ça nous paraît bien, on se disait qu'on allait revenir ce week-end et commencer à chercher une maison.

Il se tourna pour jeter un regard sur la tôle froissée de sa Nissan.

— Donc, vous êtes partis pour le long terme ?

— Pardon ?

— Chercher une maison ? Pour y élever des enfants ?

— Oui, monsieur. (Il attendit un moment respectueux pour me poser la question.) Vous êtes marié, monsieur ?

Je refermai mon bloc et le fourrai derrière le levier de vitesses.

— Je l'étais. Elle est décédée il y a pas mal d'années.

Je restai assis là et regardai par la fenêtre jusqu'à ce que l'image de moi-même en héros romantique devienne ridicule et défraîchie.

— Je suis désolé.

Je me tournai vers lui pour voir s'il était bien réel et, à cet instant, je tirai deux conclusions sur Santiago Saizarbitoria : il avait été bien élevé et il avait du cœur. Il avait déjà satisfait à la moitié des exigences. Il portait une veste en polaire noire et une nouvelle pièce s'ajouta au puzzle. Je l'examinai comme on détaille un rôti sur l'étal d'un boucher.

— Vous grimpez ?

Il sourit et jeta un coup d'œil à sa montre.

— Zut.

— Pourquoi vous regardez votre montre ?

Il soupira.

— Parce que mon ancien chef m'a parié vingt dollars que vous sauriez tout sur moi et sur mes motivations en moins d'une heure.

Archie Pulaski était le chef de la police de Kemmerer et nous avions été connus autrefois pour avoir terrorisé l'Académie de police et les bars environnants à Douglas.

— Vous devriez savoir qu'il vaut mieux ne pas faire de paris avec des Polonais dans cette partie du monde. (J'attachai ma ceinture et le regardai attacher la sienne d'un geste automatique.) Qu'est-ce qu'Archibald a dit d'autre ?

— Il a dit que vous étiez le meilleur shérif du Wyoming, et que si j'étais malin, je fermerais ma gueule et peut-être j'apprendrais quelque chose.

— Ouais, ben… (J'enclenchai la marche avant.) Archie picole.

Je montai sur la route.

— J'ai une proposition à vous faire. (Ce n'était pas une question. Il me regarda.) Et si je vous mettais à l'essai pendant soixante-douze heures, ensuite on s'assoit et on décide si ça marche ou pas ?

J'aurais pensé, vu son parcours, qu'il n'était pas très joueur, mais il n'hésita pas une seconde et je commençai à me dire qu'il était là pour une autre raison.

— Oui, monsieur. (Il resta silencieux un moment.) Au fait, quel est le salaire pour ce job ?

— Dix-huit pour cent de plus que le boulot que vous avez maintenant, et ne m'appelez pas "monsieur". Je suis pas votre père, pour autant qu'on sache.

Presque vingt-trois ans étaient passés, mais ça faisait quand même plaisir.

3

Je me régalais du menu habituel.

— *Coronea custodium regis*. (Il me regarda d'un air ébahi.) Je parie que vous pouvez comprendre.

Je négociai le trempage du dernier morceau de petit pain dans la sauce épicée avec ma fourchette et le portai à ma bouche.

— Garant des intérêts de la Couronne.

Je regardai Dorothy et nous nous tournâmes tous les deux vers lui.

— Qui a dit que les valeurs de l'éducation classique s'étaient perdues ?

J'observai la femme qui me maintenait en vie parce qu'elle faisait tourner le seul café qui soit à une distance raisonnable de la prison. Elle remplit à nouveau ma tasse de café.

— Toi-même, la semaine dernière.

— Richard Cœur de Lion avait embauché ces types qui jouaient le rôle de percepteurs des impôts. Ils étaient chargés de garder la trace des criminels avérés et de leurs propriétés, qui étaient confisquées au nom du roi.

Je reposai ma fourchette dans mon assiette vide. Il était sur le point de terminer une quantité aussi importante que moi du menu habituel, et j'étais impressionné.

Aucun autre client dans le petit café; du coup, l'attention de Dorothy était exclusivement concentrée sur nous.

— Et la différence entre un médecin légiste et un coroner? (Elle tendait déjà la main vers la cafetière, mais je hochai la tête.) Un légiste est un médecin formé, un coroner est un médecin élu. (Le téléphone sonna et je regardai Dorothy décrocher le combiné.) Le dernier coroner du comté de Yellowstone a eu quelques ennuis vers le milieu des années 1970.

Je poursuivis:

— Eddie Cole était payé environ mille dollars le rapport, et le jour où furent consignés quatre décès par attaques d'ours le même week-end sur des victimes ayant toutes la même taille, le même poids et la même couleur de peau, King Cole a commencé à avoir chaud aux fesses.

Quand je me retournai vers Dorothy, je la vis qui me tendait le téléphone.

— Une adjointe très agitée pour toi.

Je pris le combiné comme s'il était chargé d'explosifs.

— Allô?

— Il est bon, ton p'tit déj?

J'éloignai le combiné de mon oreille.

— Il l'était avant que tu n'appelles.

— On vient d'avoir ici au bureau un rapport sur des gens très en colère qui se trouvent à la maison de vieux. Et maintenant, ces mêmes gens sont à l'hôpital. On m'a dit que c'était à cause d'une de tes décisions à la con, alors je te conseille de bouger ton cul et d'aller là-bas aussi vite qu'il te le permet.

La communication se coupa brutalement.

Je regardai mes deux compagnons.

— Faut qu'j'y aille.

Quand je déposai Saizarbitoria au bureau avec son sac, son portable et sa casquette, j'eus le sentiment de l'envoyer à l'école. Je l'avertis que toute la formation qu'il avait reçue au pénitencier d'État ne lui serait d'aucune utilité. Il ne parut pas désappointé. Je lui dis aussi de faire ami ami avec le chien parce que Harry Truman avait raison*, mais je ne suis pas certain qu'il ait compris.

En arrivant à la réception de l'hôpital, je bombai le torse, quelque chose que je faisais rarement dans la vie de tous les jours, mais une grande taille devenait un atout dans les situations de conflit. Je pouvais compter sur les doigts de trois mains le nombre d'altercations physiques dans lesquelles j'avais été entraîné depuis que j'étais devenu shérif, mais quoi qu'on en dise, la taille, ça compte.

Au comptoir, je me glissai entre deux personnes et me penchai vers Janine, pour qui j'avais une tendresse particulière chaque fois que je me rappelais qu'elle était la petite-fille de Ruby.

— Janine, il y a un problème ici ?

D'un mouvement d'épaule, elle désigna les deux personnes qui m'encadraient.

— Oui.

Je me tournai d'abord vers l'homme, qui, à la différence de sa femme, ne hurlait pas. C'était un assez bel homme au style western étudié, la cinquantaine coquette, une grande

* Référence à la célèbre phrase du président Harry S. Truman : "Si vous voulez un ami à Washington, prenez un chien."

moustache de cow-boy et les cheveux bruns, taille moyenne. J'étais prêt à parier que sa coupe de cheveux lui avait coûté au moins quarante dollars et que, malgré les bottes, le chapeau et le manteau en cuir, il n'était pas cow-boy.

— Je vous connais ?

Il fut un peu pris de court mais tenta de reprendre son équilibre verbal.

— Lyle Lofton, je suis avocat dans le comté de Sheridan.

Un avocat. Super. Le truc de la taille, ça ne marchait pas avec les avocats.

— Bon sang, Lyle, et moi qui pensais que j'allais devoir mettre des gens en prison pour trouble à l'ordre public.

Je me tournai vers la femme. Elle avait la cinquantaine également – mince, grande, brune et un peu tendue. Même avec sa collection de foulards et de turquoises, j'étais prêt à parier qu'elle n'était pas cow-boy non plus, mais on ne sait jamais.

— Est-ce votre épouse ?

— Kay, je te présente le shérif…

Je fus heureux qu'elle ne me tende pas la main ; je ne voulais pas risquer d'attraper des bleus au contact de ses bracelets.

— Où est ma mère ?

J'attendis un moment avant de répondre.

— Si vous êtes en train de parler de Mme Baroja, elle est retenue jusqu'à l'établissement d'un certificat de décès délivré par le médecin de garde, le Dr Bloomfield. Et éventuellement d'un rapport effectué par un coroner sur la cause de la mort.

Je notai mentalement qu'il me faudrait appeler Bloomfield et couvrir mes arrières avec le plus grand nombre de médecins possible pour tenir les avocats à distance.

— Elle avait soixante-quatorze ans.

Je regardai les taches rouges qui constellaient son cou.

Elle était prête à dégainer à nouveau, alors je me dis que j'allais régler le tout sur-le-champ.

— C'est une procédure standard lors d'un décès comme celui de votre mère, où il peut raisonnablement y avoir des doutes.

— Des doutes sur quoi ?

Je me lançai et lâchai ma bombe.

— Soupçon de meurtre.

Elle mit un poing sur sa hanche et me regarda. Le clinquant de son accoutrement et son audace étaient, pour nous deux, à la limite du supportable.

— Cette femme fumait trois paquets de cigarettes par jour. (J'attendis ; j'étais certain que ce n'était pas fini.) Vous savez, on entend des choses à Sheridan sur cet endroit qu'on dit si arriéré, mais jusqu'à maintenant je n'y croyais pas vraiment.

Je souris tandis que les plumes chatouillaient l'intérieur de ma poitrine comme elles le font toujours quand je suis irrité.

— Eh bien, je suis heureux que nous soyons à la hauteur de toutes les attentes.

J'étais toujours prêt à sourire quand je gagnais et, avec ou sans avocat, ils ne pourraient pas m'empêcher de faire ce que je faisais aujourd'hui. Si mon coroner n'était pas en train d'abreuver de nickels les machines à sous du casino sur la Réserve Crow, j'aurais bouclé la chose d'ici demain. Les avocats avaient le chic pour empêcher les lendemains de chanter, c'était leur truc. Je la fixai tandis qu'elle regardait le tapis.

— Je suis désolé, je sais.

— Et vous allez l'être encore plus, croyez-moi.

Nous la suivîmes tous des yeux tandis qu'elle sortait du bâtiment. Je me tournai vers Lyle, qui fit la moue et, sans un mot, emboîta le pas à sa femme. Je posai mes coudes sur le comptoir et les regardai filer à toute allure entre les portes en verre et monter dans leur bolide à cinquante mille dollars à deux pauvres roues motrices. Elle s'installa au volant.

J'ajustai mon chapeau.

— Comment ça va, Janine ?

— Mieux, depuis que vous êtes là.

— Pas de nouvelles de mon coroner ?

— Il est arrivé il y a une demi-heure environ.

Je trouvai la pièce. Sur la porte, une pancarte en plastique : CHIRURGIE 02. J'étais sur le point d'entrer quand je me souvins tout d'un coup de ce à quoi je m'exposais. J'avais assisté à bien trop d'autopsies. Avec deux médecins légistes de la Division des Enquêtes criminelles et un représentant du ministère public en plus, je choisissais parfois de ne pas participer. Trois semaines auparavant, je m'étais trouvé assis sur l'une de ces chaises et je m'étais épargné l'inévitable issue de celle de Vonnie. J'avais la sombre intuition que les experts médico-légaux portaient un regard très particulier sur nous autres êtres humains.

J'avais oublié de demander à Janine s'il était venu seul, mais tout ce que j'avais à faire, c'était frapper à la porte et entrer. Je frappai donc et l'entrouvris.

— Monsieur McDermott ?

— Oui ?

La voix était jeune, un peu hésitante, très différente de celle à laquelle je m'attendais. Je ne lâchai pas la poignée ; une forte odeur de formol et de désinfectant m'agressa les narines.

— Walt Longmire. Je suis le shérif.

Il y eut un silence.

— J'ai presque terminé la première phase. Je serai sorti d'ici cinq minutes.

Je refermai la porte et retournai dans le bureau de l'infirmière. Une cafetière fumante trônait sur le comptoir derrière, mais il n'y avait personne, alors je décrochai le téléphone et composai le 9 pour joindre le bureau. Pendant la sonnerie, je repensai à mon incapacité à franchir la porte pour assister à une autopsie de plus. Peut-être était-ce parce qu'il s'agissait de Mari Baroja et que je lui avais déjà associé une image romantique, peut-être était-ce le souvenir de Vonnie ; mais on s'épargne ce qu'on peut, après tout.

— Bureau du Shérif du comté d'Absaroka.

— J'aimerais signaler la disparition de l'esprit de Noël.

Elle rit.

— J'étais justement en train de t'écrire un Post-it.

— Comment il se débrouille, le nouveau ?

— Il est merveilleux. Comment on peut faire pour le garder ?

— Eh bien, on a déjà mis sa voiture hors service.

— Les uniformes de Lenny Rowell étaient encore dans l'armoire à fournitures. Ils sont un peu grands, mais il n'a pas l'air de s'en soucier. Il est dehors avec Vic en ce moment. (Elle baissa la voix, alors que je savais pertinemment qu'il n'y avait personne d'autre qu'elle au bureau.) J'ai l'impression qu'elle se pare de toutes ses grâces. Enfin, autant qu'il lui est possible. Walt, où es-tu ?

— Je suis toujours à l'hôpital, à attendre les résultats de l'autopsie de Mari Baroja et à faire une petite liste…

Je pris conscience de la présence de quelqu'un derrière moi. Je me retournai et me trouvai face à Bill McDermott. C'était un jeune homme de taille moyenne aux épaules tombantes, dont la coupe de cheveux rappelait un Beatles blond du temps de Liverpool. Il devait avoir dans les trente ans, son visage enfantin exprimait une innocence en partie entachée par le gant ensanglanté qu'il portait encore sur une main. Bill faisait clairement partie de ces nouveaux coroners qui étaient aussi des médecins légistes qualifiés. J'avais un doute, cependant, sur le fait que McDermott ait été élu.

— Faut qu'j'y aille. (Je raccrochai et regardai l'enfant de chœur.) Monsieur McDermott, je présume ?

Il me gratifia d'un sourire timide, ses yeux se posèrent sur mon ceinturon puis sur mon étoile.

— Enchanté, shérif.

Je contournai le comptoir en me disant que me rapprocher de lui pourrait contribuer à le mettre à l'aise.

— Bill, puis-je vous offrir une tasse de café ?

Il se contenta de me regarder nous remplir deux gobelets en polystyrène.

— Y aurait-il de la crème ?

Je lui offris une des dosettes posées sur le plateau et je fus soulagé de le voir ôter son gant et le lâcher au-dessus d'une poubelle marquée d'un autocollant DÉCHETS DANGEREUX. Il prit le petit pot de crème lyophilisée, l'ouvrit et le vida dans son gobelet. Je bus une gorgée de café.

— Le comté de Yellowstone a lâché son coroner ?

— Oui.

— Le roi est mort, vive le roi.

— Les deux jeux de mots sont voulus ? (Il vit mon air ahuri et poursuivit.) Le précédent coroner est mort. C'est moi qui ai pratiqué l'autopsie d'Eddie Cole. C'est comme ça que j'ai eu le poste.

— Comment est-il mort ?

Il but à son tour un peu de café.

— Suicide. Il avait une vieille Cadillac dans son garage. Il est monté dedans, l'a démarrée et s'est endormi. Il avait laissé un mot.

— Qui disait quoi ? ne pus-je m'empêcher de demander.

— "Quand vous effectuez une incision inter-mastoïdienne, assurez-vous que le quadrant antérieur soit assez grand pour la craniotomie frontale. La plupart des débutants foirent complètement cette partie-là".

— Professionnel jusqu'au bout. (Je désignai d'un mouvement de tête la salle de chirurgie.) Qu'est-ce qu'on a, alors ?

Il baissa son gobelet.

— Type caucasien, femme, entre soixante-quinze et quatre-vingts ans, fumeuse toute sa vie, et des cicatrices. Je viens de terminer l'incision thoraco-abdominale pour dégager le péricarde et j'ai prélevé un échantillon de sang.

— Excusez-moi, vous avez parlé de cicatrices ?

— De celles qu'elle a sur le dos. (Il me regarda comme si j'aurais dû savoir quelque chose.) Beaucoup de tissu scarifié. On dirait que ces violences lui ont été infligées sur une longue période.

Je me raidis inconsciemment.

— Infligées ?

Bill hocha la tête à nouveau.

— Quelqu'un a régulièrement battu cette femme à une certaine période de sa vie. (Il baissa les yeux vers son café et fit tourner le liquide brunâtre dans le gobelet.) Probablement avec une ceinture, un fouet ou une cravache, un objet de ce genre.

J'étais un peu secoué par cette révélation.

— Quoi d'autre ?

— Une légère décoloration des tissus et du sang, mais son type est intéressant. Était-elle basque ?

Je hochai la tête.

— Nous avons une population assez importante depuis le début du siècle. Des bergers, pour la plupart.

— Je me disais aussi. Son groupe sanguin est O, rhésus négatif. C'est un type extrêmement rare, mais on le trouve à 27 % chez les Basques.

— La cause du décès ?

— Je n'y suis pas encore tout à fait, mais je parierais qu'il s'agit d'un infarctus du myocarde classique ou d'un accident vasculaire cérébral.

— Rien de plus compliqué ?

— Les chiffres ne mentent pas. Sur cinq cent mille cas de décès subits chaque année, trois cent mille sont des arrêts cardiaques consécutifs à des crises cardiaques. Si on considère son âge, sa consommation tabagique, ses prédispositions génétiques… (Il s'interrompit pour réfléchir un moment.) Enfin, je suis loin d'avoir terminé ; qui sait ce qu'on peut encore trouver d'ici la fin de la journée ? J'aime que le travail soit bien fait.

Il finit son café et son gobelet alla rejoindre ses gants dans la poubelle des déchets dangereux. J'approuvai son diagnostic et y ajoutai aussi mon gobelet.

Quand je rejoignis mon pick-up, il était tombé encore trois centimètres de neige, mais il y avait quelques rayons de soleil. Je jetai au ciel un regard noir chargé de menaces pour essayer d'aider les petits coins de bleu à percer, mais je fus récompensé par un gros flocon en plein dans l'œil. Je montai et appelai Ruby par radio.

— À quel numéro de Fetterman se trouve le cabinet d'Isaac Bloomfield ?

Je lui laissai le temps de chercher.

Parasites.

— 431.

— Merci.

Ruby détestait utiliser la radio, mais je leur avais dit à tous que je m'achèterais un portable seulement s'ils me permettaient d'avoir un ordinateur; pour le moment, nous étions dans une impasse. Les déneigeuses étaient sorties et je regardai clignoter les lumières jaunes en passant. La route vers les montagnes paraissait praticable et j'espérai que personne ne se sentirait invité à la prendre.

Jusqu'à maintenant, la journée n'avait pas été aussi mauvaise que je l'avais craint. Je commençai à penser à Cady, au fait qu'elle serait là ce week-end et que je ne lui avais toujours pas acheté son cadeau de Noël. J'avais déjà du mal à trouver une idée quand elle était enfant, et la situation ne s'était pas améliorée avec son entrée dans l'âge adulte. Il faudrait que je m'assure l'aide de Ruby comme agent clandestin. Ruby adorait jouer les taupes, mais nous manquions désespérément de haute couture. Peut-être y avait-il des catalogues dans ma boîte aux lettres. Je me demandai quand je pourrais rentrer chez moi, si le plastique tenait le coup ou s'il y avait de la neige dans mon salon.

Tout en progressant vers le cabinet du médecin, je pensai à Mari Baroja. Je pensai à la personne qui avait maltraité cette femme, au coupable. Le plus évident était le mari. Je ne connaissais même pas son nom, je ne savais pas s'il était vivant ou mort. Le médecin personnel était un bon point de départ. J'avais vu Doc Bloomfield à l'hôpital quelques semaines auparavant, quand il m'avait examiné une dernière fois après mes aventures dans la montagne, mais cela faisait longtemps que je n'avais pas été à son cabinet.

Il était situé à une intersection, à côté d'un parking auquel on pouvait accéder par les deux côtés. Une Mercedes 300

SEL gris métallisé était garée à côté de l'escalier ; je savais qu'elle appartenait au médecin. Aucune autre voiture ; il avait donc probablement le temps de me parler.

Il faisait chaud dans sa salle d'attente et je contemplai le poisson clown dans son aquarium d'eau salée tandis qu'Isaac nous préparait deux tasses de thé vert. J'avais décliné, mais il avait insisté. On entendait une douce musique de fond, Haendel, la *Suite n° 1 en fa*, et à mon avis nous en étions à l'andante. C'était un des mouvements préférés de Dorothy. Rendre visite à Doc Bloomfield, c'était un peu comme aller chez son grand-père dix ans après la mort de sa grand-mère ou le départ de la femme de ménage.

— Comment va le genou ?

Je fixai les verres de ses lunettes derrière lesquelles on voyait les multiples rides qui faisaient de leur mieux pour cacher l'étincelle qui brillait dans ses yeux noisette. Je pris ma tasse et effleurai du regard les horribles chiffres verts délavés tatoués à l'intérieur de son bras droit, sur lequel il avait remonté sa manche de chemise.

— Bien.

— Comment va l'épaule ?

Je bus une gorgée. Ça avait le goût du varech.

— Bien.

Il poursuivit son examen.

— Les mains ont l'air bien. Comment va l'oreille ?

Je me tournai un peu et ôtai mon chapeau pour qu'il puisse voir de ses propres yeux.

— Bien, on dirait. (Il continua.) Tu te laisses pousser la barbe ?

— Oui.

— Je n'aime pas.

— Personne n'aime.

J'abordai le sujet de Mari Baroja. Il parut sincèrement ému d'apprendre son décès et garda les yeux baissés sur les motifs défraîchis du tapis. J'étudiai son profil; derrière son regard acéré se cachaient un peu trop de secrets retenus. Un pouce et un index se levèrent, remontèrent ses lunettes sur son front et vinrent se loger dans les orbites, pour cacher l'émotion. Il avait les traits marqués et j'avais l'impression d'observer un empereur romain en fin de règne; j'avais peu de chance d'être aussi fringant à son âge. J'observai un silence respectueux.

— La connaissiez-vous bien, Isaac?

Il ne répondit pas. Je répétai ma question.

Il ne bougea pas, les doigts toujours posés sur ses yeux.

— Elle n'était pas heureuse. Je crois qu'elle a eu beaucoup de déceptions dans sa vie.

Il ôta sa main, rajusta ses lunettes et se tourna pour me regarder à travers le prisme imparfait de ses verres.

— Pouvez-vous me donner une idée de la cause de son décès?

J'attendis tandis que son regard s'abaissait vers le sol, avant de revenir à moi.

— Walter, tu veux bien que je te pose une question?

— Bien sûr.

— Pourquoi t'intéresses-tu tant au décès de cette femme?

Je fus pris au dépourvu.

— Et pourquoi ne m'y intéresserais-je pas?

Il tendit un bras pour me tapoter le genou.

— Même avec la barbe, tu es un très jeune homme.

J'étais flatté, je crois, mais je ne savais pas trop comment interpréter cette réponse.

— Qu'entendez-vous par là, exactement?

— C'était une vieille dame qui en avait assez de vivre.

— Êtes-vous en train de me dire qu'elle s'est suicidée ?

Ses yeux brillèrent un instant.

— Non, ce n'est pas ce que je suis en train de dire. (Il retira sa main ; la peau était translucide ; j'observai les veines bleues qui saillirent lorsqu'il serra les poings.) Je crois qu'elle était fatiguée et qu'elle a baissé les bras.

— Vous la connaissiez bien ?

— Elle était ma patiente depuis plus d'un demi-siècle.

Je bus une gorgée de thé par réflexe et regrettai immédiatement mon geste.

— Que pouvez-vous me dire de ses cicatrices ? (Il me regarda sans comprendre.) Celles qu'elle a sur le dos.

Il leva la tête.

— Elle a eu un accident de la route il y a bon nombre d'années.

— Un accident de la route ?

— Oui.

— Ces cicatrices ne proviendraient-elles pas d'une forme de maltraitance ?

Il se tourna pour me regarder à nouveau, l'image même de l'incrédulité totale.

— Et qu'est-ce qui te fait penser ça ?

— Le médecin légiste du comté de Yellowstone.

Ses yeux s'écarquillèrent.

— Tu l'as envoyée à Billings ?

— Non, c'est lui qui est venu ici. Il s'appelle Bill McDermott, et il est au Memorial.

— Walter, Mme Baroja avait exprimé le souhait qu'il ne soit fait à sa dépouille rien d'autre que ce qui est légalement exigé.

— Eh bien, c'est devenu un peu compliqué.

— Qui pratique l'autopsie, as-tu dit ?

Je posai le thé sur les magazines empilés sur la table derrière moi.

— Un nouveau du nom de Bill McDermott. C'est un médecin légiste assermenté. (J'attendis un moment.) Donc, vous et Mme Baroja avez discuté de la possibilité de sa mort ?

Il avait l'air moins tendu maintenant.

— Je discute de cette possibilité avec tous mes patients. J'essaie de leur dire la vérité, en toutes circonstances.

Je posai mes coudes sur mes genoux.

— Isaac, on dirait que vous aviez beaucoup plus de responsabilités que celles d'un médecin de famille. Y a-t-il quelque chose que vous voudriez me dire ?

J'attendis pendant qu'il prenait une grande inspiration et remarquai encore une fois combien il était petit.

— Je viens de te mentir.

— Ouaip, je sais. (Il me regarda à nouveau.) C'est quelque chose que je sais assez bien repérer.

— Tu comprends, bien entendu, qu'étant donné la confidentialité de la relation médecin/patient, je ne suis pas obligé de te dire quoi que ce soit.

— Oui. (Nous écoutâmes les petites pompes injecter des bulles d'oxygène dans l'aquarium. Haendel ajouta sa contribution au menuet.) Vous voulez me parler d'abord des cicatrices ?

Il laissa échapper un soupir.

— Charlie Nurburn, son mari.

Je hochai la tête brièvement.

— Je ne le connais pas.

— Il était du Sud du comté, près de Four Brothers.

— Le bras médian de la Powder. Y a pas grand-chose par là.

— Autrefois, il y avait quelques fermes et une vieille mine de charbon. (Je regardai ses ongles jaunis tandis que ses doigts se contractaient sur ses rotules.) Je tenais le dispensaire à Powder une fois par semaine, le samedi matin, à la fin des années 1940, début des années 1950.

Je m'adossai au fauteuil rembourré et déboutonnai mon manteau en mouton retourné.

— Elle était une de vos patientes à cette époque-là ?

— Oui, j'ai mis au monde ses deux enfants et…

— Elle n'en a pas eu trois ?

Il marqua une pause.

— Oui, j'oublie toujours David, mais ce n'est pas moi qui l'ai mis au monde. Je n'étais pas encore médecin à l'époque. (J'attendis.) Elle n'est jamais venue me consulter pour maltraitance.

— Pour quoi alors ?

— Syphilis latente.

Je passai mes mains sur mon visage.

— Ce type a l'air d'être un sacré bon plan. Combien de temps ont-ils été mariés ?

— Assez longtemps.

— Bon sang. (Je regardai à nouveau Isaac.) Où est-il ?

— Parti.

Apparemment, on pouvait en dire plus.

— Mort ?

— Je ne suis pas certain. Parti, tout simplement.

— Quand ?

— Il y a des années. (Il attendit un moment, et ses yeux ne se détachèrent pas des miens.) C'est probablement mieux comme ça, tu ne crois pas ? (Je ne répondis pas.) Tu peux comprendre que j'émette des réserves concernant sa situation.

— Oui. (Je pensai à tous les individus qui se baladaient et qui auraient sérieusement besoin de se faire botter le cul ; il y avait peu de chances que ça arrive.) Pourquoi cette réaction à l'autopsie ?

— Je me suis dit qu'elle avait traversé assez d'épreuves et elle avait exprimé le souhait que son corps ne soit pas souillé plus qu'il ne l'avait déjà été. Elle était très croyante. (Son sourire était triste cette fois.) Qu'est-ce que M. McDermott a à dire sur la cause du décès ?

J'attendis un moment sans quitter Isaac des yeux, me permettant la vision floue de l'enfer vivant qu'il avait enduré. Lucian disait qu'il était un des trois survivants de Nordhausen, une annexe de Dora-Mittelbau où étaient envoyés les prisonniers qui étaient trop malades ou trop faibles pour travailler dans les tunnels de Dora. Nordhausen était un *Vernichtunglager*, un camp d'extermination dont le principe était simple mais efficace : on les affamait. Pour aggraver encore les choses, le 3 avril 1945, le camp avait été bombardé par notre aviation. Comme il était installé dans des hangars en béton, nous avions cru que c'était un dépôt de munitions allemand. Un grand nombre de prisonniers furent brûlés vifs ; dix jours plus tard, quand la 104e division d'infanterie libéra Nordhausen, ils trouvèrent trois cadavres en décomposition et trois survivants. L'un d'entre eux était Isaac Bloomfield ; il pesait vingt-six kilos.

J'ai toujours pensé qu'il y avait une raison qui faisait tenir le vieil homme ; il incarnait la mémoire d'une tranche d'histoire.

— Arrêt cardiaque. Des problèmes de cœur dans la famille ?

Il étouffa un petit rire nostalgique.

— Oh Walter, il n'y a rien que des problèmes de cœur dans des familles comme celle-là. (Il ne cessa pas de sourire.)

Je pense que les complications cardiaques sont dues à l'exposition prolongée à l'infection syphilitique. Ça, et je crois que Mme Baroja a trouvé du réconfort dans un certain nombre de vices auxquels elle n'a jamais renoncé et qui n'ont en rien contribué à prolonger son existence.

— Donc, rien de suspect concernant son décès, d'après vous ?

— Je ne crois pas. (Il m'étudia un peu plus longtemps que je ne le jugeai opportun.) Ma réponse te déçoit ?

Je me demandai ce qu'il savait de Mari Baroja et Lucian et conclus qu'il en savait plus qu'il ne voulait bien l'admettre.

— Non, et c'est précisément le truc bizarre dans ce métier. On est toujours prêt à refuser du travail.

Je regardai mon uniforme, mon badge, mon .45 fixé à ma hanche. Il ne fallait pas beaucoup d'imagination pour voir la distance qu'ils instauraient entre la plupart des êtres, y compris Isaac, et moi. Des gens aimables portant uniforme, badge et arme à feu lui avaient dit un jour qu'ils lui faisaient certaines choses pour son bien, sa sécurité, son bien-être. Et en deux temps trois mouvements, il s'était retrouvé dans un hangar blindé avec trois mille morts. Si j'étais Isaac, je ne supporterais pas d'être dans la même pièce qu'un homme comme moi.

— Que savez-vous des enfants ?

— Tout. Ils s'appellent Carol, Kay et David.

— J'imagine que David est décédé ? (Je repensai au lieutenant au regard triste de la photographie trouvée dans sa chambre.) Vietnam ?

— Oui. (Son regard s'adoucit un peu.) C'était ta guerre à toi aussi, n'est-ce pas, Walter ?

— Ne m'en veux pas, ce n'est pas moi qui l'ai déclenchée. (Je revis la photographie à nouveau.) J'essaie de voir si je le connaissais.

— Il était discret. (Il dit ça comme si ce n'était pas mon cas.) Mari avait un cousin, un prêtre, je crois.

— Il vivait ici ?

— Il n'était pas curé ici, mais je crois qu'il a pris sa retraite ici… S'il est toujours vivant.

Le prêtre sur la photo de famille ; la piste méritait d'être suivie. Je repensai au cliché représentant les deux petites filles aux cheveux bruns assises sur les marches.

— Les deux jumelles sont devenues avocates ?

— Oui.

Je changeai de sujet, pour aborder celui de la seule autre Baroja dont je savais qu'elle n'était pas avocate, histoire de me remonter le moral.

— J'ai cru comprendre qu'une des petites-filles a une boulangerie ici, en ville ?

— Oui. Lana est la fille de David. Elle est la seule petite-fille. Les jumelles ont toutes deux fait des fausses couches, probablement causées par les antécédents syphilitiques. (Il fallut un moment, mais son visage s'éclaira enfin.) La boulangerie est un endroit merveilleux. Est-ce que tu la connais ?

— Non, mais je vais y aller en sortant d'ici. (Je tapotai mon ventre.) À choisir, je préfère un boulanger à un avocat, quel que soit le jour de la semaine.

— Il faut que tu goûtes le rugelach, c'est le meilleur que j'ai jamais mangé.

Tandis que nous quittions le cabinet, je lui demandai s'il voulait bien passer pour identifier formellement Mari Baroja et éviter ainsi cette épreuve à sa famille. Il y consentit. Je lui demandai s'il ne voulait pas éteindre la musique. Il se contenta de verrouiller la porte derrière nous en disant :

— Pour quoi faire ?

Je regardai la Mercedes sans pneus neige remonter Fetterman et prendre à droite sur Aspen, et je pensai à cet homme qui avait échappé aux camps de concentration et qui aujourd'hui conduisait une voiture allemande. Damnés soient les Huns.

Je crus que la neige avait cessé, mais les précipitations s'étaient contentées de passer à une version plus fine. Si je clignais des yeux et que je me mettais dos au vent, je pouvais voir les furtifs petits flocons se liguer pour m'attaquer.

— Bon, où se trouve cette foutue boulangerie ?

Parasites.

— Tu es censé dire "Allô la Base, ici Unité Un, où se trouve cette foutue boulangerie ?" Terminé.

Il avait fallu un temps infini pour la convaincre d'utiliser les procédures radio correctes, et maintenant, je n'étais pas certain d'aimer le résultat.

— Il neige toujours, et je n'ai pas encore acheté à ma fille, qui ne va pas tarder à débarquer, un cadeau pour Noël. Tu as écouté la météo ?

Parasites.

— Encore de la neige. Terminé.

— Super. T'as des idées pour Cady ?

Parasites.

— Je vais y réfléchir. Et la boulangerie est à côté du petit mécanicien près de la rivière. Terminé.

— Unité Un à Central, merci. Terminé.

Parasites.

— C'est beaucoup mieux.

La boulangerie se trouvait dans une ruelle, comme Ruby me l'avait dit, à côté de chez Evan, le réparateur de tronçonneuses, dont j'aurais besoin si jamais mon poêle à bois était un jour installé. Le bâtiment était autrefois un magasin de souvenirs qui était resté fermé pendant quelques années. Lana avait enlevé tout le vieux contreplaqué et l'avait remplacé par du bois neuf d'un joli rouge avec une bordure dorée. Une enseigne peinte à la main était suspendue au-dessus de la porte d'entrée, entre deux baies vitrées, avec une inscription enluminée : BAROJA'S BAKED GOODS, aussi simple que ça. Des paniers débordant de baguettes et de miches de pain frais alternaient sur des présentoirs joliment arrangés avec des bouteilles de vin et de gros quartiers de fromages exotiques. Je restai là sur le trottoir et regardai l'enseigne du *Durant Courant* plus loin sur la rue, histoire de me convaincre que j'étais toujours dans le chef-lieu du comté. Comment avais-je pu passer à côté d'un endroit comme celui-ci ?

Je montai le perron et poussai la porte en verre biseauté ; un doux tintement de clochette m'accueillit et je fus immédiatement enveloppé d'un parfum de vanille. Je sortis ma montre de gousset et la consultai ; était-ce l'heure de déjeuner ? La montre et moi nous accordâmes sur le fait qu'il était un peu tôt, mais l'heure était malgré tout acceptable.

Je jetai un coup d'œil alentour mais le magasin était désert. J'avais vu des endroits comme celui-ci à Denver, Santa Fe et Salt Lake City, de vieilles constructions qui avaient été en partie restaurées tout en gardant leur charme rustique. La brique rouge des murs était apparente et le faux plafond luisait d'un beau cuivre rougeoyant. Les sols avaient été décapés jusqu'au plancher d'origine et leur patine était fixée sous une couche de vernis industriel. Des étagères étaient alignées sur le côté gauche de l'étroite boutique et elles étaient garnies de multiples articles d'épicerie fine, de bouteilles et boîtes de toutes formes. Le comptoir était couvert de nombreuses corbeilles en osier remplies de pains visiblement basques, toute la gamme allant du pain aux olives noires à la galette. Une grande vitrine réfrigérée en porcelaine contenait une abondance de fromages et de charcuteries raffinées. Des paysages de France étaient accrochés au mur, ainsi que des lithographies dont je supposai qu'elles vantaient les mérites de liqueurs du XIXe siècle, et une vieille vitrine en bois présentait un nombre étonnant d'anciens tire-bouchons et accessoires d'œnologie.

Derrière se trouvaient deux tables françaises rustiques avec quelques vieilles chaises dépareillées et un réfrigérateur vitré qui contenait des rangées de bouteilles de bières et de vins que je n'avais jamais vus auparavant. Mon attention fut attirée en bas par une série de grandes bouteilles d'un gallon. Je m'accroupis pour lire les étiquettes : BIÈRE NON PASTEURISÉE PRODUITE DANS CE HAUT-LIEU DES HAUTES PLAINES, WHEATLAND MERCANTILE, WHEATLAND, WYOMING. Il y avait aussi le dessin d'un jackalope* portant smoking et monocle.

— C'est une plaisanterie ou quoi ?

J'entendis approcher des pas qui venaient de l'escalier menant à la cave. Je me relevai et me tournai vers la porte : Lana Baroja apparut, couverte d'une fine couche de sueur et de farine. Elle portait toujours ses bottes de neige, mais le long manteau matelassé violet avait été remplacé par un tablier maculé de traces de doigts et de pâte à pain et ses cheveux étaient attachés en un chignon lâche. Je commençais à avoir l'impression que Lana, avec son visage écarlate et ses yeux de braise, était un personnage en quête d'auteur

* Animal imaginaire du folklore américain, croisement entre antilope (*antelope*) et lièvre (*jackrabbit*).

français. L'étincelle de son regard disparut lorsqu'elle me reconnut.

— J'ai beaucoup de mal à croire que vous avez une bière artisanale de Wheatland.

Elle cala un poing sur sa hanche et inclina la tête.

— Vous seriez surpris de voir tout ce que j'ai dans ma boutique. (Elle passa devant moi et se glissa derrière le comptoir.) Je suis le secret le mieux gardé de Durant – ça ne fait d'ailleurs pas grand bien à mon compte en banque. (Elle tendit les bras et s'appuya sur le comptoir.) J'imagine que vous êtes là parce que vous avez du nouveau pour moi ?

J'examinai les vitrines à la recherche de ce qu'Isaac m'avait recommandé de goûter.

— Arugula ?

— Pardon ?

J'étais sur le point de perdre courage.

— Quelque chose comme rucola ? (Elle continua à me regarder fixement comme si j'étais un crétin.) Le gâteau préféré du Dr Bloomfield...

Elle me considéra de son œil ourlé de très longs cils, sous l'arc parfait de son fin sourcil.

— Rugelach ? Une pâtisserie traditionnelle de Hanukkah, en forme de croissant, fourré, en pâte au fromage à tartiner ?

— Ça doit être ça.

— Au contraire de la rucola ou roquette, une salade verte très parfumée, au goût de moutarde poivrée ?

— Je prendrai les deux.

— Je n'ai que le gâteau.

— Je m'en contenterai.

Elle sourit et hocha la tête ; elle s'amusait bien. C'était le cas de la plupart des gens quand ils pouvaient le faire aux dépens du shérif.

— Vous êtes sûr ?

— Sûr et certain.

Tandis qu'elle faisait coulisser la porte de la vitrine et qu'elle sortait un plateau de gâteaux sophistiqués, je revis mon opinion sur Lana Baroja. Il y avait quelque chose du Vieux Monde chez elle, une qualité concrète qui rendait fade la pin-up du mois, qui tirait sa chaleur de la terre plutôt que de l'air. Elle se retourna et déposa un petit sachet en papier huilé devant moi. Je le regardai.

— C'est un cadeau.

— Pourquoi ?

— Pour vous remercier de vous soucier de ma grand-mère.

Je hochai la tête.

— Merci. (J'observai le petit sachet et pensai à Mari Baroja.) Elle faisait de la pâtisserie ?

— Oui.

Elle regarda le sachet à son tour, et il nous apparut clairement à tous les deux qu'il symbolisait quelque chose d'important et de palpable qui était en train de se passer entre nous : c'était un pacte.

— Chaque fois que nous venions la voir de Colorado Springs, elle faisait de la pâtisserie avec moi. (Les yeux noirs se levèrent.) C'est sans doute comme ça que j'ai commencé.

— Votre père était à l'Academy ?

Elle leva les mains.

— Air Force.

— Il est mort au Vietnam ?

— Oui. Je n'ai pas eu vraiment le temps de le connaître. Et vous ?

Je repensai au jeune homme au regard triste.

— Non, mais je connais un gars qui lui ressemble beaucoup. Et votre mère ?

Elle me regarda fixement une seconde.

— Elle est toujours à Colorado Springs ; elle, un vilain petit shih tzu, et Jésus.

Je hochai la tête.

— Je vois.

— Qu'a dit le Dr Bloomfield ?

J'appuyai une de mes hanches contre le comptoir.

— Il a dit que votre grand-mère avait des complications cardiaques dues à une maladie chronique, et le médecin légiste de Billings a jusqu'à maintenant l'air d'être d'accord avec notre diagnostic.

— Jusqu'à maintenant ?

Je marchai vers la porte ; les choses s'étaient si bien passées que je ne voulais rien gâcher.

— Nous devrions avoir un certificat de décès avant ce soir.

— Vraiment, ce n'est pas juste, vous savez ?

Je m'arrêtai, la main posée sur la poignée de cuivre. Elle était toujours appuyée sur le comptoir les bras croisés, les yeux baissés.

— Juste au moment où on peut enfin prendre plaisir à être avec eux, ils s'en vont.

Je réfléchis.

— Ça se passe parfois comme ça avec les enfants aussi.

Elle ne leva pas les yeux et tendit un doigt pour suivre les veines du bois.

— Je ne peux pas le savoir.

Je restai silencieux un moment encore.

— Si on poursuit sur le sujet de votre famille, que pouvez-vous me dire de votre grand-père ?

Le doigt s'immobilisa.

— C'était un salopard et il est mort.

J'étais soulagé, mais j'essayai de le cacher.

— Mort ? Et vous savez comment il est mort ?

Les yeux noirs se plantèrent dans les miens et ne clignèrent qu'une seule fois.

— Vous ne pouvez pas l'ignorer. C'est Lucian Connally qui l'a tué.

4

Je dis aux dames du Service des Immatriculations de rentrer le nom de Charlie Nurburn dans l'ordinateur et de me montrer ce qu'elles trouvaient, sinon, j'allais mettre le feu au bâtiment.

Il ne leur fallut pas longtemps pour me donner que dalle, alors je leur demandai jusqu'où remontait leur fichier. Elles me demandèrent jusqu'où je voulais remonter. Elles étaient comme ça, les dames du Service des Immatriculations. Après toutes ces années de maltraitance entre les mains des citoyens du coin, elles avaient développé le tact et les manières raffinées de bergers allemands. Je leur demandai les années 1940 et, à contrecœur, elles ne sortirent rien. Je demandai les années 1950 et elles finirent par me montrer que Charlie avait fait immatriculer une Kaiser de 1950 mais qu'il n'avait payé ni les taxes ni son enregistrement l'année suivante. Il avait aussi omis de faire renouveler son permis de conduire. Sur la suite, pas la moindre information. Je leur demandai à quoi ressemblait une Kaiser. Elles me dirent que ça ressemblait beaucoup à une Frazer. Je leur demandai à quoi ressemblait une Frazer. Elles me dirent que ça ressemblait à une Hudson. Avant de partir, je leur rappelai l'histoire du feu. Elles me demandèrent quand il allait démarrer pour être certaines d'avoir le temps d'appeler tous les représentants de l'ordre du comté et de les rassembler dans la salle d'audience pour une réunion. Je les informai que j'allais de l'autre côté du hall, à l'administration centrale. Elles me répondirent que c'était un bon endroit pour démarrer un incendie, qu'il y avait assez de vieilles peaux là-bas pour allumer un feu qui ravagerait le comté tout entier.

Je traversai le hall et, à nouveau, déballai mes questions sur Charlie Nurburn. L'impôt sur le revenu n'existe pas au Wyoming, alors je demandai tout ce que ces dames pouvaient trouver concernant la naissance, la vie, le mariage, les enfants, ou la mort de Charlie Nurburn, pas nécessairement dans cet ordre. Elles étaient plus gentilles que les dames de l'Immatriculation et me fournirent plus d'informations. Elles découvrirent trois certificats de naissance pour ses enfants, David en 1947, et les jumelles en 1948, un certificat de décès pour le lieutenant au regard triste, aux environs de 1972, et un certificat de mariage datant de 1946. Rien d'autre. Pas de certificat de décès pour Charlie Nurburn, alors je recopiai son numéro de sécurité sociale et les avertis de l'imminence d'un incendie. Elles n'eurent pas l'air de s'en émouvoir.

Je repartis dans le hall et passai devant l'escalier qui menait à la salle d'audience à l'étage au-dessus, mais je fus intercepté par Vern Selby. Il voulait savoir ce que nous avions comme mandats en souffrance sur des gens qui ne s'étaient pas donné la peine de se présenter pour accomplir leur devoir de juré, ce qui me fit penser que nous n'avions peut-être pas atteint le quorum pour l'audience de l'après-midi. Il appuya un coude sur le pilier central, se figea comme un buste de Clifton Webb et entortilla l'extrémité de sa moustache ; nous étions officiellement entrés dans l'hiver : le juge s'était laissé pousser la bacchante de son acteur préféré. Il n'avait pas l'air content.

— On n'a eu que sept jurés aujourd'hui.

— Peut-être qu'il faut que tu forces un peu sur le show, tu vois le genre, que tu donnes plus de coups de marteau.

Il m'étudia un peu en silence.

— Je savais que tu n'étais pas la bonne personne à qui parler de ce genre de choses.

Je haussai les épaules et partis vers le bureau de l'assesseur, mais je m'arrêtai avant d'avoir fait trois pas.

— Vern, est-ce que tu te souviens d'un certain Charlie Nurburn, du Sud du comté, marié à Mari Baroja ?

Je gardais les avocats dans ma manche, en dernier recours.

— De la famille de Kay Baroja-Lofton, à Sheridan, et Carol Baroja-Calloway, à Miami ?

J'aurais dû m'en douter. Je remarquai qu'il ne parla pas de Lana ; comme elle n'était pas avocate, elle devait se retrouver tout en bas, au niveau de nous autres, pauvres mortels.

— C'était le père de ces deux-là et d'un autre.

— De David Nurburn ?

— Oui.

Donc, le père de Lana avait gardé le nom de son père, mais pas elle. Intéressant.

— Je crois qu'il avait à peu près le même âge que mon fils William, et que toi, quand j'y pense. (Le juge contempla les dalles du plafond acoustique pendant un moment. Je me demandai comment il pouvait jouer autant avec sa moustache sans qu'elle lui reste dans la main.) Mais je n'arrive pas à me rappeler le père.

— Il n'est pas resté longtemps dans le paysage.

— Ah, dit-il en souriant. Mais je me souviens bien d'elle. (Je fus un peu surpris par son sourire.) Elle venait en ville le jeudi après-midi, garait sa voiture toujours à la même place. Je la regardais depuis la fenêtre de mon bureau pendant qu'elle remontait Main Street.

L'image de Son Honneur pendu à la fenêtre du second étage du tribunal en train de suivre des yeux Mari Baroja évoluant d'un pas léger sur le trottoir était pour le moins surprenante.

— Bon sang, Vern, t'es un sacré pervers.

Il secoua la tête.

— C'était une très belle femme, difficile de ne pas la regarder. (Il retira son coude du poteau et le tapota pour le remercier de l'avoir soutenu. Dans le monde de Vern, même les objets inanimés étaient traités comme des électeurs en puissance.) En tout cas, je ne suis pas le meilleur interlocuteur sur le sujet. Lucian déjeunait avec elle tous les jeudis, immanquablement. (Il descendit la marche pour être à mon niveau, tourna au coin et mit soigneusement son manteau et son cache-nez.) Tout au moins, je suppose qu'il s'agissait de déjeuner…

Je restai un moment à reprendre mes esprits, quand je me rendis compte que le juge s'était arrêté et qu'il me regardait.

— Comment va-t-elle ?

— Elle est morte.

Il continua à ajuster son manteau.

— Je m'en doutais un peu. Dommage, vraiment. (Il se méprit sur le regard insistant que je lui portais.) On déteste voir tant de beauté quitter le monde ces temps-ci.

En un clin d'œil, il était à côté de moi, sa main gantée posée sur mon bras.

— Walter, ça va ?

Je marmonnai quelque chose et il hocha la tête.

— Voyons comment nous pouvons trouver des jurés, veux-tu ?

Une fois remis de mes émotions, j'allai au bureau de l'assesseur et demandai à Lois Kolinsky si elle avait quelque chose sur Charlie Nurburn. Elle leva ses petites lunettes de Mère Noël et me demanda qui j'étais ; je me souvins de lui parler de l'incendie. Elle ricana et alla chercher les grands registres pendant que je l'attendais, pensif.

Lucian avait menti. Lucian avait menti quand il avait dit qu'il ne l'avait pas vue pendant toutes ces années. Je levai les yeux vers l'immense carte du comté éclairée par le pauvre soleil d'hiver et me demandai où je pouvais bien être. Cet endroit dessiné sur le mur n'était pas celui où je me trouvais depuis un certain temps ; j'étais dans un nouveau lieu très étrange, où les gens que j'avais bien rangés dans des cases étaient en train de se balader et d'évoluer dans des embrouilles compliquées.

Lois revint, posa un grand registre sur la vieille table de bibliothèque et l'ouvrit à la page qu'elle avait marquée de son index. Je tirai une chaise. Je trouvais amusant de voir que les deux bureaux équipés d'ordinateurs ne paraissaient pas pouvoir arriver au moindre résultat, mais que la gentille petite dame du bureau de l'assesseur pouvait faire apparaître Charlie Nurburn en quelques minutes. Il faut toujours suivre la piste de l'argent. Et rendre à César ce qui est à César n'était peut-être pas plaisant, mais les archives, c'était génial. Je commençais à raisonner différemment sur les ordinateurs. Peut-être que je n'en avais pas besoin, après tout. Je pourrais utiliser l'argent ainsi économisé et acheter un détecteur de mensonges.

Nous avons des registres comme celui-ci au bureau, trois pour être exact. Ils sont magnifiques, reliés plein cuir à la main, avec une tranche dorée et des feuilles en papier marbré qui contiennent des informations remontant aux années 1850. Maintenant, nous utilisons des disquettes. Le classement du registre était alphabétique, il ne me fallut pas longtemps pour trouver Charlie sur la page ouverte. Il était le seul Nurburn dans tout le comté. Il avait acheté une petite propriété en 1946, environ 130 hectares contigus aux 25 000 hectares du ranch de Four Brothers, que les quatre frères lui avaient vendue. Mari et Charlie étaient tous deux impliqués dans la transaction. Il avait payé les impôts sur la propriété jusqu'en 1950, date à laquelle il avait dû carrer son cul de brute conjugale et syphilitique dans sa Kaiser, et on se fichait de ce à quoi elle ressemblait, pour partir vers le couchant. Ou pas.

Mari avait commencé à payer les impôts sur la propriété en 1951. Le ranch de Four Brothers avait été divisé entre elle et son cousin, le prêtre, conformément au testament de son père, le dernier des quatre frères à décéder. Je réclamai le registre des B. Elle me dit que c'était une lettre très demandée récemment. Je m'enquis de la raison, et elle m'informa que Kay Baroja-Lofton était venue la veille faire des vérifications au nom de sa mère et que Carol Baroja-Calloway avait demandé que les renseignements soient faxés à Calloway, Moore et Gardner à Miami ; les lettres que j'avais vues dans la chambre de Mari venaient de ce cabinet. Tout cela devenait de plus en plus intéressant.

Où était Charlie Nurburn ? Je contemplai le gribouillage à neuf chiffres que j'avais noté sur mon bloc. Il était temps que je fasse appel à mes propres ressources. Je quittai le tribunal, oubliant complètement de déclencher l'incendie.

J'allumai la radio.

— Charlie Nurburn.

Je lus le numéro de sécurité sociale.

Parasites.

— Qui est cette personne ?

— Quelqu'un que je ne suis pas certain de vouloir trouver.

Il n'y avait que soixante-dix kilomètres jusqu'à Swayback Road, vers le sud, puis encore cinq kilomètres vers l'est en direction des Wallows où se trouvait le ranch de Four Brothers, d'après ce que je savais. Tandis que je roulais sur l'Interstate, l'arrière de mon pick-up était secoué par les rafales du vent de nord-ouest et je commençai à avoir l'impression d'être malmené.

Je m'étais arrêté sur le pas de la porte du magasin de Lana. C'était un de ces moments où l'on n'est pas tout à fait certain que ce qu'on a entendu est bien ce qu'on a cru avoir entendu. Dans la seconde qu'il m'avait fallu pour me décider, elle avait ri. C'était un rire merveilleusement mélodieux, un de ces rires auquel on ne pouvait pas s'empêcher de se joindre. Ensuite, les questions ne paraissaient pas appropriées. Je lui avais dit que si elle voulait voir sa grand-mère, elle pourrait probablement le faire ce soir ; mais sur cette portion déserte d'autoroute entre Durant et Powder Junction, avec les Big Horn Mountains dominant sur ma droite et les rapides de la Powder River dévalant vers l'est, mon esprit commença à retourner vers l'homme auquel on avait pris la seule et unique femme de sa vie. Les choses auraient été différentes si elle était partie loin, mais d'après mes informations, elle n'avait vécu qu'à soixante-dix kilomètres de lui.

En aucun cas je n'aurais pu rester à distance de tout ça. Je me félicitai à la pensée que si j'étais confronté à une telle situation, je réagirais en restant dans le cadre de la loi ; mais la passion est une chose étrange, qui pervertit et déforme tout ce qui entre en contact avec elle. C'était comme la conjonction de l'humidité et du soleil sur le bois ; parfois, le résultat était positif, la plupart de temps, ce n'était pas le cas, mais on ne pouvait ignorer sa violence. Pour ma part, j'avais toujours géré la passion avec un mélange égal d'attirance et de méfiance, mais là il s'agissait de Lucian Connally, un homme qui s'embrasait avec les caprices de la passion comme si c'était du kérosène. Les jeudis midi ne seraient plus jamais les mêmes pour moi. Où était Charlie Nurburn, et que ressentait-il ces derniers temps, s'il ressentait quelque chose ? Peut-être que j'avais besoin de voir l'environnement où Mari Baroja avait vécu, mais si c'était le cas, il me faudrait faire une recherche poussée par une météo plus clémente pour trouver une petite maison inclinée par les rafales de vent.

Je vis une vieille pancarte en bois signalant le ranch de Four Brothers, qui contrastait fort avec la nouvelle sur laquelle on lisait FORAGE PRONGHORN, DERRICK 29, au croisement de la route goudronnée et du chemin de graviers. La neige n'était pas trop profonde et apparemment il y était passé pas mal de véhicules ce matin même. Je ralentis et finis par m'arrêter après avoir contourné la colline qui menait à la vallée où se dressait toujours la petite ferme ; la neige tourbillonnait autour de moi et tombait sur les collines ondulées des Hautes Plaines. Je repensai à ces hommes si durs sur leurs chevaux trapus. Je me demandai s'ils étaient encore ici et s'ils avaient conscience que Mari les avait rejoints.

Je regardai la sauge se cramponner à ses racines pour résister à la force du vent de nord-ouest, avançai sur la route qui suivait les collines et descendis dans la vallée des quatre frères et de l'unique fille perdue. Je boutonnai mon manteau, remontai mon col en peau de mouton et enfonçai mon chapeau sur ma tête. Le soleil déclinait peu à peu et la température chutait rapidement ; je commençais tout juste à entendre les petites voix qui se mettent à vous parler quand vous êtes à un endroit où vous n'êtes pas censé être, où personne ne sait que vous vous trouvez et où le temps commence à se gâter.

Je trébuchai jusqu'au moyeu de la première roue avant et le bloquai, puis, avançant entre les congères où je m'enfonçai jusqu'à mi-mollet, je bloquai le mécanisme de l'autre. J'écoutai, accompagnée par le ronronnement du gros moteur de dix cylindres, la mélopée funèbre du vent et les cris de créatures qu'on n'entendait pas en ville. Si seulement je parvenais à séparer la voix de Mari Baroja de cette cacophonie de hurlements, j'avais l'impression qu'elle me dirait ce que j'avais besoin de savoir. Il y avait un petit virage serré autour d'un genévrier au pied de la colline où la neige avait comblé un creux, mais d'autres roues s'étaient efforcées de passer et avaient ouvert une espèce de chemin. Je montai la petite pente et m'arrêtai au sommet. Cette zone était partiellement abritée et la neige balayait la cabine du camion comme un faux plafond.

Je m'étais demandé ce qui pouvait avoir tant d'importance ici, et maintenant que je l'avais sous les yeux, je me sentais idiot. Je pouvais distinguer au moins une douzaine de puits de méthane, des containers de confinement et une station de compression. Si tous les puits que je voyais et ceux dont je soupçonnais l'existence étaient exploités et productifs, quelqu'un était en train de se faire beaucoup d'argent. Je montai la colline en suivant les traces les plus fraîches. De ce poste d'observation, je voyais encore trois autres douzaines de puits. Je distinguai le vague contour d'un derrick au pied duquel étaient garés de nombreux véhicules ; je rétrogradai et avançai dans cette direction.

L'exploitation du méthane dans la partie nord du Wyoming était devenue une bénédiction contestable, et il semblait que tous les bricoleurs capables de tourner une clé anglaise étaient soudain devenus des aventuriers. Le nombre de camions avec des plaques de l'Oklahoma et du Texas avait fortement augmenté, mais les gens qui bénéficiaient réellement du boom du méthane étaient peu nombreux. Dans le Wyoming, lorsqu'une propriété est cédée, il existe une pratique qui consiste à soustraire à la vente une partie des droits sur l'exploitation minière au moment de la transaction ; le résultat est que les ranchers n'ont quasiment rien à dire sur la personne à qui ces droits sont cédés, et par conséquent, sur l'identité de ceux qui peuvent traverser leur propriété et faire en gros ce qu'ils veulent. Les personnages mis en avant par l'industrie méthanière étaient ceux qui avaient réussi à sauvegarder leurs droits d'exploitation minière, qui pouvaient imposer un accord décent concernant la surface exploitable et qui percevaient une partie de l'argent issu de la production de gaz.

L'impact que cette industrie avait eu sur ma vie avait été relativement négligeable. Si on exceptait les voyous qui parfois s'adonnaient avec excès à l'automédication et avaient besoin d'un temps d'arrêt à la prison, je n'avais rien de plus à faire qu'à empêcher les ranchers et les foreurs de s'entre-tuer. En fait, je voyais le développement du méthane comme une fausse économie à la prospérité bien aléatoire.

Quand j'arrivai sur le site, il ne semblait y avoir personne dehors et il n'y avait pas la moindre activité sur le derrick. Je ne connais pas grand-chose à l'exploitation gazière mais je sais que pratiquement toute activité cesse dans ma partie du monde quand la température descend en dessous de - 15 °C. Les portes du camion portaient l'inscription NORTHERN

ROCKIES ENERGY EXPLORATION, une entreprise située juste à la sortie de Casper. J'attendis, mais personne dans le camion n'avait l'air décidé à bouger pour venir demander ce qui m'amenait. Finalement, l'homme assis à la place du conducteur serra le cordon de la capuche de sa combinaison de travail Carhartt et descendit. Il vint jusqu'au capot de mon pick-up, ouvrit la portière passager, monta et claqua la portière.

Il ôta sa capuche, descendit l'écharpe en polaire qui lui masquait le visage et j'aperçus des yeux d'un bleu très clair. Il était de taille moyenne, mais avait les épaules larges et ses longs bras se terminaient par de grosses paluches ; il enleva l'un de ses gants et me tendit la main. Entre le gant coincé dans ses dents et l'énorme barbe d'un roux flamboyant à travers laquelle filtraient ses paroles, il me fallait écouter avec attention pour comprendre ce qu'il disait.

— Voulais vous r'mercier d'êt' venu jusque-là, mais j'crois qu'on a repris le contrôle.

Je le regardai.

— Pas de problème.

Je ne le quittai pas des yeux, espérant qu'il en dirait un peu plus pour que j'aie une chance de comprendre ce qu'il racontait, on ne sait jamais. Je saisis la main ; elle était presque aussi grande que la mienne.

— Racontez-moi donc tout ce qui s'est passé.

Nous échangeâmes une poignée de main, il hocha la tête et ôta sa capuche, révélant une masse de cheveux roux et un bonnet jaune marqué NORTHERN ROCKIES ENERGY EXPLORATION.

— C'est pas un mauvais bougre, c'est juste qu'y se laisse emporter, des fois. (Il baissa les yeux.) J'vais pas vous raconter des bobards, c'est p't'être qu'y prend d'la drogue. Merde, il a tellement perdu les pédales qu'il aurait été capable de rater un bison dans un corral de rodéo. (Il renifla.) Juste un peu de bon vieux calibre .32. (Je jetai un œil au sosie de Yukon Cornelius et levai un sourcil interrogateur.) Moi, ça va. M'a juste éraflé une côte.

Il assortit cette dernière affirmation d'un mouvement de la main pour descendre la fermeture Éclair de son manteau et enfoncer un doigt dans ce que je supposai être le trou d'une balle sur le devant et le derrière de son manteau. Je vis une tache foncée sur son flanc, là où on apercevait le lainage bleu, mais il se contenta de hausser les épaules en se tournant vers moi.

— Juste un peu de bon vieux calibre .32. (Et secouant la tête de plus belle.) J'leur avais dit d'pas vous appeler.

Pour autant que je sache, ils ne l'avaient pas fait.

— J'aime bien le savoir quand il y a des gens qui se tirent dessus dans mon comté.

Je tirai le bloc fixé sur le sous-main métallique du vide-poches de la portière, le posai sur la console entre nous et sortis mon stylo de la poche de ma veste. Je fis apparaître la mine.

— Quel est son nom ?

Il prit une grande inspiration.

— Cecil Keller. (Il me regarda et je fus impressionné par la franchise et la stabilité de son regard.) Officier, j'veux juste qu'il ait pas des ennuis pour ça.

— Vous voulez pas le perdre, c'est ça ?

Il haussa les épaules.

— C'est juste un gamin qu'a pas de jugeote.

Au bout d'un moment, je refermai mon stylo et le posai sur le bloc.

— Comment vous vous appelez ?

D'un geste réflexe, il tendit à nouveau la main.

— Jess Aliff, contremaître.

Nous échangeâmes une nouvelle poignée de main.

— Jess, à moins que vous ne vouliez porter plainte, étant donné que c'est vous qui avez été victime du tir, il n'y a pas grand-chose que je puisse faire, mais il faut que je fasse un rapport dès qu'il y a blessure par balle dans ma juridiction. (Il hocha encore la tête et tira nerveusement sur une touffe de poils blond-roux juste en dessous de sa lèvre inférieure.) Mais je ne crois pas que vous envisagiez d'aller à l'hôpital.

Il écarta cette hypothèse en laissant échapper un pfff et me regarda.

— Nan.

— Bon, alors il n'y a pas grand-chose en termes de démarches officielles. (Il se détendit visiblement.) Mais je n'aime pas bien l'idée que des individus bourrés de drogue se baladent comme ça dans mon comté avec des armes pas enregistrées et tirent sur les gens. (Il opina du chef et fit de son mieux pour prendre un air sérieux.) M. Keller va devoir se présenter au Bureau avec son arme pour avoir une petite conversation avec moi demain.

Nous hochâmes tous les deux la tête. Je regardai à travers le pare-brise le derrick silencieux et les véhicules stationnés, immobiles dans l'air glacé.

— C'est une sacrée exploitation que vous faites tourner.

Il suivit mon regard.

— Pas aujourd'hui.

— Juste par curiosité, quelle est la production journalière d'une installation comme celle-ci ?

Il réfléchit en tirant à nouveau sur la petite touffe ; je commençai à y voir un fonctionnement récurrent.

— Ben, on bosse sur trois poches, la plus grande, elle est tout au bout de la veine de charbon de Big George. On a 220 puits en tout.

— Ça doit faire pas mal…

— Oh oui.

Des millions. Je regardai à nouveau à travers le pare-brise, le temps de digérer l'information.

— Et ça fait combien de temps que vous bossez ici ?

— Un peu moins d'un an.

Ce qui signifiait beaucoup de méthane sorti du sol du ranch de Four Brothers. D'après les archives sur les droits miniers que j'avais rapidement parcourues au tribunal, les Barojas faisaient beaucoup, beaucoup d'argent mais si Mari était décédée de mort naturelle, il n'y avait pas de raison de chercher un mobile. J'avais piqué ma propre curiosité et j'allais devoir retourner au tribunal, mais il allait bientôt être cinq heures. J'aurais toujours le temps demain. Je me tournai vers l'homme assis à côté de moi.

— Vous allez bientôt fermer la boutique, non ?

Il jeta un œil au camion garé à côté de nous.

— Ils vont l'faire. J'vais rester dans le coin pour voir si le temps change.

Avant qu'il ne descende, je lui rappelai que je voulais parler à Keller le lendemain. Aliff répondit qu'il s'assurerait que le jeune homme se présenterait à la première heure, et j'étais certain qu'il tiendrait parole. Décidément, Aliff n'était pas un homme ordinaire, sans parler de sa capacité à encaisser les blessures par balle.

Je fis rapidement quelques calculs en repassant doucement la crête pour reprendre la route qui me ramènerait sur l'autoroute. J'étais fatigué mais il fallait que j'aille parler à quelqu'un de tout ça avant d'aller voir Lucian. Je me dis que je passerais au bureau, ferais le plein, m'arrêterais chez moi pour voir où en était la neige et que j'irais ensuite voir Henry Standing Bear.

Quand j'arrivai au bureau, il était presque six heures, mais je reconnus tous les véhicules, y compris un que je mis une minute à identifier. Je garai le Bullet et pris une grande inspiration pour me préparer à ce qui m'attendait à l'intérieur.

Quand j'ouvris la porte, j'eus instantanément l'impression de débarquer en pleine délibération d'un simulacre de procès. C'était dans l'air, comme les flocons de neige. Ruby était assise à son bureau et Vic y était appuyée, les bras croisés ; Saizarbitoria se tenait un peu plus loin – il voulait probablement éviter de se retrouver avec des taches de sang sur l'uniforme qu'il avait emprunté. Je remarquai qu'ils tenaient tous des verres en plastique, sauf Sancho, et qu'il y avait une bouteille de merlot ouverte sur le bureau de Ruby.

Je refermai la porte derrière moi et me tournai pour les regarder. Plusieurs Post-it étaient accrochés au chambranle de ma porte, mais j'avais le temps. Je me préparais à sortir un bon mot quand je remarquai du coin de l'œil une paire de très jolies jambes appartenant à quelqu'un qui était assis sur une des chaises réservées aux visiteurs ; elle portait un manteau et une grosse tête de chien reposait sur ses genoux. Je tournai autour du portemanteau et croisai une paire d'océans d'un bleu à la fois vif et abyssal.

— Bonsoir.

— Bonsoir.

— Journée calme aux coffres ?

Je me penchai un peu plus et pus la voir des pieds à la tête. Le chien ne bougea pas ; je le comprenais.

Sa main s'immobilisa sur la tête du chien et elle baissa les yeux. Elle aussi tenait un verre en plastique.

— Quel est le nom de votre chien ?

Je me sentis un peu honteux.

— Il n'en a pas vraiment. Je l'appelle le chien. (Je la regardai.) Je ne l'ai que depuis quelques semaines.

Elle hocha doucement la tête.

— J'espère que ça ne vous ennuie pas. Je me suis dit que je passerais déposer un cadeau de remerciement pour hier soir. (Elle esquissa un salut et leva imperceptiblement son verre puis s'en servit pour désigner les membres de mon équipe.) Ils ont dit qu'il n'y avait pas de problème.

Je me tournai vers l'assemblée.

— Ça ne m'étonne pas. (Je sortis d'un geste ostentatoire ma montre de ma poche.) Qui est de garde ce soir ?

Ruby et Vic détournèrent enfin le regard de Maggie Watson. J'interpellai Saizarbitoria.

— Vous enchaînez ?

Il haussa les épaules.

— Ça m'est égal. Je le faisais tout le temps à Rawlins.

Je me tournai vers Ruby.

— Tu lui as donné le beeper ?

Sans me regarder, elle me répondit :

— Je lui ai donné le beeper.

J'avais besoin d'un neutralisant rapide pour changer de centre d'intérêt, alors je m'avançai vers son bureau et me servis un verre.

— Super. (Je souris et me tournai vers Vic.) Comment il s'est débrouillé ?

Elle cala le verre en plastique contre sa tempe.

— Il est vraiment poli.

— Tu dis ça comme si c'était un défaut.

Elle but une gorgée et jeta un œil en direction de Mlle Watson.

— Chacun de nous choisit la manière dont il gère ses dépenses énergétiques.

J'étais relativement certain que ce sourcil arqué pouvait même percer de l'acier, mais Maggie Watson nous sauva la mise à tous les deux :

— Je me demandais si vous étiez libre pour dîner ?

Tous les yeux se tournèrent vers elle.

— Pour dîner ?

Tous les yeux se tournèrent vers moi.

— Oui.

Toute cette attention me donnait un peu le vertige.

— J'ai juste encore quelques petites choses à faire, et ensuite je passerai vous chercher. (Je baissai les yeux vers les jolies jambes interminables.) Habillez-vous chaudement, OK ?

— OK.

C'était plus facile pour les globes oculaires de tout le monde, maintenant que nous étions debout l'un à côté de l'autre.

Je l'aidai à mettre son manteau et lui ouvris la porte. Elle se retourna et s'adressa à tout le monde.

— Ravie de vous avoir rencontrés, tous. Salut.

Je refermai la porte tandis qu'elle s'enfonçait dans les ténèbres du perron. Je me retournai pour affronter l'après-midi des longs couteaux.

— Sa voiture était coincée.

— Vraiment ?

Je bus une gorgée de vin.

— Vraiment. Ne crois pas que tu sois tellement grande que je ne puisse pas te coucher sur mes genoux et fesser ton petit cul italien.

Elle leva les yeux vers moi, un sourire carnivore aux lèvres.

— Fais gaffe, grand mec, ça marche peut-être avec les gens d'ici, mais moi, je suis pas née de la dernière pluie. (Elle passa devant moi pour aller dans son bureau.) De toute manière, je ne suis pas fan de ce genre de plan, et apparemment, tu ferais mieux de t'économiser pour ce soir.

Au moins, elle n'avait pas dit "putain" quatorze fois. Peut-être qu'elle s'était vraiment parée de toutes ses grâces. Je me tournai vers Ruby.

— Charlie Nurburn ?

Elle revint à son ordinateur et je remarquai qu'il n'y avait rien sur l'écran à l'exception d'un bleu uniforme. Je vis aussi qu'elle avait son manteau posé sur ses genoux, même si elle avait encore un demi-verre de vin.

— Va lire tes Post-it.

Je me penchai pour déposer un baiser sur le sommet de sa tête et partis vers mon bureau. Je lançai un coup d'œil à Saizarbitoria.

— Vous avez quelque chose à dire ?

— Non, monsieur.

Je crois que c'est à ce moment-là que je l'ai embauché. Il s'assit dans mon bureau sur la chaise en face de la mienne tandis que je balançai la pile de Post-it sur mon sous-main et que je posai délicatement le verre presque plein sur le tout. Les gens avaient toujours la priorité sur les Post-it, alors je lui demandai ce qu'il pensait de tout ça.

— Je m'amuse bien.

Le silence s'installa dans la pièce pendant quelques minutes.

— Tant mieux.

Je me demandai s'il ressentirait la même chose quand il se retrouverait devant l'Association des Commerçants indépendants en train d'accoster les citoyens.

— Une autre fois, vous pourrez prendre du vin.

Il rit et j'observai le jeune homme brillant assis en face de moi. Je me sentais comme Monsieur de Tréville en présence du jeune Gascon. C'était dur de ne pas y penser, vu son bouc Vandyke et la lueur malicieuse que je voyais dans ses yeux. Je me demandai si, comme d'Artagnan, il allait devenir extrêmement pénible. Il paraissait attendre que je poursuive, alors je plongeai la main dans la poche de mon manteau et en sortis le marque-page que j'avais pris dans la chambre de Mari Baroja.

— Vous avez l'air plutôt doué en langues. Peut-être que vous pouvez m'aider à résoudre un problème. (Je jetai le morceau de papier sur le bureau en prenant soin d'éviter le verre de vin. Il se pencha et tourna le marque-page pour pouvoir lire. Il souriait.) Quoi ?

— Comment saviez-vous ?

— Comment je savais quoi ?

— Que j'étais basque ?

Je ne le quittai pas des yeux et, en un éclair, toutes les pièces s'emboîtèrent.

— J'ai deviné, c'est tout.

— Je suis basque français.

Je réfléchis à cette dernière révélation tandis qu'il reprenait le morceau de papier portant l'inscription écrite à la main.

— Ça veut dire : "On ne peut plus dire."

Il attendit avec cette patience typique du Vieux Monde, de ceux qui ne mettent aucun empressement à vous répondre. Les Cheyennes et les Crows étaient maîtres dans cet art, mais ce gamin était plutôt bon dans le genre.

— Je ne suis pas certain que cela veuille dire grand-chose, mais c'est aussi un vers extrait d'un poème de Jean Diharce sur Guernica. (Il ne lui fallut pas longtemps pour se rappeler la traduction.) “Guernica. Ce nom embrase et attriste mon cœur. Les siècles connaîtront ses infortunes… On ne peut plus dire les noms de Numancia et Carthage sans dire d’une voix forte en euskara, gisant en ruines, Guernica.”

Ce n’était pas une déclamation pleine de pathos ; il l’énonça comme un compte rendu factuel.

— Est-ce que ça vient de la femme décédée ? reprit-il. (Je hochai la tête et il regarda le papier de plus près.) Vous croyez que c’est important ?

— Tout est important quand on ne sait pas ce qu’on cherche, ou si on doit chercher.

— Elle était basque ? (Je hochai à nouveau la tête.) Y a-t-il quelqu’un à qui vous voudriez que je parle ?

Je soupirai et pensai au vieux prêtre, le cousin de Mari, en regardant le morceau de papier.

— Peut-être. (Je levai les yeux vers lui.) Vous savez où passer la nuit, ce soir ?

— Je me suis dit que je resterais tout simplement ici.

— OK, mais vous pourriez avoir besoin d’un véhicule. S’il se passe quelque chose, prenez celui de Vic. Il y a un jeu de clés supplémentaire accroché au mur à côté de la porte.

Je ne pus dire s’il souriait quand il sortit de mon bureau, et c’était probablement une bonne chose. Je ramassai le marque-page. “On ne peut plus dire…” La première lettre était une majuscule, ce qui me disposait à penser qu’il ne s’agissait pas du milieu d’une strophe ou d’un extrait de poème. Je ne connaissais pas Mari Baroja mais je me disais qu’elle devait avoir eu assez à faire dans sa vie sans se mêler d’intrigue politique. Mais, bon, elle était basque.

Je fourrai le papier dans ma poche et ramassai mon avenir en Post-it. Vic apparut à ma porte avec sa veste jetée sur l’épaule et son verre de vin à la main.

— Putain, j'arrive pas à croire que tu vas coucher avant moi.

— Peut-être que tu devrais cesser d'y voir un concours ?

— T'es vraiment un trou du'c. (Elle but une gorgée.) C'est pas que j'en aie quelque chose à foutre, mais t'étais passé où toute la journée ?

Je bus à mon tour un peu de vin. Son riche bouquet n'était pas affecté par le polystyrène du contenant.

— Je poursuivais mon enquête sur l'affaire Mari Baroja.

— Parce qu'il y a une affaire ?

Je soupirai et repensai à ma journée.

— J'ai parlé au coroner de Billings. À son avis, elle fumait trop, elle buvait trop et j'en arrive à la conclusion qu'elle faisait peut-être d'autres choses à l'excès aussi.

Elle haussa les épaules et leva son verre à ma santé.

— C'est comme ça que je veux partir.

Je m'abstins du moindre commentaire sur le fait qu'il n'était peut-être pas nécessaire de se préparer aussi tôt.

— J'ai parlé à son médecin de famille.

— Qui est… ?

— Isaac Bloomfield, et il est du même avis. Il y avait autre chose, ceci dit. (Elle appuya le bord plastifié contre sa lèvre.) Elle a longtemps été battue. (Ses yeux s'écarquillèrent.) Gros dégâts tissulaires sur le dos et à d'autres endroits.

Elle écarta le gobelet.

— Putain de merde.

— Et c'est pas tout. Je suis allé voir sa petite-fille.

Quand je lui racontai ce que Lana m'avait dit, elle entra et s'assit sur la chaise en face de moi ; elle la tira de manière à pouvoir poser ses bras sur mon bureau et y caler son menton. Le verre glissa jusqu'au bord de la table, sans qu'elle y prête attention. Elle ne parla pas fort, mais sa voix était tranchante comme seule peut l'être une voix de femme.

— Putain de merde. Lucian ?

— Attends, c'est pas tout.

— Qu'est-ce qu'il peut y avoir d'autre, à moins que t'aies trouvé le corps ?

— Crois-moi, il y a autre chose.

Je lui racontai ma conversation avec le juge.

— Alors là, j'y crois pas.

Elle jeta un coup d'œil circulaire dans la pièce. Elle venait juste d'être admise sur la planète où j'avais passé la journée. Ses grands yeux finirent par se poser sur moi et ils étaient sombres.

— C'est lui qui l'a fait. J'te parie ce que tu veux que c'est lui. (La voix coupante était de retour.) L'amour de ta vie t'est enlevé, et elle est régulièrement battue à mort. Charlie Nurburn est dans une tombe peu profonde dans le comté d'Absaroka, ou bien il s'est fait bouffer par les coyotes après avoir été balancé d'une falaise, ce qui est de toute façon faire trop d'honneur à ce fils de pute. (Elle croisa à nouveau les bras sur le bureau pour conclure sa tirade.) Et qu'est-ce que tu vas faire ?

— Que veux-tu dire ?

— Qu'est-ce que tu vas faire ? (Elle souriait, un sourire merveilleusement charmant et vicieux, sans la moindre chaleur.) Le shérif a tué un homme. Ton pote, le bandit unijambiste.

Je me penchai jusqu'à ce que nos nez ne soient plus distants que de quarante centimètres.

— Ça me ferait vraiment plaisir que tu ne te réjouisses pas autant.

— Je ne peux pas m'en empêcher. On est devant un de ces putains de grands dilemmes moraux et je suis impatiente de voir ce que tu vas faire.

Je pliai un bras et posai ma tête sur mon poing.

— Je vais attendre et voir ce que me transmet le Fichier des Recherches criminelles.

— Ils vont dire que Charlie Nurburn a mangé les pissenlits par la racine et que quelqu'un l'a dégommé il y a un bail. (Elle coinça sa lèvre inférieure entre ses dents.) Je peux aller avec toi quand t'iras parler à Lucian ?

— Non.

Elle se mit à geindre.

— Allez…

Je ne dis rien et, au bout d'un moment, elle recommença.

— Allez…

Nous nous fixâmes pendant un long moment, puis elle avala la dernière gorgée de son vin, posa le gobelet vide sur mon bureau et se leva.

— Inutile que je te rappelle qu'il n'y a pas de prescription en cas de meurtre, pas vrai ?

Je soupirai, la tête toujours calée sur ma main.

— Effectivement, pas la peine de me le rappeler. Tu n'as pas non plus besoin de me faire comprendre à quel point c'est facile de pousser un homme à passer à l'acte.

Elle coinça une mèche rebelle derrière son oreille, battit des cils pour redonner du pétillant à son regard et esquissa une petite révérence.

— J'veux juste t'aider. (Elle s'arrêta à la porte.) Au fait…

— Quoi ?

— J'espère que t'attraperas la chtouille.

Je baissai encore un peu plus la tête et regardai la petite quantité de vin qui restait dans mon gobelet en plastique, essayant de trouver un moyen de m'y noyer. Qu'allais-je faire ? J'avais beau essayer de l'envisager, je ne me voyais pas entrer dans la chambre de Lucian et l'accuser de quelque chose dont je n'étais pas certain qu'il l'avait commis. Il allait falloir que je tâte le terrain d'abord. Je voulais savoir pourquoi il m'avait menti ; c'était un début, infiniment minuscule, mais un début quand même. À peine avais-je porté les yeux sur les Post-it que Ruby apparut à la porte.

Elle prit une voix sévère :

— Tu les as lus ?

— Je préfère que tu me dises.

Elle entra et je remarquai qu'elle tenait une grosse enveloppe calée sous son bras.

— Tu veux les bonnes ou les mauvaises nouvelles en premier ?

— Parce qu'il y en a des bonnes ?

— Charlie Nurburn est vivant et en bonne santé. Il vit à Vista Verde, au Nouveau-Mexique.

Ma tête se releva comme si le feu avait pris dans mes cheveux.

— Quoi ?

Elle tapota les Post-it d'un ongle rouge vif, orné d'une minuscule couronne de l'Avent.

— D'après les registres, M. Charlie Nurburn paie ses impôts à Vista Verde depuis 1951. Voici son adresse et son numéro de téléphone.

Je hurlai.

— Vic !

— Elle est partie.

Je me levai, contournai mon bureau et déposai un nouveau baiser sur le sommet de sa tête.

— Merci. Tu ne sais pas à quel point je te suis reconnaissant.

Elle leva les yeux vers moi.

— Est-ce que ça veut dire que tu es prêt pour la mauvaise nouvelle ?

— Pas forcément.

— Mari Baroja est à Billings. Le médecin légiste a dit qu'il y avait des tests qu'il voulait faire et qu'il ne pouvait pas les faire ici.

Je la regardai fixement un moment, puis frottai mon visage de mes deux mains.

— C'était quand, ça ?

— Il a appelé il y a environ une heure.

— Il l'a déjà emmenée ?

— Oui. Il a dit qu'il te laissait à l'hôpital une série de photos de l'autopsie. J'ai demandé à Ferg de passer les prendre avant de partir.

Elle me regardait, mais j'étais tourné vers la fenêtre, contemplant les ténèbres de ma vie. Je n'étais pas du tout pressé de voir ces photos. Elle posa la grande enveloppe sur mon bureau.

— Y a-t-il d'autres mauvaises nouvelles ?

— Cady a appelé. Elle m'a dit de te transmettre qu'elle est fin prête et de te rappeler qu'elle serait là demain.

— Mon Dieu.

— Mais non, ce n'est pas si grave. J'ai des idées. Tu veux que je paie avec la carte du bureau ?

— Oui, bien sûr. Garde juste les factures. (Je tripotai les Post-it du bout des doigts.) Autre chose ?

Elle haussa les épaules.

— Le reste, c'est franchement pas intéressant.

— Comment est le nouveau ?

Son visage s'éclaira instantanément et elle me regarda droit dans les yeux pour me signifier qu'elle parlait affaires.

— Il faut qu'on le garde.

— J'y travaille. (Je bus ma dernière gorgée de vin ; j'étais déjà de bien meilleure humeur.) Il est basque.

— C'est chouette.

Je ne pus m'empêcher de rire; c'était tellement le genre de Ruby de dire quelque chose comme ça.

— J'imagine que M. McDermott n'a pas détaillé le genre de tests qu'il voulait effectuer?

— Non, effectivement. (Elle m'étudia un moment.) Est-ce que ça va poser un problème avec la famille?

— Oh oui.

— L'église?

Je ricanai.

— Pire, le barreau.

— Qu'est-ce que tu vas faire?

— Tu sais, j'aimerais bien qu'on me pose une autre question que celle-là aujourd'hui. (Elle attendit.) Je crois que je vais aller me planquer à la Réserve.

Après un de ces silences dont elle avait le secret, elle ajouta avec un sourire:

— Peut-être que ça vous ferait du bien à tous les deux de mettre vos index en contact pour vous recharger.

Je ramassai le Post-it avec les données sur Charlie Nurburn et les photos, que je trouvai terriblement lourdes. Je sortis avec Ruby, dans la neige, grattai le pare-brise de sa voiture et la regardai partir à petite vitesse. Je fis monter le chien dans le pick-up, m'assis sur ses traces de pas, et fourrai le Post-it dans la poche de mon manteau. Je ne regardai pas les photos, préférant ranger soigneusement l'enveloppe en papier kraft dans la console centrale. Quand le couvercle se referma, il claqua très fort.

5

C'ÉTAIT l'effervescence, comme toujours. Maggie et l'Ours étaient en train de trier un lot de photographies mennonites destinées à une exposition qui aurait lieu au printemps à la Philadelphia Academy of Fine Art. Les clichés se trouvaient dans une boîte à chapeau pour un Stetson Open Road, un chapeau que j'avais menacé d'adopter environ un mois plus tôt, jusqu'au moment où Vic avait dit que je ressemblerais à Lyndon Johnson. Je levai les yeux vers les nombreux et divers pots et casseroles dont l'éclat cuivré éclairait la pièce et se reflétait dans les baies vitrées qui donnaient sur une colline en pente douce et une ancienne mer. C'était un îlot culinaire, une oasis de nourriture au bord d'un océan de neige, et il était douillet, même avec les quarante-trois autres Indiens qui mangeaient, buvaient, jouaient du tambour et se promenaient dans la pièce.

J'essayai de me concentrer sur la tâche qu'on m'avait confiée – couper les oignons –, mais les six conversations et le tambour me rendaient la chose difficile. Une douzaine de personnes étaient assises ou debout autour de l'îlot central et, pour autant que je sache, j'étais le seul à travailler. Je fis une pause et regardai autour de moi, histoire de donner à mes yeux une chance de sécher un peu.

Cette maison connaissait mes secrets. Elle avait vécu l'époque où Henry et moi étions rentrés tellement saouls après un bal avec l'équipe de seconde division, le soir de Sadie Hawkins Day, que nous étions tombés du toit contigu à la chambre de Henry et avions fait une chute de presque sept mètres, heureusement sauvés par l'épaisse couche de neige en dessous. Le père de Henry, Eldridge, était venu nous ramasser, nous avait assis à la table de la cuisine et nous avait fait boire de la gnôle de contrebande toute la nuit, jusqu'à ce que nous vomissions nos tripes avant de nous effondrer. Tout en nous préparant des œufs au tabasco le lendemain matin, il nous expliqua que si nous voulions devenir des poivrots, nous ferions bien d'apprendre de quoi leur vie était faite. La maison était au courant de la nuit où j'avais appelé de Los Angeles pour dire à Henry que j'avais été enrôlé dans les marines et où j'avais appris qu'il avait reçu la même nouvelle à Berkeley, envoyée par l'armée. La maison se souvenait du jour où j'avais présenté ma femme, Martha, à Henry. Elle se rappelait Cady à deux ans qui s'était mise à aboyer comme un phoque pour avoir du saumon de la McKenzie River, comme d'habitude. Cette maison était devenue le centre névralgique de l'électorat indien quand je m'étais présenté la première fois au poste de shérif. Elle avait su quand Martha était morte d'un cancer et elle nous avait abrités tous les deux quand j'étais venu dire à Henry que quatre lycéens blancs de Durant avaient violé sa nièce. La maison connaissait un million de chagrins, un million de victoires, et elle nous connaissait, Henry et moi, parfaitement. Elle savait quand nous avions faim, quand nous étions tristes, et surtout, elle savait quand nous avions besoin de réconfort.

D'un regard voilé par les larmes, je contemplai avec envie la bière brune dans le verre posé à ma gauche, mais je m'étais fait la promesse que je n'en boirais pas une gorgée avant d'avoir fini d'émincer un autre oignon. Je trichai et avalai une lampée.

— Officier, tu as fini de couper ces oignons ?

Je reposai mon verre.

— J'ai besoin de carburant.

— OK, mais on les attend, ça nous retarde.

Brandon White Buffalo m'avait mis à la tâche quand nous étions arrivés, tandis que Henry s'éclipsait avec ma compagne. Brandon était le propriétaire et gérant de la station essence Sinclair de Lame Deer.

Je regardai autour de la table ; je connaissais à peu près tout le monde, y compris Lonnie Little Bird, qui était assis dans son fauteuil roulant, tellement près de mon tabouret qu'on ne pouvait pas voir qu'il n'avait plus de jambes.

— Quand est-ce que Melissa rentre à la maison ?

Il me gratifia d'un sourire si large que je crus que sa tête allait se fendre en deux.

— Elle rentre demain. Hmm… Oui, c'est bien vrai…

Affligée du syndrome d'alcoolisme fœtal, Melissa terminait son premier semestre dans un établissement spécialisé du Dakota du Sud. Je connaissais les Little Bird depuis des années. Ils avaient été des éléments importants dans une affaire que j'avais résolue il y avait moins d'un mois, et de temps en temps, Lonnie roulait jusqu'au bureau pour me donner les dernières nouvelles de Melissa et de ses progrès.

— Elle aime l'école ?

— Elle aime le basket. Hmm… Oui, c'est bien vrai.

Je retournai à mes oignons à émincer. Je criai à Brandon :

— Tu les veux petits comment, tes oignons ?

Il me lança un coup d'œil.

— Coupe les moitiés en longueur puis en bandes d'un centimètre, Officier.

Je haussai les épaules. Pour moi, manger était une nécessité, mais pour Henry c'était un art, et la coda de sa composition était le bien-être et l'originalité. J'étais surpris qu'il permette à Brandon de faire la cuisine, mais il le surveillait de près. Je jetai un œil vers l'Ours et Maggie Watson, et il me sembla qu'ils étaient assis terriblement près l'un de l'autre. Je brandis mon couteau pour attirer son attention au milieu de la cacophonie rythmée des nombreuses conversations en cheyenne.

— Au fait, qu'est-ce qu'on prépare ?

Il leva les yeux.

— *Ga xao xa ot.* (Voyant mon expression ahurie, il ajouta :) Vietnamien.

Je réfléchis puis repris d'une voix forte.

— Je ne me rappelle pas avoir mangé quelque chose comme ça quand j'y étais.

— C'est parce que tout ce que tu mangeais là-bas sortait d'un container américain.

— J'ai bu beaucoup de bière Tiger.

— Je ne crois pas qu'on puisse considérer ça comme de la nourriture raffinée.

Il se pencha et toucha le bras de Maggie qui sourit et répondit à son regard. Ils buvaient du vin blanc ; moi, je n'aimais pas ça. Je me rappelai un expatrié français au Boy-Howdy Beau-Coups Good Times Lounge qui m'avait affirmé que le vin blanc c'était pour le matin, quand on ne se sentait pas bien, ou pour les femmes.

J'observai le délicat mouvement de ses lèvres quand elle parlait. C'étaient des lèvres vraiment belles, vraiment joliment dessinées, et elles semblaient toujours être recouvertes d'une couche fraîche de rouge à lèvres alors que je l'avais surprise à en mettre quelques fois seulement. Elle était clairement rayonnante maintenant, les joues rosies par l'excitation provoquée par cet entourage si étranger, si exotique, et les histoires de l'Ours.

— Alors, on commence par les oignons ? (Il ne répondit pas, mais elle cessa de l'écouter et sourit.) Alors, les oignons…

La réponse fut un peu brusque.

— Oui.

J'attendis un moment pour lui faire savoir qu'il m'avait vexé.

— Je demandais juste. (Il hocha la tête, soupira et regarda à nouveau Maggie.) Je voulais juste que tu saches que tu m'avais vexé.

Je me penchai vers Maggie pour qu'elle puisse bien sentir ma peine.

— Tu vois… je pleure.

Elle rit, je soupirai et sentis une grande ombre dans mon dos ; Brandon White Buffalo faisait une bonne douzaine de centimètres de plus que moi. Il prit la planche à découper couverte d'oignons entre ses mains gigantesques et je regardai le tout disparaître. Les festivités avaient commencé à la Maison des aînés Shoulder Blade et elles avaient ensuite suivi Henry Standing Bear jusqu'à sa maison, où la soirée n'avait pas encore vraiment démarré. Ce nom était tellement magnifique, la Maison des aînés Shoulder Blade. Cela faisait penser à un endroit où on pouvait aller pour faire remettre en place quelques petites choses par des hommes et des femmes qui étaient passés par les chemins sur lesquels on se trouvait aujourd'hui, un endroit où ils posaient une main parcheminée sur votre épaule, vous regardaient de leurs yeux voilés par la cataracte, pour vous aider à éclaircir certains petits détails. Des choses comme ça se produisaient au Foyer des Personnes dépendantes, mais plus difficilement ; le nom de cet endroit n'avait rien de poétique et, du coup, il n'était pas considéré avec beaucoup d'égards.

Je jetai un œil sur la photographie que Henry et Maggie étaient en train d'examiner. Elle représentait un homme en uniforme et bottes de cheval tendant un drapeau américain à un petit groupe de gens qui pouvaient être des chefs indiens. Le drapeau s'enroulait entre eux comme s'il retenait des promesses. Je remarquai que l'extrémité du côté de l'homme en uniforme était plus basse, permettant à tout ce qui se trouvait éventuellement à l'intérieur de s'échapper. Les Indiens regardaient le drapeau comme s'ils n'étaient pas certains de savoir comment le prendre. Les chefs portaient des chemises blanches amidonnées, des vestes en laine, des mocassins brodés de perles et tous avaient la même contenance, une indifférence gravée en eux depuis des siècles. Je reconnus la terre qui s'étendait derrière eux, les quelques arbres et les collines ondoyantes qui constituaient la majeure partie du relief de la Réserve des Cheyennes du Nord. Je pouvais même discerner l'ombre du photographe sur les jambes d'un autre homme blanc vêtu d'un costume ample qui se tenait sur la droite. Je remarquai que son ombre ne touchait pas les Indiens, comme s'ils étaient immunisés. Sur la droite se trouvait un autre chef portant une coiffe de guerre ; il avait les lèvres pincées et il était le seul à regarder directement dans l'objectif, comme s'il essayait de lui voler son âme.

Je me tournai vers le peuple énergique rassemblé autour de la table, un peuple qui avait été trompé, parqué, affamé et chassé presque jusqu'à l'extinction, un peuple qui, avec les forces combinées des nations des Brûlés, Sansarcs, Minneconjous, Hunkapas, Ogllalas et Blackfeet, avait combattu les États-Unis d'Amérique jusqu'à la fin du conflit. S'il fallait encore miser sur un camp, je parierais toujours sur eux.

Je suivis des yeux le géant qui prit tous les ingrédients et se dirigea vers les fourneaux. Il versa un peu d'huile et les oignons dans une grande poêle chauffée à feu moyen. Il y ajouta une pincée de sel, de l'ail et agita la poignée du récipient en fonte sans prendre de manique.

Maggie parlait à nouveau à Henry, c'était la seule conversation en anglais, mais Brandon revint avec la planche.

— Plus.

Je continuai à peiner sur ma tâche et j'écoutai Henry et Maggie, la fréquence de leurs paroles – pas tellement les mots, mais le rythme. Il se mêlait à la langue merveilleuse qui nous entourait, et je reconnus les échos d'un autre temps, d'une autre femme. Il n'y avait pas si longtemps, je m'étais trouvé dans une cuisine comparable à celle-ci, à écouter le rire mélodieux de Vonnie, et comme des échos traversant des eaux noires et profondes, les vibrations m'émouvaient encore; elles continuaient à clapoter comme le murmure d'un puissant courant. Et elles me rappelaient désespérément la vitale nécessité de faire les bons choix quand il s'agissait des affaires de cœur.

Je pensai à Maggie Watson. Autant je détestais les mystères, autant elle les adorait. Pour moi, la clé d'une énigme était comme la perle d'un rosaire que l'on fait glisser entre son pouce et son index, mais pour elle, c'était ce qui lui permettait d'attraper des papillons. J'étais un enquêteur, et elle était un chasseur de fortune. Les gens adoraient les trésors et devaient être contents de la rencontrer; je n'avais généralement pas cette chance.

Je retournai à mes oignons, les coupai en deux, et me mis à découper les morceaux d'un centimètre, évitant tout juste de découper mon index gauche du même coup ; les couteaux de Henry étaient très bien aiguisés. Quand j'eus terminé, mes yeux furent à nouveau attirés vers Maggie. Elle était justement en train de me regarder – le grand bleu, un jour de grande marée. Elle esquissa un tout petit sourire puis se tourna vers Henry. Ce n'était pas juste. Ce n'était pas juste d'essayer de retrouver un fantôme dans le corps de quelqu'un d'autre, d'essayer de récupérer une partie de quelqu'un qu'on avait perdu auprès de quelqu'un qu'on venait de trouver.

— Vous vous êtes coupé.

C'était une petite coupure juste sur la dernière phalange. Rien de grave. Je mis mon doigt dans ma bouche, mais elle tendit le bras vers moi, me prit la main et se retourna vers Henry.

— Vous auriez des pansements ?

— Dans la salle de bain. (Son regard s'attarda un moment.) Je vais les chercher.

Elle revint à moi quand il quitta la pièce et je remarquai que le bleu était plus profond aux coins de ses yeux, comme si la couleur de ses pupilles était attirée par l'océan blanc. Elle sourit à tous ceux qui nous entouraient, pour finir par moi.

— Je vais exercer une pression.

Ouh là.

La seconde bouteille, c'était du rouge, alors j'en pris un verre. De temps à autre, Maggie levait les yeux vers moi et je brandissais mon doigt coupé, utilisant ma blessure comme une excuse pour ne pas me joindre à la conversation, mais elle n'était pas dupe. Elle gagnait sa vie en fouinant dans des endroits oubliés et j'étais une énigme qu'elle n'arrivait pas à résoudre.

Je m'excusai et partis aux toilettes, y fis ce que j'avais à y faire, me lavai les mains et m'appuyai sur le lavabo. Je regardai mon visage dans la glace. Il n'était pas mal, si on exceptait le fait qu'il avait besoin de huit heures de sommeil d'affilée, d'une coupe de cheveux, de dix kilos et dix ans de moins. Mon menton était trop fort, mes oreilles trop grandes, et mes yeux étaient trop enfoncés dans leurs orbites. Je reculai autant que me le permettait la longueur de mes bras et je me trouvai un peu mieux. Je n'étais toujours pas certain que la barbe était un bon choix, mais elle permettait de cacher bien des défauts.

C'était plus facile quand il y avait une affaire pour me distraire, mais avec Charlie Nurburn vivant et Mari Baroja apparemment décédée de mort naturelle, mon esprit ne trouvait pas de repos. Enfin, quand je retournerais en ville le lendemain matin, il ne faudrait pas oublier d'appeler Bill McDermott et le tribunal. Quelque chose ne collait pas, malgré tout. Et ensuite, je retournerais au Foyer des Personnes dépendantes. Le sens commun me disait de laisser tomber, tout simplement, mais je n'avais jamais considéré que cette voix était commune ou sensée.

Je pensai à Maggie et à quel point la passion était quelque chose de difficile à entretenir, mais l'amitié avait un cours qui pouvait ne jamais s'interrompre. Je crois que c'est à ce moment-là que je décidai fermement qu'elle et moi serions seulement des amis. C'était décevant, mais j'étais soulagé. J'avais pris une décision. Je sortis de la salle de bain et fus accueilli par mon meilleur ami.

— Comment va ton doigt ?

— Je crois qu'il va survivre.

Il prit une grande inspiration.

— Je t'ai suivi pour te convaincre d'entreprendre ce à quoi tu veux te convaincre de renoncer.

Les cheveux noirs, la peau sombre, les yeux noirs, c'était comme s'il était sculpté dans l'ébène. Un golem de la tribu cheyenne, mais je connaissais le cœur qui s'y cachait.

— On dirait que tu parles d'une nouvelle voiture.

Il se tut le temps que quelqu'un passe à côté de nous et entre dans la salle de bain.

— Tu es sûr que ça va ?

Je lui racontai mon rêve, où se trouvait Mari Baroja.

Il écouta en silence et hocha la tête à intervalles réguliers. À la fin, il sourit.

— On dirait que tu as maintenant un soutien dans le Camp des Morts.

Ma connaissance des subtilités de la religion indienne était fragmentaire, mais je connaissais le Camp, un endroit où les ancêtres de la tribu cheyenne se retrouvaient après la mort. Les aînés du Camp des Morts recherchaient la société de gens intéressants dans cette vie. Certains objets portaient leur sceau, comme la vieille carabine Sharps que Lonnie m'avait donnée il y a un mois et qui était posée dans un coin de ma chambre. Je voyais parfaitement la carabine, le long canon lourd brillant, d'un lustre effrayant, froid au toucher comme un cadavre. Je vis le motif en perles de l'homme mort sur la plaque de couche, les dix encoches distinctes sur la crosse, et la manière dont les plumes grises frissonnaient même quand il n'y avait aucune brise perceptible, des messages envoyés par les morts sur les ailes des hiboux.

Nous attendîmes jusqu'à ce que la personne qui sortait de la salle de bain nous contourne avec un sourire.

— D'autres conseils ?

— Tu devrais pouvoir trouver le reste tout seul. (Il resta silencieux un moment.) Si tu n'y arrives pas, nous allons avoir besoin de plus de temps que nous ne pourrons en trouver ce soir.

En retournant à la cuisine, j'ouvris l'immense réfrigérateur, pris une bière et m'arrêtai pour regarder quelques-unes des photographies qui avaient été laissées sur ce coin de l'îlot central. La première représentait trois garçons, l'un debout, les deux autres assis. Ils portaient ce qui ressemblait à des uniformes militaires, et leur posture relâchée était démentie seulement par la tension qu'on lisait dans leurs yeux. Je savais pourquoi ; leurs cheveux avaient été coupés par les professeurs du pensionnat indien où on les avait envoyés et qu'ils ne pourraient quitter, s'ils avaient de la chance, que tous les deux ans pour rentrer chez eux. Je la poussai et regardai la suivante. Willy Fighting Bear et Zack Yellow Fox y étaient debout entre deux appaloosas à l'air méchant et ils portaient deux des plus immenses chapeaux de cow-boys que j'aie jamais vus, du genre d'un temps plus ancien dont le but avait dû être de protéger son propriétaire des chutes de météorites. Willy et Zack avaient l'air bien, même s'ils avaient probablement chevauché une quinzaine d'heures. Mon père les connaissait et m'avait dit qu'ils étaient deux des meilleurs cavaliers qu'il ait jamais connus. Je poussai celle-ci à son tour et pris la photo suivante.

Je reconnus Frank White Shield. Il portait toute la panoplie du chef cheyenne et se tenait entre ses deux fils, Jesse et Frank Jr. Ils étaient vêtus de leur uniforme d'apparat de l'armée ; on devait être en 1943. Frank Jr. était décédé à Okinawa, pendant que Jesse était parti comme sniper dans l'atoll

Kwajalein aux îles Marshall avec la Septième Division d'Infanterie. Il devint célèbre parce qu'il s'attachait haut dans les arbres pour que, s'il se faisait descendre, les Japonais ne sachent jamais s'ils avaient touché leur cible. Ils finirent par l'avoir, mais sans jamais le savoir.

Je regardai les photographies suivantes. L'une d'entre elles présentait un groupe d'hommes et de femmes debout avec l'église en arrière-plan, et une autre, un jeune homme avec des cuissardes brodées de perles, seul sur un terrain de base-ball de fortune. J'observai le visage fort, souriant, et les petites mains agiles qui tenaient délicatement la balle. J'entendis presque le bruit sourd de la balle contre le gant et la rengaine d'un homme qui n'avait plus de jambes : "Hmm, oui, c'est bien vrai..."

Les mots avaient franchi mes lèvres étirées en un petit sourire avant même que je m'en rende compte. Je regardai Lonnie Little Bird qui était embarqué dans une conversation saugrenue à l'autre bout de la cuisine. J'essayai de l'imaginer en train de jouer au base-ball en professionnel, avant la perte de ses jambes à cause de son diabète. Lonnie avec des jambes. Je pris une grande inspiration et une grande goulée de bière, et avançai vers l'autre partie de la cuisine où m'attendait mon destin romantique.

Elle avait un coude appuyé sur le comptoir, le menton calé dans sa main.

— Je pensais qu'il n'y avait que les femmes qui allaient ensemble aux toilettes.

Elle changea son menton de main et se trouva soudain beaucoup plus près.

— C'est un bon ami.

Je me frayai une place, posai mon coude sur la table, le menton dans ma paume pas très loin de son visage.

— Je commence à croire que vous en êtes un, vous aussi.

Je souris et baissai les yeux. Les flammes des bougies oscillaient comme les plumes de hibou sur la Carabine des Morts. Quelque chose me titillait, quelque chose que je venais de sentir, une espèce d'intuition, mais je n'arrivai pas à le définir. Était-ce quelque chose que j'avais vu sur les photos ou quelque chose que Henry avait dit ? Je levai les yeux vers Maggie juste au moment où Henry revint, et je suis certain que je devais avoir l'expression de quelqu'un qui vient de casser un vase. Maggie, quant à elle, s'adossa dans sa chaise, cala son petit menton pointu dans sa main et battit des paupières.

— Ça avance, le dîner ?

L'Ours sourit et rejoignit Brandon devant les fourneaux. Je restai un moment à la regarder dans les yeux, mais je faillis m'y noyer, alors je me tournai vers les baies vitrées. Je contemplai les flocons qui dansaient devant la vitre avant de marquer une brève pause puis de s'envoler au loin. C'était comme s'ils essayaient de se glisser par la fenêtre pour me rappeler quelque chose qui ricochait comme un galet sur une eau lisse.

Les photographies. C'était quelque chose en lien avec les photos.

Je me levai précipitamment, traversai la pièce et me frayai un passage entre les gens pour retrouver les clichés. Ils étaient posés là où je les avais laissés. J'étudiai celui de Lonnie avec les cuissardes à perles qui habillaient ses jambes aujourd'hui absentes et je le vis, traversant le terrain comme une buse à queue rousse, fonçant vers la première base telle une lance de guerre ; mais c'était la voiture garée à la limite du terrain, un grand cabriolet bicolore plutôt sophistiqué pour l'époque, qui avait piqué ma curiosité.

Je poussai cette photo-là et regardai la suivante. Un petit groupe d'Indiens était rassemblé autour de la voiture en question. Elle était prise de plus près cette fois, et je distinguais l'ornement du capot : des cornes de bison et des lettres qui couraient le long du chrome.

Maggie m'avait suivi et elle posa sa main sur mon bras.

— Il y a quelque chose qui cloche ?

— Oui. (J'attendis que les battements de mon cœur ralentissent et reviennent à la normale, puis je regardai de nouveau la photo.) Est-ce que je peux vous poser une question ? (Je posai un doigt sur le cliché.) Est-ce que ça ressemble à une Kaiser 1950 ?

Elle se pencha et inspecta la voiture.

— Je ne suis pas certaine de l'année mais l'emblème est bien celui d'une Kaiser.

Un seul homme blanc apparaissait sur la photo et j'étais presque sûr de savoir qui c'était. Henry s'était approché de l'autre côté. Je déplaçai mon doigt.

— Est-ce que le nom de Charlie Nurburn te dit quelque chose ?

Ses yeux se plissèrent tandis qu'il examinait la photo.

— Oui, j'ai déjà entendu ce nom-là. (Il respira un moment.) Originaire du Sud du comté, il a vendu du mauvais alcool pendant un an environ. Il a rendu aveugles certains membres de ma tribu, en a tué d'autres.

Je secouai la tête et étudiai l'homme grand et maigre.

— On dirait bien Charlie.

Il tourna la tête.

— C'est en rapport avec une affaire sur laquelle tu travailles ?

— Ouaip. (Je réfléchis.) Non. En fait, il n'y a pas vraiment d'affaire et il n'est pas vraiment impliqué puisqu'il est vivant et qu'il vit à Vista Verde, au Nouveau-Mexique.

Je cessai de parler un moment pour pouvoir réfléchir.

Je me tournai pour regarder Henry, mais je découvris que les rides sur son visage avaient disparu, ses pommettes étaient plus saillantes et l'eau coulait de ses cheveux noir corbeau. Ses épaules étaient étroites avant que les doses électrisantes de testostérone de l'adolescence ne l'aient transformé en défenseur de foot américain de haut niveau, et quand il sourit, la petite canine qu'il avait gardée pendant toutes ses années de lycée réapparut soudain.

— Dégonflé !

Je baissai les yeux vers lui et vers les eaux tourbillonnantes de la Little Powder River au confluent de Bitter et Dry Creeks. Nous avions un pont à notre droite, dont le cadre noir se détachait sur le fond du ciel bleu vif de ce beau jour de juillet. J'avais l'impression de n'avoir plus de colonne vertébrale pour supporter ma cage thoracique et un frisson glacé parcourait mes bras et mes épaules.

— C'est pas vrai ! criai-je à mon tour.

— Alors, saute !

Je regardai vers le bas et au lieu de chaussures d'hommes, je vis une paire de jambes maigres et hâlées qui sortaient d'un jean coupé aux genoux, et des pieds nus. J'esquissai un mouvement et la plaque de tôle sur laquelle je me tenais debout se déforma sous mon poids, produisant un léger bruit.

Il inclina la tête sur le côté et se mit à rire, ses petits poings calés sur ses hanches étroites.

— Dégonflé !

Je fixai des yeux la peinture jaune passée sur le métal, la bande chromée et les lettres découpées, le bas de caisse couvert de sédiments de la Powder River. Je contemplai les cornes de bison fixées sur le sommet concave du capot, le grand K du sigle… et je sautai.

Je repris mes esprits et mes yeux croisèrent les siens.

— Je sais où elle est. (Je me tournai vers Maggie.) Enfoncée dans la rive de la Little Powder, à environ un kilomètre et demi d'ici. (Je tapotai la photo du bout du doigt pour enfoncer le clou.) Précisément cette voiture. (Je la regardai à nouveau.) Avec sept ou huit autres voitures qui servent à maintenir la berge là où elle décrit un virage sous le pont.

La voix de Henry trahissait un doute.

— Depuis combien de temps elle est là ?

Je souris.

— Dans mon souvenir, elle y a toujours été. Elle y était déjà quand nous étions gamins.

Il sourit à son tour et je le regardai retourner en arrière.

— Tu t'es ouvert le crâne à cet endroit-là. (Il resta immobile quelques instants.) C'est important ?

— Peut-être. (Je gardai les yeux rivés sur la photographie.) C'est bien cette voiture.

Il haussa les épaules.

— Les cabriolets Kaiser bicolores n'étaient pas très nombreux sur la Réserve.

Les yeux bleus vinrent se poser sur la photo, et ses lèvres se pincèrent sous l'effet de la concentration.

— Pourquoi quelqu'un voudrait-il enterrer une voiture pratiquement neuve dans la berge de la rivière ?

J'examinai de près l'homme que je croyais être Charlie Nurburn. Il était grand, mince, et les pouces de ses mains squelettiques étaient glissés dans les poches avant de son pantalon de travail. On apercevait les crosses nacrées de deux automatiques accrochés à sa ceinture, et deux autres armes dans un holster d'épaule croisé. Charlie Nurburn était bien armé. Son jean ressemblait à une mue de serpent en lambeaux, roulé en bas pour découvrir une paire de bottes de bûcheron à lacets éraflées. Il portait une vieille veste en flanelle sur ses épaules étroites et une chemise écossaise en laine boutonnée jusqu'à la pomme d'Adam. Il était coiffé d'une de ces vieilles casquettes de chasseur avec des rabats pour les oreilles qui se nouent sur le dessus, un peu penchée sur le côté gauche d'un air canaille. J'examinai son visage et parvins à distinguer une dent en or, devant à droite. J'essayai de voir un mari violent et un meurtrier derrière les sourcils froncés qui cachaient ses yeux, mais on n'y trouvait rien de particulier. C'est ce genre de choses qui m'inquiète.

Si Charlie avait définitivement quitté le comté d'Absaroka en 1951, pourquoi n'avait-il pas voulu prendre sa Kaiser presque neuve avec lui ? Je regardai mes deux compagnons.

— C'est l'homme qui était marié à la femme de la maison de retraite, celle qui vient de mourir.

Maggie Watson s'assit sur le tabouret le plus proche et posa ses mains sur ses genoux.

— Quelle femme dans quelle maison de retraite ?

— Mari Baroja, celle qui était mariée à Lucian.

Il fallut trois bonnes secondes à l'Ours pour prendre la parole.

— Quoi ?

— Mari Baroja est la femme qui est décédée à la maison de retraite. Elle et Lucian Connally ont été mariés pendant quelques heures au milieu des années 1940, avant que le mariage soit annulé par la famille. Il m'a dit qu'il l'avait revue pour la première fois il y a un an environ, quand elle s'est retrouvée enfermée au Foyer des Personnes dépendantes. Pour une raison quelconque, Lucian pense que la cause de sa mort pourrait ne pas être naturelle, alors j'ai bouclé sa chambre et j'ai appelé un médecin légiste de Billings pour avoir une autopsie complète. Il dit qu'elle est probablement morte d'un arrêt cardiaque, mais des millions de dollars de méthane sont en train d'être extraits du presbytère familial à Four Brothers.

— C'est la propriété des Baroja ? (Il leva un sourcil tandis que je hochai la tête. Il avait l'expression de quelqu'un qui se prépare à attaquer une diligence.) On a un mobile, mais est-ce qu'il y a une affaire ?

— Pendant l'autopsie, on a découvert que Mari Baroja avait longtemps été battue, et lors de conversations par la suite avec Lana Baroja, Isaac Bloomfield et Vern Selby, j'ai découvert que Charlie Nurburn était peut-être le plus beau salopard que la terre ait jamais porté, jusqu'à ce qu'il disparaisse dans des circonstances autour desquelles le mystère ne cesse de s'épaissir.

Henry avait l'air toujours aussi abasourdi, et je me rendis compte que la plupart des conversations dans la pièce avaient cessé.

— Et Lana Baroja est… ?

Je pris Henry par le bras et l'emmenai au fond de la cuisine. Je présentai mes excuses à Maggie pour cette mise à l'écart et coinçai Henry dans un coin.

— Lana Baroja est la petite-fille de la défunte et elle croit dur comme fer que Lucian Connally a une responsabilité quelconque dans la mort de son grand-père.

— Je croyais que t'avais dit qu'il était vivant ?

— C'est compliqué. D'autre part, c'est apparemment un fait connu que Mari Baroja et Lucian ont eu un rendez-vous galant tous les jeudis après-midi, et ce pendant des années, mais Lucian ne reconnaît pas avoir eu cette liaison. (Je réfléchis un moment.) Il y a ça, et une Kaiser 50 encastrée dans la berge de la Little Powder depuis toujours.

— Donc, on parle de deux meurtres potentiels distants de plus de cinquante ans ?

Je restai immobile tout en le regardant.

— Qu'est-ce que tu en penses ?

— De quoi ?

— Tu crois que Lucian est coupable ?

Pour la première fois de la soirée, la Nation Cheyenne resta silencieuse.

6

— J'AIME bien votre ami Henry.

J'avais emprunté la route 87 de la Réserve parce que, pris d'un regain d'optimisme, je m'étais dit qu'elle avait peut-être été déneigée. Mari Baroja avait probablement fait ce parcours en sens inverse quelques heures auparavant ; je me demandai comment elle avait pris la chose. Cette affaire me taraudait, alors j'envisageai de partager une partie du fardeau avec Maggie tandis que nous roulions sur une couche de cinq centimètres de neige tassée. Je me tournai vers ma compagne de route. Si les femmes savaient à quel point elles sont jolies dans les lueurs du tableau de bord d'un gros pick-up, elles n'en descendraient jamais.

— Ah oui ?

— Mmm…

La neige tombait un peu moins dru, mais dans le faisceau des phares les gros flocons plats continuaient à descendre en piqué du ciel enténébré et disparaissaient de part et d'autre du pare-brise comme dans une course de voitures sans fin. Je grignotais mon rugelach en essayant de me concentrer sur la route pour éviter que la nouvelle perspective d'une relation naissante ne nous conduise dans le fossé.

— Vous vous connaissez depuis combien de temps ?

— Depuis l'école primaire. (J'eus une bouffée d'angoisse lorsque les roues arrière du pick-up dérapèrent un peu.) J'allais souvent chez sa tante, et on regardait le Lone Ranger. On jouait dans la cour et c'était toujours moi qui avais le rôle de Tonto.

Elle rit. Je réfléchis à mon affaire et me demandai si Saizarbitoria avait parlé à Charlie Nurburn. J'avais confié cette mission à Sancho dans l'espoir que je n'aurais jamais à parler à ce type.

— Vous êtes encore en train de penser à cette femme basque ?

Je lui lançai un coup d'œil.

— Je me concentre sur la route.

Il était assez clair qu'elle ne me croyait pas.

— Comment elle s'appelait, déjà ?

Je jetai un œil vers la console centrale, où j'avais rangé les photographies de l'autopsie.

— Mari Baroja. (Elle souriait.) Quoi ?

— Ça ressemble à "ambrosia".

Je soupirai.

— Effectivement.

Je m'absorbai quelques instants dans la contemplation de la neige. La déclaration de Lana m'inquiétait toujours. Elle n'avait guère d'importance si son grand-père était vivant, mais dans ce cas pourquoi aurait-il abandonné une Kaiser en parfait état de marche pour partir s'installer sans elle à Vista Verde, Nouveau-Mexique ?

Elle ne m'avait pas quitté des yeux.

— Vous êtes un drôle de shérif.

Je mâchonnai l'intérieur de ma joue, un tic qui me prenait toujours quand j'étais obligé de vraiment penser.

— Je n'aime pas les mystères et je n'aime pas quand les pièces ne s'emboîtent pas. (Je me tournai vers elle.) Et si on parlait un peu de vous ?

— Ça tombe bien, je suis l'un de mes sujets favoris. Allons-y. (Je ris.) Que voulez-vous savoir ?

— Oh, tout. (Je regardai à nouveau la route avant de me tourner une nouvelle fois vers elle.) Comment se fait-il qu'une créature comme vous se balade sans bague au doigt ?

Elle abaissa le pare-soleil et ouvrit un petit étui en cuir.

— En tant qu'héritière présomptive de la couronne de Norvège, je dois avoir atteint l'âge légal pour être autorisée à me marier.

Elle sortit une trousse à maquillage encore plus petite, me jeta un coup d'œil, et se remit un peu de rouge à lèvres.

Je hochai la tête.

— L'âge légal, c'est trente-cinq ans ?

Elle referma le miroir de courtoisie et me regarda en me gratifiant d'un sourire ravissant.

— Décidément, je vous aime bien. (Elle remit la minuscule trousse dans la moyenne, puis la moyenne dans le sac en cuir fait main.) Ce n'est pas tellement intéressant. C'est juste que je me suis trouvée dans un contexte affectif et géographique où je n'étais pas heureuse.

— C'était où ?

Elle inclina la tête.

— Charlottesville, en Virginie. Louis enseignait à l'Université de Virginie, et au bout d'un moment nous avons commencé à nous considérer l'un l'autre comme des options facultatives.

— Vous avez choisi de quitter Charlottesville, en Virginie, pour Cheyenne, dans le Wyoming ?

— Je trouvais que cet État avait l'air clean, et le Sud est plein de fantômes. J'avais un boulot analogue à celui-ci et un diplôme en économie, alors je suis venue passer un entretien au salon de l'emploi de l'État du Wyoming – soit dit en passant, rien d'autre que trois ballons attachés au bout d'une table dans la salle de conférences du bâtiment du Congrès.

— Nous sommes un État économe.

Elle continua à m'observer, mais il lui fallut un moment pour trouver le courage d'enchaîner.

— Vous n'avez pas l'air divorcé.

— L'air divorcé ?

Ses paupières se plissèrent mais les étincelles bleues étaient toujours visibles.

— Encore trop de compassion mal maîtrisée, un langage pas assez vulgaire.

Je marquai une pause avant de lâcher :

— Je suis veuf.

Elle hocha la tête mais ne dit rien. Elle avait les jambes repliées sous elle. Je ne voulais pas parler de Vonnie, mais ce silence n'aurait pas été juste.

— J'ai connu une autre femme, il y a environ un mois. (Elle resta silencieuse.) Je ne crois pas qu'on puisse appeler ça une relation au sens où elle ne fut pas consommée, mais nous étions proches et cela s'est mal terminé.

Sa voix parut faible, et lointaine.

— Je peux être franche avec vous ?

— J'espère bien.

— J'ai lu des articles qui en parlaient dans les journaux.

Je me sentis étrangement violé, comme si quelqu'un avait fait l'inventaire de ma vie privée.

— Eh bien… c'est le prix à payer quand on est un personnage public.

Elle tendit un bras et posa une main sur ma manche, pas très loin de mon cœur. Je sentais monter les larmes et je ne savais pas si je pleurais sur mon sort ou sur les femmes que j'avais perdues. Je fixai la route et le voile ne se leva pas. J'étais presque certain que les yeux bleus remarquaient mon émotion. J'étais presque certain que ces yeux remarquaient pratiquement tout.

— Et nous revoici à parler de moi.

— Pardon. (Sa tête se pencha vers l'avant.) Vous allez m'avoir dans les pattes encore deux jours au moins. J'ai neuf coffres non réclamés à examiner dans trois banques différentes ; je crois que mon prédécesseur ne considérait pas que Durant méritait une place prioritaire sur sa liste.

Je fus soulagé que nous soyons passés à un autre sujet.

— Alors, que faites-vous quand vous en ouvrez un ?

— D'abord, je vérifie s'il s'agit d'un oubli d'un propriétaire encore en vie, ou bien si le coffre est abandonné suite à un décès. Ensuite, je recherche les dossiers de crédit et je mène une enquête pour retrouver d'éventuels parents. S'il n'en résulte aucun contact avec un propriétaire et si le loyer n'a pas été payé depuis cinq ans, le contenu nous appartient.

— Et les gens prennent ça comment ?

— Souvent, on me raccroche au nez. (Elle rit et secoua la tête.) C'est vraiment difficile de faire comprendre que nos droits sont légitimes. Ils pensent toujours qu'il y a une arnaque quelque part. Mais, sur l'année dernière seulement, nous avons restitué plus de huit millions de dollars à leurs bénéficiaires et généré plus de quinze millions en biens non réclamés.

Je laissai échapper un sifflement.

— Quinze millions ! Ça en fait de l'argent dans les caisses de l'État. Ils achèteront peut-être plus de ballons la prochaine fois.

La visibilité était moins bonne, alors je ralentis plus encore. À cette vitesse, nous aurions pu tout aussi bien descendre du pick-up et rentrer à pied.

— Vous êtes fonctionnaire au Département du Trésor ?

Elle me fit un salut.

— Responsable des biens non réclamés. Je suis mon propre service au Département du Trésor de l'État du Wyoming.

— Je ne peux pas m'empêcher de vous poser la question. Quel genre de choses trouvez-vous dans ces coffres ?

Elle regarda droit devant elle.

— Tout et n'importe quoi. Nous avons trouvé un ordre de nomination d'ambassadeur datant de 1863 et signé de la main d'Abraham Lincoln, et la semaine dernière par exemple, j'ai mis la main sur toute une collection de rubans d'une campagne nazie datant de la Seconde Guerre mondiale. On trouve des montres, des actions, des titres… L'un d'entre eux, à Gillette, contenait une tenue vestimentaire complète, des lunettes de ski et un revolver. (Je me tournai pour la regarder.) Souvent il y a des polaroids. Nous avons des photos de nus, un tas qui fait un demi-mètre de haut.

— Ça doit bien décorer le panneau d'affichage, au bureau.

— Pas vraiment. (Elle roula des yeux.) La plupart du temps, ce sont des gens dont on aurait préféré qu'ils n'enlèvent pas leurs vêtements.

L'image fut brisée par l'apparition sur la route d'une plaque de verglas où de la neige fondue avait dû s'amasser et geler. Je passai cette plaque, il y en eut une autre et le pick-up chassa sur le côté ; je contrôlai le dérapage et effleurai les freins, mais quand le rideau de neige s'ouvrit, la silhouette sombre d'un véhicule surgit devant moi. J'écrasai l'ABS et sentis la pression du maître-cylindre qui tentait d'empêcher le blocage des roues, ce qui nous aurait fait glisser puis percuter la tonne d'acier couchée sur le flanc devant nous. Malgré l'assistance au freinage, je n'arriverais pas à m'arrêter. En une fraction de seconde, je vis le passage entre la balustrade du pont et le bas de caisse de la voiture immobilisée. La perception au ralenti provoquée par la montée d'adrénaline me permit d'évaluer la trajectoire médiane devant moi : pentue, mais pas assez pour que le Bullet se renverse. Il fallait juste que je m'assure de le maintenir fermement face à la pente pour que nous ne finissions pas comme l'autre véhicule. Tandis que nous quittions la route, je sentis la décélération brutale des larges pneus qui s'accrochaient à la neige fraîche. Nous descendîmes le fossé, remontâmes de l'autre côté et nous enfonçâmes dans la neige pour nous arrêter après le dernier poteau, hors de danger. Je pris une grande inspiration et regardai mon bras tendu qui avait empêché le chien d'être catapulté à travers le pare-brise et qui bloquait Maggie contre son siège. Le chien s'ébroua tandis que je scrutais le visage de Maggie.

— Ça va ?

Elle ouvrit la bouche mais ne dit rien.

J'allumai la barre de toit et enclenchai la fréquence 2 sur ma radio, qui composa le 155.445, la fréquence de la Police de l'Autoroute. J'avais besoin d'un sérieux coup de main et j'en avais besoin vite. Je lui tendis le micro :

— Dites-leur qu'il y a un 10-50 à la borne 12 sur la 87, qu'il vous faut un secours d'urgence avec une ambulance et une dépanneuse. (Je souris.) C'est bon ?

Elle avait les yeux écarquillés.

— Comment vous savez à quelle borne on est ?

— L'habitude. Restez là, je n'en ai pas pour longtemps. Code 10-50, borne 12 sur la 87, ambulance et dépanneuse.

Mes bottes s'enfoncèrent dans la fine couche de poudreuse et firent craqueler la glace en dessous. L'étau glacé qui m'enserrait les jambes jusqu'aux genoux était le seul moyen de traction dont je disposais, alors je m'en servis pour me hisser vers le sommet de la pente. Quand j'arrivai à la bretelle, l'air me brûlait les poumons. Je regardai dans la direction par laquelle nous étions arrivés ; nous n'avions croisé personne depuis que nous avions dépassé Sheridan, alors j'avais une petite chance.

Je me tournai vers la voiture et restai figé. Le véhicule couché sur le côté était la Mercedes 1971 d'Isaac Bloomfield.

Les portières n'étaient pas ouvertes et les vitres étaient restées intactes, le moteur ronronnait et les roues tournoyaient comme un cheval qui avait pris du plomb dans le bide. Les phares de la berline gris métallisé étaient tournés vers les collines de Lodge Grass. Le moteur se mit à tousser, menaçant de caler. Au-dessus de la surface de la route on voyait encore monter la vapeur ; l'accident venait probablement de se produire. J'atteignis le coffre après force glissades. Le miroir verglacé de la route rendait ma progression difficile mais je parvins à m'approcher du pare-brise arrière ; la condensation avait opacifié la vitre de l'intérieur et je ne voyais rien. Tandis que j'essayais de trouver un accès, j'entendis un grognement et j'eus soudain un peu de mal à respirer. Je m'éloignai rapidement du pare-chocs arrière et constatai avec soulagement que le moteur s'arrêtait ; le risque d'une combustion interne et celui d'une glissade mortelle sur deux roues étaient écartés.

À un moment au cours du trajet, j'avais dû enfiler mes gants, ce qui était heureux parce que le bas de caisse était encore chaud. J'entrepris de l'escalader ; le cuir mouillé grésilla sur le pot d'échappement et émit une odeur de steak grillé. Je tendis le bras et attrapai la baguette de garniture au milieu de la portière du passager. Je tirai la poignée ; elle parut céder, laissa échapper un petit bruit sec, mais elle reprit sa place et la serrure s'enclencha. Je la tirai à nouveau et parvins à glisser mes doigts sous la tôle ; je m'y cramponnai et elle céda. Elle ne resterait pas ouverte, alors je coinçai mes pieds dans l'entrebâillement et la poussai de tout ce poids qui m'avait tant plombé jusqu'à aujourd'hui. La portière pivota complètement sur ses gonds et se détacha, s'envola par-dessus le pare-brise et entama une longue glissade sur la plaque de verglas. Je devrais alerter les associations de consommateurs, les voitures ne sont plus ce qu'elles étaient.

Isaac ne bougeait pas. Ses yeux étaient fermés et on voyait du sang sur le côté de la tête. Il avait un bras en travers de la poitrine. C'était toujours la même chose ; si par le plus malheureux des hasards il était blessé au cou ou au dos, on pouvait faire plus de mal que de bien. Si j'entrais dans l'habitacle, j'allais lui tomber dessus ; je calai une jambe sur le côté pour me trouver un point d'appui. Il était chaud et je repérai une pulsation familière dans son poignet. C'est alors que se produisit un véritable petit miracle. Il bougea une fois, comme s'il essayait de trouver une position plus confortable. Ce n'était pas grand-chose, mais ce mouvement m'assura que sa colonne vertébrale et son système nerveux étaient intacts. Il pouvait être déplacé. Je me penchai pour atteindre la ceinture de sécurité qui lui avait sauvé la vie et remerciai Dieu d'avoir conçu les ceintures pour qu'elles s'attachent vers l'intérieur. Tandis que je le tirai vers moi, ses jambes se coincèrent sous le volant et je dus le pousser un peu vers la droite pour le libérer. Je négociai le passage autour des autres commandes du véhicule et plaçai mon autre main sur le devant de son manteau pour le soulever.

C'est à ce moment que je sentis les lumières. Aucun des véhicules que j'avais demandés par radio ne pouvait avoir des lumières jaunes clignotantes, et aucun ne pouvait être aussi énorme. L'État du Wyoming utilise des chasse-neige de cinq tonnes équipés d'épandeuses qui peuvent déverser des granulés de schiste sur une largeur de cinq mètres ; ce qui signifiait une masse de dix tonnes menaçantes qui seraient là dans un peu plus d'une minute.

Redécouvrant soudain ma force et heureux qu'Isaac n'ait pas repris trop de poids depuis sa libération du camp, je l'écartai du volant et je l'avais presque complètement dégagé quand son pied se coinça dans la ceinture de sécurité. Je m'efforçai de rester calme, le tournai sur le flanc, mais la ceinture resta accrochée. Je pris une grande inspiration et le tournai dans l'autre sens ; la ceinture se décrocha et tomba dans le noir. Je le hissai jusqu'en haut et levai les yeux.

Il était beaucoup trop tard. Le chauffeur avait dû voir mon signal de détresse et il avait commencé à freiner, mais visiblement il n'allait pas y arriver. Je regardai le reflet brillant sur la route noire verglacée. Nous n'avions nulle part où fuir. Où que nous allions, nous serions en aussi mauvaise posture, voire pire, alors je ne fis rien. Je regardai les dix tonnes du Département des Transports du Wyoming atteindre la première plaque de verglas et commencer leur funeste dérapage en crabe.

Tandis que nous étions là, sur le flanc de la voiture, comme une espèce d'étrange pietà moderne, je me dis que c'était tout ce que je pouvais gagner à vouloir prendre ma soirée pour sortir une belle femme dans un endroit magique, à la rencontre de gens merveilleux. Mon châtiment imminent s'annonçait sous la forme d'une énorme masse d'acier glacé et de schiste rouge lancée à toute allure.

La rambarde de l'autoroute ressemblait à un entonnoir galvanisé et je jetai un regard à la glace collée sur la surface nord-ouest du métal. De grands jets de neige fondue montaient des pneus du camion. L'étrave me paraissait aussi grande que celles que j'avais vues sur le devant des locomotives de la Burlington Northern.

Je baissai les yeux vers Isaac et souris ; ce genre de merde n'arrivait jamais à Tom Mix quand il sauvait une jeune vierge attachée en travers des rails. Ce qui m'arrivait à moi ne me semblait pas important ; mais pour Isaac, c'était différent. Comment une vie si pleine de sens pouvait-elle se terminer d'une façon aussi insensée ? Je lissai les cheveux du vieil homme sur le côté. Il y avait du sang mais je ne le croyais pas gravement touché. Alors que les lumières de l'engin éclairaient ses blessures, j'entendis un son dans le lointain. Cela pouvait être le bruit régulier des énormes pneus Bandag cloutés et chaînés qui accrochaient le revêtement de la route, ou le bruit sourd des 10 cylindres en V du Bullet, mais on aurait plutôt dit des tambours.

Quand je levai les yeux à nouveau, l'arrière du camion glissait vers nous et les feux arrière nous fixaient comme une paire d'yeux furibonds. La glissade se poursuivit, mais les jets de neige mouillée ne paraissaient plus monter aussi haut. Je regardai les phares se tourner à nouveau vers nous avec le métal concave de l'étrave. Le camion finit par s'arrêter à environ trois mètres de l'endroit où nous nous trouvions. On aurait dit un bison furieux, ses naseaux dilatés soufflant de grands jets de buée et la sueur dégoulinant sur son front. Les tambours s'étaient arrêtés.

Parasites.

— Unité Six, 10-55. Terminé.

Je connaissais Wes Rogers parce qu'il était de ma génération. Il fut le premier à arriver sur les lieux, et je l'aidai à rédiger son rapport. Les autres membres de la patrouille émergèrent dans la lumière bleue clignotante au volant de leurs Mercury noires et les secouristes montèrent Isaac Bloomfield à l'arrière de l'ambulance.

— Alors t'es juste resté là ?

Il souriait tout en écrivant sur son bloc, son chapeau à la Smoky the Bear repoussé vers l'arrière d'une manière qui le faisait ressembler à Will Rogers, l'acteur américain avec lequel il n'avait pourtant rien à voir. C'était une sensation étrange que de se retrouver passager dans une voiture de patrouille. Il secoua la tête et étouffa un rire.

— T'as un caleçon de rechange ?

— Je n'en porte pas ; c'est pour ça que les femmes me courent après.

Il cessa d'écrire.

— Ben, j'ai même pas honte de te le dire, moi, j'aurais été obligé de rentrer et de changer de caleçon. (Il me tendit le bloc pour que je signe les formulaires.) Il te reste combien de temps avant la retraite ?

Quand j'appuyai sur le stylo, il éclaira la surface de papier.

— Chronologiquement ou financièrement ? (Je lui rendis le bloc et glissai le super stylo dans ma poche.) Pourquoi tu me demandes ça ?

Il rangea les papiers dans la console centrale.

— Je pars le mois prochain. Scottsdale, Arizona.

Je fus surpris. Je pensais que Wes serait toujours dans le coin.

— Qu'est-ce que tu vas faire à Scottsdale ?

Il contempla par la fenêtre le paysage enneigé ; on aurait tout aussi bien pu être sur la face cachée de la lune.

— Regarder mon petit-fils grandir, et empêcher les Mexicains de se baigner dans les étangs du golf la nuit.

Je réfléchis un moment et retrouvai le nom de l'épouse de Wes.

— Et qu'est-ce que Ruth en dit ?

Je suivis son regard et nous regardâmes Pete's Towing retourner la Mercedes ratatinée pour la remettre sur ses roues.

— J'imagine qu'elle le prendra bien, vu qu'elle attend ça depuis vingt-six ans.

Je lui tendis la main et il me la serra. Il me dit que je pouvais garder le stylo, gage de son affection, en souvenir de notre chaleureuse amitié.

Je piétinai à pas lourds la croûte de neige du bord de la route vers le Bullet et m'arrêtai brusquement : une chaîne tractait le seul moyen de transport d'Isaac Bloomfield sur la plateforme abaissée de la dépanneuse ; un chauffeur en bleu bloqua la voiture dans des gros sabots. Le bébé du vieux médecin partait pour la casse de Sonny George, juste à la sortie de Durant. Ils garderaient la voiture jusqu'à ce qu'Isaac décide de ce qu'il voulait en faire. C'était vraiment dommage. Doc possédait cette voiture depuis que je le connaissais, et il l'entretenait pour qu'elle soit toujours en parfait état. Fred Ray, le mécanicien de la station Sinclair de chez nous, m'avait dit une fois que la voiture était dans un état éblouissant grâce aux soins préventifs que lui prodiguait Isaac. Mais je suppose que même l'ingénierie allemande présentait parfois des défaillances ; ou alors, c'était le conducteur de quatre-vingt-cinq ans qui en avait eu une.

Lors de notre brève conversation pendant que les secouristes le chargeaient dans l'ambulance, Isaac m'avait dit qu'il avait été de plus en plus contrarié à la pensée que ce n'était pas lui qui effectuait l'autopsie de Mari Baroja et il avait alors décidé de sauter dans sa belle Mercedes à deux roues motrices pour faire deux petites heures de route dans une tempête de neige sur les hautes plaines autour de minuit. D'après lui, c'étaient ses freins qui avaient lâché.

Tandis que je restais planté là, pensif, mon regard se détacha des sinistres reflets métallisés de la voiture allemande pour se tourner vers l'est et les collines ondoyantes et couvertes de neige. Henry Standing Bear était celui qui avait formulé les choses avec le plus de justesse. Il avait commencé à me faire courir il y a un mois ; c'était le premier point d'un plan de rédemption qui en comportait quatre. Je m'étais un jour écroulé au bord de Clear Creek et j'avais profité de ce répit pour lui parler de toutes les améliorations que j'allais faire chez moi avec l'aide de ses amis de Red Road Contracting. Le regard perdu de l'autre côté de la petite vallée, vers les terres où ses grands-parents chassaient et pêchaient, il était resté sans broncher. J'avais déjà vu les coins de sa bouche se baisser de cette manière et je lui avais demandé :

— Quoi ?

— Tu ne possèdes pas la terre.

Je m'étais affaissé le long d'un poteau, me préparant à une nouvelle tirade sur ces barbares diaboliques de Blancs qui avaient volé le continent nord-américain, mais la voix de Henry avait pris les douces tonalités que donne le recul.

— Tu ne possèdes pas ta mère. Ça paraît idiot de dire ça. Eh bien, non. C'est pareil avec la terre, c'est idiot de penser qu'on la possède. (Il resta silencieux un moment ; quand il se remit à parler, sa voix était à peine plus tendue.) Cette terre nous possède.

Je repensai aux tambours. C'étaient les mêmes que j'avais entendus dans les montagnes, ceux qui m'avaient fait avancer quand je n'avais plus de raison de le faire. Je me demandai si les Vieux Cheyennes étaient là, juste hors de ma vue. Avaient-ils retenu le gros camion bison ? Avaient-ils, à califourchon sur leurs chevaux de guerre, couru à ses côtés, utilisant leurs lances pour l'obliger à s'arrêter, dépité ? Cela leur avait-il coûté ? Même dans le monde spirituel, j'imagine volontiers que de tels actes comportent des risques. Je regardai vers le nord et l'ouest, vers Little Big Horn et la Réserve des Cheyennes du Nord. C'était réconfortant de les savoir toujours là, prêts à servir une mère qu'ils ne possédaient pas. Le vent cinglant commença à me tirer des larmes, du moins, c'est l'interprétation que j'en fis, alors, je ris, levai une main et effleurai mon chapeau juste pour leur signifier que je savais où ils étaient et que je les remerciais.

Je me tournai vers mon pick-up. La fatigue commençait à peser sur mes épaules, mais j'y arrivai. J'étais presque trop épuisé pour marcher mais je nous ramenai tranquillement à Durant et déposai Maggie au Log Cabin Motel.

— Vous êtes sûr que vous ne voulez pas entrer un moment ?

Je regardai le chaleureux petit bungalow par la vitre. J'étais tenté, mais si fatigué.

— Ce sera pour une autre fois. (Je ne pouvais pas voir son visage, à contre-jour dans la lumière de la porte.) J'ai le chien…

Elle m'étudia un moment.

— Vous êtes sûr que ça va ?

— Je suis fatigué, c'est tout. (Je souris.) Généralement, je fais plus attention aux femmes que j'invite à sortir.

Je parvenais tout juste à discerner le reflet brillant de ses yeux dans l'ombre.

— Quand je voudrai votre attention, je l'aurai.

Je baissai les yeux vers mes chaussures couvertes de neige.

— Je crois que ce serait juste que je vous dise…

— Hé, shérif…

Je levai les yeux. Son visage était tout près du mien.

— Ouaip ?

— Peut-être que vous réfléchissez trop.

Elle se pencha et m'embrassa très doucement ; mes poumons me donnèrent l'impression qu'ils allaient éclater dans ma poitrine. Elle ne ferma pas les yeux, et moi non plus. Ce fut un long baiser, et je restai penché bien après qu'elle eut reculé. Un frisson me remonta l'échine comme un serpent qui se déroule d'un seul coup.

Elle me sourit, un lent sourire languissant.

— Comment c'était, sans y réfléchir ?

Il me fallut une seconde pour retrouver ma faculté de parole.

— Franchement génial.

— Peut-être que vous devriez essayer plus souvent.

Elle me regarda droit dans les yeux quelques instants encore, m'observa attentivement, et la porte se referma.

Je restai un instant sans bouger, espérant peut-être qu'elle s'ouvrirait à nouveau, mais je finis par retourner à mon Bullet et nous conduisis, le chien et moi, jusqu'à l'hôpital pour prendre des nouvelles d'Isaac.

Je ne connaissais pas le jeune homme à l'accueil, mais il me dit qu'Isaac souffrait de légères égratignures et contusions et qu'il avait sur la tête une bosse de la taille d'un œuf d'oie ; il se reposait tranquillement et il était dans la chambre III si je voulais jeter un coup d'œil. Je déclinai la proposition et le gamin estima que, vu l'âge avancé d'Isaac, il était vraiment un dur à cuire. Je lui répondis qu'il n'imaginait pas à quel point il avait raison.

Quand j'arrivai à la prison, je vis la voiture de patrouille de Vic garée devant, et les lumières du bureau étaient allumées. Le chien sur mes talons, j'entrai et remontai le couloir. Un Post-it était collé sur le chambranle de ma porte, mais l'écriture m'était inconnue. Je l'attrapai et lus : *Shérif Longmire, j'ai appelé le numéro de Charlie Nurburn trois fois. J'ai laissé des messages. Pas de réponse pour le moment. Sancho.* Figuraient aussi la date et les heures des trois coups de fil. Bon sang, ce gamin était poli même sur ses Post-it, et clairement, Vic l'impressionnait : il avait signé de son nouveau surnom.

J'allai jusqu'aux cellules dans le fond. Santiago Saizarbitoria était endormi sur ma couchette habituelle, et apparemment il n'était pas complètement tranquille : il avait attaché les barreaux de la porte ouverte avec ses menottes. Quand on a été gardien de pénitencier, on ne se refait pas. Le chien et moi restâmes là dans le couloir, à écouter le doux ronflement de sa respiration ; le beeper montait et descendait sur sa poitrine.

Je baissai les yeux vers le chien.

— Pas de chambre libre.

Le chien resta tout près de moi quand je tournai le coin pour entrer dans l'autre cellule, et nous grimpâmes sur nos couchettes respectives. Je me couvris avec mon manteau, posant délicatement mon chapeau sur mon visage. Peut-être étaient-ce les émotions de la soirée qui m'avaient épuisé, ou tout simplement la longueur d'une journée particulièrement éprouvante physiquement, mais je dus forcer mes yeux à se fermer pour dormir d'un sommeil fuyant et agité. Je serrai les paupières et ce que je vis ressemblait au générique d'un film dont le format n'avait pas été modifié pour être adapté à la télévision.

Je regardais les brins irisés de l'herbe miroiter dans une douce brise d'été qui parcourait le bras médian de la Powder River, riche de mille échos. L'eau roulait comme un océan, d'une ondulation à la fois sensuelle et féminine. La chaleur était humide, pesante, pas celle de la canicule du soleil d'été mais celle de l'air chargé de gaz carbonique que l'herbe purifie. Le poids de l'abondance…

Je flottais maintenant, alors même que j'étais étendu par terre parmi les tiges qui ondoyaient. Le ciel était sans nuages. Il était tard, pourtant – la lumière était plate et parallèle à la terre.

Je sentais la chaleur monter dans mes membres, apaisant la douleur de mes articulations surmenées et dénouant les tensions dans mes muscles. Tandis que les tendons de ma nuque se relâchaient, je sentis ma tête s'incliner vers la droite et je vis quelqu'un allongé à côté de moi. Je savais qui était là avant même de la voir vraiment ; l'étole que j'avais vue auparavant était étendue sur les tiges de l'herbe à bison et sa main en tenait l'extrémité. J'étais tellement près que je parvenais à distinguer la texture du tissu et la qualité de l'étoffe.

Elle savait que je la regardais. Son profil se découpait sur le fond lumineux du ciel et les angles de son visage diffractaient les couleurs de la fin de l'après-midi comme un prisme. Je sentis mon souffle s'étrangler dans ma gorge devant le miracle de sa présence et je sus que tout ce que j'avais entendu dire était vrai. Quelques instants plus tard, elle se tourna vers moi et me regarda de ses yeux noirs ; elle avait un brin d'herbe coincé entre les dents. Elle sourit et tendit un bras pour me toucher l'épaule. Ses doigts étaient légers et un frisson me parcourut tout entier; sa fraîcheur se diffusa comme un nuage bienvenu dans un jour trop ensoleillé.

Elle regarda en direction des montagnes, comme si elle essayait de trouver le moyen d'exprimer ce qu'elle voulait dire. Au bout d'un moment, elle se retourna, écarta une épaisse mèche de cheveux qui lui était retombée sur le visage et retira sa main, puis elle se tourna et se releva. Elle portait toujours la robe bleue à pois blancs que Lucian m'avait décrite. Elle eut du mal à trouver son équilibre, et c'est à ce moment-là seulement que je remarquai qu'elle était enceinte. Elle tendit sa main à nouveau, lentement, comme si elle ne voulait pas m'effrayer. Les doigts fins s'enroulèrent autour des miens et elle tira ma main. Quelques nuages apparurent, comme des voix solennelles et des cœurs brisés.

Je sursautai, plaquai mon chapeau contre ma poitrine et me redressai en m'appuyant sur mes mains. Je regardai la faible lumière qui venait du hall, sortis ma montre pour voir l'heure et pris une grande inspiration; je n'avais dormi qu'une petite heure. Je sentais une sueur fraîche dans mon cou et décidai que je ne parviendrais pas à me rendormir. Je me penchai lentement pour ramasser mon manteau qui était tombé par terre et mis mon chapeau sur ma tête. Au début je vacillai un peu, mais j'allai jusqu'à la cellule voir où en était Saizarbitoria. Il dormait toujours et j'en ressentis une brève pointe de jalousie. Ah, quand on a vingt-huit ans, qu'on a la conscience tranquille et la jeunesse du corps. "Au premier matin de mai de sa jeunesse, mûr pour les exploits et les vastes entreprises." Je me demandai ce que ce gamin savait de Shakespeare.

Le chien me suivit jusqu'à mon bureau puis se roula en boule par terre et s'endormit comme une masse. Il n'avait guère de soucis. Mais quelque chose dans les derniers événements me titillait. Le premier élément qui me vint à l'esprit fut la voiture d'Isaac. La vieille Mercedes était dans un état impeccable; pourquoi les freins avaient-ils lâché? Lors des quelques mots que nous avions échangés, il avait dit que les freins n'avaient pas fonctionné. C'était délirant, mais beaucoup de choses l'étaient ces derniers temps. Je pris un Post-it neuf sur le bureau de Ruby et écrivis un mot pour Saizarbitoria: qu'il aille chez Sonny George demain et qu'il examine la Mercedes pour voir si les freins avaient été trafiqués. Je collai le Post-it à ses menottes toujours attachées aux barreaux de la porte.

Par réflexe, je décollai du chambranle de ma porte le Post-it laissé par Sancho, contournai le chien et m'assis à mon bureau. On était au milieu de la nuit et j'étais trop réveillé pour dormir. J'examinai le Post-it, remarquant que la dernière fois que Sancho avait appelé le célèbre Charlie Nurburn il était 21 h 32. Ce gamin était excessivement courtois.

Je tournai le téléphone et me dis, rien à foutre, il sera à la maison. En composant le numéro, je savourais la pensée que personne plus que lui ne méritait d'être réveillé au milieu de la nuit. Le téléphone sonna quatre fois puis on décrocha; je commençai à énoncer: Bureau du Shérif du comté d'Absaroka, je suis désolé si…, mais cessai de parler quand je compris que j'étais tombé sur un répondeur. Charlie Nurburn se présentait, s'excusait de ne pouvoir répondre au téléphone et m'invitait à laisser un message après le bip. Tout était parfaitement normal, une voix sur un répondeur.

Le seul truc, c'était que la voix était celle de Lucian Connally.

7

La plaque métallique gravée fit un bruit à réveiller les morts en heurtant le comptoir. Elle glissa et vint cogner contre le petit présentoir chromé qui contenait les cartes, le ketchup, la moutarde, le sel et le poivre.

— Tu sais ce que c'est ?

Il regarda le métal rouillé et les petites saletés qui étaient tombées au passage, but une gorgée et reposa sa tasse sur le demi-cercle de café renversé sur le comptoir.

— C'est une plaque minéralogique, une vieille.

On était tôt le matin et il m'avait fallu un moment pour le trouver. Il n'y avait pas d'autres clients, mais je m'assis en biais par rapport à lui, de l'autre côté de la caisse enregistreuse. J'étais très en colère et je pensais qu'en étant un peu éloigné, j'aurais peut-être plus de mal à lui sauter à la gorge.

— Tu sais où je l'ai eue ?

Il prit une autre gorgée de café comme s'il n'avait pas le moindre souci en ce bas monde.

— Sur une voiture, j'imagine.

Je me levai, le contournai et m'installai sur le tabouret voisin du sien ; j'aurais eu du mal à le saisir à la gorge là où j'étais avant.

— Tu as quelque chose à me dire ?

Je déboutonnai ma veste en peau de mouton et repoussai encore un peu plus mon chapeau sur ma nuque.

Ma propre tasse de café apparut sur ma droite.

— Le menu habituel ?

— Le menu habituel.

Elle disparut et je me tournai vers le vieux shérif. Il sirotait son café, imperturbable, regardant fixement la collection d'abeilles sur l'étagère au-dessus du gril.

— Je veux entendre l'histoire du répondeur et de l'appartement vide à Vista Verde, Nouveau-Mexique. Je veux aussi celle de ton pote le shérif Marcos DeLeon dans le comté de Rio, qui s'occupe depuis si longtemps des déclarations fiscales et de la Sécurité sociale. Je veux aussi celle de la Kaiser abandonnée, encastrée dans la berge de la Little Powder depuis 1951.

— 1952.

Je me détendis et respirai pour la première fois depuis que j'étais entré dans le petit café.

— Continue, je suis tout ouïe.

Le silence tomba, et on entendait presque l'eau couler sous la surface verglacée de Clear Creek, le long du Busy Bee.

— T'es pas tout ouïe, t'es tout nez. (Il posa son café et pivota la tête pour regarder vaguement dans ma direction.) Qu'est-ce que le légiste a dit ?

— Rien, tant que tu ne m'auras pas parlé de Charlie Nurburn. (Je sortis ma montre de ma poche de jean : 6 h 37.) J'ai toute la journée, mais comme on est jeudi, tu as probablement un rendez-vous.

Il lui fallut un bon moment pour sortir de l'immobilité dans laquelle il était figé, pour mettre son manteau et positionner sa prothèse de jambe. J'attendis pendant qu'il remontait la fermeture Éclair de sa vieille combinaison bien trop légère pour la saison et mettait son chapeau sur sa tête.

— Va donc… au diable.

La porte en verre épais se referma, non sans avoir laissé entrer un nuage de flocons qui vinrent ricocher contre mes chaussures. Je les regardai fondre.

— Il paraît que c'est sympa chez le diable en cette saison. (Elle se pencha et examina la plaque d'immatriculation tandis que je gardais les yeux rivés sur le sol.) Tu veux un conseil ? (Elle ne changea pas de cap, ignorant mon avertissement silencieux comme elle le faisait toujours quand c'était nécessaire.) Vas-y mollo.

Je pris une profonde inspiration.

— J'essaie.

Elle mit mon menu habituel en attente et me regarda reboutonner mon manteau. Je pris le temps de finir mon café ; je pensais que j'arriverais bien à rattraper un vieil unijambiste dans une tempête de neige.

J'arrivai dehors, il avait disparu.

— Merde.

J'observai la buée de ma respiration qui s'enroulait autour de ma tête en larges panaches et j'examinai la rue, dans un sens puis dans l'autre. Personne. Les lampadaires étaient encore allumés et je ne vis qu'une paire de traces de pneus sur Main Street. C'est là que j'eus recours à un de mes vieux trucs indiens ; je suivis sur le trottoir couvert de neige la seule série d'empreintes qui n'étaient pas les miennes. J'ouvris la porte de mon pick-up qui était garé devant le Busy Bee et laissai sortir le chien. J'allais avoir besoin de renforts.

Les traces s'arrêtaient devant l'Euskadi Hotel, où la neige s'était amassée sur le côté de la porte, dessinant l'aile brisée d'un ange déchu. Je tirai la poignée et le vis assis là, qui bourrait sa pipe, tenant sa blague rebrodée de perles. Le juke-box croonait l'*Ave Maria* de Frank et il était assis à la table au centre de la pièce, l'air très fragile et très seul.

— Fous-moi le camp d'ici.

Je restai là à contempler son chapeau de feutre posé à l'envers sur la nappe blanche ; il était toujours en bon état, et c'était probablement le dernier que le vieux shérif achèterait. Le chien ne bougea pas. Nous échangeâmes un regard, lui et moi, avant de nous tourner tous les deux vers Lucian.

— Le chien a froid.

Il bougea un peu sur sa chaise et tourna le dos à la porte tout en refermant sa blague à tabac, avant de la poser sur la table à côté des clés du bâtiment.

— Le chien peut venir mais toi, tu ferais mieux de te tirer. (Il tapota sa jambe et le chien rappliqua à la seconde. La vieille main noueuse lissa doucement la fourrure derrière les oreilles.) Tu t'en fous, d'avec qui tu traînes, toi.

La porte se referma derrière moi tandis que j'avançais et m'asseyais en face de lui, déplaçant les fleurs en plastique de manière à ce que nous puissions nous parler les yeux dans les yeux. Je défis mon manteau et attendis un bon moment, respirant l'air chaud. J'avais envie de recommencer à poser des questions, mais il fallait que je laisse retomber un peu le soufflé. Je posai la plaque minéralogique sur le siège voisin, regardai les clés sur la table et décidai d'aborder un autre sujet.

— Alors, c'est toi le propriétaire de l'Euskadi ?

Il lui fallut un moment, mais après avoir allumé sa pipe et tiré quelques bouffées, il répondit.

— Hahan.

Il fuma encore quelques minutes, puis il reprit.

— L'a été mis en vente dans les années 1960, et j'lai acheté pour une bouchée de pain. J'ai fait venir Jerry Aranzadi pour faire les chœurs et pour faire tourner la boutique; c'était la seule façon que la boîte reste honnête, et il me vole pas trop. (Il prit une profonde inspiration.) C'est toujours le seul rade en ville où on se fait pas offrir une bière à la myrtille.

— Jerry est basque?

— Ouais, c'est un de ces Mexicains des montagnes.

Je souris; c'était une expression courante par ici.

— Ça a toujours été un bel endroit.

Il baissa les yeux vers la tête du chien, qu'il continuait à caresser.

— Ils les faisaient passer par ici, les Basquos. Genre gîte d'étape pour bergers. (Il se pencha en avant et posa ses coudes sur la table.) Ils sponsorisaient un Basque pour qu'y puisse venir ici en contactant la Wyoming Range Association, ils inscrivaient le gars comme berger et ils payaient cinq cents dollars pour couvrir les frais de voyage de l'immigrant. L'association faisait sa petite enquête sur le gars, et s'il avait pas balancé des bombes dans des bistrots, ils le faisaient passer dans le système des quotas. Généralement, c'était un membre de la famille, quelqu'un en qui on pouvait avoir confiance. Ils remboursaient sur leur salaire une fois qu'ils étaient ici. Les pauvres bougres se faisaient pas plus de trente dollars la semaine. Il leur fallait un bout de temps.

J'attendis patiemment et jetai un œil vers le bar, qui luttait de son mieux pour que survive l'ambiance de temps plus anciens et plus paisibles.

— Vous vous retrouviez ici le jeudi?

— Après la mort de Charlie. (Cela prit un moment, mais il finit par sourire.) On s'est jamais remariés. Les Basquos sont assez bloqués dans leurs trucs religieux, mais j'crois que j'ai réussi à lui faire comprendre qu'elle était en train de manquer quelque chose. J'suis juste pas certain d'avoir réussi à lui faire comprendre que c'était moi.

J'attendis un moment avant de demander doucement :

— Lucian, que s'est-il passé ?

Il gardait les yeux rivés sur son bras posé sur la table, effleurant du bout des doigts le bord de son chapeau.

— Tu crois que j'ai tué Charlie Nurburn ?

Je ne le quittai pas des yeux et pensai à ce dont le vieil hors-la-loi était capable, aux histoires que j'avais entendues, aux histoires que je connaissais.

— En ce moment, oui, je le crois. (Je soupirai et repensai au conseil que Dorothy m'avait donné.) Lucian, je n'ai pas particulièrement envie de remuer d'anciens couteaux dans les plaies. Tu devais savoir que j'allais découvrir tout ça, tu m'as trop bien appris le métier. (Je songeai à Mari Baroja, à Isaac Bloomfield, à Lana et à la meute d'avocats qui me tomberaient sur le râble d'ici peu. Je posai mes coudes sur la table et calai mon menton sur mes poings.) Tu sais qu'elle a une petite-fille ici, en ville ?

— Oui, je sais. (Son regard noircit encore.) Tu serais surpris de découvrir tout ce que je sais.

— Non, je ne le serais pas, Lucian, pas le moins du monde. Je vais te dire ce qui me surprendrait, bon sang : que tu me dises ce qui s'est passé il y a cinquante ans.

Je ne bougeai pas, restai appuyé sur mes poings en le regardant. Je pris une grande inspiration et avec mille précautions j'ajoutai :

— Pour que je comprenne ce qui est en train de se passer maintenant, j'ai besoin de savoir ce qui s'est passé à ce moment-là.

Il hocha la tête presque imperceptiblement tandis qu'un fragment ancien et cassant se détachait. Je regardai la chose tomber dans le fleuve des souvenirs et se heurter aux parois rocheuses de l'esprit de Lucian.

— En quoi ça aurait fait du bien ? (Ses yeux se voilèrent d'un long regard mort.) En quoi ça aurait fait du bien qu'une femme comme elle passe le reste de sa vie en prison ?

J'écoutai tandis que la voix de Lucian nous ramenait à une nuit d'été au milieu du siècle dernier. J'arrive encore à redérouler la scène dans mon esprit, comme un film amateur surexposé qui a du grain. Le film s'enclenche avec un cliquetis, entraîné par les ergots, tandis qu'un homme mince rentre tard chez lui par un soir nuageux, une cruche à moitié pleine d'un liquide clair qui se balance entre ses doigts. Il pose une main maladroite sur la poignée de la porte. Le pot glisse, tombe et éclate à grand bruit sur les marches irrégulières, des bris de verre et de l'alcool artisanal se répandent dans les fissures du bois gauchi et gondolé. Tout en jurant, il continue à se battre avec un verrou qui est tiré depuis le début de la soirée.

Trois enfants sont dans un lit contre le mur du fond de la petite maison illuminée par les éclairs qui zèbrent le ciel au-dessus des Big Horns ; deux sont des filles de trois ans, des jumelles. Elles ont les bras serrés autour de leurs genoux et sont cramponnées à une couverture au motif étoilé posée entre elles. Les fleurs imprimées disparaissent dans le fondu enchaîné. Il y a un garçon qui est un peu plus âgé. Il est assis au pied du lit, immobile, mais il tient un gros marteau du mieux qu'il peut entre ses petites mains tremblantes.

On entend un grand bruit contre la porte ; l'homme s'est jeté dessus dans un accès de rage terriblement habituelle.

Voilà la routine, le cadre auquel ces enfants se sont habitués. Ils tremblent de peur et essaient de rester silencieux. Une promesse faite et une promesse tenue pour tenter d'empêcher le mal d'être si mal.

Une femme se tient debout, le dos appuyé à un vieil évier en inox, les paumes sur le rebord frais du plan de travail. La fraîcheur est une sensation agréable sur ses mains calleuses et à vif après une vie courte de lourds combats. Ses longs cheveux noirs cachent son visage incliné devant un Dieu qui n'entend plus la prière implorant un humble salut qui s'échappe de ses lèvres tremblantes.

Les coups sur la porte continuent. Ils sont moins forts cette fois, et peu de temps après arrivent les mots doux, des mots auxquels elle réagissait avant, mais elle ne peut plus. Il frappe à nouveau contre la porte avec force et elle relève la tête ; on y voit un hématome sombre et purulent. Les coups ont été infligés à sa joue mais les marques descendent jusqu'à sa mâchoire, jaunissant comme une pourriture.

Des mots à nouveau, puis le silence, un silence frémissant qui se termine par l'explosion d'une fenêtre de la cuisine et un morceau de bois qui traverse le sol en linoléum au milieu du verre cassé. Elle crie et court à la fenêtre sans se soucier de ses pieds nus et des gros éclats de verre au plomb qui jonchent le sol, pour tenter de le repousser loin d'elle et de ses enfants. Il tend les mains en essayant de l'attraper par où il peut ; il finit par la saisir par les cheveux et il la tire vers lui tout en lui assenant un coup de l'autre poing ; elle vole en arrière en décrivant un arc lent jusqu'au poêle à bois fumant à l'autre extrémité de la petite cuisine, où elle s'écroule sur le sol, sans bouger.

Imbibé d'alcool, il lutte pour trouver une prise sur les bardeaux lisses de la maison. Il finit par prendre assez d'élan et se hisse sur le bord de la fenêtre, mais il glisse ; le verre lui coupe les mains ; la maison elle-même se défend contre son intrusion. Il tombe à l'intérieur, roule sur son bras raidi et regarde sa main, les éclats de verre qui continuent à le faire saigner. Il tente de les retirer mais abandonne et frappe un grand coup contre le mur de la cuisine. Il hurle comme une bête blessée avant que son regard soit attiré à l'autre bout de la pièce par un joli mollet et un pied bien dessinés, pointés vers lui d'une manière inconsciente mais provocante.

Son père et ses oncles lui avaient dit qu'elle était vierge, mais ils avaient menti. Traînée. Elle le faisait trop bien et elle y prenait trop de plaisir. Salope.

Il est temps de lui donner une leçon, temps de lui apprendre comment encaisser ce qu'un homme peut lui donner. Une vague de chaleur accompagne la colère et l'ébriété, leur donnant un sens et un but. Il se redresse à l'aide de sa main valide, essaie de tenir sa tête droite et contemple les courbes douces à peine cachées par la robe en coton. Même sans être consciente, elle le cherche bien.

Elle est petite et facile à soulever par le tissu de sa robe. Sa tête roule sur le côté et les blessures sur son visage apparaissent. Défigurée. Alors il la retourne et la force à se courber par-dessus l'évier. Il avait pensé au poêle mais l'évier est plus haut et lui donnera un meilleur angle pour ce qu'il cherche à faire. Il relève la robe jusqu'à sa taille et tire sur la culotte de coton qui descend le long de ses jambes et reste suspendue à son pied qui est à quinze centimètres du sol, au moins.

Il y a du sang sur son sous-vêtement ; elle est indisposée. Il renifle, l'odeur est différente de celle du sang sur ses mains. Il attrape son épaisse crinière de cheveux, lui tire la tête en arrière et avance son visage tout contre le sien, lui disant qu'il ne va pas se souiller avec son sang, qu'un trou en vaut bien un autre. Il tripote d'une main sa ceinture et les gros boutons de son pantalon, descend ses bretelles le long de ses étroites épaules et se débraguette pour la tâche qui l'attend.

Elle est un peu réveillée maintenant. La fraîcheur de la porcelaine lui a donné une infime impulsion, la capacité de se concentrer assez pour replier ses genoux et donner un coup de pied. Elle jette les bras en arrière et l'agrippe du plus fort qu'elle peut. La vaisselle tombe du plan de travail, des ustensiles de cuisine dégringolent par terre comme si des carillons éoliens se brisaient dans une rafale trop puissante et la pointe d'un grand couteau de boucher se plante dans le linoléum vert. Il lui pousse la tête en avant, la tenant toujours par les cheveux. Le seul son qu'elle émet est un grognement involontaire tandis qu'il la pénètre avec une violence à lui couper le souffle, encore et encore.

Il n'a pas vu s'ouvrir la porte au bout du petit couloir et ne se rend pas compte que le garçon est entré dans la pièce d'un pas désespéré mais déterminé. Le gamin est gêné par le fardeau qu'il porte et il regarde la scène qui se déroule sous ses yeux, inévitable et désespérante. Il lève le poids aussi haut qu'il peut, sans savoir si l'effet de levier sera suffisant pour qu'il tombe à l'endroit voulu. Il ne comprend pas exactement ce qui est en train de se passer, si ce n'est que la même personne fait encore du mal à la même autre personne et qu'il faut que ça s'arrête.

Les trois plus petits doigts du pied gauche de l'homme se brisent sous l'impact. Il glisse et tombe sur le côté, vers la fenêtre cassée. Il jure et hurle comme l'animal qu'il est devenu. La femme est toujours couchée sur le plan de travail, les pieds toujours suspendus au-dessus du sol.

Le garçon avance à nouveau, levant la tête pointue du marteau à ferrer dans une tentative de frapper une dernière fois avant l'ultime châtiment. L'homme tend le bras vers l'avant et l'attrape par la chemise qui recouvre sa petite poitrine d'enfant. Le marteau tombe de ses petites mains. L'homme sent la douleur lui traverser le pied, mais il parvient à se hisser sur ses genoux. Il secoue le petit garçon, le tire vers lui, le gifle d'un revers de la main. De son autre main, il tâtonne par terre à la recherche du marteau et saute dessus comme une grosse araignée à cinq pattes. Il sourit entre ses dents en levant la lourde tête de métal, prêt à frapper cet enfant d'un autre.

Soudain, il sent un coup sur son col.

Il a une sensation étrange, presque paisible, quand il regarde le garçon inconscient. Il fixe le dessin géométrique du linoléum, sans l'avoir jamais remarqué auparavant. Le marteau tombe à côté de lui, oublié, tandis qu'il porte sa main à sa gorge. La sensation est bizarre, c'est mouillé. Il tousse et un liquide sombre, épais, passe de sa bouche à l'enfant. Le poids de sa tête le tire en avant et il y a plein de sang qui coule sur sa chemise, ses bras et ses mains. Il ouvre la bouche pour crier, mais le liquide bloque sa voix et se déverse sur le sol comme s'il coulait d'un robinet ouvert. Il remplit la pièce de son odeur et de sa texture glissante ; il y en a partout.

L'homme essaie de bouger la tête, mais les muscles refusent de fonctionner et son visage ne se lèvera pas pour suivre le garçon qu'on est en train d'écarter de lui. Il glisse sur le côté et retombe contre les placards sous l'évier. Il reste étendu là, clignant des yeux devant le tableau qui s'offre à lui, tandis que la mère tient son aîné tout contre elle, les jambes repliées, recroquevillée contre le poêle comme une panthère.

Il a froid. Il cligne des yeux à nouveau et se souvient qu'un des oncles lui a dit qu'ils lui permettaient toujours de saigner les cochons à l'automne, qu'elle avait la main d'un saigneur. Il plante ses yeux dans les yeux menaçants de la femme, ces yeux qui veulent sa mort. Traînée. Et elle est la plus belle chose qu'il ait jamais vue. Salope.

Il met un temps infini à mourir, mais elle attend sans bouger et le regarde pendant presque encore une heure pour en être sûre, avant de finir par lui donner un coup de pied dans la jambe pour voir s'il a une réaction. Elle prend dans ses bras l'enfant toujours inconscient, sent son souffle dans son cou, et c'est là qu'elle pleure, essuyant les larmes du dos de sa main. Elle le porte jusqu'à la chambre où les deux jumelles attendent, les yeux écarquillés, et elle dépose doucement leur frère entre elles. Elle leur dit qu'il faut qu'elle aille chez les Arandazi, à douze kilomètres de là. Il sera tard quand elle reviendra, mais elles doivent rester dans le lit. Elles ne doivent pas bouger et elles ne doivent pas faire de bruit, mais surtout il ne faut pas qu'elles aillent dans la cuisine. La plus petite gémit qu'elle a soif mais sa mère la fait taire d'un regard.

Elle serre la bride du grand cheval bai et lui fait contourner le véhicule motorisé. L'automobile lui appartient, à lui, et elle n'a pas confiance en cet engin. Le cheval est effrayé par les éclairs qui se plantent dans les contours noirs des Big Horns. Le vent s'est levé, il va peut-être pleuvoir. L'herbe à bison frissonne comme un océan ondulant de lin germé. Même si elle est très fatiguée, elle espère la pluie. Elle plante ses talons nus dans les flancs de l'animal et se courbe très bas sur son cou. Il n'y a qu'un chemin de terre pour rejoindre la route principale et le téléphone le plus proche.

Le rythme régulier des sabots du cheval sur le sol dur la berce ; elle essaie de rester en selle, s'accroche aux poils du garrot. Les premières gouttes de pluie tombent, grosses comme des pièces de dix cents, tandis qu'elle monte la colline qui domine le ranch voisin. Pas de lumière allumée, mais ils comprendront.

Les gouttes dures et plates de la pluie d'altitude continuent à la frapper alors qu'elle pousse sa monture plus vite dans la descente glissante. De nouveaux éclairs et le cheval fait un écart dans le champ, ses sabots luisent comme des coquilles nacrées. Elle le relance, mais le cheval la prend par surprise et elle est projetée vers l'avant. Il recule et la tire avec lui. Elle se cramponne à l'unique rêne tandis qu'il secoue la tête pour essayer de se libérer. Il s'arrête quand elle se met à lui parler dans la langue que son mari n'a jamais tenté d'apprendre.

— *Ialgi hadi kampora…*

Elle se traîne jusqu'à la porte et trébuche sur les marches. Elle est battue par la pluie et elle tremble quand les coulées d'eau froide ruissellent de ses cheveux sur sa peau. Ses muscles se contractent, et c'est tout ce qu'elle parvient à faire : lâcher son poing fermé contre la porte à moustiquaire. Elle pleure et essaie de frapper à nouveau à la porte mais elle n'y arrive pas. Elle s'écroule et sa tête se pose sur le perron ; ça ne peut pas finir comme ça, ce n'est pas possible. Elle bouge, mais ses cheveux collent à son visage tuméfié, ses articulations lui font mal tellement elle est fatiguée. Peu importe ce qui s'est passé, ce qui l'a poussée jusque-là, c'est en train de s'enfuir avec le vent froid et la pluie. Elle recroqueville ses jambes et ses bras pour les protéger, leur offrir un peu de repos.

Un bruit à l'intérieur et la porte s'ouvre en grand. Une lanterne au kérosène l'éclaire à travers le fin grillage de la moustiquaire. Quelqu'un s'accroupit, jusqu'à ce qu'elle le voie, et tend une main douce et fine. Tandis que ses doigts se posent sur son épaule, elle lève la tête et, dans un frisson, avec la dernière énergie qu'elle parvient à rassembler, elle dit :

— *Polizia constabule... Lucian.*

Il fuma un peu sa pipe, puis se leva en silence en positionnant sa jambe, et alla jusqu'au bar. Il tira un filtre d'une pile sur les étagères, le plaça dans la cafetière derrière le bar, prit la carafe sur le brûleur et la remplit d'eau dans le petit évier du bar.

— Tu as déjà vu un homme tailladé comme ça ? D'une oreille à l'autre ?

— Non, jamais comme ça.

Il hocha la tête, versa l'eau dans la machine et reposa la cafetière sur le socle chauffant.

— Si tu coupes une artère complètement, elle essaie de se colmater toute seule en se pinçant, mais quand on a la main du saigneur, on coupe pas complètement et l'hémorragie ne s'arrête que lorsqu'il n'y a plus de sang dans le corps.

— Lucian, c'était un cas très clair de violence conjugale et de légitime défense.

Il secoua la tête pendant que le café commençait à couler.

— Pas en 1951.

J'attendis.

— Je croyais que tu avais dit que c'était 1952.

— Ça, c'est quand ces foutus Indiens ont sorti la voiture du bassin d'irrigation où Isaac et moi on l'avait fait couler sur les terres de Four Brothers. (Il croisa les bras et s'appuya sur le bar.) Comment j'étais censé savoir que cet été-là, y aurait la sécheresse ?

— Et pourquoi le plan compliqué avec Marcos à Vista Verde ?

— Elle voulait qu'il soit vivant.

— Pourquoi n'a-t-elle pas porté plainte pour abandon ?

Il haussa les épaules.

— La religion.

J'attendis.

— Et Bloomfield était dans le coup ? (Il détourna les yeux et resta silencieux un moment.) Il est dans une chambre du Durant Memorial.

Mon annonce me valut l'attention extrême de Lucian.

— Il a essayé d'aller à Billings en voiture la nuit dernière pour assister à l'autopsie de Mari Baroja et il a fracassé sa voiture près de Sheridan.

Lucian secoua la tête.

— Elle avait besoin de soins médicaux, et je savais qu'il comprendrait. (Il me regarda.) Il va bien ?

— Ouaip. (Je m'assis sur le tabouret en face de lui.) Lucian, le cœur de Mari a lâché.

— J'y crois pas.

Je réfléchis à ce que j'avais cru lorsque ma femme était décédée ; c'était compliqué, douloureux, et je me rappelai que la seule chose qui semblait m'aider était d'avoir quelqu'un qui m'écoute. Je lui lançai un regard ; il attendait que je poursuive.

— As-tu vu quelque chose cette nuit-là ?

— Non.

— Tu me le dirais si c'était le cas ?

— Ouais, putain. J'ai rien à cacher.

— Tu l'as pourtant fait jusqu'à maintenant.

Il secoua la tête et se retourna, sortit deux tasses qu'il prit sous la cafetière et les remplit de café. Du bout des doigts, il en poussa une vers moi.

— Ça, c'est ma vie privée.

— Ta vie privée est précisément au centre de cette affaire.

Le calme était revenu et j'étais certain qu'il pensait au cœur qui avait lâché. J'envisageai de lui exposer les théories d'Isaac Bloomfield sur sa consommation de médicaments, sur l'état avancé de sa maladie vénérienne et ses prédispositions héréditaires, mais si dans l'esprit de Lucian Mari reposait ainsi en paix, alors le moment était mal choisi pour remuer les eaux de la mémoire.

Quand je levai les yeux, je rencontrai son regard posé sur moi.

— Alors, tu vas me coller le FBI au cul, ou quoi ?

Je bus une gorgée de café.

— J'y pense.

Il hocha la tête.

— Bon, alors pendant qu't'y est, pense aussi à autre chose. Tu sais ce qu'un jury est capable de faire. Tu te souviens de ce qui s'est passé pour Melissa Little Bird.

Le café était trop chaud, ou peut-être n'en avais-je plus envie. Je reposai la tasse sur le bar et secouai la tête.

— C'est pas pareil. (J'attendis un moment, puis me levai et boutonnai mon manteau.) Faut que j'aille au boulot.

Il me regarda traverser la pièce, le chien sur mes talons.

— Grosse enquête sur un meurtre ?

— Oui, quelque chose comme ça.

Il reposa sa tasse sur le bar.

— Lequel ?

Je gardai les yeux baissés et ouvris la porte pour laisser sortir le chien.

— Je te tiendrai au courant.

Il faisait plus froid, alors je remontai le col de ma veste et rentrai le cou pour me protéger. Bon, il n'était pas coupable, tout au moins, pas techniquement. Il avait juste couvert le meurtre ou, dans le jargon judiciaire, il avait été complice par assistance, ce qui pouvait signifier une réclusion de douze à dix-sept ans. J'essayai de penser à la manière dont les choses avaient changé dans notre petit coin du monde en cinquante ans. Je repensai à Lucian parcourant avec fracas le comté dans sa vieille Nash archi-pourrie, rendant la justice armé d'un badge en fer-blanc, d'un .38 à canon long et d'une pelle. J'avais développé mon propre point de vue sur le meurtre à partir de ce que j'avais appris d'un colonel vietnamien des quartiers généraux communistes qui le considérait comme le pire des crimes parce qu'une fois qu'on avait enlevé une vie, elle ne pouvait être remplacée. Il avait aussi déclaré que Ngo Dinh Diem était un idiot, mais il était notre idiot ; c'était une des déclarations que j'avais décidé de ne pas prendre trop à cœur. Bref, le meurtre était une affaire compliquée et sordide qui prenait une grande place émotionnelle dans nos âmes et dans l'âme du coupable ; je ne crois pas que Lucian aurait pu supporter un tel envahissement.

Je me mis à penser à Mari Baroja. Je me demandai si elle aurait préféré mourir dans une des petites chambres de l'Euskadi Hotel plutôt que dans la chambre 42 de la maison de retraite. Certains de leurs déjeuners avaient dû durer plus longtemps que leur mariage de trois heures. Je pensai à l'effet qu'elle aurait pu produire sur la vie du vieux shérif si elle avait pu s'y nicher, le bien qu'elle aurait probablement fait, les trous dans ses voiles déchirées qui auraient peut-être été raccommodés. Pourquoi ne s'étaient-ils pas remariés ? Pour des raisons religieuses peut-être. Ou bien le secret concernant Charlie Nurburn avait été trop lourd à porter. Ce genre de choses a tendance à prendre une telle ampleur qu'arrivé à un certain point elles deviennent ingérables dans l'espace d'une vie. Peut-être étaient-ils alors deux personnes différentes. Peut-être ne fallait-il pas toucher à ces trois heures, et que ces trois heures pour ces deux personnes avaient suffi. Certains feux ne peuvent s'éteindre et continuent à dégager de la chaleur même d'un point éloigné dans le temps.

Dès que j'eus refermé la portière du pick-up et démarré, je repérai une vieille voiture de patrouille du Bureau du Shérif du comté d'Absaroka descendant Main Street. Elle conduisait trop vite, comme toujours, mais elle ne s'arrêta pas à côté de moi ; elle me contourna et se gara. Elle descendit, enfonça sa tête entre ses épaules et progressa dans la neige à pas lourds avec une détermination silencieuse. Elle se planta à côté de ma fenêtre et je remarquai un morceau de papier plié entre ses mains gantées. J'appuyai sur le bouton, mais la vitre ne produisit qu'un petit bruit grippé ; le mécanisme était apparemment gelé. Elle leva un sourcil, puis déplia calmement le papier et le plaqua contre ma vitre. C'était un fax du bureau du légiste de Billings qui disait que Mari Baroja était décédée de complications à la suite d'un empoisonnement au naphtalène.

— De l'antimite ?

Nous regardions fixement le haut-parleur du téléphone posé sur mon bureau.

— C'est de là que vient l'odeur, mais pour que ce soit toxique, il faut que ce soit ingéré. Cela provoque un épanchement d'hémoglobine, qui cause des dégâts dans les reins ainsi que d'autres joyeusetés diverses et variées. (Nos regards restaient fixés sur le petit couvercle troué en plastique.) Certaines personnes ont une déficience héréditaire de glucose-6-phosphate déshydrogénase qui les rend particulièrement sensibles à l'empoisonnement au naphtalène. Mari Baroja appartenait à ce groupe. On trouve généralement cette prédisposition dans les populations d'origine méditerranéenne, et les Basques en font partie.

Je secouai la tête et me tournai vers Vic qui avait l'air aussi perdue que moi.

— Comment quelqu'un aurait-il pu le savoir ?

— La même déficience les rend sensibles à l'aspirine. Si quelqu'un le savait, cela lui donnait une assez bonne indication.

Je réfléchis au croissant fourré et doré que je me préparais à avaler.

— Aucune chance que ce soit autre chose ?

— Aucune. (La voix dans le petit haut-parleur se tut quelques instants.) La quantité présente dans ses reins était minuscule mais son dossier médical a montré que cette déficience avait été diagnostiquée dans les années 1940.

— Quel dossier médical ?

— Celui que je me suis fait faxer par votre hôpital.

— Qui était le médecin traitant ?

Un silence ponctué de bruits de papiers froissés s'ensuivit.

— Vous savez, les médecins ont vraiment une écriture épouvantable. (J'attendis.) I. Brumfield, ça vous dit quelque chose ?

— Isaac Bloomfield. (Je levai les yeux vers Vic ; je l'avais déjà briefé sur l'actualité de Bloomfield.) Ouaip, c'est le médecin traitant de la défunte.

— J'imagine que vous allez devoir lui parler.

Je remerciai Bill McDermott, appuyai sur le bouton et me tournai vers mon adjointe qui souriait.

— J'suis contente de pas être à ta place en ce moment. (Elle s'apprêta à se lever pour rejoindre son bureau quand quelqu'un ouvrit la porte principale du bureau. Je me dis que c'était Ruby.) Sancho est chez Sonny George en train d'examiner la Mercedes. Tu crois vraiment que quelqu'un a essayé de tuer Doc ?

Je pris une inspiration.

— Je ne sais pas, mais cet accident paraît franchement louche.

Elle souriait, ravie de me voir dans cette panade.

— Tu veux que je me pointe jusqu'à ce foyer d'activités illégales, le Foyer des… ?

— Avant, tu veux bien me rendre un service ?

Je ne pouvais pas résister, elle avait l'air tellement satisfaite d'elle-même. Je me levai et sortis de ma poche le Post-it, que je lui tendis.

— Appelle Charlie Nurburn à Vista Verde et demande-lui quand il revient par ici.

Elle prit le morceau de papier et fronça les sourcils.

— Tu ne crois pas qu'on a des choses plus importantes à faire ?

Je lui souris.

— Ça ne te prendra qu'une seconde.

Elle me fit un doigt quand je passai devant elle en me dirigeant vers le bureau de Ruby. Le chien y était déjà.

— Cady n'est pas censée arriver dans l'après-midi ?

— Tous les vols de Denver ont été annulés.

Je la regardai, espérant avoir mal entendu.

— Quoi ?

— Tous les vols au départ de Denver ont été annulés et je ne suis même pas sûre qu'elle y soit arrivée.

— Je vais l'appeler.

Elle brandit le combiné pour me le montrer.

— Qu'est-ce que tu crois que je suis en train de faire ? (Je jetai un œil à ma montre, sous le regard de Ruby.) T'as un rendez-vous important ?

Je gardai les yeux rivés sur ma trotteuse.

— Non, mais j'attends une explosion d'une minute à l'autre.

— Putain de merde !

L'exclamation nous parvint du fond du bureau de Vic, et quelques instants plus tard, mon adjointe extrêmement agitée était debout à côté de moi et demandait une audience en urgence. Je me retournai vers Ruby.

— Fais-moi savoir où en est Cady.

Elle sourit.

— Bien sûr.

— Il est mort.

— Sans blague.

— Mais il n'a pas été tué par Lucian.

Elle roula des yeux.

— Évidemment que ce n'est pas lui ; il est trop occupé à gérer son service de messagerie.

— C'est elle qui l'a tué.

Ses yeux s'écarquillèrent.

— Elle ? (Je lui racontai l'histoire exactement comme Lucian me l'avait racontée, sans la quitter des yeux.) Ouah. (Elle regarda le fax posé sur ma table.) J'imagine que ça change complètement le profil de notre victime…

— Il faut aussi y ajouter ce que le contremaître m'a appris, qu'elle pesait des millions.

— Le méthane ?

— Ouaip.

Elle fit la moue.
— Au fait, ton pote est passé ce matin.
— Quel pote ?
— Cecil Keller, le manœuvre qui a tiré sur son contremaître. Grande baraque avec de vilaines dents. Ce serait sympa de ta part de me mettre au parfum sur ce gars-là. Il a dit que tu voulais qu'il vienne papoter un peu. (Je souris.) Vas-y, ricane tant que tu veux. Ni avis de recherche ni mandat contre lui, mais je lui ai confisqué son arme et j'ai eu une petite conversation avec lui sur la manière de résoudre les conflits.

Je sentis une tension dans les muscles aux coins de ma bouche.
— Je l'avais complètement oublié, celui-là.

Elle secoua la tête.
— Tu sais, je suis contente d'être dans les parages étant donné l'attitude laxiste que les deux administrations précédentes semblent avoir adoptée à l'égard des crimes majeurs.

Je jetai un œil au fax.
— Ouais, ben on dirait que les jours bénis sont passés pour de bon.

Elle eut l'air de se calmer.
— Je vais aller au Foyer des Personnes dépendantes. C'est quoi ton plan ?
— Je pensais aller à l'hôpital parler à Isaac, puis je vais m'occuper de la famille en commençant par dire à Lana que quelqu'un a empoisonné sa grand-mère. (Elle se leva.) Hé ! (Elle se retourna.) Il y avait des biscuits par terre à côté de son lit. Je sais que ça fait un peu Sherlock Holmes, mais je me suis dit qu'il fallait que je t'en parle.
— Et j'inspecterai les tiroirs à la recherche de boules d'antimite. Peut-être que Mari travaillait du chapeau et qu'elle les a prises pour des bonbons à la menthe.

Isaac Bloomfield n'était pas dans sa chambre, mais il ne fut pas difficile à trouver ; il ronflait dans le salon du personnel. Un grand bandage lui couvrait le côté de la tête, de la tempe jusqu'en dessous de l'oreille. Je m'assis sur la chaise en face du canapé, déboutonnai mon manteau et posai mon chapeau sur mon genou. Le vieux monsieur ronflait comme une tronçonneuse Husqvarna.

— Isaac ?

Je répétai le nom trois fois avant qu'il ne m'entende.

— Walter ?

— Comment se fait-il que tu ne sois pas dans ta chambre ?

— Je me sens mieux ici. (Il se pencha en avant et me prit les mains.) Si j'ai bien compris, je te dois la vie…

Je haussai les épaules.

— J'ai failli nous faire tuer tous les deux, si c'est ce que tu veux dire.

Devant mon incapacité à accepter les remerciements, il secoua la tête.

— Dans quel état est ma voiture ?

— Foutue.

— Tu en es sûr ?

— Oui.

Je pris une longue inspiration et poursuivis avant qu'il puisse m'interrompre.

— Isaac, est-ce que Mari avait un déficit en glucose-6-phosphate déshydrogénase ?

Il se redressa lentement et me regarda après s'être frotté les yeux avant de remettre ses lunettes. Il resta silencieux un long moment.

— Empoisonnement au naphtalène ? (Je confirmai d'un signe de tête.) Très malin…

— Pourquoi ça ?

— Elle a fumé toute sa vie, cela rendait le repérage des traces difficile, sans compter le fait qu'il faut une quantité minuscule de poison étant donné son déficit.

Je reculai sur ma chaise.

— On en apprend tous les jours.

— Mais il faut que le naphtalène soit ingéré pour qu'il y ait empoisonnement. Cela aurait créé une difficulté dans la plupart des cas, mais elle n'avait plus d'odorat depuis longtemps. (Il réfléchit un moment.) Nous avons découvert sa réaction à l'aspirine lors d'une de ses consultations, et elle était exemplaire. J'ai provoqué un vomissement avec un sirop à l'ipéca, puisque sa respiration n'était pas atteinte, ensuite j'ai insisté pour qu'on poursuive les tests. (Il sourit sans cesser de me regarder.) Ça te complique les choses, n'est-ce pas ?

— Que veux-tu dire ?

— Que tu es à la recherche de quelqu'un qui connaissait ses antécédents médicaux. (Il ne cessait pas de sourire.) Si j'étais toi, je serais, moi, le suspect numéro un, mais comme je suis innocent, je n'ai rien à craindre de tes soupçons. Alors, je les bénis, tout comme toi. (Il se pencha en avant et prit à nouveau mes mains entre les siennes.) Découvre qui l'a tuée, Walter. Elle a suffisamment souffert dans sa vie. Il n'y a aucune raison pour qu'elle doive subir cette dernière indignité.

En retournant à mon pick-up, je rayai Isaac de ma liste officieuse de suspects. Le chien attendait, je le laissai sortir pour qu'il aille pisser et se dégourdir les pattes. Je m'appuyai contre le Bullet et pensai à tous les Barojas qu'il allait falloir que je contacte dans les prochaines heures. Je fis remonter le chien et partis m'acheter des viennoiseries – j'avais déjà bien trop traîné.

Quelqu'un n'avait pas eu la patience d'attendre que la vieille dame meure et tous les suspects paraissaient vraiment trop évidents. Mais ça marchait comme ça. Le mobile et l'occasion chevauchaient de pair comme deux des quatre cavaliers de l'Apocalypse, un sourire fendant leur crâne décharné, en nous regardant, nous, les humains inférieurs, avancer à grand-peine en refusant de reconnaître l'évidence.

J'avais mangé le rugelach et je n'étais pas mort.

Je garai le camion et remarquai une seule série de traces de pas entrant mais aucune sortant. Lana avait dû venir à pied. J'ouvris la porte et la refermai doucement en coinçant l'amas de neige sur le seuil. Il fallait qu'elle donne un coup de pelle. Je fis un pas en avant à la suite du chien mais m'arrêtai pour ôter la neige accumulée sur mon chapeau et mes épaules, et pour respirer le parfum de la levure au travail et du pain en train de cuire. Les seuls bruits étaient le bourdonnement tranquille des frigos et les pulsations du chauffage.

Le chien s'était avancé jusqu'au bout du long comptoir mais il s'était arrêté. La tête baissée, il regardait fixement la petite salle au fond. Je fus surpris quand il recula d'un ou deux pas, s'immobilisa et se mit à grogner en regardant quelque chose derrière le comptoir.

— Le chien ?

En deux pas, j'atteignis Lana Baroja ; elle était étendue en haut de l'escalier qui menait au sous-sol dans une flaque de sang d'une taille impressionnante. Des mèches de cheveux noirs étaient collées à l'arrière de sa tête marquée d'une profonde blessure. Un de ses bras était tourné tandis que l'autre faisait avec son flanc un angle tout à fait anormal.

Je lui pris le pouls ; le rythme était rapide. Tachycardie – aucun moyen de connaître sa pression artérielle. Elle était pâle, le visage bleui et moite, couvert de transpiration ; les symptômes classiques de l'état de choc.

Les chiffres apparurent dans ma tête comme sur une calculette ; de grands chiffres gras qui disaient simplement qu'un tiers des victimes de blessures à la tête sont inconscientes et que plus de quatre-vingts pour cent des morts appartenaient à ce groupe ; qu'au moins cinquante pour cent des personnes qui pouvaient parler à un moment quelconque après avoir été blessées et qui mouraient plus tard auraient pu être sauvées si elles avaient bénéficié d'un traitement immédiat. Je repensai à Isaac Bloomfield sur l'autoroute, à mes dernières expériences en la matière et j'envisageai temporairement de changer de profession.

J'examinai sa nuque mais rien ne paraissait brisé. Je pris la décision que j'avais souvent prise ces derniers temps et la soulevai dans mes bras, l'enroulai dans une nappe que j'arrachai à la table la plus proche, en prenant bien soin de soutenir sa tête. Tandis que j'allais vers la porte, le chien me suivit de près.

Je l'amenai au Durant Memorial en quatre minutes.

Un médecin que je ne reconnus pas m'éloigna du brancard pour examiner l'endroit de la blessure, palpant les lacérations et l'hématome, cherchant des signes d'hémorragie derrière les tympans ; il scruta les pupilles à la lampe pour voir si elles étaient semblables et réactives. Je ne fus pas étonné de voir, clopin-clopant, Isaac Bloomfield apparaître et demander une tomodensitométrie afin d'examiner le cerveau et la paroi interne du crâne à la recherche d'un hématome sous-dural dont il savait qu'il était bien là. Je ne fus pas surpris quand il exigea deux poches de sang tandis qu'on l'installait au pas de course en salle d'opération, ni quand il précisa qu'il voulait du A négatif sans avoir à consulter le moindre dossier. Je ne fus pas non plus étonné de voir la neige continuer à tomber par les fenêtres de la salle d'attente et de sentir le froid s'insinuer à l'intérieur, rançon d'un hiver qui ne manifestait pas la moindre velléité de répit.

Je fus carrément surpris de voir réapparaître Isaac Bloomfield vingt minutes plus tard et m'annoncer que Lana Baroja survivrait.

8

Je tendis le bras et reposai sa main sur le lit. Il me semblait qu'elle mettait sa blessure à trop rude épreuve.

— Aucune idée ?

Elle sourit, mais je crois qu'elle avait mal.

— Non.

Je la regardai à nouveau dans les yeux, ses pupilles paraissaient normales ; ils n'avaient pas dû lui donner de médicaments à cause du traumatisme crânien. Même avec ce turban de gaze, elle était plutôt jolie ; c'est étonnant ce que la jeunesse peut faire.

— Comment pensez-vous qu'ils sont entrés ?

Elle me regardait maintenant avec attention.

— Je ne sais pas. Peut-être que je n'ai pas verrouillé la porte derrière moi. (Je dus faire une grimace.) Quoi ?

— Pas de traces de pas, et a priori, je ne les imagine pas compter sur une négligence de votre part. Est-ce que quelqu'un d'autre que vous a les clés de la boutique ?

Elle me regarda une seconde de plus que nécessaire, puis répondit.

— Personne.

— Qui vous l'a louée ?

— Elizabeth Banks, de l'agence immobilière Clear Creek Realty.

Je pris note que je devais appeler Beebee.

— Avez-vous eu des nouvelles de vos tantes ces derniers jours ?

— Kay m'a appelée et m'a dit que Carol allait arriver en avion de Miami et qu'on allait avoir une réunion de famille jeudi. Quelque chose en relation avec le testament.

— Aujourd'hui ?

Elle prit un air contrit, et je constatai qu'il lui allait bien.

— On est jeudi ?

— Ouaip, on dirait bien qu'ils vous ont fait zapper mercredi.

Je gardai le silence un peu trop longtemps. Elle cligna des yeux et me regarda. Elle avait de beaux yeux noirs reflétant clairement un esprit très fin qui continuait à fonctionner malgré les mauvais traitements qui lui avaient été récemment infligés.

— Il faut que je vous dise quelque chose, Lana.

La révélation resta suspendue entre nous tandis que les radiateurs cliquetaient dans la chambre.

— Ça concerne ma grand-mère ?

— Oui.

Elle ne bougea pas tout le temps où je lui communiquai les éléments que nous avions rassemblés. Son attention se concentra sur ses genoux qu'elle avait remontés pour pouvoir y reposer ses bras croisés. Tandis que je parlais, il semblait qu'elle se recroquevillait, qu'elle rapetissait à mesure que le monde devenait plus froid. Je calculai les risques et décidai de me lancer.

— Lana, êtes-vous au courant de l'existence du site d'extraction de méthane qui est implanté sur les terres de votre grand-mère ?

La réflexion voila ses yeux un moment.

— Je crois que Kay est responsable de la propriété, mais je n'en suis pas sûre. Carol serait en charge du ranch. Un gestionnaire vit dans la vieille maison à Four Brothers. (Elle haussa les épaules.) Je ne sais pas vraiment. (Elle me regardait toujours quand je levai les yeux.) Vous croyez que la personne qui a tué ma grand-mère a essayé de me tuer, moi aussi ?

Je me frottai le visage et regardai entre mes doigts.

— Je préférerais être à la poursuite d'un tueur plutôt que de deux. Ça me donne plus de chances.

Je réussis à atteindre la réception avant que Vic ne m'accoste. Elle était en train de manger un gâteau aux amandes.

— Tu avais vraiment besoin de piétiner chacune des putains de traces de pas à la boulangerie ?

— Je ne voulais pas que ce soit trop facile pour toi. (Je m'appuyai sur le comptoir.) J'imagine que tu as examiné ce que tu es en train d'avaler ?

Elle me fit un clin d'œil et en sortit deux autres d'un sac en plastique zippé. Elle me les tendit.

— C'est précisément ce que je suis en train de faire. T'en veux un ?

Je secouai la tête.

— Je vais attendre le rapport du labo.

Elle haussa les épaules et engloutit un autre gâteau.

— Le naphtalène est facile à repérer dans la nourriture. L'odeur est difficile à cacher.

— Où est le Mexicain des montagnes ?

— Je l'ai laissé au bureau. Il revenait du garage de Sonny George.

— Qu'est-ce qu'il a ramené de là-bas ?

Je remarquai qu'elle ne souriait plus.

— Les purgeurs des freins avant et arrière ont été dévissés juste assez pour que le liquide s'écoule. J'ai appelé Fred Ray à la station Sinclair et il a dit qu'il avait fait une révision complète des freins de la Mercedes il y a environ deux mois et qu'il était impossible que la voiture ait pu fonctionner aussi longtemps avec les purgeurs dans cet état.

Je pris une grande inspiration.

— Faut que je parle à Sancho.

— Il est en train de fouiller les boîtes à indices et de trier les conneries de la chambre de Mari Baroja, ce qui, si je puis me permettre, fait beaucoup de triage de conneries. (Elle se tourna vers les fenêtres et partit d'un pas nonchalant dans la salle d'attente regarder la neige tomber.) Des lettres, des boîtes, des boîtes de lettres, des notes, des télégrammes. Et j'en passe. Dès que c'était écrit, elle gardait.

— Ça pourrait être utile.

— Ouais, on a toute sa vie en boîtes. (Elle se tourna et ses yeux se rivèrent aux miens.) Retiens l'expression "toute une vie en boîtes" et le fait que Sancho est rentré. Quand on est arrivés au bureau ce matin, il y avait des cartons. On a découvert que le personnel du Foyer des Personnes dépendantes avait unilatéralement pris la décision de mettre la vie de Mari Baroja en boîtes et de nous l'envoyer avant de nettoyer la putain de chambre.

Je sentis les muscles de ma mâchoire se serrer.

— Ils n'ont pas dû remarquer la présence de la bande jaune fluo qui barrait la porte avec ACCÈS INTERDIT – ORDRE DU SHÉRIF écrit dessus.

— Peut-être qu'ils ne savent pas lire. (Elle inclina la tête et continua à me regarder.) Est-ce que tu vas te fâcher très fort ? Parce que j'adore quand tu te fâches très fort.

J'ignorai cette dernière remarque.

— Rien dans les boîtes de lettres ?

— Ben, on en est juste au début, et beaucoup sont en basque, alors Sancho est le seul à pouvoir le faire. Il y a quelques lettres de Northern Rockies Energy Exploration, des trucs assez clairs, et une quantité venant de Baroja-Calloway à Miami.

Elle attendit, le vieil or de ses yeux pesant lourd sur moi. Ensuite elle sortit ce qui paraissait être un paquet de lettres de son autre poche de veste. Elles étaient vieilles et attachées ensemble par un morceau de galon rouge passé qui avait été arraché au bord d'une écharpe. Il ressemblait à celui qui avait volé au-dessus de la Powder River et s'était accroché au buisson de sauge que j'avais vu en rêve. Je pris délicatement le paquet de papiers minces et lus l'adresse : Chambre 201, Euskadi Hotel, Durant. Les belles lettres en pleins et déliés étaient de la main de Lucian.

— Je me suis dit que tu voudrais peut-être celles-ci.

J'approuvai d'un signe de tête et regardai ces pauvres lettres aux mots presque effacés et aux bords usés et pelucheux. Des mots tels que complice de fraude, conspiration, usage de faux et une myriade d'autres voletaient dans le petit espace qui nous séparait. Je levai les yeux vers elle, mais elle regardait la neige et je restai un instant à en contempler le reflet dans ses yeux avant de ranger avec précaution les lettres dans la poche de ma veste.

Elle garda le silence un moment, puis tendit le bras pour poser l'extrémité de son index contre la vitre et je vis l'enfant en elle, le genre d'enfant qui avait toujours envie de toucher, le genre d'enfant auquel on ne pouvait pas dire non. J'avais eu un enfant comme ça et je me dis que je devais demander à Ruby si j'avais des chances de voir Cady avant Noël.

— Bon, tu vas aller à la maison de retraite et participer au remontage général de bretelles ou quoi ?

J'ignorai encore une fois sa question.

— Pas d'antimite ?

Elle passa sa langue sur ses lèvres couvertes de miettes de gâteaux.

— Pas d'antimite. (Elle me tendit à nouveau le sac en plastique.) Il en reste un. (Elle sourit.) Bon… tu crois qu'on devrait jeter un œil au testament et aux dernières volontés de Mari Baroja ?

Je contemplai les précipitations moins fortes mais incessantes à travers les portes vitrées de l'hôpital.

— Nous devrions remercier la neige, c'est probablement la seule chose qui tient Baroja-Lofton-Baroja-Calloway à distance.

— Au fait, les harpies aux traits d'union ont appelé.

Je soupirai.

— Quand ?

Elle finit le dernier gâteau aux amandes et fourra le sachet dans la poche intérieure de son manteau.

— Ce matin. J'imagine qu'elles resserrent les rangs en prévision de l'assaut.

— Ça, c'est mon problème. S'il n'y a rien là-bas, à la boulangerie, alors tu devrais peut-être retourner à la maison de retraite. Relève les noms de tous ceux qui sont entrés dans cette chambre. Commence par les empreintes digitales faciles, vois ce que tu peux trouver avec la poudre et le silicone, exposition aux vapeurs cyanoacryliques et photographie simple. Va chercher dans le fichier des empreintes. C'est aller un peu loin, mais on ne sait jamais. (Elle secouait déjà la tête, en souriant.) Quoi ?

— J'adore quand tu dis des cochonneries.

Je hochai la tête, un peu gêné, et ajustai le bord de mon chapeau.

— Je veux les noms de tous ceux qui sont entrés dans cette chambre, et je les veux tous sur mon bureau à exactement quatre heures moins le quart, ou alors, c'est moi qui vais les chercher. Rappelle-leur que si je dois venir moi-même les chercher, je ne vais pas aimer. Nous allons leur en mettre plein la vue sur le sérieux de notre enquête en prenant leurs empreintes à tous à la prison.

Elle regarda sa montre.

— Qu'est-ce que tu vas faire entre maintenant et quatre heures moins le quart ?

— Trouver le testament, pour y voir plus clair.

Elle continua à sourire.

— Au pays des borgnes…

— C'est sûrement Jarrard et Straub.

— C'était ton ancienne boîte, non ? Tu ne te souviens de rien ?

Il redessina le coin de sa moustache et sourit.

— Nous n'étions pas très proches. Je crois que tout ce qui était juridique la mettait mal à l'aise.

Amen.

— Quand son testament a-t-il été légalisé ?

— Lequel ?

Je le regardai un moment.

— Pourquoi est-ce que je n'aime pas ce que je viens d'entendre ?

Vern s'installa confortablement dans son fauteuil et croisa les mains derrière sa tête.

— Elle avait un tempérament versatile, et selon son humeur à l'égard de ses enfants et de sa petite-fille… (Il s'interrompit avant de reprendre.) On est dans l'improvisation totale, et qui plus est, sur un truc ancien. Tu te rends compte que j'avais déjà quitté le cabinet ? (Je hochai la tête dans une mimique très officielle tandis que, plongé dans ses réflexions, il pinçait sa moustache en rentrant sa lèvre supérieure.) Le dernier que j'ai vu, c'était un partage en trois parts égales.

Je me posai des questions sur la manière dont le juge maniait les pourcentages.

— Quels trois ?

— Carol, Kay et Lana. J'imagine qu'elle se fichait de la femme de David.

— Qui était l'exécuteur testamentaire ?

— Carol, je crois.

Je réfléchis un moment avant de reprendre.

— Tu es au courant de l'exploitation méthanière de Four Brothers ? (J'attendis mais il ne réagit pas.) Un rendement d'environ un million par semaine. Cela va compliquer les choses, en particulier dans la mesure où Mari Baroja est morte d'un empoisonnement au naphtalène.

Il ne répondit pas, alors je lui dis ce que je voulais.

— Vern, je vais bientôt me retrouver acculé par une meute d'avocats, mais j'ai besoin d'espace pour travailler. Est-ce que tu vas me donner un coup de main ?

Ses yeux se tournèrent vers la fenêtre qui donnait sur Main Street où je suis certain que la silhouette de Mari Baroja dans sa robe d'été bleue à pois et ses vieilles chaussures à talon passait sur le trottoir couvert de neige. Je n'étais pas certain que les rêveries du juge étaient compatibles avec les conditions météo du jour.

— Qu'est-ce que je peux faire pour t'aider ?

— Il faut que je jette un œil à ce testament.

Toujours tourné vers la fenêtre, Vern hocha la tête.

— Je vais appeler Kyle Straub. (Il se retourna.) Il faut que tu le fasses tout de suite ?

— Oui.

J'attendis pendant que le juge passait l'appel téléphonique.

— Bon, j'ai des bonnes nouvelles et des mauvaises. (Visiblement, ce n'était pas la première fois que le juge faisait pareille annonce.) Il dit que la lecture du testament se fera dans son bureau aujourd'hui à dix-sept heures et que tu es le bienvenu si tu veux y assister.

— Est-ce que je t'ai dit que Lana Baroja est au Durant Memorial avec un traumatisme crânien à la suite d'une agression, probablement une tentative d'assassinat, et que quelqu'un a peut-être bien tenté aussi de tuer Isaac Bloomfield ?

Le juge resta interdit une seconde mais se reprit assez vite.

— Non, tu ne me l'avais pas dit.

— J'imagine que Kyle ne serait pas content de devoir déplacer la réunion à l'hôpital…

— Il n'a aucune obligation sur ce point.

Je soupirai ; interagir avec des hommes de loi me fatiguait toujours.

— Et la bonne nouvelle, c'est quoi ?

— C'était ça.

Nouveau soupir.

— Et la mauvaise ?

— Comme on s'en doutait, pour Mari Baroja, reprendre son testament était une sorte de passe-temps.

Je ne pouvais pas risquer de soupirer encore une fois, je perdais trop d'air.

— Deux questions rapides : il y en a eu combien et le dernier date de quand ?

— Quatorze, et la dernière révision date de vendredi dernier, l'après-midi.

Je me détendis et soupirai à nouveau. Peut-être mes poumons allaient-ils se désagréger et Vic et Sancho s'occuperaient de tout.

— Aucune idée sur l'identité du témoin du testament ?

Il jeta un œil vers l'antique pendule Seth Thomas accrochée au mur, qui ressemblait beaucoup à celle que j'avais dans mon bureau. Je me dis qu'à la fin du siècle dernier, un vendeur de pendules devait se faire autant d'oseille qu'un bandit dans ce comté.

— J'imagine que tu le découvriras à cinq heures ce soir.

Je me levai et hochai la tête.

— Si tu reparles à Kyle Straub, rappelle-lui que je vais bientôt m'intéresser personnellement à ses malheurs.

Tandis que je descendais les premières marches, je me retournai pour le regarder une dernière fois :

— Et j'envisage de m'intéresser aux tiens.

Il ferma les yeux et secoua la tête lentement.

— C'est toujours réconfortant de savoir qu'on est présent dans tes pensées, Walter.

Je ne m'en serais jamais tiré, comme avocat.

Il était tout juste passé trois heures et quart, et j'avais faim, mais je savais qu'un petit groupe de gens était censé m'attendre à la prison dans une demi-heure. En vingt minutes, je n'avais pas le temps de manger, alors je décidai de passer à Clear Creek Realty. Beth Banks, ou Beebee comme on l'appelait ici depuis toujours, essayait de loger son impressionnant tour de taille dans une Cadillac flambant neuve. Je lui souris en appuyant sur le bouton de la fenêtre côté passager et regardai environ un demi-mètre cube de neige tomber dans mon pick-up ; il fallait vraiment que je me procure des housses.

— Hé, Beebee…

Elle gloussa.

— Oh oh, qu'est-ce que j'ai fait de mal ?

Elle portait un manteau en laine rouge pétard et les flocons commençaient à s'accumuler sur ses cheveux blond platine.

Je laissai le moteur tourner pour lui montrer que je n'allais pas la retenir longtemps.

— Beebee, est-ce toi qui as loué le bâtiment à côté de chez Evans à Lana Baroja ?

Elle réfléchit.

— Oui, c'était il y a environ trois mois. (Le sourire s'effaça quelque peu.) Un problème ?

Je me dis qu'il valait mieux rester simple.

— Quelqu'un est entré par effraction et je me demandais s'il était possible qu'il ait eu les clés. Tu sais s'il existe d'autres jeux ?

— Non, mais je vais vérifier. (Elle réfléchit encore un moment.) Je ne sais pas s'il y avait d'autres clés à ce bâtiment, mais il vaut toujours mieux changer les serrures quand on ouvre un nouveau magasin. (Son sourire revint.) Comme si j'avais besoin de dire un truc comme ça.

Le parking du bureau était occupé par un certain nombre de véhicules. Vic avait dû pouvoir amener toute la troupe des administrateurs habituels pour relever des empreintes à la chaîne. Je pris mon visage sérieux, celui, disent certains, qui me donne un air légèrement constipé, et j'entrai. Je les ignorai et me postai devant le bureau de Ruby. Elle fut la première à parler, le chien assis à côté d'elle.

— Walt…

J'enlevai mon chapeau d'un geste brusque et pris la voix à laquelle mon père faisait référence sous le terme de voix de plein champ.

— Bon sang !

En m'entendant tonitruer, le chien roula des yeux inquiets. Je fis un clin d'œil à Ruby, qui esquissa un sourire.

— Appelle-moi Vern Selby sur la une et dis-lui que je veux connaître l'éventail des condamnations pour obstruction à enquête.

Elle hocha la tête.

— Au premier degré ? fit-elle.

Je faillis éclater de rire, mais je me mordis la lèvre et approuvai d'un signe de tête. Elle ne mentionna ni la chaise électrique ni la taule, alors je battis en retraite dans mon bureau et claquai la porte derrière moi ; elle fit un bruit de tonnerre et la poignée me resta dans la main. Je m'accroupis et examinai le mécanisme encore encastré au cœur du bois en espérant que quelqu'un débarquerait dans pas trop longtemps. Je jetai la poignée sur mon bureau et m'assis en attendant.

Au bout de quelques instants, l'intercom sonna sur mon téléphone. J'appuyai sur le bouton.

— Quoi ?

Je m'assurai de le dire suffisamment fort pour qu'ils m'entendent tous, à l'accueil.

— Walt, Louis Gilbert et les gens du Foyer des Personnes dépendantes sont là.

— Dis-leur que je veux qu'ils viennent dans mon bureau, tout de suite.

Je farfouillai et ramassai le dossier de Saizarbitoria, essayant de ressembler à un maître du destin, et j'attendis encore un peu. Quelqu'un frappa doucement à la porte, et je fus soulagé de constater qu'elle s'entrouvrait.

— Entrez.

Louis parlait déjà quand il ouvrit la porte et regarda le trou où se trouvait auparavant ma poignée.

— Walt, tout ceci n'est qu'une énorme méprise.

— J'espère bien.

Ma voix trahissait moins de colère ; c'était une émotion que j'entretenais difficilement.

Un petit groupe de gens venait à sa suite, et je reconnus Jennifer Fleson et Joe Lesky au premier rang.

— On avait diffusé un mémo disant que les chambres inoccupées devaient être vidées et nettoyées en vingt-quatre heures. (Louis me présenta une vieille dame, toute petite et effrayée, cachée derrière les autres ; elle était indienne, probablement crow.) Anna Walks Over Ice a pensé avoir entendu Joe dire à Jennifer que ça voulait dire toutes les chambres, y compris la 42, mais Joe ne se souvient pas avoir eu cette conversation avec Jennifer.

Louis fit un mouvement du menton en direction de la vieille dame.

— Elle ne comprend pas bien l'anglais.

Je gardai les yeux rivés sur mon sous-main.

— Qui a nettoyé la chambre ?

Louis parla très vite.

— Anna.

C'est une tradition de l'Ouest qui existe depuis toujours : en cas de doute, accusez l'Indien.

Je regardai les membres du groupe qui échangeaient des regards.

— Jennifer, vous étiez de garde ?

Elle se redressa et leva timidement la main.

— Oui.

— Joe ?

Il leva la main, lui aussi, et je commençai à avoir l'impression de faire un cours devant une classe. Je soupirai.

— OK, vous n'avez pas besoin de lever la main. Vous étiez tous les deux de garde ?

Joe avait hâte d'éclaircir la situation.

— C'était un peu avant le changement d'équipe. Je commence à dix heures, mais j'avais beaucoup de choses à faire, alors je suis venu plus tôt.

— Et vous êtes tombé sur Jennifer ?

Elle esquissa un mouvement de la main, mais se ravisa.

— Oui, je faisais la tournée de vingt heures.

— Aviez-vous eu des contacts avec elle plus tôt dans la soirée ? (Elle hocha la tête.) Que faisait-elle ?

— Elle lisait. Elle aimait lire.

— Est-ce qu'elle était en train de manger ou de boire quelque chose ?

— Elle avait des biscuits.

Je me demandai si Vic avait avalé toutes les preuves.

— Rien d'autre ?

Joe enchaîna.

— Elle prenait un verre de Métamucil le soir, comme supplément de fibres.

— Qui lui préparait cette mixture ?

Joe haussa les épaules.

— Moi.

— A-t-elle mangé ou bu quelque chose d'autre ce soir-là ?

Ils se regardèrent tous, et Louis fut le premier à prendre la parole.

— Elle avait probablement pris son dîner avec les autres pensionnaires. (Il eut l'air ahuri.) Vous pensez que quelque chose ne lui a pas réussi ?

Je les regardai tous dans les yeux.

— Mari Baroja a été empoisonnée.

Jennifer se signa, Louis me regarda, choqué, et Joe, après avoir marqué une pause, traduisit ma déclaration à Anna Walks Over Ice. Ils avaient tous la mine triste, mais ils ne ressemblaient pas à des meurtriers ; ils avaient l'air de gens qui s'investissaient beaucoup et étaient bien peu payés pour leur investissement. La femme indienne dit quelque chose à Joe, qui me regarda, haussa les épaules, et traduisit.

— Elle dit qu'elle va prier pour Mme Baroja.

Nous gardâmes tous le silence un moment.

Le choc était toujours perceptible dans la voix de Louis quand il parla.

— Walt, c'est horrible…

— Ouaip, c'est aussi la vision officielle de la chose. (Je les étudiai encore un peu.) Vous voyez à quel point ceci est important ? (Ils hochèrent tous la tête de concert.) Joe, as-tu le récipient de Métamucil ?

Ils joignirent leurs regards au mien, dirigé sur Joe qui eut un air abasourdi.

— Oui. Parce que vous… ? Je veux dire, vous pensez que… ?

Ils avaient tous l'air soucieux, assaillis par l'image d'autres patients s'écroulant sur le sol tout autour d'eux.

— Je ne crois pas qu'il y ait là quoi que ce soit d'inquiétant. La quantité de ce poison particulier n'aurait aucun effet sur la plupart des gens. (Je m'adossai dans mon fauteuil.) Je vais avoir besoin de la boîte qui a été utilisée pour préparer sa dose ce soir-là. J'imagine que ses médicaments ont été mis avec ses effets personnels ? (Louis approuva d'un signe de tête.) N'y avait-il aucun verre, aucune assiette dans sa chambre ?

Après s'être brièvement concertés, ils conclurent qu'il y en avait eu, mais que tout était passé au lave-vaisselle et que plus rien n'était à craindre.

J'avais apparemment posé toutes les questions, alors je les invitai à se rendre à la prison pour qu'on prenne leurs empreintes et appelai Vic pour lui demander de les reconduire à la maison de retraite une fois qu'elle aurait relevé les derniers indices.

Il était quatre heures quinze et j'avais trois quarts d'heure devant moi avant la lecture du testament. J'appuyai sur l'intercom. Ruby me répondit.

— Tu as fini de terroriser les gens de la maison de retraite ?

— Rigole tant que tu veux, t'es la prochaine que je vais envoyer là-bas. Est-ce qu'on a quelque chose à manger ?

— Des tourtes à la viande dans le frigo de la prison.

Ça ne me mettait guère l'eau à la bouche.

— Vic n'a pas rapporté de pain de la boulangerie ?

Il y eut un silence.

— Non, ça aurait été du vol, et au Bureau du Shérif, nous essayons de nous abstenir de ce genre de choses. (Il y eut un murmure dans le téléphone.) Mais il y a quelqu'un qui vient d'arriver et qui dit vouloir t'offrir un déjeuner tardif ou un dîner, tant que c'est pas servi dans un sac en papier.

Je mis mon chapeau et sortis au pas de course, avant que la Nation Cheyenne ne change d'avis. Par précaution, je laissai la porte de mon bureau ouverte.

Il regardait fixement son sandwich au poulet grillé. Ses longs cheveux noirs lui cachaient le visage et étouffaient sa voix.

— Combien de meurtres avons-nous eu dans ce comté depuis que tu es devenu shérif ?

Je comptai rapidement, recomptai encore.

— Cinq.

— Trois en un mois ?

— Ouaip.

Il ramassa son sandwich et le regarda.

— Tu devrais prendre ta retraite… vite.

Je mâchonnai mon menu habituel quand Dorothy revint nous servir en thé glacé.

— Il serait très tentant de cibler les avocats.

— C'est eux qui ont le plus à gagner. (Sa voix grondait, comme toujours lorsqu'il parlait de violence.) En supposant que Lana ne s'est pas flanqué elle-même ce coup de matraque sur la tête…

Le chef-cuisinier-plongeur lança un regard au brave, et ils hochèrent tous les deux vigoureusement la tête.

Je les regardai et me demandai si, dans d'autres régions de ce pays, il y avait autant de je-sais-tout qu'ici.

— Vous m'êtes d'un grand secours, tous les deux.

Dorothy haussa les épaules et retourna travailler. Je bus une gorgée de thé et regardai l'Ours.

Il mâchait.

— Parle-moi du timing d'un empoisonnement au naphtalène.

— Entre cinq et vingt minutes, ce qui veut dire qu'il a été introduit dans le corps de la victime moins d'une demi-heure avant sa mort.

— Alors, il faut que ce soit quelqu'un qui est venu la voir au Foyer des Personnes dépendantes ce soir-là.

— Peut-être, mais il aurait pu être laissé à son intention sous une forme consommable. Et évidemment, ils ont lavé tous les verres et toute la vaisselle qui étaient dans sa chambre. (Je me tournai et croisai le regard de Dorothy.) J'ai besoin de ton téléphone.

Elle me l'apporta et le posa devant moi. Je regardai Henry.

— Qu'est-ce que tu fais en ville au milieu d'une tempête de neige ?

Il se tourna vers la fenêtre derrière nous.

— Au cas où tu ne l'aurais pas remarqué, il ne neige plus.

Je me retournai. Effectivement.

— J'ai été plutôt occupé.

Il posa son verre et poursuivit.

— J'ai besoin de fournitures de classement et de disques pour la collection de photos sur laquelle je suis en train de travailler.

Je composai le numéro de la prison.

— Comment ça se passe ?

Les rides aux coins de ses lèvres s'étirèrent vers le sud, donnant à sa bouche une forme de tipi.

— Le problème quand on dirige des Indiens, c'est qu'on ne sait jamais s'ils vous suivent ou s'ils vous traquent.

Le téléphone se mit à sonner.

— Bureau du Shérif du comté d'Absaroka, agent Saizarbitoria, puis-je vous aider ?

Je fixai le combiné.

— Ouah !

Je me précipitai avant qu'il ne puisse enchaîner sur une autre tirade ronflante :

— Sancho, c'est moi. Vic est dans le coin ?

— Non, elle en a fini avec les empreintes et elle est partie avec le personnel à la maison de retraite.

Je l'avais déjà vue prendre des empreintes. Avec sa technique philadelphienne, j'étais pratiquement certain qu'elle était la plus rapide de l'Ouest.

— Vous pensez avoir besoin de combien de temps pour examiner toutes les boîtes ?

— J'aurai fini ce soir.

Autrement dit, à la fin de sa période d'essai, et je le soupçonnai de prévoir de rentrer à toute vitesse à Rawlins après ça. J'attendis quelques instants, avant de poursuivre.

— Hé, Troupier, je veux que vous sachiez que ce que vous faites est vraiment important et que j'apprécie beaucoup. (Il ne répondit pas.) La voiture d'Isaac, qu'est-ce qui vous fait penser qu'elle a été trafiquée ?

— Il y avait du liquide de freins partout et deux des purgeurs étaient juste assez dévissés pour que la fuite soit rapide. (Il marqua une pause.) C'était sur une roue arrière. La voiture a un maître-cylindre à deux réservoirs, alors il ne pouvait être défaillant que si les deux perdaient de la pression. C'est trop pour être une coïncidence.

— Vous avez l'air assez sûr de vous.

— Mon père a bricolé des voitures toute sa vie. C'est quelque chose que je sais forcément.

Je raccrochai et regardai l'Ours. Il avait posé son sandwich mais continuait à mâcher.

— Est-ce qu'Anna Walks Over Ice est venue à ton bureau ?

J'approuvai et m'apprêtai à mordre dans le mien, mais je changeai d'avis.

— Elle travaille à la maison de retraite. (Je bus la dernière gorgée de mon thé glacé et lançai un regard à Dorothy.) Elle ne parle pas anglais ?

— Non. Certains anciens pensent que ça réduit les pouvoirs. (Il prit une grande inspiration.) Elle n'a pas parlé en ma présence.

Je continuai à regarder le grand Indien de cent kilos qui semblait tout droit sorti d'une photo de Curtis ou d'une peinture à l'huile de Remington.

— T'es pourtant du genre difficile à rater.

— Peut-être.

— Si tu en as l'occasion, tu veux bien lui parler ? (Décidément, je passais ma vie à demander à l'Ours de m'aider à titre non officiel. Je souris.) Tu parles assez bien crow pour ne pas être gêné, rassure-moi…

Il hocha la tête.

— *Chiwaxxo diataale, baalaax bishee.*

Il se leva et alla décrocher son long manteau de cuir de la patère derrière lui. Il se retourna et me regarda tandis qu'il l'enfilait.

— Autre chose ?

J'étais déçu qu'il s'en aille. Je commençais tout juste à me rappeler le plaisir que je trouvais à sa compagnie. Il dut voir ma déception.

— Où vont-ils faire la lecture du testament ?

— Chez Jarrard et Straub, au coin de Main et Gatchell.

Il hocha la tête.

— Peut-être que je passerai.

— Fais comme tout le monde, amène un avocat.

Sa bouche se pinça. Il chaussa ses Ray-ban.

— Peut-être que je le ferai.

Il me donna une grande tape dans le dos qui me fit renverser un peu de thé glacé sur mon pantalon. Une de ses grandes mains couleur bronze se déploya pour échanger un effleurement de doigts avec Dorothy quand elle passa à côté de lui. Ils le firent avec l'assurance désinvolte de joueurs de basket-ball professionnels.

— Ha-ho, Reine des Abeilles.

Elle lui adressa un hochement de tête et il ouvrit la porte. Elle me remplit à nouveau mon verre.

— C'est toi qui paies pour le Noble Sauvage ?

— Ouaip, il bosse en infiltré.

L'Ours resta debout sur le trottoir couvert de neige et leva les bras pour saluer les brefs rayons de soleil qui descendaient en cascade sur Main Street. Il garda les bras tendus, les pans de son cache-poussière déployés comme des ailes, et les cheveux noirs tombèrent sur le manteau de cuir noir jusqu'au creux de ses reins. Il ressemblait à un grand corbeau d'1,90 m, qui glanait le peu de chaleur que prodiguait la lumière d'un instantané en technicolor.

— On dirait bien, oui.

Son cri de guerre ébranla les vitres de la porte fermée.

Jarrard et Straub avait été le premier cabinet juridique du comté ; il avait été fondé par Jim Jarrard et Larry Straub bien avant Lexis-Nexis et leur tarif horaire à plus de deux cents dollars. J'étais plus à l'aise dans ce vieil endroit avec ses bureaux d'associés, ses lampes en écaille de tortue et ces hommes à la voix douce. Autrefois trônait une magnifique tête montée d'un cerf que Larry avait abattu près de Rock Creek avant que ne passe la mode d'avoir de tels objets sur les murs d'un cabinet juridique. Le cerf, bien entendu, n'était plus là, et tout ce que je voyais, c'étaient des murs lambrissés de noyer et tapissés d'aquarelles du meilleur goût qui représentaient la région et étaient soigneusement éclairées par des spots encastrés.

— Content de te voir, Walt.

— Bonjour, Kyle, merci de me laisser assister à la réunion.

— Pas de problème.

Mon sarcasme lui avait complètement échappé.

— Où sont-ils, tous ?

— Dans la salle de conférences, au-dessus. Je voulais juste voir quelques petites choses avec toi avant qu'on les rejoigne. (Il resta un moment à hocher la tête et contempler la moquette.) Si je te donnais une copie du testament tout de suite, te sentirais-tu toujours obligé d'assister à la lecture ?

Les choses prenaient un tour inattendu.

— Tu ferais ça ?

Il croisa les bras et s'assit sur le coin de son bureau.

— J'ai été en communication aussi bien avec Kay qu'avec Carol. (Il serra les bras un peu plus fort et poursuivit.) Le testament étant ce qu'il est, je crois que ce serait peut-être mieux pour toutes les parties concernées que tu ne sois pas présent au moment de la lecture.

J'accordai à Kyle toute mon attention.

— Et pourquoi donc ?

— Je crois qu'elles risquent de s'agiter.

Il me tendit une enveloppe en papier kraft scellée avec les coordonnées du cabinet soigneusement apposées dans le coin supérieur gauche. Ses yeux vinrent rencontrer les miens.

— Tu peux dire à Lana que je passerai la voir plus tard avec une copie à son intention.

Je hochai la tête, mais au moment où j'ouvrais la porte du bureau de Kyle pour rejoindre le hall d'accueil, je vis tout le clan Baroja-Lofton-Calloway se diriger vers nous. Comme Kyle n'était pas apparu à temps, ils avaient décidé de partir à sa recherche en masse. Kay menait la troupe, toutes voiles dehors, sa quincaillerie résonnant à chaque pas, son époux dans son sillage. Une version plus débraillée de Kay, avec quelques kilos de poitrine en plus, fermait la marche, vêtue d'un manteau de vison ultra-long et de ce qui ressemblait à un bronzage intégral.

Je roulai l'enveloppe et la fourrai dans ma poche de manteau.

— Bonjour.

Kay se décala d'un pas et regarda derrière moi.

— C'est à cause de lui qu'on nous a fait poireauter si longtemps dans la salle de conférences ?

Je me penchai et l'empêchai de voir.

— J'avais une affaire officielle à discuter avec M. Straub. Je suis désolé de ce contretemps.

Elle fixa directement le rouleau de papier kraft qui dépassait de ma poche.

— Est-ce le testament ?

Je me tournai vers Kyle, me disant que c'était à son tour de jouer, mais Kay s'approcha pour arracher l'enveloppe de ma poche. J'imagine que si j'avais eu le temps d'y penser, je n'aurais pas saisi sa main avec tant de force. Elle la retira brutalement et environ mille deux cents dollars en argent, corail et turquoise me restèrent dans la main.

— Fils de pute !

J'essayai de lui rendre sa quincaillerie mais elle s'écarta. Je tentai de la rendre au mari, mais il battit lui aussi en retraite. Je m'apprêtai à accrocher la Collection Baroja-Lofton sur la poignée de la porte lorsque Carol – tout au moins, je supposai que c'était elle – tendit la main. J'y déposai les bracelets.

— Je suis désolé, je…

— Fils de pute !

Les larmes remplissaient les yeux de Kay et elle se tenait la main comme si elle venait de la retirer d'un piège à ours n° 16. Je dois admettre que la scène était assez bien jouée. Je levai les yeux et découvris Henry en compagnie d'une jeune femme derrière les Barojas dans le hall bondé. La jeune femme se fraya un chemin entre les avocats ; elle brandissait une feuille de papier d'une main parfaitement manucurée.

— Division des Enquêtes criminelles. Je cherche le shérif Walter Longmire.

C'était une grande femme rousse, aux jambes interminables, à la silhouette athlétique et aux yeux d'un gris effrayant.

— Euh, c'est sûrement moi.

Elle se tourna pour me faire face tandis que les lèvres pleines très rouges faisaient une moue de côté dans une expression fort contrariée.

— Je viens de traverser un blizzard en avion pour venir à votre demande, monsieur Longmire. La moindre des choses aurait été de venir me chercher à l'aéroport.

Je scrutai l'Indien au visage impassible qui se tenait derrière elle tandis qu'elle levait les yeux au ciel et lâchait un grand soupir mécontent et impatient.

— Cela vous ennuierait-il que nous retournions tout de suite à votre bureau pour que je puisse me mettre au travail dans les plus brefs délais ?

Si les Barojas avaient regardé d'un peu plus près, ils auraient peut-être vu que le papier qu'elle tenait était un billet d'avion électronique. Quand nous arrivâmes aux marches menant au parking, elle s'arrêta net et sourit de toutes ses dents.

— Salut Papa.

9

— TU t'es présentée comme appartenant à la Division des Enquêtes criminelles.

Elle était assise en face de moi avec ses bottes en cuir italien très cher enroulées autour des pieds de la chaise. Elle faisait cela depuis qu'elle était au cours préparatoire.

— Non, ce n'est pas vrai. J'ai seulement dit Division des Enquêtes criminelles. Point. Et ensuite, j'ai dit que je te cherchais.

Elle sourit et sirota le café que lui avait donné Ruby tout en examinant le testament.

Je regardai Henry qui était assis sur l'autre chaise, puis Ruby, qui rôdait autour de la porte. Aucun des deux ne me serait d'aucun secours.

Elle leva les yeux, mais pas vers moi.

— Ruby, t'y crois, toi ? Il n'a pas dit un mot sur ma mine, ma tenue.

Ruby secoua la tête.

— C'est honteux, chérie, tu es splendide.

— Merci.

Elle me lança un bref coup d'œil avant de se replonger dans le testament.

Le téléphone se mit à sonner et Ruby disparut après m'avoir lancé un regard menaçant. Je regardai à nouveau ma fille.

— Tu peux t'attirer de gros ennuis…

— Tu peux t'attirer de gros ennuis en malmenant des avocats, mais je ne suis pas pour autant en train de te passer un savon, si ? (Elle but une autre gorgée de café en prenant garde de ne pas abîmer son rouge à lèvres.) Quand je pense que cette femme était sur le point de piquer le testament dans la poche de Papa… (Elle se tourna.) Pour une professionnelle, c'est un comportement assez suspect, à mon avis.

Je soupirai et contemplai la plaque portant mon nom sur la porte. J'essayai désespérément de me convaincre que j'étais là, alors même que personne ne paraissait m'entendre.

— Est-ce que ce testament dit ce que je crois qu'il dit ?

Elle inclina la tête sur le côté et posa la tasse des Denver Broncos sur mon bureau.

— La testatrice Baroja a expressément légué une très grande partie de ses biens personnels, immobiliers et autres, à la bénéficiaire, ci-après dénommée Lana Baroja. (Elle fit à nouveau la moue.) Ta petite boulangère à la tête cassée est aujourd'hui multimillionnaire.

— Et les jumelles ?

Sa bouche se tordit à nouveau.

— Ben, c'est pas des clopinettes, mais en comparaison… (Elle leva les yeux.) Si, c'est des clopinettes.

— Elles vont le contester.

— Elles peuvent essayer. Ce n'est pas ma spécialité, mais on dirait bien qu'il est tout à fait recevable, une fiducie révocable avec Mari comme fidéicommissaire et toutes les propriétés comprises dans le fidéicommis. Lana est l'ayant-droit dans la succession, avec des devoirs très précis concernant la manière dont l'héritage doit être divisé. J'imagine qu'avec un tel enjeu financier, Mme Baroja essayait d'éviter l'homologation. (Elle fit tourner quelques pages.) Il s'agit d'une transposition de l'original manuscrit, qui est d'ailleurs inclus. (Elle tourna le document pour me le montrer.) Mari Baroja avait une très jolie écriture.

— Qui était témoin ?

— Deux personnes, ce qui est tout à fait courant. (Elle examina les parties signées du document.) Kyle… je n'arrive pas à lire.

— Straub ?

— C'est ça.

— Son avocat. Qui est l'autre ?

Elle sourit.

— Oncle Lucian.

Je m'apprêtais à ôter mon chapeau mais je m'interrompis quand Henry et moi échangeâmes un regard.

— Est-ce que cela fait une différence si elle a été mariée puis divorcée d'un des témoins ?

Elle continuait à examiner les papiers posés sur ses genoux.

— Mme Baroja était mariée à ce Straub ?

Ni Henry ni moi ne dîmes quoi que ce soit, et, au bout d'un moment, elle leva la tête, les yeux écarquillés.

— Pas possible… Oncle Lucian ?

Je me lançai et jetai d'abord mon chapeau sur mon bureau.

— Je te donnerai les détails plus tard. Et si le mariage a été annulé, ça pose un problème ?

Elle haussa les épaules.

— Pas si l'annulation a été légale. Si ce n'était pas le cas, ce serait malgré tout un cas de rupture et tout mariage ultérieur réduirait à néant toute prétention antérieure. (Elle examina les chiffres portés sur le testament.) Il aurait dû rester marié avec elle.

— Je ne crois pas qu'il ait eu tellement le choix.

Je gardai le silence un moment.

— Tout nous ramène chaque fois aux filles, n'est-ce pas? (J'écoutai le téléphone sonner dans l'autre pièce et espérai qu'il s'agissait de Vic. Cady le remarqua et devina ma question suivante.) Tu es en train de te demander qui récupère l'argent si la petite boulangère devait être victime de circonstances imprévues?

— Effectivement, ça m'intrigue.

Elle parcourut à nouveau le testament.

— Les sœurs.

Henry bougea un peu sur sa chaise et me regarda:

— Y a-t-il d'autres membres dans cette famille?

— Il y a le prêtre, qui est un cousin de Mari.

— Le père de Mari Baroja avait trois frères, et à eux trois, ils n'ont eu qu'un enfant? (Il me regarda fixement.) Pour une famille très catholique, c'est plutôt inhabituel, non?

Il attendit un moment.

— Et Charlie Nurburn?

— Qui est Charlie Nurburn?

Elle avait suivi nos échanges comme si elle assistait à un match de tennis.

— C'est une longue histoire.

— J'imagine qu'il est exactement du genre à avoir plein de petits bâtards aigris disséminés tout le long de la Powder River.

Je regardai à nouveau ma fille.

— Des beaux-enfants?

— Non, à moins qu'ils n'aient été adoptés et mentionnés dans le testament.

Ruby apparut à la porte.
— Vic, ligne deux.
Elle disparut. J'enfonçai la touche haut-parleur.
— Bureau du Shérif du comté d'Absaroka, ici le shérif Walter Longmire. Puis-je vous aider ?
Je m'étais dit que j'allais essayer les méthodes de Sancho.
— Putain ! C'est quoi ce délire ?
Apparemment, je m'étais mal approprié le discours.
— Qu'est-ce que tu as pour moi ?
— On a un problème.
Je regardai fixement le téléphone.
— Tu veux dire, en plus du meurtre et des deux tentatives de meurtre ?
— La boîte de Métamucil a disparu.
Je ne quittai pas des yeux la petite diode rouge sur le téléphone.
— Tu plaisantes ?
— Non, je ne plaisante pas et ils ont une crise de chiasse généralisée ici, genre : on dirait que quelqu'un a volé un des Manuscrits de la mer Morte.
— Bon sang, mais où elle est passée ?
— Jennifer Felson l'a vue hier. Bon Dieu, Walt, on parle d'une boîte de Métamucil. J'arrive pas à croire que toute notre affaire dépend de ça.
Je commençai à me demander de quoi exactement dépendait notre affaire.
— J'imagine qu'il faut que je vienne à la maison de vieux ?
La communication fut coupée, alors j'appuyai sur le bouton et je regardai ma fille. Un peu moins d'1,80 m, tout en jambes, elle mangeait comme un requin tigre mais ne dépassait jamais les soixante-sept kilos.

— Je parie que t'as faim ?

— Je suis affamée. (Elle sourit, mais très brièvement.) Mais je préférerais ne pas manger au Foyer des Personnes dépendantes.

Je me tournai vers Henry.

— Tu veux bien ?

Il la regarda puis se tourna vers moi.

— Aller dîner avec une magnifique fleur du barreau ? (Il soupira.) Je pense que oui.

Je l'aidai à remettre son manteau et la regardai.

— Cela ne fait que quelques heures que tu es là et je suis déjà en train de me débarrasser de toi.

Elle passa ses bras autour de mon cou et posa sa tête contre ma poitrine ; je respirai voluptueusement le parfum de ses cheveux.

— Papa, je sais ce que je vais t'acheter pour Noël.

— Quoi ?

Elle me regarda sous ses cils couverts de mascara.

— Un rasoir.

Je me rappelai toutes les heures que nous avions passées à faire la sieste ensemble quand elle était bébé, son corps minuscule ne recouvrant qu'un quart de ma poitrine. Le fait qu'elle n'avait pas dit un mot pendant les dix-huit premiers mois de sa vie – il semblait que depuis ce temps-là, elle essayait obstinément de se rattraper.

Elle recula et sourit tandis que je lui tendais une joue duveteuse pour qu'elle y dépose un baiser.

— Je t'aime.

— Je t'aime aussi. C'est génial de t'avoir à la maison.

Je la laissai partir et la regardai passer la porte pour rejoindre Ruby. Henry se tourna vers moi après son départ et je tendis la main vers mon chapeau.

— Comment as-tu fait pour trouver un moyen de faire venir Cady depuis Denver ?

— L'avion d'Omar. Il te fait grâce de la main-d'œuvre, mais tu lui dois le plein de carburant. Joyeux Noël. (Il prit une grande inspiration.) Je suppose que le Bee est le seul endroit ouvert ?

— Elle a une sacrée chance, Dorothy, de te voir deux fois la même journée. Quel embarras de richesses.

Il me fallut un peu plus de cinq minutes pour atteindre le principal lieu de perdition de la ville. Je m'étais arrêté en route et j'avais acheté un pack de six en gage de paix à l'intention de Lucian ; je me disais que j'allais le croiser incessamment sous peu et qu'il valait mieux que je me trompe muni de bière plutôt que dépourvu.

Je m'attardai un peu sur le parking de la maison de retraite et j'admirai le vent incessant du Wyoming qui balayait les crêtes des congères comme une rafale qui étête les vagues de l'océan. Je restai assis sur mon siège chauffant, le chauffage à fond, et contemplai mes montagnes. J'avais aimé la Californie ; c'était un endroit magnifique, mais mon âme y avait développé une agitation que je n'arrivais pas à calmer. J'avais aimé le Vietnam, si l'on exceptait le fait que la population passait son temps à nous canarder comme dans le Wyoming aux environs de 1870.

Je fixai les montagnes et permis à mon regard de se détendre en plongeant dans le paysage monochrome où la terre rejoignait le ciel. On percevait une faible lueur entre les deux firmaments près de Black Tooth, et c'était presque comme si la lune avait été accrochée à la menaçante incisive de granit.

Je soupirai, coupai le moteur, fourrai les clés dans la poche de mon manteau et avançai à pas lourds vers la maison de retraite. Quand j'entrai, il régnait un tumulte invraisemblable sur fond musical – Dean Martin et les accents apaisants de *Silver Bells*. Vic parlait à Jennifer Felson, qui donnait toujours l'impression d'être au bord des larmes. Je me dis qu'il était temps que j'intervienne pour limiter la casse relationnelle.

Je m'effondrai sur un siège après avoir consciencieusement caché le sac en papier kraft contenant la bière sous la chaise à côté de la mienne.

— Je n'ai pas apporté les lave-ponts, vous croyez qu'on peut en trouver sur place ?

Jennifer sourit, mais sans lâcher le Kleenex en lambeaux qu'elle serrait entre ses mains tremblantes posées sur ses genoux. Ses yeux restèrent plus qu'humides.

— Vous savez, ils ont coincé Al Capone avec une boîte de Métamucil. (Je me plongeai dans la contemplation du mur, histoire de donner un peu d'air à Jennifer.) Vous avez vu la boîte hier, c'est ça ? (Elle me répondit d'un hochement de tête affirmatif.) Qui s'en est servi depuis hier ?

Elle se ratatina sur sa chaise et étouffa un sanglot.

— N'importe qui, n'importe lequel d'entre nous.

Je lançai un coup d'œil à Vic, qui paraissait être au bout de sa résistance nerveuse.

— Peux-tu interroger les autres sur ce point ?

Elle opina du bonnet sans dire un mot, ce qui valait probablement mieux, et retourna à ses rapports.

J'observai Jennifer un moment et la laissai purger ses conduits.

— Bon, Joe Lesky était de service hier soir. Qui était de garde aujourd'hui ?

— Shelly Gatton.

— Est-elle déjà repartie ?

Vic précisa :

— Louis l'a appelée, et elle est en route, elle revient. Joe Lesky ne répond pas au téléphone, mais Louis a dit que ça n'avait rien d'anormal ; il dort tout l'après-midi et il risque de ne pas avoir notre message avant de se lever pour venir travailler.

Après le départ de Jennifer, je me détendis un peu et parcourus des yeux les affiches de l'Association américaine des Retraités. Je me dis que j'allais laisser Vic parler la première, juste pour voir si son raisonnement prenait la même tournure que le mien.

— Putain, tout ça n'a pas le moindre sens.

J'allongeai mon bras sur le dossier de la chaise que Jennifer venait de quitter.

— Pourquoi quelqu'un se donnerait-il la peine de prendre cette boîte ? (Je n'avais pas vraiment envie de me lever de ma chaise.) Je ferais mieux d'aller voir Lucian pour me prendre ma tôle hebdomadaire. Je ne lui ai même pas encore dit que Mari a été empoisonnée.

Je me levai et essayai de me rappeler quand j'avais enlevé ma veste pour la dernière fois.

— T'as vraiment une sale gueule.

J'ajustai mon chapeau, pour lui donner une inclinaison un peu plus guillerette.

— C'est précisément dans ces moments que je bosse le mieux : quand les gens me sous-estiment. Va voir le placard des fournitures, si tu ne l'as pas encore fait. Peut-être que t'y trouveras le Métamucil. Et tu peux prendre la déposition de Shelly Gatton et de Joe Lesky quand ils se pointeront ?

— Ouais. (Elle changea tout à coup de sujet.) Cady a réussi à arriver ?

Je hochai la tête.

— Parce que t'étais dans le coup ?

Elle s'était déjà replongée dans ses rapports.

— Tout le monde était dans le coup.

Je ramassai mes bières et partis. J'étais vraiment un enquêteur hors pair.

La porte de la chambre 32 était fermée et ne laissait filtrer aucune lumière. Je jetai un coup d'œil à ma montre ; il était trop tôt pour qu'il soit couché. Je me lançai et frappai à la porte.

Rien. Je frappai une nouvelle fois.

J'entendis un mouvement dans la pièce.

— Chuis armé.

— Moi aussi.

J'essayai de tourner la poignée, mais la porte était verrouillée. Depuis quinze ans que je venais lui rendre visite, il n'avait jamais fermé la porte à clé.

— Lucian, qu'est-ce que tu fabriques ?

Pas de réponse. Je m'appuyai contre le mur et évaluai quelle énergie j'allais dépenser pour enfoncer la porte. J'étais fatigué et je n'avais aucune envie de défoncer des portes ; je remontai jusqu'à l'accueil et me procurai un passe. Dean avait attaqué *Winter Wonderland* et sa voix suave glissait comme une luge en pain d'épice sur une montagne de crème onctueuse. Jennifer voulut m'accompagner mais je tenais à voir Lucian seul à seul.

— Lucian, je vais ouvrir la porte et entrer.

Il lui fallut un moment pour répondre.

— Va au diable.

Il avait dit qu'il était armé et je le croyais. Je déverrouillai la porte et me planquai sur le côté au cas où il serait assez bourré pour me tirer dessus. Du bout des doigts, je poussai la porte et une bande de lumière apparut tout à coup sur la moquette couleur sable. La première chose que je pris en pleine figure fut l'odeur. À un moment, pendant qu'il faisait le guet, il avait dû se souiller, et l'odeur était même plus forte que les effluves piquants de son odeur corporelle, l'atmosphère surchauffée de sa chambre et le parfum du bourbon. Il était assis dans un fauteuil en cuir à haut dossier, un coach gun calibre .10 à canon scié posé sur les genoux. Les deux chiens étaient en position de tir.

— Lucian ?

— Fous le camp.

La bouteille vide de Pappy Van Winkle Family Reserve était posée par terre à côté de sa jambe artificielle. Il portait sa vieille robe de chambre à carreaux, son Stetson et une botte de cow-boy. Toutes les lumières étaient éteintes et le fauteuil était collé contre le mur du fond.

— Qu'est-ce que tu mijotes, Lucian ?

Je posai la bière par terre à l'entrée de la chambre, fermai la porte et avançai jusqu'au canapé moucheté appuyé contre l'autre mur. J'ôtai ma veste et la jetai derrière moi.

— Il fait chaud, ici.

— Qu'est-ce…

— Il fait chaud. Tu veux bien que j'ouvre la porte-fenêtre ?

Il me regarda, puis retira ses doigts de la carabine le temps de les pointer vers la vitre. Je fis glisser le lourd panneau de double vitrage pour l'ouvrir d'une trentaine de centimètres et pris une grande inspiration. Les loupiotes multicolores illuminaient tout le tour de la terrasse et projetaient des flashs bleus, verts, rouges et jaunes sur les concrétions de glace accrochées au bord du toit et sur la surface inégale de neige qui s'était accumulée dans la petite dépression derrière le bâtiment. Un pick-up Datsun rutilant était garé sur la place la plus proche du parking surélevé. Le moteur tournait mais il n'y avait personne dans l'habitacle. Probablement quelqu'un qui faisait chauffer le moteur avant de prendre la route du retour à la maison. Je rentrai et m'assis sur le canapé, face à Lucian ; je brandis la bouteille de bourbon vide.

— T'as picolé ?

Un rire s'étrangla dans sa gorge.

— Comme un dingue… chuis bourré.

Je hochai la tête et regardai ses doigts toujours posés sur les deux gâchettes.

— T'as une raison de sortir ton fusil de chasse ?

L'odeur nauséabonde m'incommodait de plus en plus ; je me mis à respirer par la bouche.

Il vacilla un peu, essayant de réfléchir tout en restant assis. Il avait les yeux rivés sur ma gauche mais j'étais quasiment sûr que c'était à moi qu'il parlait.

— J'attends… (L'ébène luisant de ses yeux brillait dans les ténèbres de la chambre sans lumière.) T'attends avec moi.

— Bien sûr.

Je m'assis confortablement sur le canapé. J'aurais volontiers bu une des bières qui se trouvaient dans le sac en papier, mais un seul shérif bourré et armé dans la pièce était suffisant. Je me grattai le menton, sentis ma barbe et essayai de me rappeler quand je l'avais taillée pour la dernière fois. Je tendis la jambe et tapotai sa prothèse du bout du pied.

— Peut-être que, tout en attendant, on devrait te laver et te mettre ta jambe ?

Il resta silencieux un moment, les yeux rivés sur le sol.

— Tu peux pas protéger tout l'monde, tu sais, ça ? (Ses yeux remontèrent jusqu'à moi et il essaya tant bien que mal de me regarder dans les yeux.) Pas toujours.

Je pensai à la femme qui était morte dans la chambre 42, qui avait hanté Lucian pendant si longtemps avant sa mort, et qui se trouvait désormais inscrite dans son âme pour toujours.

— Je sais.

Il se mit à pencher dangereusement vers l'avant, mais je le rattrapai avant que le fusil de chasse ne tombe par terre. Il s'appuya contre mon épaule. Il pesait à peu près autant que Cady.

— Ai passé le plus clair de mon temps à essayer de décider si j'irais chier ou me bourrer la gueule. Apparemment, j'ai décidé de faire les deux.

Je ris et je sentis une boule tiède se former au fond de ma gorge et de la chaleur derrière mes yeux. Je lui pris des mains le coach gun aux canons en acier Damas et abaissai doucement les deux chiens.

— T'inquiète pas, on va te laver.

Cela ne prit pas aussi longtemps que je l'aurais cru. Une fois que je l'eus porté jusqu'à la baignoire, il parvint à s'asseoir sur le siège conçu spécialement pour lui. J'étais abasourdi ; il avait l'air si vieux, tout petit, tout nu et bourré. Je l'observai tandis qu'il s'accrochait à la barre métallique en laissant l'eau lui couler sur le crâne et le débarrasser de toutes les salissures qui le souillaient. La marque par laquelle l'oncle de Mari Baroja avait définitivement scellé le sort du seul et unique mariage de Lucian était très visible. L'eau y restait, formant un petit puits où les souvenirs s'amassaient en tourbillonnant, refusant de se laisser chasser de sa vie.

Je tapotai le vieil homme sur l'épaule, fermai le rideau de plastique et m'assis sur le siège des toilettes. Par terre, à côté du balai à chiottes, il y avait un exemplaire récent du *Durant Courant*. Je le ramassai ; il avait été soigneusement plié à la page de la rubrique nécrologique. Laissant échapper un soupir, je me plongeai dans l'annonce du décès de Mari Baroja. Elle était morte le jour de son propre anniversaire, ce qui expliquait la cuite. Je déposai le journal par terre et retournai dans la chambre, laissant un peu d'intimité à mon pauvre ami.

Je sortis le fauteuil souillé sur la terrasse pour qu'on le nettoie. Le moteur du pick-up Datsun tournait toujours, et quand je refermai la porte coulissante, je vis mon fantôme se refléter dans la vitre – ou peut-être était-ce le vrai moi qui essayait de me chuchoter des choses à l'oreille, de me dire ce qui était particulièrement pourri dans le royaume du Danemark. D'autres yeux étaient là-dehors, d'autres formes fugitives qui disparaissaient pour mieux réapparaître ensuite entre les flocons de neige pour m'observer, se demandant si j'allais trouver la solution. Les formes se déplaçaient furtivement dans la neige profonde, entre les arbres ; elles ne m'apprenaient rien, elles n'étaient que spectatrices.

Je pensai à Vic qui était en train de mener à bien le boulot d'investigation à ma place. Je devrais lui permettre de rentrer chez elle. Rien ne m'empêchait de traîner dans le coin et de rassembler les quelques informations que l'on pouvait glaner ici, si ce n'était la présence de ma fille. Je retournai devant la porte entrebâillée.

— Hé, Lucian ? (J'entendis des bruits de frottement.) Tu ne vas pas te noyer dès que j'aurai tourné les talons pour aller dire à Vic de rentrer chez elle ?

— J'en ai rien à foutre de ce que tu fais.

J'emportai la bière avec moi.

En allant vers le bureau de Louis, je constatai que Joe avait remplacé Jennifer à la réception. Il n'était pas très différent de la dernière fois où je l'avais vu, deux jours avant, quand je m'étais débattu avec le sapin de Noël. Il recula sur sa chaise à roulettes et étendit les bras pour me barrer l'accès vers le conifère décoré.

— Très drôle.

— Je voulais juste éviter que vous risquiez à nouveau une électrocution.

Je m'appuyai sur le comptoir et tendis l'oreille.

— Comment se fait-il qu'il n'y a pas de musique ?

— Oh merde.

Il se pencha sous le comptoir et tripota les boutons de la sono. Gene Autrey se mit à crooner *Rudolph the Red-Nosed Reindeer*.

— Joe, tu n'aurais pas une idée de ce qui a pu arriver à cette boîte de Métamucil, par hasard ?

— Je suis désolé, shérif, mais elle était posée sur une étagère dans le grand placard des fournitures. J'ai montré à votre adjointe où elle était censée être, mais beaucoup de pensionnaires vont dans ce placard. Il n'y a que des trucs sans ordonnance, mais on essaie de les étiqueter tous avec les noms des patients.

Vic me dit que Shelly Gatton ne savait rien de la boîte disparue. Elle avait vu Lana le matin du jour où je l'avais vue moi aussi, après la mort de sa grand-mère, et le jour précédent ; elle avait apporté à déjeuner à Mari, en plus des gâteaux. Elle ajouta que Joe Lesky en savait encore moins. Il n'avait vu personne avec ou sans biscuits, et quand il lui avait montré le placard à fournitures, elle y avait vu quatre boîtes de Métamucil mais aucune avec le nom de Mari Baroja.

— Tu vas les faire analyser toutes ?

Elle pointa négligemment un doigt vers le sac en papier kraft contenant les boîtes posé sur sa veste. Elle s'était montrée plutôt revêche en apprenant où j'avais passé la dernière heure mais elle changea d'humeur lorsque je lui tendis une bière. Je la regardai manger la tranche de viande fadasse, les haricots verts ramollis et la purée collante qu'on avait dû lui apporter un bon moment plus tôt.

— Tu ne m'as pas pris de dîner ?

— Tu veux le mien ? (Elle but une gorgée de Rainier.) La bière n'est pas très fraîche.

Je la regardai chipoter avec sa viande, essayant de lui donner une forme appétissante sur le plateau en plastique bleu turquoise.

— Qu'est-ce qu'on fait ensuite ?

— Rien trouvé dans les biscuits ?

— Tu vas me lâcher avec ces putains de biscuits ?

— Si seulement on les avait là, maintenant…

Une femme âgée arrêta son déambulateur devant la porte du bureau de Louis suffisamment longtemps pour qu'il ait droit à un regard furibond. Peut-être que c'était sa façon de parler, peut-être était-ce à cause de la bière, ou peut-être était-ce le genre de regard qu'elle portait sur tout. Je remarquai que les boîtes de Métamucil avaient été ouvertes.

— T'as déjà commencé à les examiner ?

Elle hocha la tête.

— À l'odeur, on dirait qu'il n'y a rien dedans, ce qui veut sûrement dire qu'il n'y a rien dedans.

— Ça résume assez bien cette affaire depuis le début ; quand il y a de la fumée, il y a de la fumée, point. (Je réfléchis à tout ce que nous avions à faire.) Tu pourrais lancer une recherche sur les jumelles terribles et voir s'il en ressort quelque chose ? Je sais bien que c'est un peu tiré par les cheveux.

— C'est déjà fait. Le casier de Kay est vierge comme un linceul, et Carol a été impliquée dans des affaires un peu louches à Miami, mais rien qui puisse me faire penser qu'elle pourrait être capable de faire un truc comme ça. (Sans cesser de m'observer, elle ajouta.) Walt, crois-moi, j'adorerais avoir de quoi les coincer, mais il n'y a vraiment rien, rien de rien.

Je m'absorbai dans la contemplation du paysage par la fenêtre jusqu'à ce qu'elle reprenne.

— Qu'est-ce qu'il y a encore ?

— Je m'applique à refouler la culpabilité que j'éprouve à accueillir Cady de cette façon.

Elle croisa les bras et me toisa.

— Ah ouais ? Dis-lui de venir jusqu'à la Résidence Moretti sur roues, à côté de l'autoroute, et de savourer le bruit du vent et des soupapes d'échappement des semi-remorques ; après, elle sera contente de ce qu'elle a.

Je me tournai vers mon adjointe divorcée depuis peu, une femme belle et intelligente dotée du corps de Salomé et de la gueule d'un crocodile des eaux salées. J'étais allé jusqu'à son mobile home quand je l'avais recrutée mais je n'y étais pas retourné depuis. Je me demandai tout juste pourquoi elle ne m'avait jamais invité à dîner quand il m'apparut soudain que je ne l'avais jamais invitée chez moi non plus. J'imagine que l'idée ne m'en était jamais venue, même si je ramais continuellement contre le courant très tendu de mon attirance vers elle. À la pensée de m'embarquer dans une histoire avec une femme qui avait à peu près le même âge que Cady, je me trouvais si pathétique que je chassais régulièrement cette idée à grands coups de balai.

— Tu rentres pour Noël ?

— Non. Maman dit que Nona devrait être morte d'ici là, enfin, c'est ce qu'elle promet. Vic Junior est avec sa nouvelle petite amie/fiancée qui est coiffeuse et enceinte, et Alphonse se casse en balade avec des potes. Tony va bosser au restaurant avec Oncle Al et Michael a dit qu'on aille tous se faire foutre.

Nous ne parlions pas souvent de son immense famille à Philadelphie. Pour eux, le monde s'arrêtait au bout de Main Line, à Paoli. C'était avec la mère de Vic que j'avais le plus de contacts ; je lui avais parlé au téléphone quelques fois et j'avais vu une photo d'elle. Lena était une femme splendide et pulpeuse, dotée du même teint mat, de la même beauté exotique que sa fille, mais avec quelques années de plus au compteur de la maturité resplendissante. Elle avait un époux tout aussi magnifique qui, aux dires de Vic, ignorait passablement sa mère. C'était un homme sévère et dévoué qui se consacrait tout entier à ses tâches d'inspecteur en chef du 6e District Nord et d'officier de liaison avec le Détachement spécial pour la Lutte contre la Criminalité de Monsieur le Maire.

— Comment va ta mère ?

Elle écrasa la canette une fois la dernière gorgée avalée.

— Elle dit que j'aurais bien besoin de m'envoyer en l'air.

Je hochai la tête pour commenter la sagesse de cette remarque, et contemplai la cannette écrasée dans le creux de sa main.

— Peut-être qu'elle a raison.

— Elle dit que tu en aurais bien besoin aussi. (Elle jeta la boule d'aluminium dans la corbeille à papiers sous le bureau.) Ne le prends pas personnellement. C'est le conseil qu'elle donne à tout le genre humain depuis le jour où Khrouchtchev a tapé sur la table des négociations aux Nations Unies avec sa chaussure. Et Papa dit qu'elle avait commencé déjà bien avant.

— Quelque chose me dit que ta mère n'emploie pas l'expression "s'envoyer en l'air".

— Non, elle dit "se rouler dans le foin", mais ça n'a pas les mêmes résonances poétiques.

Je découvris que je m'excitais un peu quand il m'apparut que Vic énonçait probablement des obscénités en baisant, ce qui n'aurait pas dû me surprendre tant que ça, vu qu'elle usait de ce genre de langage en faisant à peu près tout le reste.

— Et tu penses que ta mère aurait besoin d'une bonne roulade dans le foin ?

— Ouais, et au moins depuis l'affaire Khrouchtchev.

— Ça en fait, des roulades à rattraper.

Elle reporta son attention sur les documents posés sur le bureau.

— Ouais. Enfin, elle est mariée à Supercop.

Elle ne parlait pas beaucoup de son père, mais son influence était très palpable. Il aurait été facile d'expliquer la relation que Vic entretenait avec lui par les difficultés auxquelles était confronté le père de quatre garçons qui se retrouvait soudain avec une fille, mais ses interactions avec les quatre frères ne paraissaient pas moins compliquées pour autant. Elle bâilla.

— Rentre à la maison.

Je l'aidai à enfiler son manteau. Elle se retourna et resta à m'observer sans ressembler du tout à ce qu'on pourrait attendre d'une adjointe. Elle attrapa le col de ma veste en peau de mouton, puis lissa la fourrure du plat de la main.

— Je n'arrive toujours pas à croire que tu vas baiser avant moi.

Je laissai échapper un petit soupir – la seule alternative raisonnable à un éclat de rire.

— Des fois que ça te réconforte, ce n'est pas le cas.

Elle saisit les boîtes de Métamucil et attendit d'avoir atteint la sortie du hall d'accueil et d'avoir descendu quelques marches pour s'écrier :

— Ça me réconforte.

Quand j'arrivai devant la chambre de Lucian, tout était silencieux. La porte était à nouveau fermée à clé. Je frappai.

— Lucian ?

Pas de réponse. J'entendis des bruits étouffés et des éclaboussures.

— Hé, t'es devenu pudique en vieillissant ?

Je tendis l'oreille ; j'aurais juré qu'il y avait plus d'une personne à l'intérieur. Je jetai un œil vers la réception où j'avais rendu le passe, mais il y eut soudain un autre bruit, et je me tendis.

Je n'entendis plus rien et la panique me contracta les muscles des épaules et me fit relever la tête.

— Lucian !

Je dégainai mon .45 et traversai le hall. Je savais d'expérience que si je me servais de mon pied pour défoncer la porte, lui seul franchirait le seuil. Le bruit ne cessait de s'amplifier, alors je me plaquai contre le mur d'en face et fonçai de profil, épaule en premier, dans la porte. Elle explosa et je fus projeté contre le mur à côté de la salle de bain. Je vis une jambe gigoter dans la baignoire et tournai la tête : quelqu'un s'enfuyait en courant sur la colline derrière la terrasse de Lucian, quelqu'un de grand.

— Halte ! Shérif !

Il disparut. Je me précipitai dans la salle de bain, repris ma respiration tout en rengainant mon arme. Je dérapai sur le carrelage mouillé et me cognai contre le bord de la baignoire.

Le rideau de douche était enroulé autour du corps du vieux shérif, et l'eau coulait toujours. J'arrachai le rideau et fermai le robinet. Sa jambe était restée posée sur le siège, mais toutes les autres parties de son corps étaient au fond de la baignoire, sur le côté, un poing serré contre sa poitrine. Je passai une main sous sa nuque et le sortis de l'eau emprisonnée dans le rideau qui maintenant s'écoulait par la bonde. Il toussa ; je lui tournai la tête pour que son vomi suive le même chemin que l'eau. Ça puait le bourbon, et quand il s'arrêta dans un dernier haut-le-cœur, je serrai le vieil unijambiste contre ma poitrine. Il cligna des yeux et leva la tête vers moi.

— Qu'est-ce que tu fous là ? Va rattraper ce fils de pute !

Je saisis une serviette, l'installai sous sa tête, le reposai doucement et quittai la salle de bain à toute vitesse. Je traversai la chambre et sortis sur la véranda. Je dégainai mon arme, m'arrêtai dans une grande glissade et observai les traces de pas. Elles montaient à flanc de colline. Apparemment, quelqu'un s'était frotté à l'un des pins à peu près à mi-pente. Il avait dû glisser mais avait retrouvé son équilibre et poursuivi sa course. Le pick-up Datsun n'était plus là.

Je marquai une pause à l'entrée du parking après avoir pris la précaution de ne pas mélanger mes traces aux siennes dans la neige. Les traces de pneu et du pot d'échappement du Datsun étaient encore imprimées dans la neige et je m'accroupis pour examiner l'empreinte de pas là où il était monté dans le camion. Toutes les empreintes étaient assez abîmées, nous n'allions pas pouvoir obtenir un moulage correct. Je plaçai mon pied à côté. Il avait de grands pieds, plus grands que les miens.

Le temps que je retourne dans sa salle de bain, Lucian avait réussi à grand-peine à se mettre en position assise. Je fus content d'avoir refermé les portes-fenêtres. Il frissonnait, cramponné aux extrémités qui lui restaient. Je le réinstallai sur son siège et l'enroulai dans une seconde serviette de bain. Je sortis de son placard l'épais peignoir Royal Stewart que Cady lui avait offert l'année précédente et ramassai un mocassin. Je me surpris en train de chercher l'autre, avant de me rappeler qu'il n'en avait pas besoin ; sa prothèse était appuyée contre la porte et elle se terminait par l'autre chausson. J'attrapai la jambe et retournai à la salle de bain. Il me regarda, les bras toujours serrés contre lui. Je m'assis sur le siège des toilettes et l'enroulai dans le peignoir. Je calai la jambe contre la baignoire, enfin tranquillisé : le cours des choses s'était stabilisé.

Son sourire était un peu ensanglanté ; il avait dû se mordre la langue pendant la lutte. J'attirai le vieil homme contre ma poitrine et essayai de le réchauffer, puis je cherchai un téléphone. Il bataillait apparemment avec quelque chose et, quelques instants plus tard, son poing serré sortit des plis du peignoir. Il ouvrit la main. Je vis une mèche de cheveux d'un noir de jais d'une bonne trentaine de centimètres.

Le sourire ensanglanté s'agrandit.

— J'en ai eu un bout, d'ce salaud.

10

Personne à la maison de retraite ne possédait de pick-up Datsun et le seul qui apparut dans nos registres était une épave rouillée abandonnée sur les terres du ranch Miller près de Powder Junction. Elle n'avait pas roulé depuis que Jessie, la fille de Steve et Janet, était tombée dans un canal d'irrigation en 1989. Steve dit à Ruby qu'il était prêt à me la céder pour les enchères annuelles du Bureau du Shérif si je venais la chercher. Je déclinai l'offre tout en l'assurant de mon infinie gratitude.

Je reposai la tête sur mon manteau plié et descendis ma main pour caresser le chien. J'avais du mal à obtenir de Ruby qu'elle s'intéresse au pick-up Datsun plutôt qu'à Lucian.

— Et que dit le Service des Immatriculations ?

Le silence du bureau n'était rompu que par le cliquetis des touches de l'ordinateur. Cady avait laissé un message la veille au soir disant que Henry l'avait raccompagnée et qu'elle était bien rentrée dans mon bungalow. Elle avait ajouté qu'elle et l'Ours s'étaient arrêtés en route à l'épicerie. Et elle remerciait Dieu de l'avoir fait. Il ne lui avait fallu que dix minutes pour pelleter la neige tombée dans le salon et Henry avait colmaté le toit avec quelques kilomètres de scotch. Quand j'étais arrivé, elle était endormie. Je m'étais risqué à déposer un baiser sur le sommet de sa tête ce matin, et elle n'avait pas bronché.

Les doigts cessèrent de tapoter les touches.

— Trois.

— Où ?

De l'endroit où je me trouvais, assis sur le banc en bois dans le hall d'accueil, je voyais les nuages dentelés qui couronnaient les crêtes à l'est de la ville. Le ciel était strié, d'une couleur orange flamboyant, et la neige, rose.

Les petits doigts agiles laqués de rouge continuèrent à taper.

— À Lusk, Laramie et Lander.

Je la gratifiai de ma plus belle mimique à la Basil Rathbone – Sherlock Holmes à la recherche de son fidèle Watson.

— Mmm… je commence à discerner une régularité.

— Ils commencent tous par la lettre L ?

Je dressai un index.

— Peut-être un indice. Commençons par le lieu le plus proche.

Clic clic.

— Ivar Klinkenborg.

— Tu plaisantes ?

— Non.

— Des avis de recherche ? des mandats ?

Clic clic.

— Aucun.

— Quel âge ?

— Soixante-huit.

— Au suivant.

Il y eut un moment de silence.

— Lequel est le plus près, Lander ou Laramie ?

Je ne répondis pas ; je ne savais pas vraiment. Vic et Saizarbitoria étaient partis régler une altercation sur la route 196 juste au sud de la ville et c'était le jour de congé de Ferg. L'Ours était porté disparu – probablement retourné à la Réserve. Je me disais vaguement qu'au moins, j'avais le chien, quand il se leva et alla s'installer à côté de Ruby.

— Prenons l'ordre alphabétique inverse.

Ma proposition me valut un drôle de regard.

— Jason Wade.

— Des avis de recherche ? Des mandats ?

Clic clic.

— Une conduite en état d'ivresse, deux infractions routières, les deux sur autoroute. Immatriculation récente dans le Nebraska.

Cette fois, je brandis un poing victorieux.

— Allez les Huskers ! Ah… Omaha, son marché aux grains…

Silence.

— Ça veut dire non ?

Je repliai mon bras sur mes yeux.

— Sa taille ?

— Un mètre soixante-douze.

— Au suivant.

Clic clic.

— Leo Gaskell, trente-six ans, trois infractions routières et une plainte pour violence conjugale il y a deux mois. (Clic clic frénétiques.) Homicide involontaire, il a fait cinq piges à Rawlins, détention d'armes, trafic et consommation de stupéfiants, laboratoire clandestin il y a cinq ans, a purgé un an à Fremont County, stupéfiants à nouveau. Plus agression sur représentant de la loi, mais sans passer au tribunal.

J'étais déjà debout, les yeux rivés sur Ruby.

— Taille ?

— Un mètre quatre-vingt-douze.

— Bingo. (Elle me lança un regard en dessous tandis que je restais plongé dans ma réflexion.) Appelle Bill Wiltse à Fremont County et demande-lui ce qu'il sait. (Son silence dura bien trop longtemps.) Quoi ?

— T'est-il venu à l'esprit, à toi l'officier de police aguerri, le vétéran des enquêtes, de relever le numéro d'immatriculation ?

Je laissai échapper un long soupir, espérant ainsi gagner sa collaboration.

— Je commence peut-être à baisser.

Je m'affalai à nouveau sur mon manteau. Elle but une gorgée de son thé vert – je le connaissais, pour en avoir testé une infime quantité, et je trouvai qu'il avait le goût du gazon. Je changeai la position de mon bras et rabattis mon chapeau sur mes yeux, sachant pertinemment que derrière le silence se profilait Lucian.

— Il va bien, Ruby.

Elle laissa échapper sa question dans un souffle, et j'attendis dans la pénombre silencieuse de mon chapeau.

— Tu es sûr ?

— Même avec une batte de base-ball, il n'aurait pas pu l'avoir. (Je repensai à Lucian et à son état quand je l'avais conduit au Memorial, tout agité.) Il n'a jamais été aussi bien depuis au moins dix ans. Si j'avais su quel effet une tentative de meurtre aurait sur lui, j'aurais essayé de le tuer il y a des années. (J'attendis. Elle paraissait satisfaite.) Je peux te poser une question ?

— Oui.

— Pourquoi m'as-tu menti quand tu m'as dit que tu ne connaissais pas Mari Baroja ?

Le silence retomba.

— À ce moment-là, je pensais que cela concernait la vie privée de Lucian.

Je soulevai le bord de mon chapeau.

— Ça se tient. (Je me levai et descendis les premières marches qui menaient à la kitchenette, au sous-sol.) Je vais faire du café.

— Je suis désolée d'avoir menti.

Je m'immobilisai sur le palier et levai les yeux vers le portrait d'Andrew Carnegie, un vestige de l'époque où le bâtiment abritait la bibliothèque. Tout le temps où j'avais travaillé avec Lucian, je l'avais vu saluer Andy chaque fois qu'il passait devant lui. Je fis un grand sourire à Ruby.

— Ce n'est pas grave, tu n'étais pas très convaincante, de toute manière.

Je marquai une pause sur le palier et contemplai les photographies, les six portraits en noir et blanc et l'unique photo en couleurs, toutes dans des cadres très ordinaires. La photo en couleurs, c'était moi, avec une moustache ridicule et des pattes trop longues. Je me grattai la barbe et méditai sur ma généalogie professionnelle.

Red s'était retiré dans un ranch dans le Sud du comté, il avait écouté souffler le vent jusqu'à ce qu'il se retrouve avec une araignée de la taille d'une mygale dans la coloquinte, et avait fini par se loger une balle dans le cœur. Un jeune cowboy bourré de quatorze ans avait tué Del d'un coup de couteau ; Otto avait été piétiné par un troupeau de chevaux ; et pour autant qu'on le sache, Charley et Conrad avaient tout simplement disparu. Je savais pourquoi Lucian avait raccroché. La situation avait changé dans les années 1970, et le monde ne pouvait plus s'accommoder de sa manière si particulière de faire respecter la loi. Il avait sillonné le comté pendant plus d'un quart de siècle et c'était suffisant. Elle n'était pas réjouissante, cette galerie de portraits, mais elle aidait à mettre la chambre 32 de la maison de retraite de Durant et son locataire en perspective.

Le vieux shérif avait été un peu secoué mais il s'en remettrait. J'avais gardé une petite mèche des cheveux et le reste était déjà en route vers Cheyenne et la Division des Enquêtes criminelles.

Je dégotai le café, pliai en quatre une serviette en papier pour en faire un filtre et écoutai le gargouillis réconfortant annonciateur d'une très prochaine dose de caféine en pensant aux neuf mois qui me restaient à faire. Bizarrement, ils me paraissaient plus longs que les vingt-trois et quelques années passées.

Je vis clignoter la diode rouge sur le téléphone accroché au mur dans le hall, décrochai et essayai de deviner ce que Saizarbitoria dirait à ma place. Je me décidai pour :

— Ici la prison.

— Bill Wiltse en ligne. Il dit qu'il veut te parler de ce Gaskell.

J'appuyai sur le bouton de la ligne un.

— Oui ?

— Tu as Leo Gaskell ?

Je levai un sourcil étonné et regardai le combiné comme s'il avait une vie propre.

— Salut Bill, comment vas-tu ?

Il resta silencieux un moment ; je crois que c'était pour l'emphase.

— Tu l'as ?

— Non, en fait, je ne l'ai pas. (J'examinai la cafetière. Elle n'était pas encore complètement pleine.) Tu veux bien me dire de quoi il s'agit ? Ce type ne paraît pas avoir de…

— Il a agressé un de mes agents qui n'était pas en service. Au Lander Saloon il y a quinze jours ; il lui a fracturé l'orbite gauche et démis la mâchoire.

Le café était prêt : je retournai une de nos rares tasses officielles estampillée de l'étoile du shérif et regardai quelques gouttes de café tomber en grésillant sur la plaque chaude.

— Qu'est-ce qui se passe, Walt ?

Je bus une gorgée de café ; il était un peu fort mais ça irait.

— Oh, j'ai recherché le propriétaire d'un pick-up Datsun hier soir, et nous avons quelqu'un ici qui essaie de faire ce qui met un terme à toutes les autres actions.

— Quoi ?

Voilà ce que ça me rapportait de citer Shakespeare devant d'autres shérifs.

— Tu veux bien me faxer une copie de ton dossier et une photo de Gaskell ?

— Sûr. Hé, Walt ?

— Ouaip.

— Fais gaffe avec cet oiseau-là, il est pas de bon augure.

Leo Gaskell collait bien, mais quel lien pouvait-il exister entre lui et les Barojas ou Lucian ? Il allait falloir que je distribue du Leo partout comme un mistigri pour voir ce qui allait sortir. Juste pour me donner un avantage, j'avais lancé un avis de recherche dès hier soir.

Je remontai l'escalier, ma tasse de café à la main.

— Pas de retour de la Police de l'Autoroute sur l'avis de recherche ? (Ruby secoua la tête.) Ajoute la plaque d'immatriculation.

Et tout en avançant vers mon bureau, je lui lançai pardessus mon épaule :

— T'as trouvé quelque chose sur le prêtre ?

— Il vit au presbytère à St. Mathias. Le père Thallon s'occupe de lui.

Je pouvais aller voir le vieux curé, mais sans Saizarbitoria, cela n'avait pas grand sens. Je pouvais aller prendre des nouvelles de Lana, Isaac ou Lucian à l'hôpital, ou aller à la maison de retraite fouiner un peu, ou même appeler les jumelles Baroja pour papoter. Les possibilités étaient innombrables.

Je fis pivoter mon fauteuil et regardai les montagnes orangées dont les tons pâlissaient dans la lueur du matin. Le soleil était levé mais il était peu probable que la température atteigne les - 6 °C au cours de la journée. Les contreforts étaient recouverts de grosses congères qui s'étaient accumulées en venant du nord-ouest. Résultat, tout le comté donnait l'impression de pencher vers le sud-est.

Je savais qu'il valait mieux que je m'abstienne d'appeler avant midi la plus grande juriste de notre époque un jour où elle ne facturait pas son temps à l'heure. Il était encore relativement tôt et j'avais envie de compagnie au petit déjeuner. Je me dis que le Log Cabin Motel était l'endroit parfait pour la trouver.

— Et si je voulais le spécial au lieu du menu habituel ?

Dorothy croisa les bras et me sourit comme un magicien qui essaie de deviner une carte.

— Le spécial, c'est le menu habituel.

Je hochai la tête, me tournai vers Maggie Watson et levai un sourcil perplexe.

— Je vais prendre le spécial habituel.

Dorothy regarda Maggie.

— Moi aussi.

Dorothy ouvrit le gaufrier et opta pour des gaufres belges. Ce n'était pas l'habituel habituel. Je jetai un coup d'œil distrait à la carte et me demandai : si j'étais un petit déjeuner, lequel serais-je ? Probablement l'habituel.

— Alors, qu'est-ce que ça donne, les coffres abandonnés ?

Elle sirota un peu de café.

— Assez rasoir, en fait.

— Vous projetez de rester combien de temps encore ?

— Peut-être deux jours. (Tout était calme dans le petit café.) Et comment se passe votre enquête ?

— Vaut mieux pas demander.

Je pensai tout à coup à quelque chose et j'interpellai la chef-cuisinière-et-plongeuse :

— Hé, Dorothy, qui dans ce comté est plus grand que moi ?

Elle s'immobilisa mais sans se retourner.

— Plus grand dans quel sens ?

— En taille.

— Brandon White Buffalo.

Je bus une gorgée de café, lançai un coup d'œil à Maggie et rejetai cette hypothèse.

— Qui d'autre ?

Elle cala le saladier contre sa hanche et inclina la tête.

— J'ai vu un type ici, il y a à peu près une semaine. Un ouvrier du bâtiment. Il était vraiment grand.

— Pas un type du coin ?

— Non.

— Il travaillait par ici ?

— C'est possible. Il devait travailler en extérieur ; il portait une combinaison grand froid. (Elle désigna le dernier tabouret le plus éloigné, au bout du comptoir.) Il s'est assis là, sans parler à personne.

Maggie m'observa tandis que je me triturais les méninges.

— Il a dit quelque chose qui aurait pu te donner une indication sur lui ou sur son lieu de travail ?

Elle secoua la tête.

— Non, il a à peine décroché un mot, et il y avait du monde.

Je décidai de tabler sur le gros indice.

— Que disait son couvre-chef?

— Je ne lis pas toutes les casquettes de base-ball qui entrent dans mon café, la vie est trop courte. (Elle versa de la pâte dans le gaufrier, le ferma et se retourna vers Maggie.) Il en pose des questions, vous ne trouvez pas ?

Quand la pâte eut cessé de fumer, elle décolla les gaufres, les déposa sur des assiettes, les inonda de sirop d'érable et les décora de sucre glace en ajoutant quelques fraises pour que le tableau soit complet. Elle fit glisser les assiettes jusqu'à nous et tendit le bras pour attraper la cafetière – elle avait remarqué que nos tasses étaient pratiquement vides.

Je commençai à manger sous ses yeux vigilants. Dorothy prenait plaisir à me regarder manger, et j'avais fini par l'accepter. Maggie parut bien apprécier son habituel habituel.

— T'as entendu parler de Jolie Baroja, le cousin ?

Dorothy se versa une tasse de café.

— J'ai entendu des rumeurs en lien avec l'ETA. Il était là-bas pendant quelques années, pendant et après la guerre.

— Étrange qu'un homme d'église se fourvoie avec un méchant petit groupe terroriste comme ça.

— Je t'ai dit, c'était juste une rumeur. (Elle but un peu de café.) Il doit avoir un âge canonique. Il a dit la messe à la fête basque à Euskara, il y a des années. En fait, je crois qu'il ne parle pas anglais, ou plus. (Elle jeta un coup d'œil à Maggie, qui faisait de son mieux pour nous ignorer.) Tu sais ce qu'on dit des Basques : comme les femmes parfaites, ils n'ont pas de passé.

Je déposai Maggie à la Durant State Bank et passai prendre Sancho au bureau.

St. Mathias se trouve près de la rivière où les peupliers de Virginie géants surplombent les vieux bâtiments de pierre qui constituent la partie abandonnée de cette terre consacrée. Ils avaient édifié une nouvelle église dans les années 1960, une église très laide que j'associais toujours au Jour des Crêpes, mais au bord de la rivière, le vieux presbytère et la chapelle étaient encore debout, là où ils avaient toujours été.

Je m'immobilisai en voyant Saizarbitoria tremper ses doigts dans l'eau, s'agenouiller et se signer. Je me grattai la barbe ; j'avais l'impression d'être un Viking venu faire une descente. Je le suivis dans l'allée centrale et traversai le rideau de lumière que le soleil projetait jusque sur le parquet. Les piliers de pierre menaient à une petite galerie décorée de vitraux ouvragés. À la différence de ceux qui m'étaient familiers – une succession de tableaux représentant le Christ –, ceux-ci décrivaient des passages de la Bible qui m'étaient étrangers ; du moins, je ne me rappelais pas avoir lu dans la Bible des pages qui parlaient de Goliath empilant des rochers ou de minuscules anges tournoyant autour de la tête des gens.

Nous échangeâmes une poignée de main avec l'aimable prêtre à la barbe blonde et le suivîmes jusqu'à la cuisine où le père Baroja était attablé devant un bol de chocolat chaud. Il ne nous prêta pas la moindre attention tandis que le père Thallon mettait la casserole sur le feu et sortait quelques tasses supplémentaires.

— Jolie, vous savez que vous n'êtes pas censé vous servir de la cuisinière en l'absence de Mme Krauss. (Le vieux curé ne répondit pas.) Nous avons eu un petit accident il y a un mois.

Je m'assis au bout de la table et observai le vieil homme. Il ne quittait pas son chocolat chaud des yeux ; il l'attira un peu plus près de lui, comme s'il craignait que nous lui prenions son bol. Il avait un visage allongé, un gros nez, des lobes d'oreille démesurément longs et des rides qui s'étaient apparemment toutes concentrées autour de sa bouche. Il ressemblait à un moine d'un autre temps, dans son gros cardigan de laine boutonné jusqu'au cou. Il pouvait être n'importe lequel des cavaliers que j'avais vus sur les photographies de Mari Baroja.

Gene Thallon nous avait avertis que le basque n'était pas sa seconde langue, ni sa cinquante-septième d'ailleurs, mais il savait que le basque comprenait quatre dialectes différents, et parmi les innombrables formes verbales, il y avait un subjonctif, deux potentiels différents, un éventuel et un hypothétique. Je glissai un regard vers mon arme secrète et espérai que nous pourrions sortir d'ici avant que le père Thallon ne nous fasse analyser une série de phrases.

Il nous apporta des tasses, et devant cette distribution œcuménique de chocolat chaud, le vieux curé parut baisser la garde. Il me semblait grossier de ne pas adresser la parole au vieux monsieur, alors je lui dis bonjour.

Il m'observa pendant un moment, puis préféra se concentrer sur son bol. Je me tournai vers le père Thallon. Il me sourit.

— Il peut parfois être peu communicatif.

— *Kaixo, zer moduz ?*

Saizarbitoria but une gorgée, l'air de rien, et jeta un œil à Jolie Baroja après avoir parlé.

— *Zer da hau ?*

Les cailloux qui éraillaient la voix du vieux curé auraient pu tapisser tout un parking.

Sancho posa sa tasse sur la table avec un petit sourire pincé.

— *Bai ?*

La tête de Jolie Baroja pencha d'un côté, puis il se rapprocha de Sancho et posa délicatement sa main sur le bras de mon jeune adjoint.

— *Ongi-etorri…*

Ils parlèrent à une vitesse impressionnante pendant cinq bonnes minutes avant que mon traducteur ne se tourne enfin vers moi.

— Y avait-il quelque chose de particulier que vous vouliez savoir ?

— De quoi avez-vous parlé ?

— Simple échange de politesses. Il pense que je suis du coin et je ne l'ai pas détrompé.

— Bien.

J'avais bien observé Sancho, sa manière très attentive d'écouter tout ce que le vieil homme avait à lui dire, sans l'interrompre et sans jamais perdre le contact visuel. La leçon avait été parfaitement apprise et parfaitement exécutée. C'était comme s'il avait endossé le rôle d'allié et d'ami du vieux curé, une posture qui permettrait à Jolie de parler librement dans la langue codée qui était la leur.

Je regardai le père Thallon, qui avait suivi la conversation avec le plus grand intérêt, puis je reportai mon attention sur Saizarbitoria.

— Pouvez-vous lui demander prudemment s'il a eu des contacts avec sa cousine ou avec d'autres membres de sa famille ?

Le regard du jeune homme s'attarda un peu sur moi, puis il se tourna et renoua le dialogue.

— Je n'aurais jamais imaginé que vous aviez des adjoints qui parlaient basque.

Je hochai la tête.

— Nous essayons de rester proches de nos administrés.

Le vieux curé me lança un regard, et Sancho pesa ses mots avec les plus grandes précautions.

— Il ne vous aime pas.

Je regardai rapidement le vieil homme, puis répondis à Santiago.

— Il ne me connaît même pas.

— Il pense que si.

Je me levai et fis un geste à l'intention du jeune prêtre.

— Bon, nous savons partir quand nous sommes indésirables.

Le prêtre marqua une pause avant de m'accompagner dans la cathédrale. Elle était petite, selon les normes modernes, mais d'une beauté exquise. Elle avait été construite par les mains habiles et vigoureuses de fidèles basques, mais aussi écossais, polonais, tchèques et allemands. C'étaient des hommes durs à la tâche qui avaient apporté avec eux l'esprit de leurs ancêtres en plus de leurs talents pour bâtir des splendeurs comme celle-ci. J'admirai le système de treillis triangulaire aux poutres taillées à la main qui soutenaient le plafond et admirai des lames du parquet qui faisaient toutes au moins trente centimètres de large ; l'autel et les murs adjacents avaient été bâtis dans la pierre locale, dont les lichens proliféraient dans la fraîche atmosphère de recueillement.

Je bus une gorgée de mon chocolat.

— Ça doit être difficile, avec tous ces Basquos dans le coin.

— C'est difficile, en particulier avec les paroissiens les plus âgés ; ils ne savent toujours pas si je vais tenir. (Il sourit.) Ils ont un proverbe, les Basques, qui dit que ce n'est pas parce que la chatte a des chatons au four que ça en fait des biscuits.

Je ris et le regardai.

— Vous vous demandez probablement pourquoi nous sommes venus. Nous nous intéressons à sa relation avec sa cousine, Mari. La connaissiez-vous ?

Le père Thallon hocha la tête.

— Mari ? Oui, je la connaissais. Je lui ai rendu visite vendredi dernier. Quel malheur.

J'opinai du chef.

— Vous connaissez d'autres membres de la famille ?

— J'ai croisé sa petite-fille, celle qui a la boulangerie. Lana, c'est ça ?

— Quelqu'un de bien, me semble-t-il. (Le curé ne dit rien.) Avez-vous rencontré l'une ou l'autre des jumelles ?

— Je connais Carol. Elle est venue voir le père Baroja un certain nombre de fois.

— Combien de fois ?

Il réfléchit.

— Une bonne demi-douzaine, sur une longue période. J'imagine que c'est très difficile de venir plus souvent quand on vit en Floride.

— Vous rappelez-vous quand elle est venue pour la dernière fois ?

Il réfléchit encore et laissa échapper une longue bouffée d'air.

— Il y a environ deux ans, il me semble.

Je m'attardai un peu sur cette information.

— Le père Baroja était-il proche de Mari ?

— Non.

— Votre réponse est bien catégorique…

— Je crois qu'il y avait une certaine tension entre eux.

Il jeta un œil vers la chapelle tandis que Saizarbitoria apparaissait à l'entrée.

Sancho posa des questions sur l'église, la congrégation et la communauté. Tandis qu'ils parlaient, mon attention fut à nouveau attirée par les vitraux. L'église de pierre ne bénéficierait pas de beaucoup de soleil aujourd'hui ; elle n'avait droit qu'à de brefs rayons qui illuminaient d'abord un vitrail, puis un autre. J'en observai la disposition apparemment aléatoire et me demandai si en me concentrant j'arriverais à décoder le message. Probablement pas.

Quand je baissai la tête, je surpris le regard du père Thallon rivé sur moi.

— Ils vous ont donné un nom, vous savez.

— Je vous demande pardon ?

— Les Basques, par ici, vous ont donné un nom.

Saizarbitoria était tout ouïe.

— Ah bon ?

Nous attendîmes un moment, et le prêtre énonça avec circonspection.

— *Jentillak.*

Ils éclatèrent tous les deux de rire.

Je mis en route le chauffage dans mon camion et regardai mon Basque d'adjoint.

— Alors ?

— Qu'est-ce que vous voulez savoir en premier ? Nous avons beaucoup de choses à voir.

— Quand a-t-il parlé à sa cousine pour la dernière fois ?

— En 1979.

Je regardai la buée qui tapissait l'intérieur de mon pare-brise.

— Ça rend caduques pas mal d'autres questions.

— C'est la dernière fois qu'il l'a vue vivante.

Je montai le dégivrage.

— Qu'est-ce que ça veut dire ?

— Elle lui apparaît en rêve. (Il se méprit sur mon regard fixe.) Il dit qu'elle vient le voir quand il dort, qu'elle demande son pardon. Les rêves qu'il décrivait étaient très précis, très détaillés. (Il se tourna et me sourit ; décidément, c'était un beau garçon.) Je crois que le vieil homme est poursuivi par des démons.

Je pensai à mes rêves à moi, à ceux de la maison, du foulard.

— N'est-ce pas notre cas à tous ?

Il ferma bien sa veste et se mit à jouer distraitement avec le bouton de la boîte à gants.

— Il a dit qu'elle était sans moralité. Qu'il avait toute sa vie essayé de la sauver, que la famille considérait qu'elle était leur plus grande déception.

Je roulai sur la neige damée qui recouvrait les petites rues de Durant. Santiago scrutait la route.

— Le vieux curé ne vous aime pas parce qu'il vous prend pour Lucian.

Évidemment. Je hochai la tête en réfléchissant.

— Lucian et lui ne devaient pas s'entendre. (J'envisageai de mettre le jeune homme au parfum, mais cela me paraissait un peu prématuré, alors je changeai de tactique.) Le vieux bonhomme est assez cassant, non ?

Il resta silencieux un moment, un silence que j'apprenais à reconnaître et qui se manifestait chaque fois qu'il était touché et qu'il voulait qu'on le sache.

— Ouais, c'est un peu ça. (Santiago renifla et reporta son regard sur le tableau de bord tandis que le pare-brise commençait à s'éclaircir.) Il m'a dit de faire attention, qu'il y avait des *laminak* dans la pièce.

Je me tournai vers lui.

— Des *laminak* ?

Il se mordit la lèvre.

— Des fées.

Je soupirai et tournai le volant. Moi, j'avais les Vieux Cheyennes, lui, les fées – seulement deux manières un peu différentes de voir les choses.

— Autre chose ?

— Non, je crois qu'on a fait le tour.

Je pris la rue principale et me dirigeai vers le bureau après avoir été évité de justesse par un chauffeur de poids lourd peu attentif, qui ralentit au moment où il reconnut les gyrophares et les étoiles sur les portières.

— Bon, dites-moi maintenant, que veut dire *Jentillak* ?

Il eut un petit sourire énigmatique, satisfait de savoir quelque chose de plus que moi.

— Partout dans les montagnes du Pays basque s'élèvent des dolmens, des monuments néolithiques. (Sans se départir de son sourire, il poursuivit.) Les *Jentillaks*, ce sont les gens qui autrefois vivaient aux côtés des Basques. Un jour, un étrange nuage noir apparut à l'est et les plus sages des *Jentillaks* le reconnurent : il annonçait que leur temps touchait à sa fin. Ils entrèrent dans la terre, sous un dolmen qui existe toujours, dans la vallée de l'Arratzain, en Navarre. (Je coulai un regard vers lui, et je vis qu'il savourait l'instant.) *Jentillak* veut dire géant.

Je continuai à conduire en silence et réfléchis.

— Géant, donc…

— Ouais. (Son regard se perdit dans le paysage.) Un seul *Jentillak* est resté ; il s'appelait Olentzero. Il a expliqué qu'ils étaient tous partis parce que *Kixmi* était né.

— Qui était ce *Kixmi* ?

Santiago contempla la neige poudreuse qui voletait autour des décorations de Noël.

— Jésus.

Je déposai Sancho au bureau juste au moment où Vic partait sur un feu de cheminée au sud de la ville. Je la saluai de la main tandis que Saizarbitoria montait en vitesse dans sa voiture de patrouille, et elle me zappa.

C'était une journée tranquille au Durant Memorial ; pas beaucoup de voitures sur le parking.

— Janine, est-ce qu'Isaac Bloomfield est toujours dans le coin ?

Elle parcourut du doigt la liste des noms sur son registre et sourit.

— Vous avez de la chance, il a fini sa tournée de fin de matinée.

Je pensai au vieil homme de quatre-vingt-cinq ans qui avait perdu connaissance il y avait deux jours seulement.

— Sa tournée ?

Elle hocha la tête.

— Oui. C'est l'heure où il se pose dans le salon du service B.

Je m'appuyai sur le comptoir et calai mon menton dans ma main, heureux de découvrir que Doc était finalement humain.

— On ne rajeunit pas, ni lui ni nous.

Elle sourit.

— Ce n'est pas pour ça qu'il fait une pause.

Lana ressemblait toujours à un Sikh, mais on lui avait visiblement apporté des affaires : elle portait un pyjama en soie d'un rouge flamboyant, un peignoir blanc en éponge et des chaussons roses à tête de lapin. Le dernier numéro du magazine *Saveur* était ouvert sur ses genoux.

— On dirait que vous vous installez.

Son sourire était bizarre mais il était quand même chaleureux.

— J'ai décidé de prendre ça comme un séjour de thalasso.

Isaac était assis sur l'ottomane à côté des chaussons-lapins, l'image même du médecin traitant en pleine action.

— Alors, Doc, quel est le pronostic ?

Il ne cessait pas de lui sourire et si j'avais été du genre à prendre des paris, j'aurais juré qu'il était amoureux.

— Si nous parvenons à obtenir de la patiente qu'elle cesse de jouer avec sa tête, nous pourrons probablement la sauver – la tête.

Je restai à côté de la chaise en plastique.

— Cessez de jouer avec votre tête, sinon, elle finira par ressembler à mon oreille. (Je lançai un coup d'œil à Doc.) Ou à sa tête à lui.

— J'aime bien votre oreille, et sa tête.

Bon, j'étais un peu amoureux, moi aussi.

— Lana, il faut que je parle à Doc. Vous voulez bien nous excuser ?

Isaac et moi trottinâmes jusqu'au hall d'entrée, où je m'arrêtai. Je ne voyais aucune raison de contraindre Doc à faire plus de pas que nécessaire.

— Comment va Lucian ?

— Il dort dans le salon. C'est là qu'on passe le plus clair de notre temps, lui et moi.

Je hochai la tête.

— Isaac, il faut que je vous pose une question, et la situation étant ce qu'elle est, je n'ai pas beaucoup de temps pour prendre des précautions oratoires.

Il s'appuya contre le mur lisse du hall et croisa les bras.

— Oui, Walter ?

Je passai mes pouces dans mon ceinturon, puis changeai d'avis et les accrochai aux poches de ma veste. Ce n'était déjà pas terrible de porter une arme quand on était près d'Isaac ; pas la peine en plus d'en faire étalage.

— Cette raclure de Charlie Nurburn, a-t-il laissé des enfants illégitimes dont vous auriez connaissance ?

Il laissa échapper un profond soupir.

— Est-ce que c'est pertinent pour l'affaire ?

— Vous savez, beaucoup de gens me posent cette question ces derniers temps.

J'attendis pour voir si les prérogatives policières l'emporteraient sur le secret médical. Je détestais mettre le vieil homme en position délicate, mais j'avais besoin de réponses et après tout, nous parlions de choses nettement passées.

— Il y a eu un certain nombre de femmes.

— Je suis tout ouïe.

— Peut-être même une Indienne.

— Je suis toujours tout ouïe.

Il ôta ses lunettes et les essuya avec le coin de sa blouse.

— Je ne connais pas son nom, ou alors, si je l'ai su, cela fait trop longtemps.

— C'était quand ?

— Au début des années 1950. Je pourrais rechercher dans mes dossiers personnels et te donner une date exacte, peut-être un nom. (J'étudiai les petites marques sur le nez de Doc, celles qu'avaient laissées les lunettes qu'il portait depuis un demi-siècle.) J'ai ces documents ici même.

Je me raidis un peu.

— Ici, à l'hôpital ?

— Dans mon bureau.

Je ris parce que je ne parvins pas à trouver autre chose à faire.

— Comment se fait-il que vous ayez ça sous la main ?

Il parut un peu honteux, mais pas particulièrement coupable.

— J'étais en train de transcrire des éléments d'histoire familiale pour la jeune femme.

— Pour Lana ?

Il sourit et hocha la tête, plongé dans ses pensées.

— Un peu bête, non ?

Je rendis son sourire au charmant vieillard et passai doucement mon bras autour de ses frêles épaules.

— Isaac, tout ce qui concerne les femmes est bête, et par conséquent, absolument essentiel.

11

— Il faut que je range un peu.

Ses dossiers étaient empilés sur le bureau et ressemblaient à de vieux livres de comptes, à ceux qu'utilisaient les entreprises pour tenir leur comptabilité et dont les Lakota se servaient pour peindre. Il s'assit sur l'unique chaise et je me posai sur un coin vide du bureau.

J'observai Isaac qui sortit adroitement un volume de la pile. C'était le plus ancien tome, et je commençai à avoir l'impression d'être un ecclésiastique au séminaire.

— Mes notes ne sont pas aussi complètes que je l'espérais, mais peut-être allons-nous trouver quelque chose de pertinent.

Le long index à l'ongle jauni parcourut les lignes comme le chariot d'une machine à écrire, marquant une pause de temps en temps. Finalement, il s'immobilisa.

— Vous avez quelque chose ?

— C'était quand j'ai ouvert le cabinet au nord, à côté de la Réserve. (Il leva les yeux vers moi, son doigt toujours immobilisé sur la page.) Le 8 décembre 1950, un garçon, 3,3 kg. (Il se replongea dans le livre.) On n'a pas donné de nom à cet enfant à sa naissance.

— Vous croyez qu'il était de Charlie Nurburn ?

Il posa délicatement le registre sur la surface du bureau, comme si les années risquaient de se déverser et de se perdre, et je pensai à toute l'histoire qui avait été répertoriée entre ces lignes.

— Acme était un petit hameau près de Tongue River, très petit, même en ce temps-là. Lorsqu'on a arrêté l'exploitation du charbon, il est devenu encore plus petit. (Il leva la tête vers moi, souriant à demi.) C'est difficile de cacher des choses dans des petits villages.

— Quel était le nom de la mère ?

Il m'observa sous ses paupières tombantes, qui paraissaient grossies à travers les verres de ses lunettes à double foyer. Il lut le nom.

— Ellen Walks Over Ice.

Je restai parfaitement immobile.

— Ellen Walks Over Ice… pas Anna Walks Over Ice ?

Il vérifia.

— Ellen.

Il planta ses yeux dans les miens.

— Anna Walks Over Ice est la femme qui travaille à la maison de retraite.

Je le regardai très brièvement.

— Je peux vous emprunter votre téléphone, Doc ?

Il jeta un coup d'œil circulaire, finit par renoncer à me passer le fixe et me tendit le portable qu'il sortit de la poche de sa blouse. Isaac n'avait pas de personnel, lui, alors il pouvait avoir tout ce qu'il voulait.

— Isaac, quel est le numéro de la maison de retraite ? (Le téléphone émit un bip sonore.) Je crois que vous avez des messages.

— Je les écouterai une fois que tu auras passé ton coup de fil. Mon portable était dans ma voiture et ton nouvel adjoint, le jeune homme, a eu la gentillesse de me le rapporter. La plupart des messages me sont transmis par mon secrétariat téléphonique, mais parfois, les gens ne veulent parler qu'à moi.

Il prit le portable, composa le numéro pour moi et me le tendit.

C'est Jennifer Felson qui décrocha.

— Jennifer, est-ce qu'Anna Walks Over Ice travaille aujourd'hui ?

— Attendez, je regarde.

Je patientai tandis qu'elle posait le combiné, le reprenait, farfouillait dans des papiers. Elle finit par me dire qu'Anna Walks Over Ice était absente.

— Elle est malade ?

— C'est une Indienne. Parfois, ils ne viennent pas, le plus souvent, sans prévenir. (Sans aucun préjugé racial, il est vrai que la plupart des Indiens ont leur propre notion du temps. Leurs priorités ont fonctionné pendant des siècles, alors, j'imagine qu'ils ne voient pas de raison d'en changer.) Elle ne parle pas beaucoup anglais, de toute manière.

Je composai le numéro du Red Pony et demandai à Isaac sur quelle touche je devais appuyer.

— Ha-ho, bienvenue au Red Pony où la journée est magnifique et ne se termine qu'au bout de la nuit.

— Hé, tu sais où habite Anna Walks Over Ice ?

— Non, mais je peux le savoir.

— Est-ce que tu peux la trouver pour moi ?

Il me le promit. Je lui demandai s'il avait jamais entendu parler d'Ellen Walks Over Ice. Il me dit que non, mais que c'était une grande famille crow. Il demanderait à Lonnie et me rappellerait.

— Je serai au bureau.

Je rendis le minuscule appareil à Isaac et le regardai taper sur quelques touches puis coller le combiné à son oreille. Il garda les yeux rivés sur le livre tout en écoutant.

— D'après mes notes, elle était adolescente, peut-être tout juste vingt ans, mais pas plus.

— Donc, aujourd'hui, elle aurait au moins soixante-dix ans.

Il sourit.

— À t'entendre, c'est un âge canonique.

Je jetai un coup d'œil discret vers les terribles chiffres tatoués sur son avant-bras, mais la manche de sa blouse cachait son horrible passé.

— Elle n'a probablement pas eu la vie aussi facile que vous, Doc.

Il ne se départit pas de son sourire et hocha la tête.

— Tu as sûrement raison. (Il fit une grimace tout en écoutant les messages.) C'est étrange, c'est Anna qui m'a laissé ces messages. (Il marqua une pause, écouta encore.) Elle a l'air très agitée.

De toute évidence, Doc parlait crow.

Quand j'arrivai à la réception, je vis la version plus bronzée et moins tendue de Kay Baroja debout au comptoir en train de parler à Janine de la facilité avec laquelle il était possible d'obtenir son certificat de plongée après un stage de trois jours aux Keys. J'envisageai de m'éclipser discrètement, mais il fallait que je lui parle et c'était la première fois depuis leur arrivée que je voyais une jumelle sans l'autre.

— Carol Baroja-Calloway ?

Elle se tourna, découvrant un sourire de barracuda.

— Carol Baroja point !

Une belle reconstruction avait été faite ; le visage était un peu plus ferme, les lèvres, un peu plus pleines, et les cheveux étaient striés de grandes mèches blondes. Elle avait un sourire parfait, les dents un peu trop blanches, et elle tendit une main qui ne portait ni bracelets à breloques ni alliance.

— Shérif Longmire, je suis si heureuse de vous rencontrer !

Mince alors. Je souris.

— Nous nous sommes déjà rencontrés.

Elle se pencha et exposa un impressionnant décolleté, qui paraissait également retravaillé.

— J'espérais que vous auriez oublié. (Elle me saisit par le coude et me conduisit vers les chaises installées à l'autre extrémité du hall.) Je voulais juste vous présenter mes excuses pour le comportement de ma sœur. Kay peut parfois être assez difficile.

— Ce n'est pas grave. Je ne l'ai pas pris personnellement.

— Même quand elle vous a traité de fils de pute ? (Elle nous installa sur l'un des canapés ; si elle s'était approchée un peu plus, on aurait viré au lap dancing. Elle était toujours cramponnée à mon bras.) J'étais partie pour voir comment allait Lana, mais l'occasion est trop belle pour la laisser passer. Je voulais juste vous remercier de vous investir autant et si personnellement dans le décès de ma mère et le bien-être de Lana.

— Ce n'est rien, je…

— Non, vous n'avez pas idée. C'est tellement rassurant de savoir que nous pouvons compter sur vous dans ces moments difficiles. Cette jeune femme horrible de la Division des Enquêtes criminelles est-elle toujours à vos trousses ?

J'y réfléchis, me rappelant enfin qu'elle parlait de Cady.

— Toujours.

— Je suis tellement désolée. (Elle cligna des yeux avec cette régularité qu'on voit chez les porteurs de lentilles.)

Avez-vous trouvé la moindre piste concernant la personne qui a pu faire une chose pareille à cette pauvre Lana ? C'est bien comme ça qu'on dit, des pistes ?

Je hochai la tête et essayai de bouger, mais elle ne lâchait pas mon bras.

— Nous les suivons, mais il n'y a rien de suffisamment solide pour que nous puissions en parler, là, maintenant, tout de suite. (Elle ne détourna pas le regard, et ce fut le premier silence depuis le début de notre conversation.) Cela vous ennuierait-il que je vous pose quelques questions ?

Un autre silence, puis la main sur mon bras se relâcha un peu.

— Je ne fais pas partie des suspects, rassurez-moi ?

Je m'éclaircis la voix.

— Quand avez-vous rendu visite à votre mère pour la dernière fois ?

Elle réfléchit.

— C'était il y a environ deux ans.

— Étiez-vous en bons termes ?

L'excitation sur son visage s'atténua pendant un moment, et je me dis que j'avais enfin droit à la première représentation improvisée de la journée.

— Connaissiez-vous ma mère, Walter ? Vous me permettez de vous appeler Walter, n'est-ce pas ? (Elle se mit à peser ses mots.) En bref, c'était une emmerdeuse. Ne vous méprenez pas, je ne crois pas que ma mère ait eu une vie très facile. (C'était la litote du siècle.) Et je crois que cela a eu un effet sur ses choix financiers.

— Je vois.

Je m'étais effectivement demandé combien de temps il faudrait pour que le sujet de l'argent soit abordé.

— Elle avait une vision simpliste de notre situation financière, de notre situation financière à tous.

— Vous voulez dire, la vôtre, celle de Kay et celle de Lana ?

— Oui. Je ne sais pas si vous avez connaissance des dispositions que ma mère a prises concernant ses biens ?

— Comme vous le savez, j'ai un exemplaire du testament à titre de pièce pertinente dans l'enquête sur le meurtre de votre mère.

Le mot meurtre ne l'intimida pas le moins du monde.

— Lana n'est pas vraiment capable de comprendre l'importance de notre situation financière, en particulier celle de Four Brothers.

— Vous voulez dire : Heureux ceux qui sont doux, ils hériteront la terre mais pas des droits d'exploitation minière ?

Elle s'écarta un peu et m'observa comme si j'étais soudain devenu une tache sur son tapis de bain. Au point où j'en étais, autant aller jusqu'au bout :

— Et votre père, Charlie Nurburn ?

Elle ne cilla pas.

— Il a abandonné ma mère il y a cinquante ans, alors, il n'est plus question de lui.

Elle paraissait prête à mettre fin à l'entretien.

— Encore quelques questions. Où se situe le père Baroja dans le paysage financier ? Il n'est pas mentionné dans le testament.

Elle passa sa langue sur ses dents et tourna les épaules, faisant en sorte que son chemisier s'ouvre encore plus – pas de marque de bronzage.

— Mère et Jolie étaient les seuls enfants de mon grand-père et de ses trois frères. Un autre enfant est né, Arturo, mais il est mort d'une pneumonie. Quand le dernier des frères est décédé, il y a des années, la propriété a été partagée entre Jolie et ma mère. Oncle Jolie a revendu sa part du ranch à Mère, ainsi que la moitié de sa part sur ses droits d'exploitation minière, et il a commencé à faire don de son argent à des œuvres. (Elle marqua une pause mais je n'enchaînai pas. Je savais rester silencieux, pas elle.) Il ne s'entendait pas avec Mère, alors j'ai pris sur moi de le conseiller sur une partie de ses responsabilités financières, mais je crains qu'il ne soit en train de commencer à perdre ses facultés.

— De quelle manière ?

Je voulais l'entendre me parler des fées.

— Sa compréhension de la réalité est un peu fragmentaire.

— Le père Baroja a donc été déclaré psychologiquement défaillant ?

Elle n'allait pas me parler des fées.

— Oh non. Il a volontairement confié sa part de la propriété à un fidéicommis, contrôlé par un gestionnaire financier.

— Et qui est cette personne ?

Elle sourit.

— Je ne pourrais pas vous le dire.

C'étaient probablement les fées.

Je m'éclaircis la voix et dégageai mon bras de sa main en me tournant.

— Avez-vous la moindre idée d'un possible assassin de votre mère et qui voudrait du mal à votre nièce ?

— Je n'étais pas une bonne fille et je n'ai jamais été une bonne tante non plus. J'aurais dû rester plus proche de Lana, mais je crains qu'elle soit un peu têtue. Ça doit être tout ce truc basque…

— Ce truc basque ?

Elle posa un ongle synthétique sur une bouche dont je savais qu'elle n'était pas prête à se fermer.

— Je crois qu'elle a peut-être été impliquée dans des activités politiques quand elle était là-bas, à l'école hôtelière.

Elle avait dit “là-bas” comme si c'était une maladie vénérienne.

Je me retins de rouler des yeux.

— Hmm… l'ETA ?

— Oui. (Elle saisit ma main entre les deux siennes. Cet entretien commençait à ressembler de plus en plus à un corps à corps.) Je crains qu'elle ait fréquenté des personnes tout à fait sordides quand elle était en Europe. Il se pourrait bien qu'ils s'intéressent à l'argent de Mère.

— Je vois…

Je méditai cette dernière hypothèse et essayai de réconcilier Lana l'ingénue innocente et Lana la terroriste conspiratrice. Je n'y parvins pas.

Je retournai au bureau voir si Bill Wiltse avait faxé le portrait de Leo Gaskell, mais de toute manière, Leo ne pouvait pas être le mystérieux fils illégitime de Charlie Nurburn. Cet enfant était né en 1950, ce qui voulait dire qu'il devait avoir environ cinquante-cinq ans. Or Leo Gaskell avait la trentaine. Mais quelqu'un avait empoisonné Mari Baroja, quelqu'un avait essayé de tuer Isaac, quelqu'un avait tenté de matraquer Lana Baroja jusqu'à ce que mort s'ensuive, et quelqu'un avait essayé de tuer Lucian.

Quelqu'un s'en prenait à tous ceux qui savaient ou croyaient savoir que Charlie Nurburn était mort. Peut-être pensait-il qu'il pouvait récupérer une part des biens de Mari si on avait la preuve que Charlie était vivant. Les enfants illégitimes ne pouvaient pas hériter, mais Cady avait mentionné que dans le Wyoming un époux pouvait prétendre à la moitié des biens, même sans être cité dans le testament ou sans être membre du fidéicommis. Peut-être qu'il voulait qu'il soit vivant pour cette raison-là, et ensuite il pourrait s'en débarrasser et hériter…

Le ciel avait pris la couleur de liberty ships qui auraient stationné au soleil trop longtemps avec des ombres douces d'un gris plus foncé à l'horizon. Il ne neigeait pas, mais ce qui était tombé ressemblait à des billes en plastique blanc de fusil d'enfant qui tourbillonnaient sur le parking. Vic et Sancho vinrent se garer à côté de moi et interrompirent ma rêverie. Je coupai le moteur du Bullet et descendis. Saizarbitoria marchait à pas lourds derrière Vic et je vis qu'il était couvert, du bout des bottes au sommet de la tête, d'une épaisse couche de glace et de suie noire; même son visage n'était plus guère visible.

— Le feu de cheminée?

Il se dandina d'une botte sur l'autre.

— Ça ne vous ennuie pas, tous les deux, si je rentre avant de congeler complètement?

Je fis un pas de côté et le laissai poursuivre son chemin le long de la rampe pour handicapés jusqu'au confort relatif, mais chaud, du bureau. Je me tournai vers Vic.

— Ton uniforme à toi est propre.

Elle sourit.

— C'est lui qui fait de la grimpette.

Quand nous entrâmes, le chien vint me faire la fête et s'assit, l'arrière-train posé sur mon pied. Il avait soigneusement évité Vic. Saizarbitoria était en route vers la douche de la prison, tenant entre le pouce et l'index une serviette propre. Ruby s'était apparemment montrée aux petits soins, et il avait aussi une tasse de café.

— On n'a pas grand-chose dans le comté d'Absaroka, mais on a quand même une caserne de pompiers.

— L'échelle de leur camion avait gelé.

Nous le regardâmes tous passer. Vic était toujours parée de toutes ses grâces.

— Il est sans peur. Il faut qu'on le garde.

J'opinai du chef. Il faisait l'unanimité.

Ruby me tendit un dossier.

— Leo Gaskell.

Je l'ouvris. Je trouvai un dossier d'arrestation classique sur Leo Cecil Gaskell, quatre pages pour être exact, et une photo en 5 sur 10 de Leo datant de son dernier séjour à Rawlins. Il était immense, avec de longs cheveux noirs qui retombaient plus bas que ses épaules. Bingo. Il avait de mauvaises dents et le nez cassé, histoire de lui arranger le portrait, mais c'étaient ses yeux qui étaient effrayants. Vides de tout affect. Leo ressemblait à ces types qui pourraient étrangler toute une classe de maternelle et rentrer chez eux ensuite pour arroser les plantes.

— Pas ce salopard, encore une fois !

Je me tournai vers Vic, qui s'était penchée pour lire pardessus mon épaule.

— Quoi ?

Elle me regarda comme si j'étais le dernier idiot du village.

— C'est le type qui a tiré sur le contremaître à l'exploitation méthanière. Cecil Keller, le type que tu as convoqué pour un remontage de bretelles.

— Cecil Keller ?

— Ouais, c'est bien lui. Il a une moustache maintenant, mais c'est bien les mêmes dents. Je te jure que c'est lui. (Elle me regarda.) J'ai toujours son arme.

— Va me la chercher.

Elle disparut.

Je repensai à la photographie de Charlie à la Réserve, armé de ses pistolets. Je sortis la photo de Leo du dossier et la montrai à Ruby pour qu'elle la voie. Le rouge lui monta aux joues.

— Ce n'est pas le nom qu'il nous a donné, mais c'est bien lui. Je suis désolée, Walt, mais je n'ai pas pris la peine de regarder le fax quand il est arrivé. Je sais que ce n'est pas une excuse, mais le téléphone sonnait et je l'ai juste fourré dans un dossier.

— Dis à Saizarbitoria qu'il a gagné une journée tranquille au bureau et empêche-le de grimper sur le toit.

Je tendis le dossier à Vic. En échange, elle me donna un .32 automatique chromé à crosse de nacre, identique aux quatre que Charlie Nurburn avait sur la photo. Tout en lisant le dossier, Vic sifflait chaque fois qu'elle tombait sur un détail. J'interpellai mon second.

— On dirait qu'on va faire un tour à Four Brothers.

— J'vais pisser d'abord.

Je pris le dossier et soupirai.

— Va pisser.

Je m'assis au bord du bureau de Ruby et réfléchis : est-ce que Leo Gaskell alias Cecil Keller était allé travailler aujourd'hui ? Quel était le lien entre lui et l'insaisissable Charlie Nurburn ? Le téléphone sonna. Ruby décrocha et me le tendit :

— Henry.

— Je suis chez Anna. Quelqu'un est entré par effraction.

J'écarquillai les yeux.

— Quoi ?

— Quelqu'un a forcé la porte de derrière avec un pied de biche et on dirait qu'ils cherchaient quelque chose.

— Je suppose qu'elle n'est pas là…

— Non.

Anna n'était pas au travail et elle n'était pas chez elle.

— Rien sur Ellen Walks Over Ice ?

— Son nom d'épouse est Ellen Runs Horse. Elle habite en ville dans un village de mobile homes à côté de l'autoroute. Parfois, Anna va chez elle quand il fait mauvais temps.

Je fermai les yeux et les rouvris pour jeter un coup d'œil à Ruby.

— Tu peux me trouver une adresse pour Ellen Runs Horse, ici en ville ?

Ses doigts commencèrent à tapoter les touches de son clavier.

La Nation Cheyenne s'éclaircit la voix.

— C'est une parente d'Anna. D'après Lonnie, elles sont demi-sœurs.

Les chariots commençaient à se mettre en cercle. On y était, tous les Indiens appartiennent à la même famille.

— Tu peux me rendre un autre service ?

— “Ils Le servent aussi qui parcourent la Réserve en tous sens.”

J'ignorai la pique.

— Pourriez-vous, Cady et toi, aller au Durant Memorial à 14 h 30 ? Lana Baroja doit rencontrer les Terribles Jumelles, dont une vient d'essayer de me violer, et je me disais que ça serait bien qu'elle ait un peu de renforts.

— Et à cette petite réunion, on est censés renforcer comment ?

— Avec muscles et cervelle.

— Qui fait quoi ?

Je raccrochai et regardai Ruby gribouiller l'adresse sur un Post-it : 23 Evergreen Circle.

Vic revint des toilettes.

— Encore des bonnes nouvelles ?

— Sauf erreur de ma part, Ellen Runs Horse est Ellen Walks Over Ice.

Ruby et Vic échangèrent un regard, avant de revenir à moi. Vic prit la parole la première.

— La femme de la maison de retraite ?

Je me frottai les yeux pour essayer de chasser le mal de tête qui paraissait vouloir entrer dans mon crâne avec la vélocité d'une locomotive de la Burlington Northern/Santa Fe.

— La mère de l'enfant illégitime de Charlie Nurburn né dans les années 1950, et la demi-sœur de Anna Walks Over Ice, qui travaille à la maison de retraite. La même Anna Walks Over Ice qui, je crois, a laissé des messages sur le portable d'Isaac Bloomfield et qui vient apparemment de se faire cambrioler.

Vic hocha la tête et regarda le Post-it que j'avais à la main.

— J'imagine que tu vas vouloir qu'on aille d'abord au village de mobile homes.

Tout en conduisant, je fourrai le petit automatique chromé dans la console centrale, sur les clichés de l'autopsie.

— C'est l'arme avec laquelle il a tiré sur le contremaître, et elle ressemble étonnamment à un des quatre pistolets que j'ai vus entre les mains de Charlie Nurburn sur une photo.

— Où as-tu vu une photo de Charlie Nurburn ?

— Chez Henry. Il est en train de trier quelques boîtes à chapeau pleines de vieilles photos pour la tribu.

— Charlie était à la Réserve ?

— Ouaip.

Elle regarda la neige foncer sur notre pare-brise.

— Ce type s'est pas mal baladé.

Je regardai par-dessus son épaule l'endroit où la caravane avait été stationnée à côté d'un poteau marqué n° 23 et de relais électriques temporaires qui pendaient jusqu'au sol. Quelques centimètres de neige seulement, cela signifiait qu'elle n'était pas partie depuis longtemps. Vic se tourna et me regarda, les poings sur les hanches.

— Tu sais, c'est ça, le problème quand ces trucs servent d'habitations permanentes.

Je ne répondis pas.

— Je vais aller voir le gérant.

Elle partit d'un bon pas, suivant l'avenue bordée de mobile homes jusqu'à celui qui était au bord de la route ; je m'accroupis et observai les traces laissées par les pneus d'un très gros camion dans la neige. Tout cela allait rendre les choses difficiles. À quoi tout cela rimait-il si on pouvait approcher à reculons d'une résidence raisonnablement suspecte, la prendre en remorque et l'emporter ?

Il y avait des poubelles, de grands containers métalliques, enchaînées à une petite barrière basse qui séparait les lots. Je m'en approchai et commençai à les examiner l'une après l'autre. La première contenait les détritus habituels d'un ménage, des trognons de pommes, des journaux et une carcasse de poulet. Je refermai le couvercle et avançai jusqu'à la suivante, mais je m'interrompis quand je surpris une paire d'yeux au-dessus d'un tout petit nez en train de m'observer par la petite fenêtre de la caravane suivante, à moins d'un mètre cinquante de moi.

Le petit fenestron était ouvert, et on aurait dit celui d'une salle de bain.

— Salut.

Je souris.

— Salut.

C'était un garçon, il avait peut-être cinq ans, il était indien et à en croire son visage, probablement crow. Apparemment, il avait du mal à se tenir debout sur le siège des toilettes et à parler en même temps.

— T'es le shérif ?

— Ouaip.

Il continua à m'observer.

— Tu cherches des méchants ?

— Ouaip. T'en aurais vu, toi ? (Son visage devint sérieux et il hocha lentement la tête.) Un grand, comme moi ? Des longs cheveux noirs, et une moustache ? (Il s'immobilisa un instant, puis fit oui de la tête. Je sortis mes gants de mes poches et les enfilai.) Tu l'as vu récemment ? (Le petit visage continua à opiner.) La nuit dernière ?

Hochements de tête.

— Il a un gros camion.

— Est-ce qu'il a emporté la maison de la dame ?

Cette fois, il réfléchit une bonne minute.

— Elle est méchante.

— Est-ce qu'elle était avec lui ?

— Je sais pas.

L'air de rien, je soulevai un second couvercle de poubelle et trouvai du courrier sur le dessus.

— Ils sont partis hier soir ?

Il fit un nouveau signe de tête tandis que je ramassai une offre pour une assurance à long terme envoyée par une quelconque compagnie véreuse de Californie ; elle était adressée à Ellen Runs Horse.

— C'était hier soir tard ?

— Ouais.

— Ils t'ont réveillé, avec le camion ?

— Ouais.

Je hochai la tête de concert avec lui et, toujours l'air de rien, je soulevai le couvercle du troisième et dernier container.

Je le refermai précipitamment. Mes poumons s'étaient bloqués, mais je parvins à prendre une grande inspiration et je restai planté là une bonne minute.

— T'as vu autre chose ?

— Non.
— Où est ta mère ?
— Au travail.
— Et qui s'occupe de toi ?
— Ma sœur.

Je pris une nouvelle inspiration.

— Et où est-elle ?
— Elle fait une sieste.
— Tu veux bien aller la réveiller et lui demander si elle voudrait venir me parler ?
— Maintenant ?
— Ouaip.
— OK.

Le petit visage disparut.

Je restai là encore un moment et ouvris à nouveau le troisième container. Je me forçai à regarder, juste pour m'assurer que ce que je voyais était bien réel.

Je reposai le couvercle, retournai à mon pick-up et m'appuyai contre le rétroviseur, me forçant à remplir le plus possible mes poumons d'air frais. Je laissai mon regard s'égarer par-dessus les barrières, au-delà des collines couvertes de neige vers l'autoroute où les semi-remorques rugissent en freinant pour sortir à Durant. Il aurait fallu que j'ouvre la portière et que je passe quelques appels radio, mais apparemment la seule chose que j'étais capable de faire, c'était de contempler l'horizon, le visage tourné vers le vent qui se levait à l'ouest.

Je ne me sentais pas capable de faire fonctionner les mécanismes sophistiqués de la portière, ni ceux de la radio, alors, j'attendis. J'enlevai mon chapeau et me passai une main gantée dans les cheveux. Sans poser mon chapeau, j'appuyai mon bras sur le rétroviseur pour que le pick-up supporte une partie de mon poids. Au bout d'un moment, j'entendis Vic qui revenait du bureau du gérant.

— J'ai parlé à sa femme et elle l'a appelé. Il travaille à l'atelier de soudage près du lycée, mais il sera là d'ici cinq minutes. (Je hochai la tête.) Hé, t'as pas l'air bien.

Je pris une autre grande inspiration pour juguler la nausée mais surtout la colère qui me submergeaient, et baissai les yeux vers mes mains qui tremblaient.

— J'ai trouvé Anna Walks Over Ice.

12

VIC me regardait toujours comme si j'étais complètement givré. Je n'avais pas aimé les réponses de Jess Aliff. Nous n'étions pas loin d'une des stations de compression, à environ six kilomètres de la civilisation, avec des moteurs au propane qui tournaient à plein régime dans le vent. Cela faisait du bruit, mais j'en avais fait encore plus.

Des salves piquantes de neige dévalaient les Hautes Plaines à cinquante kilomètres à l'heure. C'était comme si la météo avait décidé de passer de défavorable à épouvantable à la minute où j'avais trouvé Anna Walks Over Ice dans la poubelle. La colère que je ressentais était comme le vent. La rage n'a pas sa place dans le maintien de l'ordre, et je lui résiste la plupart du temps, mais elle est là, guettant les brèches ouvertes par les passions, attendant que je trébuche ; et je venais de faillir.

Mon explosion avait une raison simple : Leo Cecil Gaskell/Keller aurait aussi bien pu être le président de la Wyoming Oil and Gas Commission, je voulais ce pourri, et tout de suite. D'après le contremaître, Leo faisait partie d'une équipe qui travaillait dans les champs situés plus au sud, mais il ne savait pas exactement où. Je lui avais demandé s'ils avaient des radios. Il m'avait répondu par l'affirmative, mais qu'elles ne fonctionnaient que la moitié du temps. Je l'informai qu'il valait mieux que nous soyons dans la moitié où elles fonctionnaient.

C'était une grosse caravane, une de celles qu'on utilisait généralement pour la chasse. Je fus le dernier à entrer. Vic était debout dans la petite kitchenette, et Aliff s'assit à la petite table pliante. Il décrocha une radio fixée au mur. Il n'avait pas beaucoup changé depuis le jour où il m'avait raconté qu'on lui avait tiré dessus. La buée de sa respiration avait gelé dans sa barbe et maintenant elle gouttait sur la table en formica et sur les papiers qui la recouvraient. Je frottai la mienne et essuyai ma main sur mon jean. Je commençai à me sentir mal de l'avoir agressé ; lui non plus ne portait apparemment pas Leo Gaskell dans son cœur.

— Je vais avoir besoin de l'adresse de M. Gaskell, si vous en avez une. (Il arracha une feuille de papier collée sur le mur et me la tendit.) Quand avez-vous vu Leo pour la dernière fois ?

Il garda les yeux baissés.

— Y a environ deux jours. On avait une réunion.

— A-t-il eu un comportement étrange d'une façon ou d'une autre ?

Le contremaître me regarda.

— Nan, j'veux dire, il était comme d'hab.

Vic intervint.

— C'est-à-dire ?

— Y s'balance d'avant en arrière. Des fois, il est tellement silencieux qu'on s'rend pas compte qu'il est là, et d'aut'fois il est complètement barjo.

— J'imagine que c'est dans un moment barjo qu'il vous a tiré dessus ?

— Ouais. (Il s'avachit sur la banquette de la caravane.) Y voulait emprunter du matos de l'entreprise, et ça, c'est contre le règlement.

— Quel genre de matos ?

Il secoua la tête comme s'il voulait décoller l'information de son cerveau. En fait, je commençais à trouver ce type assez sympathique.

— Un camion.

Vic et moi échangeâmes un regard. Il prit le micro accroché au flanc de la radio.

— Station BR75115 ? Ici 75033, vous me recevez ?

Nous tendîmes l'oreille. Les ondes clapotaient contre l'antenne.

— S'y sont pas dans la caravane ou dans un véhicule, on va pas pouvoir les choper.

Il y eut une explosion de parasites. Le contremaître se mit à tourner la molette du silencieux jusqu'au niveau minimum.

— À vous BR75115, ici 75033. Johnny, ici le patron. Vous êtes tous là ?

— Ici BR75033, c'est vous, BR75115 ? Terminé.

Le contremaître régla le micro.

— Johnny, est-ce que Cecil est là-bas ?

Parasites.

— Il a dit qu'il devait aller au dépôt hier et qu'ensuite, il bossait avec vous.

Aliff se tourna vers moi.

— Ben merde. Le dépôt, c'est là où on stocke tout le gros équipement quand on s'en sert pas.

C'était la seconde fois de la journée que je regardais fixement un endroit où un gros objet qui était censé être là ne l'était plus.

— Où aurait-il trouvé les clés ?

D'un mouvement du menton, il désigna une autre caravane imposante garée à côté de l'ouverture fermée par une chaîne, près de l'autoroute. Je remarquai que la porte de la caravane était légèrement entrouverte. Elle avait été forcée. Apparemment, Leo Gaskell était du genre à signer chacun de ses passages. Quand nous entrâmes, nous découvrîmes qu'il avait également forcé la porte de l'armoire à clés. Le contremaître se pencha et examina le crochet étiqueté où était auparavant suspendue la clé.

— Mack, CVH613.

Vic essayait de refermer la porte derrière nous, et je regardai les nuages de buée monter en volutes autour d'elle.

— Est-ce que c'est assez gros pour tirer un mobile home ?

Il hocha la tête.

— Pour ça, oui. C'est un tandem. Y peut tracter à peu près n'importe quoi. (Il se retourna vers moi.) On dirait qu'vous pouvez ajouter vol de véhicule au palmarès de Cecil, ou Leo.

Vic étouffa un éclat de rire. Je me tournai vers le contremaître.

— M. Gaskell est le principal suspect dans un certain nombre de meurtres récents.

J'avais toujours le sentiment d'être un représentant de commerce quand je sortais un couplet pareil, mais je dégainai une de mes cartes et la lui tendis, sans cesser de l'observer pour être certain qu'il comprenait la gravité de la situation.

— Si vous le voyez ou si vous avez le moindre contact avec lui, je veux que vous m'appeliez immédiatement. (Il hocha la tête et garda les yeux baissés. Le vent continuait à tambouriner sur la porte pas très jointive.) Y a-t-il quelque chose d'autre que vous voudriez me dire ?

Il passa sa langue sur ses lèvres et coinça une partie de sa moustache entre ses dents.

— Ouais, j'crois bien. (Nous attendîmes tandis qu'il rassemblait ses pensées et marmonnait dans sa barbe.) Mec, on va avoir de sacrées emmerdes, quoi qu'on fasse. On est tombés sur un truc en creusant juste à la sortie du canyon, près de la p'tite ferme. (Il leva les yeux vers moi.) Un macchabée, un vieux en plus.

Je me raidis.

— Vieux comment ?

— J'sais pas vraiment, mais il restait pas grand-chose. (Son regard passait constamment de Vic à moi.) Vous savez comment c'est, on tombe sur le vieux chef emplumé du coin et, tout à coup, on s'ramasse tous les archéologues et les connards d'écolos de tout l'Grand Ouest.

Ça n'avait pas l'air terrible, même pour lui, alors il poursuivit.

— J'ai six semaines de retard, j'arrive pas à garder les bons même quand j'les paie bien, la météo, elle fait c'qu'elle veut et elle a décidé de m'emmerder jusqu'à la gauche, et tout à coup, j'me retrouve avec un squelette sur les bras !

J'essayai de ne pas bouger, de ne pas risquer de l'empêcher de continuer à parler.

— Pourquoi pensez-vous que ce squelette est indien ?

— Ben, y en a partout dans le coin.

Vic se rapprocha de moi avant de prendre la parole.

— Qu'est-ce que vous en avez fait ?

Il ne dit rien, alors je parlai.

— Laissez-moi deviner. Leo Gaskell ? (Il hocha la tête.) Ça s'est passé quand ?

— Y a environ une semaine. Cecil… enfin, j'veux dire, Leo a pris le squelette. J'crois qu'il a prévu de faire du chantage à l'entreprise. (Il regarda la surface terne de la table.) On dirait que j'ai des gros ennuis, hein ?

— Probablement, mais moins gros que ceux de Leo.

Nous hochâmes tous la tête de concert.

Aliff nous dit qu'il n'avait pas besoin qu'on le reconduise. Nous montâmes sur la bretelle d'accès à l'autoroute. Vic lança l'avis de recherche sur le camion et nous poursuivîmes notre route en silence. Puis elle se mit à parler.

— C'est lui.

— C'est pas lui.

Elle se pencha un peu pour essayer de croiser mon regard.

— C'est juste que tu ne veux pas que ce soit lui. (Elle attrapa un de ses genoux et se tourna à demi vers moi pour me signifier que cette conversation était loin d'être terminée.) Pourquoi tu ne veux pas que ce soit lui ?

Je commençai à sentir monter la colère.

— Parce que Charlie Nurburn ne valait déjà pas grand-chose de son vivant, et je ne crois pas qu'il va se transformer en atout maintenant que son squelette a peut-être été déterré.

Elle alla s'appuyer contre sa portière et, au bout d'un moment, croisa les bras.

— Putain, pas la peine de te mettre en rogne contre moi, c'est pas moi qui l'ai déterré.

Elle se mit à regarder à travers le pare-brise et le silence s'installa dans le pick-up. Elle ressemblait à une peinture à l'huile inachevée, avec son profil qui se détachait sur fond de brouillard derrière la vitre ; comme si l'artiste ne s'était pas encore donné la peine de travailler l'arrière-plan. Tout un symbole : il n'y avait jamais rien de périphérique avec Vic.

Et voilà, ça recommençait, je m'en prenais à la mauvaise personne. La personne à qui j'en voulais était quelque part là-dehors avec un camion Mack à cent mille dollars, un mobile home, une grand-mère et très probablement le squelette de son grand-père. La situation était devenue franchement étrange cette dernière semaine.

— Charlie Nurburn… Charlie putain de Nurburn. (Elle garda les yeux fixés sur la route tandis que le paysage glacé défilait.) Quelle est la probabilité ? Quelle est la probabilité pour que cinquante ans après…

Je laissai échapper un soupir.

— Le sens du timing de Charlie Nurburn, même dans l'au-delà, est impeccable. (Je me concentrai sur l'autoroute couverte de verglas et sentis les prémices de l'imminente délibération relâcher la crispation de mon esprit.) Reprenons tout pas à pas, veux-tu ?

Je l'entendis presque sourire.

— Quelqu'un découvre qu'ils sont les héritiers potentiels de millions de dollars.

Je braquai pour monter le Bullet sur la rampe d'approche et pris la direction du nord.

— Non, ils ne le sont pas. Les enfants illégitimes ne peuvent prétendre à rien. Pour que ce soit possible, il te faudrait un Charlie Nurburn vivant, pour qu'il puisse revendiquer ses droits d'époux survivant.

— Donc, je tue Mari ?

Je serrai la mâchoire.

— Et ensuite, tu essaies de te débarrasser de toutes les personnes qui savent que Charlie Nurburn est mort.

Elle posa ses bottes pleines de neige sur mon tableau de bord et me regarda longuement.

— La découverte de sa dépouille ferait bien foirer le truc. (Elle secoua la tête.) Putain… (Elle fit la grimace.) Au fait, j'ai du mal à imaginer que l'empoisonnement, une technique assez raffinée, fasse partie de l'arsenal de Leo Gaskell.

— Quelqu'un d'autre trempe dans cette affaire. (Je fixai la route pendant un moment et elle respecta mon silence.) Mari et Lana, ce pourrait être pour l'argent, mais pourquoi tuer Anna Walks Over Ice ?

— Qu'a dit Anna dans tous les messages qu'elle a laissés à Isaac Bloomfield ?

Je doublai un camion qui tirait une remorque pleine de foin tandis que Vic ne me quittait pas des yeux.

— Le crow d'Isaac est un peu rouillé, donc je les ai fait écouter par Henry. Il m'a dit qu'elle était contrariée, qu'elle voulait parler à Isaac, mais elle ne donnait pas de détails. Il y avait forcément quelque chose. Sa maison a été cambriolée.

Elle continua à m'observer.

— Alors, Anna a entendu ou vu Leo faire quelque chose. (J'approuvai d'un signe de tête.) Pourquoi déplacer le mobile home ?

— Manifestement, il est très attaché à sa grand-mère Ellen Runs Horse, née Walks Over Ice, et il a dû découvrir que nous étions à sa recherche. (Mes pensées s'assombrirent au-delà du noir le plus profond quand je revis le village de mobile homes.) Pourquoi laisser Anna dans une poubelle où tu sais que je vais la trouver ?

À l'intérieur du pick-up l'atmosphère était très calme.

— Il s'en fout, Walt. Il est shooté à la méthadone et complètement barré de la tête. Il l'a déjà fait et s'en est tiré. Putain, même Mari Baroja a tué quelqu'un et s'en est sortie. Ils ont ça dans le sang.

Je pris une grande inspiration.

— Ces deux-là n'ont pas de lien de parenté.

Elle continua à regarder la neige tomber.

— Le sang coule dans les veines de tout le monde.

Quand nous arrivâmes à l'hôpital, nous vîmes un Ford Excursion vert foncé avec des plaques du Montana garé sur l'un des emplacements réservés. La petite bénédiction du jour : Bill McDermott était arrivé avec le corps de Mari Baroja au moment même où j'avais besoin de lui pour celui d'Anna Walks Over Ice.

Je garai mon pick-up et regardai Vic.

— Tu veux bien aller dans l'autre aile récupérer Cady et Henry et les ramener par ici ? La réunion doit être terminée à l'heure qu'il est.

— OK. On va aller à l'adresse de Leo Gaskell, non ?

Je sortis la feuille pliée où était inscrit "23 Evergreen Circle" de ma poche et la lui tendis. Elle déplia la feuille et la regarda fixement :

— Ça va commencer à devenir sérieux, ce coup-ci.

Les mains serrées sur le volant, je rétorquai :

— Ça l'est depuis longtemps.

Ferg m'attendait devant la porte de la salle d'autopsie.

— Salut.

— Salut.

J'essayai de sourire.

— McDermott est à l'intérieur ?

— Avec Bloomfield et le nouveau. (Ferg hocha la tête.) Il est mexicain ?

J'étais content de ne pas être le seul.

— Genre… Isaac participe à l'autopsie d'Anna ?

— Ouais. (Ferg tira sur la visière de sa casquette.) Walt, j'y étais. Chez les Runs Horse.

Il me fallut une seconde pour percuter.

— Au 23 Evergreen Circle ? Pourquoi ?

— C'est ce grand type qui a balancé le frigo et toutes ces ordures à Healy Reservoir.

J'attendis une seconde avant de demander.

— Est-ce qu'il a ouvert la porte quand tu y es allé ?

— Ouais. (Il lui fallut une bonne minute pour m'en faire une description, mais comme toutes les déclarations de Ferg elle n'était pas anodine.) Il ne donnait pas l'impression de se sentir concerné.

Je hochai la tête, mais je crus comprendre qu'il voulait ajouter quelque chose ; je tentai un ultime sourire et j'attendis.

— Walt, tu ne penses quand même pas que cette femme était dans la poubelle quand je suis allé frapper à la porte ?

Je secouai la tête.

— Non, elle était dans mon bureau jeudi.

Il fourra ses mains dans les poches de sa veste et baissa la tête.

— Dieu merci. Je ne crois pas que j'aurais pu vivre avec ça.

Nous nous retrouvâmes tous les deux à esquisser de pauvres sourires pincés, les yeux rivés sur nos bottes, et nous restâmes là un moment, laissant les trains du silence passer entre nous – deux hommes adultes essayant de trouver dans quelle direction orienter leur prochaine phrase.

— Bon Dieu, Walt, c'est un cauchemar.

Après son départ, je m'assis sur une des chaises et pensai à Leo Gaskell. Il fallait que j'envoie quelqu'un au tribunal examiner tous les documents disponibles sur Ellen Runs Horse, sur le fils mystérieux et sur Anna Walks Over Ice. Saizarbitoria était parfait pour ça. Je pouvais demander à Henry d'aller voir les archives de la tribu et envoyer Vic remonter les bretelles aux gars de la Police de l'Autoroute. Je laisserais Ferg s'occuper du comté pendant que j'allais avoir une autre conversation avec Lucian sur les événements récents. Ce que je voulais vraiment, c'était étrangler Leo Gaskell à mains nues.

Je m'affalai sur la chaise, mon col remonta jusqu'à mon nez, et je dus lutter contre une irrépressible envie de dormir. Je ne résistai pas très longtemps et très vite j'eus l'impression, non pas que je tombais, mais que le monde s'estompait.

Il neigeait fort dans mon rêve aussi ; décidément, où que j'aille, la neige me suivait. Il faisait nuit et la seule lueur venait de loin ; elle était diffuse, comme si la lumière était diffractée à l'infini par l'air. Le brouillard était très pesant, mes poumons se contractaient sous sa lourdeur. Je me concentrai sur les flocons de neige qui voletaient dans la lumière, mais c'était comme si j'avais perdu ma vision périphérique. Il y avait quelque chose là-dehors, un oiseau peut-être, mais c'était le plus gros que j'aie jamais vu : ses ailes s'appuyaient sur le vent qui soufflait en rafales autour de nous. Il semblait sorti de la neige et plus il approchait, plus il était gros. Je ne cessais de le regarder, mais je n'arrivais pas du tout à accommoder. Quelque chose clochait, les muscles de mon cou perdirent leur énergie quand ma tête tomba vers l'avant. Mon visage était devenu trop lourd. Je dégageai une de mes mains et la portai à ma tête. Il faisait froid mais je ne portais pas de gants. Ma main avait presque atteint ma bouche lorsqu'une autre sortit brusquement des ténèbres et me saisit la gauche. Elle était petite mais je sentis les doigts se serrer autour de mon poignet. Ce n'était pas de l'agression mais du désespoir que signifiait cette étreinte. Des cheveux noirs apparurent dans mon champ de vision, et elle me serra encore plus fort. Ma tête piqua vers l'avant, mon menton heurta ma poitrine et il y eut un flash quand mon œil unique essaya de focaliser. Ma voix me parut méconnaissable.

— Je suis désolé, je ne…

Il était impossible de voir son visage à contre-jour, mais même dans l'urgence sa voix était sensuelle et je sentis mon cœur se serrer quand elle se mit à parler.

— Je ne peux pas…

Elle leva les yeux et se tourna vers la lumière. L'immense créature volante continuait à approcher. Sa main lâcha la mienne précipitamment, m'attrapa le menton et vint me caresser la barbe. Ses yeux se plantèrent dans les miens. Je voyais ses lèvres bouger mais sa voix paraissait venir de très très loin.

— *Gero arte.*

— Ça va, Papa ?

Je levai les yeux et vis ma fille debout devant moi dans le même long manteau que celui qu'elle portait à son arrivée. Je regardai les pans du manteau s'ouvrir et se déployer comme de grandes ailes tandis qu'elle posait ses mains sur mes épaules.

Je bâillai et jetai un coup d'œil à l'ensemble du groupe.

— Seulement un peu fatigué. (Je pris une des mains de Cady et me tournai pour regarder Lana.) Alors, comment s'est passée la réunion ?

Elle portait un turban allégé maintenant, et l'absence de déshabillé en soie et de chaussons en forme de lapins me fit regretter sa phase thalasso. Elle ne dit rien et se contenta de poser ses mains sur ses genoux.

— Au moins, vous aviez des renforts efficaces. (Je lançai un regard à Vic et repris les choses en main.) Faxe cette photo de Leo Gaskell à la Division des Enquêtes criminelles, à la Police de l'Autoroute et à tout le monde dans les Hautes Plaines. Contacte Bill Wiltse dans le comté de Fremont ; dis-lui que j'ai besoin de tout ce qu'ils ont sur Leo Gaskell. Je veux savoir d'où il vient, où il est allé, et pourquoi. Demande à Ruby d'aller voir dans le Fichier des Recherches criminelles et ensuite, va au Foyer des Personnes dépendantes et récupère des informations sur Anna Walks Over Ice. Je veux savoir tout ce qu'ils ont sur elle.

Elle sourit et j'entrevis sa canine un peu décalée.

— OK.

Je la regardai franchir les doubles portes battantes de sa démarche hommasse.

— Santiago ?

Il quitta McDermott et vint me rejoindre.

— Monsieur ?

J'adorais – forcément.

— J'ai besoin que vous alliez examiner les dossiers et archives au tribunal. Dépêchez-vous, ils ferment à cinq heures pétantes. (Il hocha la tête.) Et rapportez tout ce que vous trouvez sur Ellen Runs Horse et Anna Walks Over Ice.

— Oui, monsieur.

— Hé, Sancho ?

— Oui, monsieur ?

Il s'arrêta mais seule sa tête tourna.

— Que veut dire *gero arte* ?

Il plissa les yeux.

— C'est du basque, ça veut dire "à tout à l'heure".

Il resta là une seconde de plus, et quand il fut certain que je ne l'arrêterais pas une deuxième fois, il disparut, lui aussi.

Je revins vers Cady et ses yeux gris infaillibles, qui avaient saisi et cerné toutes les situations depuis qu'elle avait neuf ans.

— Veux-tu raccompagner Mlle Baroja dans sa chambre, pendant que j'ai une petite discussion technique avec Sweeney Todd et les garçons ?

Elle prit son sac à main et s'enroula dans son manteau.

— Oui, monsieur.

Très drôle. Je me tournai vers Henry. Son visage me disait qu'il avait signé pour la version longue. Maintenant que s'étaient ajoutés le meurtre d'Anna et la disparition d'Ellen, il se sentait personnellement impliqué.

Isaac Bloomfield et Bill McDermott poursuivaient leur discussion dans le bureau de l'infirmière, de l'autre côté du hall. Je les interpellai.

— Messieurs ? (Ils se retournèrent tous deux vers moi.) J'ai besoin de votre aide.

La situation s'était compliquée : nous avions décidé de ramener Anna Walks Over Ice du royaume des morts. Henry avait été propulsé dans le rôle principal puisqu'il était le seul Indien. L'Ours avait voulu qu'on nous donne la chambre juste en dessous de nous, mais je pensais que nous avions de meilleures chances d'isoler Leo au premier étage.

— Est-ce qu'ils ont réussi à le sortir cet après-midi ?

— Le journal est paru tard, une sorte d'édition spéciale.

Je le lui tendis ; la photographie d'Anna Walks Over Ice était en première page. En caractères gras, le titre disait : UNE FEMME SURVIT À UNE ÉPREUVE TERRIFIANTE.

— Si ça marche, je dois une bière à Ernie Brown, Notre Correspondant Permanent.

Vic arriva et s'installa au pied du lit tandis que l'Ours nous lisait ce que le *Courant* disait de son pseudo-lui. Elle avait l'air bizarre dans sa blouse avec toute la panoplie, le masque, la calotte et le stéthoscope.

— Comment va la patiente ?

Il ne leva pas les yeux.

— Elle se repose tranquillement.

Je jetai un coup d'œil à l'Ours.

— Tu veux garder le journal ?

— Oui, la nuit pourrait bien être longue.

Il prit sous son oreiller son tomahawk du Vietnam et le cacha entre des plis du drap, juste sous sa main droite. C'était un petit objet terriblement meurtrier avec d'un côté une pointe tranchante et recourbée et de l'autre une lame de hachette, et Henry savait lancer cet engin avec une précision effrayante.

— Tu te souviens que nous le voulons vivant, OK ?

Je retrouvai les autres membres de notre petite troupe au bureau des infirmières du premier étage. Nous formions une drôle d'équipe : le Dr Moretti, Saizarbitoria coiffé de sa casquette The North Face, assis dans un fauteuil roulant avec une couverture sur les jambes, et Ferg en civil tenant un sac à provisions. Je répertoriai les pièces cachées de notre arsenal et souhaitai presque que Leo Gaskell ne vienne pas. Quelqu'un allait sûrement se faire tuer.

— Il n'y a que deux manières pour lui d'aller dans la chambre, soit en passant devant le bureau de l'infirmière, ici, soit par le bout du couloir. Ferg, je veux que tu t'asseyes dans la salle d'attente, à un endroit où tu as une vue dégagée sur tout le couloir. Santiago, tu te mets près de l'escalier devant une porte, comme si tu te préparais à entrer ou que tu venais de sortir de ta chambre. Enlève ces godillots. Tu sens le flic à dix kilomètres. (Je me tournai vers le Dr Moretti.) Vic, tu peux te balader. Tout le monde est prêt ?

Tout le monde hocha la tête.

— Ce gars ne se montre pas très patient et il est acculé, donc, je m'attends à ce qu'il se pointe ce soir. Il est encore relativement tôt mais ça ne veut pas dire qu'il ne va pas faire irruption dans les cinq minutes qui viennent, alors restez vigilants. Il est grand, il est méchant, et il prend probablement des substances diverses, donc, ne jouez pas les héros. Si vous le repérez, faites-le savoir.

Ils hochèrent tous la tête à nouveau.

J'inspectai tous les couloirs en allant jusqu'à l'ascenseur et tombai sur Leonard Goes Far, le monsieur crow qui s'assurait que les sols de l'hôpital brillaient comme une patinoire. Il hocha la tête, ce qui est en général tout ce qu'on peut tirer de Leonard. Je poursuivis mon chemin jusqu'à l'ascenseur, y entrai et sentis mes organes descendre en même temps que la cabine.

Le Durant Memorial n'avait pas de deuxième étage et le premier n'hébergeait que des patients qui faisaient partie de notre plan, nous n'avions donc à surveiller qu'un étage et une direction. Quand j'arrivai à la réception, Ruby attendait, ajustant sa perruque, les yeux un peu plus écarquillés que d'habitude.

— Tu es sûre qu'il ne va pas te reconnaître ?

— Sûre et certaine. (Ruby se détendit un tout petit peu.) Vic l'a rejoint à la porte et l'a emmené directement dans son bureau. Je pense qu'il ne se souvient même pas que j'étais là.

Je hochai la tête.

— Toutes les autres portes sont verrouillées, la seule entrée possible c'est par ici. S'il arrive et qu'il demande où elle est, tu lui dis juste qu'elle est au premier et tu te plonges dans une tâche très absorbante. Et dès que tu es sûre qu'il est parti...

J'attendis qu'elle lève à nouveau les yeux vers moi.

— Quand tu es sûre qu'il est parti, tu te sers de ça, dis-je en désignant le boîtier caché sous le comptoir. Appuie une fois sur le bouton rouge, c'est tout. Personne d'autre ne va utiliser ce bouton, alors je saurai que c'est toi et je saurai qu'il est là.

Nous avions tous mis nos talkie-walkies sur vibreur.

J'avais installé Lana dans la chambre 132, qui était équipée d'une épaisse porte métallique que l'on pouvait fermer à clé de l'intérieur. Cady était avec elle. J'aurais pu les ramener toutes les deux à la prison, mais je m'étais dit qu'il était plus prudent et plus sûr de garder tous les œufs dans le même panier. Je tapai à la porte, trois coups, puis un. Cady demanda qui était là, puis entrouvrit la porte juste assez pour voir mon visage.

— Viens voir. (Elle sortit sans quitter le pas de la porte, et j'essayai de lui donner un Détective Special à canon court.) Tu te souviens comment on se sert de ça ?

Elle regarda l'arme.

— Oui.

Je tendis un peu la main vers elle.

— Juste au cas où tout va de travers. Accident ou pas, on dirait bien qu'il a déjà essayé de la tuer ; il se peut qu'il essaie à nouveau. (Je posai le revolver dans sa main.) Il n'y a pas de sécurité. Il est calé sur une chambre vide. Double détente. Tout ce que tu as à faire, c'est appuyer sur la détente.

— Je me souviens. (Elle leva les yeux vers moi.) De toute manière, je fais partie d'un club de tir à Philadelphie.

— Quoi ?

Son regard se durcit.

— Un groupe d'avocats va toutes les semaines tirer dans un club à Spring Garden. Un jour, ils m'ont demandé si la cow-girl savait tirer, alors je les ai accompagnés. (Elle s'appuya contre le mur.) J'avais eu un super bon prof.

J'attendis un moment, mais elle n'ajouta rien, alors je l'attirai contre moi et la serrai dans mes bras. Je la tins là et la serrai très fort.

— Si tu appuies, c'est pour t'en servir. Si tu t'en sers, c'est pour tuer.

Pour un placard à balais, il était de bonne taille. Dans le sol, une évacuation, une série de robinets et des étagères remplies de produits de nettoyage, de serpillières, de balais et de seaux. J'avais eu l'intelligence d'y mettre un peu plus tôt dans la soirée une des chaises de la salle d'attente. Avec la porte légèrement entrouverte, je pouvais voir celle de la chambre de notre Anna Walks Over Ice des Forces spéciales. Je n'étais pas allé voir l'Ours ; je savais qu'il avait son tomahawk.

Je m'installai et essayai de penser à une quelconque occupation pour meubler l'attente, faire autre chose qu'attendre. Je lus quelques étiquettes sur des flacons, tripotai un manche à balai et réfléchis. Je me demandai si Leo Gaskell allait parier gagnant, placé ou pas.

J'entendis quelqu'un au bout du hall. La voix était familière. Je pris mon chapeau et ouvris la porte. Le ton montait.

— Et quand on est sous couverture, on laisse pas la crosse d'un putain de Remington à canon scié dépasser de son sac à provisions pour que le premier pékin venu le repère.

Vic arriva avant moi.

— Lucian, qu'est-ce que tu fais ici ?

— C'est comme ça que tu montes une embuscade, avec Tête de Nœud, là, qui te fait la promo ?

Tête de Nœud était le terme générique que Lucian utilisait indifféremment pour les plantes, les animaux et les objets inanimés.

— Lucian…

— Je viens là pour voir comment ça roule, cette opération de nullards, et d'après ce que j'vois, ça roule pas du tout.

Je repoussai le bord de mon chapeau et soupirai.

— Tu étais censé rester avec Isaac.

— Putain, il ronfle tellement fort qu'il réveillerait un mort. J'ai fermé à clé en partant.

Je regardai Vic, qui souriait, les bras croisés sur la poitrine, comme toujours quand Lucian était dans le coin. Ferg gardait les yeux rivés sur le sol. Le vieux shérif n'allait pas repartir de son plein gré, et je ne pouvais pas le laisser comme ça malmener le personnel et attirer l'attention sur lui.

— Fait noir là-dedans comme dans les boyaux d'une vache. (Il renifla.) Et ça sent bizarre.

— C'est un placard à balais. (Je l'entendis bricoler je ne sais pas quoi et je sentis l'odeur du tabac quand il ouvrit sa blague.) Il n'est pas question que tu bourres cette pipe et que tu la fumes.

Il continua quand même.

— J'essaie juste d'améliorer la qualité de l'air.

— Et Leo Gaskell va le sentir de l'autre bout du couloir.

Il referma sa blague à tabac. Temporairement, du moins.

— Qui c'est, ce Gaskell, d'abord ?

— S'il te plaît, parle moins fort ! (J'appuyai mon épaule contre le chambranle de la porte, à la recherche d'une position confortable.) On est pratiquement sûrs que c'est lui qui a essayé de te noyer dans ta baignoire.

Je marquai une pause pour qu'il ait le temps d'encaisser. Il ne dit rien.

— Leo Gaskell est peut-être parent avec Ellen Runs Horse. Est-ce que ce nom te rappelle quelque chose ?

Il ne dit toujours rien. Je me tournai et le regardai dans les yeux.

— Et Ellen Walks Over Ice ?

Il était assis avec sa jambe valide croisée par-dessus la fausse, les yeux rivés sur la blague à tabac et la pipe posées sur ses genoux.

— Ouais, c'est la sœur d'Anna.

— Tu savais qu'elle avait eu un enfant de Charlie Nurburn ?

— Ouaip. J'étais adjoint à l'époque, putain.

— Y a-t-il quelque chose que tu voudrais me dire, tant qu'on y est ?

Il poussa un profond soupir.

— Le gamin est mort.

Je continuai à regarder le vieux shérif, assis dans l'étroite bande de lumière qui entrait par la fente de la porte entrouverte.

— Le fils illégitime de Charlie Nurburn est mort ?

— Ouaip.

— Comment tu le sais ?

— Elle me l'a dit.

— Ellen Runs Horse ? (Il hocha la tête mais ne leva pas les yeux.) Saizarbitoria n'a pas pu trouver la moindre référence à Ellen Walks Over Ice ni à des enfants au tribunal.

— C'était un enfant illégitime, un sang-mêlé. Il est mort du choléra à Acme, en 1950. Tu crois qu'il y avait des certificats à l'époque ?

Il ricana et bourra sa pipe jusqu'à la gueule.

Je décidai de le laisser fumer. Peut-être que ça lui fermerait la bouche.

— Je cherche un mobile, et j'essayais de trouver un lien entre Leo Gaskell et les Barojas, mais si l'enfant de Charlie et Ellen est mort, alors, il n'y a aucune façon de relier les deux. Je travaillais avec l'hypothèse que Leo était peut-être le petit-fils, puisqu'il possédait un des pistolets de Charlie Nurburn.

Il alluma la pipe et je dus bien admettre que l'odeur s'améliorait. Je le regardai dans la pénombre, les filaments incandescents de la pipe rougeoyaient dans les ténèbres du placard.

— Lucian, où avais-tu enterré Charlie Nurburn ?

Une seconde s'écoula.

— Tu veux vraiment pas me lâcher avec ça, hein ?

— Il se peut que Leo Gaskell l'ait trouvé.

Il resta silencieux un moment.

— Tu déconnes.

Je le laissai ruminer cette information pendant un bon moment. Ses yeux noirs clignèrent, il sortit la pipe de sa bouche et, du bout du tuyau, désigna le hall.

— Tu as mis qui, dans la chambre ?

— Henry Standing Bear.

— Ben… s'il se pointe, ce vieux Ladies Wear* va le couper en rondelles et lui mettre les roupettes en sautoir en deux secondes. Ça fera faire des économies aux contribuables.

Lucian avait une manière pour le moins créative de manier les noms indiens. Je m'apprêtais à répondre, mais le souffle resta bloqué dans ma gorge et nous nous immobilisâmes instantanément tous les deux. Des voix montaient de

* *Ladies Wear* signifie "vêtement féminins".

l'autre bout du couloir. Cette fois-ci, elles venaient du côté de Saizarbitoria, et elles résonnaient de plus en plus fort. J'avais oublié que la porte du placard s'ouvrait vers l'intérieur, et la tentative de sortie simultanée de deux shérifs avec trois jambes à eux deux donna lieu à une certaine agitation.

Une fois que nous eûmes réussi à nous en extraire, je vis Vic en train de parler à un homme qu'ils avaient coincé contre le mur à côté de la porte de l'escalier. Santiago lui avait retourné le bras bien haut dans le dos et écarté les jambes, au point qu'il pesait de tout son poids contre la cloison. Vic n'avait pas dégainé son Glock et on aurait dit qu'elle essayait de toutes ses forces de ne pas sourire.

Avec Lucian sur mes talons, j'avançai dans le couloir. Je remarquai la présence d'un poinsettia en pot avec une carte posé par terre et je les ramassai. Je m'arrêtai à quelques mètres d'eux et rappelai l'armada.

— Laissez-le. (Sancho obéit et Vic se cacha derrière lui pour ne pas qu'il remarque qu'elle retenait un rire.) Joe, mais bon sang, qu'est-ce que tu fais ici ?

Il s'éclaircit la gorge et désigna le pot de fleurs avec la carte emballé dans du plastique.

— On était juste contents qu'Anna aille bien, et on s'est tous cotisés. (Il jeta un coup d'œil autour de lui, puis s'arrêta sur le fauteuil roulant de Saizarbitoria.) Ça vous ennuie si je m'assois, je crois que j'ai un souci…

Santiago rengaina son arme et tint le fauteuil pour que Joe puisse s'asseoir. Je me dis qu'il allait peut-être nous faire une attaque, puis je remarquai la tache sombre sur son pantalon. Je lançai un coup d'œil à Vic et elle hocha la tête, comprenant que je voulais parler à Santiago. Je baissai les yeux vers Joe.

— Et si on t'emmenait aux toilettes ? Ensuite, on pourra parler.

Il posa ses mains tremblantes sur ses genoux et hocha la tête. Son visage était très pâle.

— Ce serait bien.

Je suivis des yeux Vic qui poussait le pauvre homme vers les toilettes à côté du poste des infirmières et me tournai vers Ferg, Lucian et Saizarbitoria.

— Que s'est-il passé ?

— Il est arrivé par l'escalier et je lui ai parlé, mais il ne s'est pas arrêté, alors je l'ai coincé, et il s'est mis à brailler comme un fou.

Super. Je jetai un œil vers notre doyen.

— Qu'est-ce qui te fait sourire ?

Lucian répondit, bien entendu.

— Eh bien, c'est rassurant de voir que même avec une bande d'incapables on est capable de flanquer une frousse bleue aux locaux.

Je secouai la tête, tournai les talons et repartis dans le hall vers la chambre de Henry. Il était à la porte quand j'y arrivai, le manche du tomahawk plaqué contre son avant-bras, appuyé contre l'ouverture. Je remarquai que la surface de l'objet absorbait la lumière. Henry avait l'air parfaitement détendu.

J'étais sur le point de parler quand le talkie-walkie accroché à ma ceinture se mit à vibrer.

13

Je redressai brusquement la tête et regardai Ferg et Saizarbitoria à l'autre bout du couloir. Ils levèrent les yeux de leur ceinturon. J'examinai la direction opposée, mais Vic avait déjà tourné le coin. Quand je me retournai vers Henry, tout ce qu'il dit avant de me fermer la porte au nez fut :

— Vas-y.

— Santiago, mets la couverture sur tes épaules et reste là jusqu'à ce que Vic revienne avec le fauteuil roulant. Lucian, rentre dans le placard, et Ferg, viens avec moi.

Je remontai le corridor au pas de charge et faillis percuter Vic qui revenait avec le fauteuil devant le poste des infirmières.

— T'as vibré ?

— Ouais, c'était super excitant.

— Où est Joe Lesky ?

Elle m'avait déjà dépassé et avait forcé Ferg à faire un pas de côté pour ne pas être renversé.

— Premier box, toilettes des hommes. Je lui ai dit que s'il bougeait, je lui dégommais le genou.

Mes yeux se posèrent sur Ferg, qui haussa les épaules.

— On dirait que le périmètre est sécurisé.

Je lui montrai du doigt la place qu'il occupait auparavant sur le banc.

— Assis.

Il sourit et obéit, tandis que je retournais vers le placard. J'envoyai la porte en plein dans la figure de Lucian.

— Putain de bon Dieu !

— Bon sang, Lucian, enlève-toi de là !

— J'en ai marre !

Je me contorsionnai pour refermer la porte et m'assis sur une moitié de chaise.

— Chhhh...

— C'est pas moi qui parle, putain.

Je me retournai et le gratifiai de mon regard noir proverbial.

Tout était calme dans le couloir. Vic avait dû rester avec Saizarbitoria. J'entendais ronronner le chauffage de l'hôpital et la respiration sonore de Lucian, qui avait retrouvé une certaine régularité. J'attendis, l'oreille tendue, mais il n'y avait rien à entendre. Je repris le plan point par point et passai en revue la liste habituelle des doutes. Quelle était la probabilité que Leo Gaskell vienne droit dans la chambre ? Serait-il assez malin pour regarder le listing que nous avions laissé négligemment posé sur le comptoir du bureau des infirmières et où figurait Anna Walks Over Ice dans la chambre 216 ? Ou bien avait-il demandé à Ruby dans quelle chambre se trouvait Anna ? Si c'était le cas, il y aurait un homme somnolant d'un certain âge installé sur une des chaises de la salle d'attente, un sac à provisions calé entre les pieds. Au bout du couloir, il y aurait une petite doctoresse aux cheveux noirs en train d'aider un patient à retourner dans sa chambre et, s'il inspectait les environs en détail, la porte d'un placard à balais à peine entrouverte.

J'attendis vingt minutes puis je passai mes options en revue. Je pouvais continuer à attendre, ou alors je pouvais faire foirer toute l'opération en décidant une expédition de démilitarisation et de sécurisation. Pour une raison inconnue, Leo avait choisi de prendre son temps et, à mon avis, cela le rendait infiniment plus dangereux. Leo sophistiquait sa tactique. Il devait à l'État au moins deux vies. Selon moi, il ne tenait pas ses comptes, mais ce n'était pas grave : moi, je les tenais.

Lucian s'était endormi.

Je me levai et il fit un mouvement.

— Quoi ?

Je souris à mon vieux mentor qui tendait son cou fripé, que j'avais envisagé de tordre tant de fois depuis si longtemps.

— Rien. Je sors me dégourdir les jambes.

Il me regarda et hocha la tête.

— T'as tenu plus longtemps que j'l'aurais supporté, moi.

Éloge de César en personne.

— Tu veux une arme ?

Question idiote. Il tendit la main pendant que je défaisais mon .45. Je le lui donnai.

— Il est chargé.

— Et toi, tu vas te servir de quoi, grande gueule ?

Je lançai un coup d'œil par l'entrebâillement de la porte.

— Je vais prendre à Ferg son fusil de chasse. (Je regardai une dernière fois le vieux shérif armé de mon pistolet.) Ne me tire pas dessus quand je reviens.

Je fus ébloui par la lumière à l'extérieur, mais cela faisait du bien de se détendre un peu. Je regardai du côté de Vic et de Saizarbitoria ; ils avaient l'air parfaitement crédibles. Je répondis à leur regard interrogateur en posant un doigt sur mes lèvres. Je pointai mon doigt vers eux et formai un rond avec mon pouce et mon index signifiant “OK ?”. Ils hochèrent la tête et je partis de l’autre côté. Je frappai deux coups à la porte, l’ouvris doucement. J’attendis une seconde puis demandai :

— Henry ?

— Qu’est-ce que tu fais ?

Le ton était réprobateur.

— J’ai un pressentiment.

— Génial.

Je perçus un profond soupir.

Je refermai la porte et m’en allai voir Ferg. Il tourna la tête dans les deux directions à l’instant où je marquai un arrêt juste avant de sortir du couloir. Je vérifiai moi-même, traversai le hall et m’agenouillai à côté de lui.

— T’as ton arme de service ?

— Ouais.

— Arme-la et mets-la dans le sac. Je vais t’emprunter ton fusil.

— Tu pars à la chasse ?

— Ouaip.

— Qu’est-ce que tu veux faire de Joe Lesky ?

Je tournai la tête vers les toilettes.

— Il a bougé ?

— Pas d’un pouce.

— Tu crois qu’il a eu une attaque à cause de Vic ?

— C’est l’effet qu’elle me fait, à moi.

J’examinai le fusil et Ferg alla jusqu’à la porte des toilettes rassurer Joe. Quand il revint, je partis dans la direction opposée et inspectai l’autre aile du premier étage. Pas la moindre porte entrouverte, donc, à moins de fouiller systématiquement toutes les chambres, il ne restait que l’escalier au bout de ce couloir. Devant moi, de lourdes portes métalliques avec des fenêtres en verre épais doublé de grilles. Je glissai un coup d'œil, ouvris brusquement les battants, prêt à tirer.

Personne.

Je pouvais aller inspecter le petit palier devant l'ascenseur, ou je pouvais descendre à pied au rez-de-chaussée. L'ascenseur serait facilement visible pour Ferg, je décidai donc de m'engager dans l'escalier. Je retins la porte pour qu'elle se referme sans bruit et marquai une pause au sommet des quatre volées de marches qui se finissaient par le sol en béton du sous-sol. Je détestais les sous-sols.

Quand j'arrivai au rez-de-chaussée, je remarquai une série d'empreintes descendant l'escalier. Je posai mon pied à côté de l'une d'entre elles et m'accroupis pour l'examiner. Elle était d'une autre forme que celles qu'on avait trouvées dans la neige au Foyer des Personnes dépendantes, et le pied était plus grand que le mien. Des chaussures différentes, mais le même pied.

Je décidai de renoncer à la conversation que j'avais prévue avec Ruby et poursuivis mon chemin jusqu'à la porte de sécurité suivante qui portait une inscription en grandes lettres rouges : RÉSERVÉ AU PERSONNEL DE L'HÔPITAL. Je l'ouvris et balayai du regard le couloir éclairé d'une vague lumière jaunâtre par une ampoule placée à mi-chemin et protégée par une grille métallique. Les marques de pas s'estompaient sur le revêtement lisse et luisant de béton traité, et ma seule piste disparut.

Je refermai doucement la porte de l'escalier et progressai, collé au mur, jusqu'à la première porte sur ma droite. Je tendis la main et tournai la poignée. Verrouillée.

Je scrutai les ténèbres entre moi et l'ampoule suivante – à environ sept mètres. La seconde porte était de mon côté et équidistante de la première. Je rasai le mur et essayai de l'ouvrir. La poignée était dure, mais elle tourna et s'ouvrit. Je jetai un œil; la pièce était plongée dans le noir. Je palpai le mur et appuyai sur l'interrupteur. C'était une réserve avec des plateaux d'instruments et des armoires à pharmacie, des pansements stériles, des bandages et des chariots, mais pas de Leo Gaskell. J'éteignis la lumière et refermai silencieusement la porte.

Je crus entendre un bruit, sans en être certain. Je restai là un moment, écoutant le bourdonnement constant du bâtiment où la vie et la mort se côtoyaient en permanence. Ce soir plus que jamais.

La porte suivante était fermée à clé mais je voyais l'endroit où les deux couloirs se rejoignaient, au centre, comme aux deux autres étages. De gros tuyaux sortaient du mur et y rentraient juste après, disparaissant dans le béton, et c'était un peu plus éclairé grâce à la lumière de l'autre couloir. Un vieux bureau métallique couvert de papiers et de dossiers était calé contre le mur, une chaise négligemment poussée sur le côté. Je vis de vagues empreintes de bottes: quelqu'un avait descendu l'escalier, s'était assis et avait attendu.

Attendu quoi? Qui?

Cela faisait un moment que je n'avais pas donné de nouvelles, alors je décrochai le talkie-walkie de mon ceinturon. C'était osé, mais j'étais assez sûr de mon coup. Je mis l'émetteur-récepteur sur silencieux; le seul indicateur d'appel serait donc la diode rouge, dont j'espérai qu'un membre de mon équipe la remarquerait. J'appuyai une fois sur le bouton. Je réappuyai plusieurs fois. Toujours rien. J'appuyai encore une fois et reçus une réponse.

— Putain, t'es passé où ? (Heureusement que j'avais baissé le volume.) T'as trouvé quelque chose ?

— Des empreintes de pas. Et vous ?

— Rien. T'as besoin de renforts ?

— Non.

Un silence.

— Fais pas chier, alors.

Le dernier tiroir du bureau était légèrement entrouvert. Je me penchai et en tirai un impressionnant jeu de clés, chacune numérotée et portant une bordure de couleur indiquant l'aile et l'étage de chaque chambre. Que faisait donc un jeu complet de clés dans un tiroir non verrouillé ? Je fis défiler rapidement les clés entre mes doigts à la recherche de celle qui correspondait à la chambre dite d'Anna, chaque clé cliquetant comme un abaque. La clé numéro 216 manquait. Je fus assailli par toute une série d'idées noires tandis que mes boyaux se remplissaient d'eau glacée. Je continuai jusqu'à la série des 100 et découvris que la clé 132 avait disparu, elle aussi.

Ma réaction initiale a dû être la suivante : ma main gauche a tiré le garde-main du Remington 870 vers l'arrière pour l'armer. La même main a dû ensuite avancer quand je laissai tomber les clés et faire monter une cartouche en plastique face à la chambre. Ensuite mon index droit a dû mettre la sécurité, parce que le coup ne partit pas lorsque je titubai vers l'avant, repoussai le tiroir du bureau et fonçai dans les ténèbres.

J'ai dû choisir le corridor le plus éloigné parce qu'il m'offrirait une bonne visibilité pour tirer, de l'escalier jusqu'au bout du couloir. Je sais qu'il ne me fallut pas plus de quelques secondes pour arriver au bout du couloir, passer la porte et reprendre l'escalier, mais la montée d'adrénaline faisait que tout était plongé dans une torpeur embrumée. Tout ce dont je me souviens, c'est d'avoir ouvert la porte du rez-de-chaussée, le fusil prêt.

Mon père m'avait entraîné. C'était un professeur de tir précis et obstiné. Il avait commencé mon apprentissage quand j'avais cinq ans. Dans ce domaine, la plupart des gens sont autodidactes ; ils ne tirent pas assez souvent pour acquérir ni l'adresse nécessaire, ni même l'habitude de manier des armes. Leur position est mauvaise, l'inclinaison de leur tête aussi, et ils ferment même un œil pour viser, réduisant ainsi leur vision et leur capacité à évaluer les distances.

Trente mètres.

J'ôtai le cran de sécurité.

— Shérif ! On ne bouge plus !

Seule sa tête se tourna vers moi. Ses mains restèrent posées sur la poignée. Il sourit de ses vilaines dents et recula une épaule.

Je savais que je mettrais dans le mille, et j'étais certain que de l'autre côté de cette porte il y avait un .38 tenu en position debout à deux mains, entre des doigts sûrs aux ongles parfaitement manucurés. À une distance de trente mètres, la balle de calibre 12 lui ferait franchement mal, mais à trois mètres le .38 le tuerait. Ce n'était pas que cela m'ennuyait tellement que Leo soit descendu, mais je ne voulais pas que ce soit Cady qui le fasse.

Au moment même où son épaule s'avança, la mienne fit de même et je tirai.

Contrairement à ce qu'on croit, même les munitions et les armes modernes les plus puissantes ne provoquent que la dégringolade et la chute de la cible. La tentative de Leo pour ouvrir la porte se transforma en effondrement progressif contre le chambranle. Ses genoux tremblèrent un moment. Il se redressa et se tourna pour me lancer un regard furieux.

— Shérif! On ne bouge plus!

Il bougea, bien entendu, et se lança de tout son poids dans une fuite effrénée dans le couloir. Un de ses pieds un peu à la traîne. Je décollai et me lançai à sa poursuite. Il allait vite, surtout pour un homme qui avait quelques grammes de plomb dans le corps. Au bout des couloirs du Durant Memorial se trouvaient des issues de secours, mais il tourna le coin vers l'entrée principale et disparut dans la direction de la réception et de Ruby.

Je ne suis pas l'homme le plus rapide du comté d'Absaroka. Je savais que je n'étais même pas l'homme le plus rapide de l'hôpital à ce moment précis, mais il allait falloir que je m'en accommode. J'essayai de négocier le coin du couloir et je rebondis sur le mur juste à temps pour voir les portes pneumatiques de l'entrée de l'hôpital se refermer lentement. Ruby était debout à la réception, gesticulant vers moi.

— Vas-y! Fonce!

Je passai les deux portes et me retrouvai sur le trottoir. Ils avaient certainement entendu le coup de feu depuis l'étage; j'allais avoir besoin de renforts. Il avait changé de direction et il courait le long de la façade vers le terrain de golf enneigé et le parc municipal situés au-delà des congères formées par la neige que les chasse-neige avaient repoussées le long de la chaîne qui délimitait le parking du Durant Memorial.

Cinquante-cinq mètres et je ne perdais pas de terrain.

L'air était glacial et à chaque pas j'avais l'impression que je poussais une voiture. Je maudis ma paresse qui m'avait fait abandonner le jogging ces dernières semaines, mais vis avec satisfaction Leo glisser sur les tas de neige tassée plus hauts que lui ; il s'écroula dans la barrière. Je commençai à mettre le fusil en joue mais, chose incroyable, ses mains s'accrochèrent au sommet tordu de la barrière et il sauta par-dessus, disparaissant dans les ténèbres. J'étais convaincu qu'il n'était pas humain.

Je savais qu'il me fallait redoubler de vitesse d'ici à la barrière, alors, j'allongeai ma foulée et poussai la voiture encore plus fort. La croûte gelée résista juste le temps qu'il me fallut pour m'en servir de tremplin. J'évaluai mes options. Je jetai le Remington par-dessus la barrière et je bondis. Avec l'élan, je pris la barrière dans le ventre, basculai tête la première, me retournai et retombai à plat dos sur le matelas de neige. Je forçai l'air à remplir mes poumons et cherchai le fusil des yeux. Je ne le trouvai pas. Je levai les yeux et vis Leo Gaskell foncer au moment où je me relevais et cherchais une marque dans la neige qui pourrait m'indiquer où se trouvait ma seule arme.

Rien.

La décision était épouvantable, mais c'était la seule qui fût sensée si je voulais l'attraper. Je roulai sur le côté, poussai avec ma jambe et me jetai à sa suite, sans arme. Je le voyais au loin. La lune cherchait à filtrer à travers la couverture nuageuse et les branches des conifères qui entouraient le green et le réservoir de Clear Creek où un nombre incroyable de golfeurs perdaient leurs balles. La neige nous arrivait presque aux genoux, mais ses longues jambes lui permettaient d'avancer comme une tarière en folie.

Les méthamphétamines. C'était la seule explication possible.

Il y avait une pente descendante qui se terminait par un plat et quelques arbres à feuilles caduques ; puis ce qui paraissait être une ouverture dans la barrière, et le cours d'eau derrière. Il ne semblait pas ralentir le moins du monde, tandis que mon second souffle et mon troisième paraissaient prendre le même chemin que le premier. J'avais l'impression que mes poumons allaient exploser. J'entendis un bruit sur ma gauche. C'était Saizarbitoria. Il me doubla. Ses genoux pompaient au-dessus de la neige comme ceux de Leo et je vis le Beretta 9 mm dans sa main gauche et ses plantes de pieds nues apparaître à intervalles réguliers tandis qu'il s'éloignait. Il ne lui fallut pas longtemps pour me distancer, mais au bout de quelques pas je découvris que je pouvais maintenir mon allure en calant mes pas dans les traces laissées par ses pieds. Sa foulée était seulement un peu plus courte que la mienne et dans la descente je pris un peu de vitesse. Au moment où il arriva à la partie plane, Leo disparut par le trou où la barrière était affaissée.

Dans les rayons de lune, je vis que la rive décrochait jusqu'à une autre partie plane où le vent avait entassé la neige balayée de la surface gelée de Clear Creek. Je vis Saizarbitoria charger à travers la barrière, puis les arbres, et il disparut lui aussi.

Le temps que j'arrive au méplat, que je défonce la barrière et que je rebondisse contre un arbre, ils étaient tous les deux au corps à corps sur la rive de Clear Creek. L'ombre déformée de Leo Gaskell frappa Saizarbitoria d'un crochet meurtrier et je vis mon adjoint s'écrouler. Leo le souleva pour lui assener d'autres coups.

Jusque-là, ma taille et ma corpulence avaient joué contre moi, mais je n'avais que dix mètres à couvrir, et je me jetai de tout mon poids sur lui. Il était en train de se retourner quand je le percutai avec toute la vitesse que j'avais acquise ces cinq dernières minutes. Dans notre chute, nous entraînâmes Saizarbitoria. Je sentis le souffle expiré par Leo pendant notre vol plané. Nous retombâmes au beau milieu du cours d'eau, tous les trois, dans un bruit sourd ; la couche de glace se fendit dans un craquement prolongé en échos qui produisit des vibrations horizontales sur toute la surface, à travers Leo Gaskell, Sancho et moi. Presque immédiatement, la glace se rompit et nous livra au courant rapide de l'eau glacée. Sancho ne bougeait pas. Je sentais qu'il était en dessous de nous et qu'il coulait rapidement à mesure que la glace se délitait.

Je refermai une main sur les épaules agitées de Leo et saisis la capuche de sa combinaison isolée de l'autre ; le petit bruit sec m'indiqua qu'elle s'était détachée du reste de son vêtement. Il fit un écart pour tenter de se libérer de mon emprise, mais je me cramponnai de mon autre main et le tirai à nouveau dans les eaux noires. Je jetai la capuche et attrapai Sancho, dont le courant entraînait déjà les jambes.

Je sentis Leo se tordre à nouveau. Ce type était un monstre ; ses épaules immenses et son thorax étaient disproportionnés par rapport à sa taille fine et à ses membres sveltes, et sa tête ressemblait à un billot monté sur ressort au bout de son cou aussi fin qu'une tige. Si mes soupçons s'avéraient justes, Leo Gaskell souffrait d'un manque d'appétit, d'insomnie, de troubles dus à une tension bien trop élevée, de palpitations et de cyanose, avec la perspective d'une hémorragie cérébrale ; mais pour le moment, il était seulement aussi fort qu'un taureau.

La glace alentour était fissurée et le bruit de l'air et de l'eau emprisonnés rivalisait avec celui de notre lutte. Je vis de grandes plaques de glace se disloquer à l'endroit où Sancho était en train de couler à pic. Je serrai les doigts et tentai de le tirer vers moi, mais Leo profita de ma brève distraction pour se tortiller à nouveau, remonter son pied chaussé et me le flanquer dans la figure. J'entendis l'étonnant craquement et l'écrasement de l'os qui se brise. Je tentai de faire bouger mes muscles faciaux pour évaluer les dégâts, en vain.

Je ne pouvais tenir à la fois Sancho et Leo. Leo m'échappa et, d'un bond, il sortit la moitié supérieure de son corps sur la glace épaisse au bord de la rivière. Il prit le temps de regarder la glace qui nous entourait, Sancho et moi, se briser dans un crépitement de fusillade.

La dernière chose que je vis de Leo Gaskell, de mon unique œil, fut un sourire aux dents tordues et pourries.

Je n'eus pas beaucoup de temps pour me préparer aux effets qu'allait produire l'eau, et peut-être fut-ce une bénédiction. Quand on entre en contact avec une eau aussi froide, un fourmillement et une forte démangeaison s'emparent de votre nuque – probablement un signal d'alarme qui informe votre corps que ce plongeon est vraiment une très mauvaise idée. La seule pensée qui m'obsédait était de ne pas lâcher Sancho que je tenais par la veste et que je sentais couler avec moi. Je ne touchai pas le fond et les arêtes de glace qui nous entouraient se brisaient de plus en plus vite. Mes jambes furent emportées par le courant et se plaquèrent sous la surface ; je trouvai juste assez de résistance pour pouvoir tirer la poitrine de Sancho vers le haut et le pousser sur une plaque de glace encore intacte.

Je tournai la tête de côté, essayant de faire sortir le reste du corps inanimé de Saizarbitoria de l'eau, et c'est alors que le rebord auquel je m'accrochais se brisa. Je lâchai Sancho pour qu'il ne soit pas emporté avec moi et luttai des deux mains pour m'agripper à la plaque flottante, mais il était trop tard. J'eus la présence d'esprit d'inspirer une grande goulée d'air juste avant que la glace ne cède complètement.

Le courant puissant de Clear Creek me tira vers le bas tandis que mon œil rescapé cherchait la surface en suivant les bulles qui s'éloignaient de moi et tourbillonnaient avant d'entamer leur majestueuse ascension vers l'air. Des motifs cachemire de couleur prune et vert électrique, et le blanc livide de la lune se reflétaient dans le monde d'où je venais. J'espérais avoir réussi à sortir Saizarbitoria suffisamment pour qu'il ne soit pas entraîné vers le fond lui aussi.

Je perdais mon adrénaline et les parties découvertes de mon corps étaient désormais complètement engourdies. Je recevais des échos confus venant de toutes les directions. Dans un brusque effort, je frappai de mes mains la surface lisse de la glace. Une partie de l'air que j'avais dans les poumons s'échappa dans un grondement étouffé qui se joignit au bruit sourd de mes paumes cognant contre la surface solide.

Mon œil unique fonctionnait toujours. Je m'efforçai de repérer les bulles, mais ma vision était déformée, brouillée, et je continuai à avoir l'impression de tomber en arrière. Le poids de ma tête me fit pivoter sur le côté et mes bras partirent dans mon dos. Je tentai frénétiquement de me remettre plus droit et de me retourner, mais mes bras refusèrent de bouger; je ne sentais plus mes doigts.

L'éclat sinistre de la surface ne semblait pas venir d'au-dessus, mais paraissait irradier tout autour de moi. Étrangement, tout était plus clair maintenant, et j'entrevis le fond de la rivière, le lit couvert de branches d'arbres brisées et de grosses pierres. Mon environnement était baigné d'une pâle lumière sans ombre, et de grandes traînées de bulles immobiles striaient l'eau gelée où les fentes brillaient comme des lames de couteau.

Tout à coup, ma nuque cogna contre quelque chose de dur, et j'expirai encore un peu plus. Je sentis du sang dans ma bouche. Ma tête fut brusquement emportée vers le bas par le courant et une vive douleur me perfora le flanc. J'entendais un battement continu, mais il était plus rythmé qu'auparavant et maintenant, il s'accompagnait d'un baryton incessant qui m'agressait terriblement les oreilles.

Le vertige s'était transformé en une douleur lancinante de lutte contre le courant adverse. L'horizon uniforme était passé du vert au noir presque impénétrable, et la seule chose que je parvenais à entendre était un battement de tambours : mon crâne cognait contre quelque chose qui paraissait aussi dur que de la pierre.

Avec toute l'énergie qui me restait, je pivotai sur le côté et tentai de me libérer de ce qui me retenait. J'essayai de traverser avec mon coude la glace au-dessus de moi mais le courant me ballotait violemment. Je bougeai, et cette fois, je réduisis l'ampleur de mon mouvement pour que l'eau n'entrave pas trop mes forces : un grand bruit sourd, puis, plus rien. L'adrénaline se tarit et l'air devint le problème numéro un. Cette fois, je tapai du plat de la main contre la glace, et le son se répercuta, s'ajouta aux roulements de tambour. Des ombres bougèrent dans la lueur pâle de la surface. Je continuai à cogner de mes doigts paralysés. Je tendis les bras, tentant d'élargir ma surface d'exploration et de trouver une ouverture, mais il n'y en avait pas. Je me mis presque à rire lorsque les ombres apparurent au-dessus de moi. Il y eut un son strident, un concert de cris qui ressemblait aux trilles gazouillants des chants cheyennes. Ce devait être une hallucination : il me sembla qu'une lame immense avait entaillé la glace. J'avançai ma main, mais la lame disparut, et dans mes poumons, la pression monta jusqu'à la limite de l'explosion. Je sentis mon diaphragme se contracter, se préparant à une ultime expiration. Je la retins encore quelques secondes, au moment où la tranche épaisse d'un objet semblable à une hache apparut à nouveau.

On dit que votre vie défile devant vos yeux, mais ce n'est pas ça qui se passe. Ce qui se passe, c'est qu'on pense à tout ce qui n'a pas été accompli, aux grandes choses, aux petites, à toutes les choses qui restent à faire.

J'expirai et inspirai immédiatement ; mes deux poumons s'emplirent d'eau glacée. Encore des bruits, les échos des roulements de tambour et le concert de cris stridents du chant discordant, mais ils s'atténuèrent lentement tandis que je flottais dans le courant. La pression plaqua mon menton contre ma poitrine et je remarquai une tache blanche et ronde logée dans le fond sombre de la rive boueuse de Clear Creek, juste avant que les remous tourbillonnants ne m'emportent dans les ténèbres.

— Comment trouves-tu mon anglais ?

Sa voix venait de ma droite, un peu en arrière. Je penchai la tête et regardai sous mon bras ; je vis une paire de jolis pieds bronzés. Elle était debout dans les mêmes touffes d'herbe à bison que la dernière fois. Je me tournai pour la regarder.

— Bon, meilleur que mon basque.

Elle était splendide et portait ce qu'elle portait toujours dans mes rêves, une robe d'été légère avec des petits pois blancs sur un fond de couleur sombre. Une brise descendait des montagnes et plaquait le tissu contre ses jambes, et le soleil brillait de tout son éclat au-dessus des Big Horns. Elle était petite, et mon premier instinct fut de placer ma main au creux de ses reins et de la soulever pour pouvoir mieux voir son visage parfait caché dans ses mèches folles. Elle tendit une main, puis la laissa retomber, résignée, et jeta un coup d'œil vers les crêtes du canyon au-dessus de nous. Je suivis son regard et remarquai que des nuages s'étaient rassemblés là où les montagnes et le ciel se rencontraient. On y voyait une longue ligne de guerriers cheyennes à cheval en formation serrée sur la ligne d'horizon, au bord du canyon.

— Des amis à toi ?

Elle rit.

— À toi, plutôt.

Je contemplai les coiffes de plumes, les perles, les franges et les armes. Les cavaliers portaient leurs peintures de guerre, les chevaux aussi, et leur puissance me coupa le souffle. L'un d'eux se dressa sur ses étriers et me regarda : ses cheveux étaient d'une couleur différente des autres.

— Est-ce quelqu'un que je connais ?

Elle fit un geste, inclinant légèrement la tête.

— Oui.

Je levai les yeux, mais dès que je souris, les guerriers, leurs chevaux et la femme debout sur la selle disparurent.

Mari éclata de rire, et ce fut magique. Son rire se prolongea un long moment voluptueux, et j'observai les petites rides d'expression aux coins de ses lèvres, telles des amies que j'aurais oubliées. Je la regardai parler et j'eus l'impression d'être tiré en arrière dans des eaux pesantes.

Elle fit un pas en avant et prit ma main dans la sienne. Elle était tellement belle, je ne parvenais plus à respirer.

— Je suis désolé, je ne sais pas ce qui ne va pas.

Sa main libre se posa sur mon épaule. Ses doigts étaient chauds et un ongle se glissa dans mes cheveux, sur ma nuque.

Elle me fit baisser la tête.

— Tout va bien.

Je perdis soudain l'équilibre. Sa tête s'était inclinée sur le côté pour éviter le bord de mon chapeau et je sentis son souffle contre ma poitrine lorsqu'elle se haussa sur la pointe des pieds.

— Désolé, quelque chose est coincé dans ma gorge, je crois.

— Tout va bien.

Son visage se rapprocha et je ne vis plus que ces immenses yeux bruns qui me donnaient l'impression de marcher dans une boue qui glissait entre mes orteils. Je tombais toujours, et le paysage environnant s'éloigna à toute vitesse tandis qu'elle effleurait doucement ma lèvre inférieure. Il y avait toujours quelque chose de coincé dans ma gorge.

— Ça commence à devenir gênant.

— Tout va bien.

Elle colla sa bouche contre la mienne et ferma les yeux un instant, sans lâcher mon visage qu'elle tenait entre ses mains. Mon regard se noya dans les comètes dorées qui éclairèrent soudain ses pupilles noires avec des traînées irisées, mais les couleurs changèrent brusquement, se ternirent, et j'eus soudain très froid. Mon dos s'arrondit et je le sentis s'arquer contre une surface dure.

Je sentais toujours ses lèvres sur les miennes. Je sentais la chaleur et le désespoir dans ses mains qui recouvraient le reste de mon visage et refusaient de me lâcher. Je roulai sur le côté et la pression dans mon crâne diminua lorsque je toussai et inspirai avidement une goulée d'air. J'avais l'impression d'être battu par des milliers de manches à balai. Je clignai des yeux, mais mon œil gauche ne voulait pas coopérer et j'avais l'impression que mon œil droit allait sortir de son orbite.

Elle était toujours là, dans ma vision brouillée ; elle s'agenouilla et saisit le col de ma veste. Quelqu'un était là avec elle, juste sur le côté, une espèce de moine avec une capuche qui entourait son visage et une autre personne que je ne parvenais pas à distinguer. J'aurais juré que le moine tenait une hachette. Il tremblait presque autant que moi et j'eus peur qu'il ne me tombe dessus.

Elle me tira par le col, me tint là, et je la sentis sangloter tout contre moi. Son étreinte était forte, elle attira ma tête dans le creux de son cou et me berça. Je sentais son pouls tandis qu'elle me serrait contre sa poitrine. Mon corps ne cessait de trembler. J'essayai de bouger et mon cou se plia vers l'arrière juste assez pour que je voie son visage. Ses doigts glissèrent, et ma tête retomba sur ses genoux si chauds, si doux.

Il fut un temps, un temps dont je me souviens, où les gens allaient s'asseoir sur les collines quand le plongeur professionnel venait de Casper. J'étais enfant ; je m'installais sur les genoux de ma mère et je le regardais, émerveillé, enfiler sa lourde combinaison et s'équiper de ses bouteilles fournies par l'armée. Il disparaissait dans une des mares pour récupérer les petites balles blanches. Chaque fois qu'il réapparaissait dans un nuage de bulles, la foule criait son admiration et sifflait. Je demandais à ma mère pourquoi tout le monde applaudissait lorsque le plongeur revenait avec le panier rempli de balles de golf à dix cents. Je levais les yeux vers ses cheveux blonds et le bleu translucide de ses yeux où un rayon de soleil se reflétait dans ses iris et elle souriait en me serrant fort la main.

— La résolution des petits mystères de la vie.

Je pris une autre inspiration, et les tremblements devinrent si forts que mes dents me donnèrent l'impression qu'elles allaient se casser dans ma bouche. Je tentai de me lever, mais son autre main me tenait toujours couché sur ses genoux. Quand j'essayai de sourire, je me mordis la lèvre et émis une éructation liquide.

Mes mains retombèrent et j'ai dû relâcher les doigts parce que la balle de golf que je tenais m'échappa et roula sur la glace.

Elle ferma le poing et me cogna la poitrine comme une furie. Je ne sentais pas grand-chose, et je savais qu'elle me frappait uniquement parce que ma tête sautait un peu à chaque coup. Elle continua à me taper jusqu'à ce que je lève faiblement une main en signe de capitulation. Ses larmes tombèrent sur mon visage.

— Putain de crétin de fils de pute !

14

— D'APRÈS nous, c'est ta couche de graisse qui t'a sauvé.

Nous étions assis sur la table d'observation dans une des salles de consultation et nous attendions encore le rapport de l'ophtalmologiste. Henry était assis à ma droite, parce qu'il savait que ça m'agacerait.

— Un homme enveloppé d'une quantité normale de graisse aurait péri.

Je soupirai en essayant de ne pas penser à la douleur que je ressentais au visage, et tripotai le petit bracelet en plastique attaché à mon poignet. Il portait mon nom, mon âge, mon groupe sanguin et deux codes-barres, un pour mon traitement, l'autre pour mes analyses en labo ; mais je prévoyais d'avoir quitté les lieux dans le quart d'heure suivant – toute cette organisation allait s'avérer complètement inutile.

— Tu as eu de la chance que ton manteau se soit accroché à un arbre, sinon, on ne t'aurait jamais trouvé. (Je palpai la zone meurtrie sur mon flanc et gardai les yeux, enfin, mon unique œil valide, rivé sur le sol.) Nous avons discuté pour savoir qui devait te faire le bouche-à-bouche, mais puisque c'était moi qui t'avais sorti de l'eau, c'est Vic qui s'est dévouée. (Il me donna un coup de coude.) Je crois que ça lui a plu, ou ça lui aurait plu dans des circonstances différentes. (Je le sentis bouger puis tenir quelque chose loin devant moi de façon à ce que je puisse le voir.) Je me suis dit que tu aimerais garder un souvenir de ton plongeon dans la grande bleue.

Il posa une balle de golf dans ma main tendue.

— Merci.

— Je t'en prie.

Simple et honnête ; personne n'accepte les louanges avec autant de grâce qu'un Cheyenne.

— Comment va Sancho ?

— Je crois qu'il était plus honteux que blessé. Il est sur pied et il marche, même s'il a les pieds en mauvais état. (Il m'observa.) Je crois qu'il est gêné que tu aies dû te porter à son secours. (Il souriait toujours.) Je lui ai dit que tu avais secouru beaucoup de gens.

Je hochai la tête et le silence s'installa. Je décidai de changer de sujet.

— Quelle est la profondeur de Clear Creek ?

Il descendit de la table et se déplaça jusqu'à un endroit où je pouvais le voir. Il avait toujours le tomahawk des Forces spéciales du Vietnam dans un fourreau marron accroché à sa ceinture.

— Généralement, un mètre, un mètre vingt.

— Alors comment se fait-il que je me suis retrouvé au fond de la Fosse des Mariannes ?

Il essayait de ne pas sourire.

— Tu as choisi l'endroit qui était autrefois le réservoir.

— Ce n'est pas moi qui ai choisi, mais Leo Gaskell. (Je levai mon œil unique.) Ça fait quelle profondeur ?

— Quatre mètres, là où t'es tombé.

Je regardai la pendule accrochée au mur : 11 h 23.

— Il faut que je sorte d'ici. Où est ce fichu docteur ?

Je montai la main vers mon oreille, mais Henry me donna une tape.

Ses yeux se plantèrent dans les miens et il hocha la tête.

— Tu es un patient épouvantable.

Je fis rebondir la balle de golf par terre.

— Comment vont Lana et Cady ?

— Elles dorment toujours. Elles ont veillé longtemps après ton retour. Leur porte est fermée à clé et Jim Ferguson est installé sur une chaise devant leur chambre. (Il pencha la tête pour mieux voir mon œil.) Il appartient à Cady, ce .38 ?

Je fis rebondir la balle à nouveau.

— Je le lui ai prêté.

Il hocha la tête.

— Pas mal d'armes ont été dispersées partout hier soir.

— Quelqu'un a trouvé le fusil ?

Il se redressa et rejeta ses cheveux en arrière.

— Moi. J'ai aussi retrouvé le Beretta de Saizarbitoria et ton chapeau. (Il désigna l'objet incriminé sur la chaise à côté de la porte.) Je l'aime bien.

— Qui ?

— Saizarbitoria. (Il réfléchit.) Il est costaud. Il m'a dépassé à la course hier soir, et pieds nus.

Cette référence en valait bien une autre.

— Il a aussi la moitié de ton âge. (J'attendis un moment.) Comment Leo Gaskell a-t-il réussi à se tirer ?

— Peut-être que Leo est encore plus costaud. (Ce fut au tour de Henry de soupirer.) C'est un fait, et puis, la voiture de Joe Lesky a été volée.

J'attendis une seconde, histoire de m'assurer que j'avais bien entendu.

— Quoi ?

— Il a dû faire demi-tour, retourner sur le parking de l'hôpital et prendre la voiture qui, coup de chance pour lui, n'était pas fermée et avait les clés sur le contact.

Je secouai la tête et bougeai la main pour me gratter l'œil ; il me donna une nouvelle tape.

— Je n'allais pas me tripoter l'oreille, bon sang.

J'appuyai deux doigts au-dessus de mon nez pour faire disparaître la douleur qui me vrillait le crâne. Sans le faire exprès, je touchai le pansement que j'avais sur l'œil et le regrettai immédiatement.

— Est-ce qu'on a lancé un avis de recherche sur la voiture de Lesky ?

— Oui.

— J'imagine qu'on n'a pas repéré de camion Mack tirant un mobile home ?

— Non.

Je lâchai mon nez.

— Où est mon équipe ?

— Ils sont tous retournés au bureau. Nous nous sommes dit qu'il n'y avait plus de raison de poursuivre la surveillance.

Je pensai à Leo. Je restai immobile, comme une machine à écrire dont le chariot serait bloqué.

— Il y a quelque chose qui cloche. (J'attendis un peu, mais comme d'habitude, ce titillement familier me narguait, tout juste hors de ma portée.) Si tu allais quelque part pour tuer quelqu'un, irais-tu à pied ? (Je contemplai mes vêtements propres, cadeau de la blanchisserie de l'hôpital, et tournai la tête de manière à ce que mon œil soit face à lui.) Autre chose me tracasse depuis un moment… (J'activai le petit titillement qui me taraudait l'esprit et commençai à tirer des fils.) Pourquoi Leo n'a-t-il pas tué Lana à la boulangerie ?

Il prit une grande inspiration et je m'émerveillai de la facilité avec laquelle l'air circulait dans ses poumons.

— Tu crois que c'est toi qui l'as chassé ?

J'essayai de retrouver les images de ce matin-là.

— Il y avait des traces de pas mais pas de véhicule.

— Si on tient compte de la négligence de Leo concernant les moyens de transport, penses-tu possible qu'il ait été encore là ?

Je revis l'unique série de traces de pas de Lana qui entraient dans la boulangerie, et aucune qui n'en sortait.

— Probable.

La porte s'ouvrit et Andy Hall entra le premier, exactement la personne que je voulais voir, même si ce n'était que d'un œil. À sa suite, Isaac et Bill McDermott firent leur entrée. Ils avaient décidé de rester dans le coin, des fois qu'on découvre d'autres corps. Ils étaient à trois contre deux, mais moi, j'avais l'Indien – ça nous ramenait à égalité.

Le Dr Andy était l'ophtalmologiste de Sheridan ; c'était un homme d'une gentillesse extrême, toujours discret et intelligent dans ses comportements. Il tendit une main aux longs doigts et souleva le pansement en me penchant un peu la tête en arrière. C'est drôle, la façon dont les médecins manipulent toujours les gens comme des valises.

— Comment vous vous sentez ?

— Super.

Il me lança un regard dubitatif.

— Fracture sans pénétration de l'orbite gauche avec lacérations de la rétine. (Il se tourna à demi vers le troupeau rassemblé dans la chambre et tout le monde opina du bonnet.) J'ai suturé la plaie jusqu'à l'épicanthus. Toutes les interventions esthétiques pourront être effectuées une fois que l'œil se sera stabilisé. (Il me lâcha la tête et me regarda.) Comment est votre vision ?

— Avant ou après le pansement ?

Il lança un coup d'œil à Isaac, demandant son aide. Le vieux docteur fit un pas en avant, les mains serrées.

— L'eau froide a bien ralenti ton métabolisme, mais juste pour que tu ne sous-estimes pas la gravité de la situation, je tiens à te dire que tu t'es noyé hier soir.

Je me tournai vers le médecin légiste.

— Si c'était si grave, ce serait à lui que je serais en train de parler.

McDermott réagit rapidement.

— Vous ne parleriez pas du tout.

Isaac reprit la parole.

— L'œdème pulmonaire induit une infection bactérienne progressive que nous sommes en train de traiter préventivement avec des antibiotiques, mais ton souffle court, ta pâleur et ton état de faiblesse générale…

— Pneumonie ambulatoire.

Je leur souris et cela me fit mal. Isaac n'était pas resté à l'hôpital, alors pourquoi resterais-je ? J'arrachai le petit bracelet en plastique et le donnai au vénérable médecin, qui avait déjà tendu la main. Je me levai et pris mon chapeau.

— D'accord, on a discuté de la pneumonie ; passons à l'ambulatoire. (Je mis mon chapeau ; la sensation était bizarre et je suis sûr que l'impression que je donnais l'était encore plus.) Je prendrai les médicaments si vous y tenez.

Il me tendit un petit flacon en plastique. Je conduisis Isaac dans le couloir et l'éloignai un peu.

— Y a-t-il un trousseau complet des clés de l'hôpital stocké dans le sous-sol ?

Il réfléchit.

— Un gardien a peut-être laissé un trousseau là-bas parce qu'il est plus facile pour lui de les récupérer là, mais il n'aurait pas dû. C'est un manquement à la sécurité.

— Pourriez-vous vérifier ça pour moi ?

— Oui, je pense pouvoir le faire.

Je posai une main sur son épaule et lançai un coup d'œil vers l'Ours.

— Est-ce que les clés sont toujours par terre à côté du bureau ?

— Non, Vic les a emportées pour prendre les empreintes.

Je revins à Isaac.

— Je vous les rendrai dès que nous aurons terminé.

Bill McDermott nous arrêta au passage.

— Je vais avoir besoin d'une autorisation écrite pour remettre le corps de Mme Baroja à la famille. Cela fait à peu près quatre fois qu'elle le réclame.

— J'imagine que personne n'a demandé de nouvelles d'Anna Walks Over Ice ?

Il lança un coup d'œil à Henry.

— En fait, il y a eu quelqu'un.

Je regardai la Nation Cheyenne de mon œil valide et tentai mon demi-sourire.

— Évidemment…

La route n'était pas longue de l'hôpital à la boulangerie ; je faillis percuter trois voitures en chemin.

— Peut-être que je devrais conduire ?

— Il me faut un peu de temps pour m'habituer à ce pansement sur l'œil.

Il faisait légèrement moins froid, mais il restait encore de grands icebergs le long des routes et au milieu. La dernière neige était humide et on aurait dit que les arbres avaient été emballés sous vide pour être ressortis l'année prochaine. Je contemplai Main Street avec ses motifs découpés dans du contreplaqué de 20 mm – des cloches, des couronnes, des rennes, entre autres. Douze ans qu'on les avait, et j'étais certain que c'étaient les décorations les plus hideuses du Wyoming ; le contreplaqué reste hideux très longtemps. Je me souvins que Ruby m'avait promis de s'occuper de mes courses de Noël. Il faudrait que je voie ça avec elle.

Je me garai devant la boulangerie, coupai le moteur et décrochai mon Remington du tableau de bord.

— Je me demande si elle a une cachette à clé.

— Ce ne serait pas drôle.

Nous traversâmes le trottoir, nous postâmes devant l'entrée et examinâmes le jambage de la porte de la boutique. Henry s'appuya contre le revêtement, posa ses deux mains autour de la poignée, déplaçant doucement mais résolument le pêne vers la droite. La porte s'ouvrit brusquement quand le pêne se libéra du mentonnet avec un cliquetis métallique.

La boutique sentait aussi bon que lors de ma dernière visite.

— J'imagine que tu es déjà venu, comme client, veux-je dire.

— De nombreuses fois.

— Logique.

J'avançai sur le parquet et écoutai le bourdonnement des grands meubles réfrigérés blancs. L'Ours passa derrière le comptoir et commença à remplir la machine à expresso.

— Qu'est-ce que tu fais ?

— Des expressos.

J'étais certain qu'il y avait sur mon bureau des dossiers pleins d'empreintes, de photos, de rapports d'analyses, d'analyses d'ADN, de sérologies et de preuves matérielles au sujet de la supposée tentative de meurtre de Lana, mais parfois il est important de voir la scène, de voir le sang. Je m'accroupis. La trace première se trouvait sur le plancher, mais je cherchais les taches de sang projetées, les traces du mouvement de l'arme qui avait frappé Lana Baroja. Je les trouvai là, près de la table la plus proche, sur le plancher et la plinthe du mur du fond. Il s'était tenu à côté de la porte et l'avait frappée au moment où elle arrivait du sous-sol.

— Walt ? (Je me tournai parce que sa voix avait changé.) Quelqu'un a coupé une miche de pain sur la planche à découper la viande, a pris du provolone et de la mozzarella de bufflonne dans un des frigos et a arrosé son repas avec quelques bouteilles de Wheatland. (Il leva les yeux.) Récemment.

J'étais content d'avoir pris le fusil dans mon pick-up.

Nous vîmes trois portes dans la pièce : une menait aux toilettes, une permettait d'aller au sous-sol et une conduisait à l'étage. Les marches qui montaient étaient voilées et instables au milieu. Des lambris à rainures et languettes recouvraient les murs de l'escalier et une toute petite fenêtre couverte de crasse éclairait vaguement le palier où l'escalier tournait avant de continuer à monter.

Je glissai une balle dans mon fusil, défis le cran de sûreté et m'engageai dans l'escalier. Je ne pensai pas surprendre qui que ce soit, alors, je décidai de me présenter à haute voix. Henry cria d'en bas :

— Ha-ho ?

— Je m'annonce.

Le silence dura un moment.

— Fais attention, je ne veux pas avoir à avaler deux expressos.

Il y avait trois pièces à l'étage : une petite qui servait de réserve avec quelques fenêtres qui donnaient sur la ruelle vers l'arrière ; une autre avec une petite table repoussée contre un mur ; et la chambre devant, qui surplombait la rue. C'était dans cette pièce que Leo Gaskell s'était installé.

J'y trouvai un vieux sac de couchage déchiré en polyester roulé en boule dans un coin, avec une couverture d'enfant ornée d'un cheval sauvage et un oreiller crasseux. Les restes du repas de la veille jonchaient le sol. Je remarquai une lampe torche volée à Northern Rockies Energy Exploration et le manteau que je lui avais vu hier soir. Mais pas de Leo.

Je dépliai lentement le manteau en le soulevant avec le bout du canon de mon fusil et je l'étalai. Il était complètement ensanglanté. On voyait bien l'endroit où le premier plomb avait fait des dégâts dans le bras ; et vu la tache de sang sur le sac de couchage, le second plomb l'avait touché au pied. Je me sentais plutôt mal ce matin, mais quelque part là-dehors, Leo Gaskell devait se sentir encore plus mal.

Je remuai à nouveau le manteau et examinai les poches intérieures ; deux fioles de méthamphétamines avaient explosé. Je me dis que finalement, Leo ne ressentait peut-être pas grand-chose. J'enfilai mes gants et étudiai les débris des fioles en verre. Plus de 65 % des affaires en cours à la Division des Enquêtes criminelles du Wyoming concernaient des laboratoires clandestins. C'était un vrai fléau. À voir l'état de la dentition de Leo et sa bouche asséchée, j'avais supposé une dépendance à la méth et j'avais raison.

— Un expresso ?

À chacun ses addictions. Je m'assis contre le mur et remis la sécurité sur mon fusil avant de le caler sur mes genoux. J'enlevai mes gants. J'avais mal aux doigts. Henry s'assit à côté de moi et but une gorgée :

— Eh bien, au moins, nous savons où Leo se planque depuis un moment.

— Et s'il est le petit-fils illégitime de Charlie Nurburn, je me demande bien où se trouve le papa de Leo, s'il est quelque part.

— Nous cherchons un homme blanc.

— Dont la mère est indienne : un sang-mêlé.

— Un biculturel.

Je levai les yeux vers lui.

— Tu te rends compte des dégâts que tu es en train de causer en injectant tout ce politiquement correct dans la langue du mythique Ouest américain ?

— Arrête ton chariot, visage pâle. (Son regard balaya notre sinistre environnement.) Quel âge ?

— Le nôtre, à en croire Doc Bloomfield. Tu as une idée ?

— J'ai toujours pensé que tu étais peut-être bien un sang-mêlé.

Je l'ignorai.

— Bon, il était peut-être ici quand j'ai trouvé Lana, mais il est certain qu'il est venu depuis ce jour-là. (J'étendis mes jambes.) Je me demande aussi où Leo a pu cacher un camion Mack et un mobile home.

Je bus un peu de café. Il était vraiment bon.

— Et quelle est ta réponse ?

— Il y a beaucoup trop d'activité au ranch de Four Brothers. En plus, Vic et moi nous y étions il y a peu de temps, et nous n'avons pas vu trace de la présence de Leo, mais les 130 hectares dont Mari et Charlie vivaient, à côté... Si je voulais cacher quelque chose d'aussi gros qu'une maison, c'est cet endroit que je choisirais.

Ruby parlait au téléphone avec la tête du chien posée sur les genoux, et Lucian dormait en ronflant comme un sonneur sur le banc en bois dans le hall d'entrée avec mon .45 armé et verrouillé posé sur la poitrine.

— Comment t'as réussi à avancer dans ton travail avec tout ce bruit ?

Elle baissa la tête et leva un sourcil au-dessus d'un œil d'un bleu particulièrement glacial.

— J'ai appris que tu es allé faire quelques brasses hier soir.

— Techniquement, je crois que ça s'appelle lutter et couler.

Elle continua à secouer la tête.

— Tu as des Post-it, cette femme du Département de la Justice a laissé un mot d'amour, et, heureusement pour toi, Vic est partie porter une injonction à la librairie pour défaut de paiement d'une publicité parue dans le journal : ils estiment qu'ils n'ont pas à payer pour une annonce publiée avec une faute d'orthographe à "littérature".

— Je peux les comprendre.

— Saizarbitoria est au sous-sol. Il a dit qu'il allait passer en revue les effets personnels de Mari Baroja. Je crois que tu devrais aller le voir en premier.

Je pris doucement mon arme sur la poitrine de Lucian, et Henry et moi descendîmes.

Quand nous arrivâmes en bas, nous trouvâmes Saizarbitoria installé au milieu de la pièce, par terre, entouré de la correspondance de Mari Baroja qu'il avait disposée en demi-cercle. La moitié de son visage était contusionnée et il portait des pantoufles. Il se leva à notre arrivée et me tendit la main.

— Merci.

Je la serrai.

— Je vous en prie.

Je n'étais pas aussi bon que les Cheyennes, mais je progressais. Nous regardâmes les tas de papiers empilés sur le sol autour de nous.

— Elle écrivait des poèmes.

— Je suis désolé.

Certains tas faisaient presque trente centimètres de haut.

Il examina la lettre qu'il tenait à la main.

— Ne le soyez pas. En fait, ils ne sont pas trop mauvais. (Il désigna une des plus grandes piles.) Là, c'est la correspondance personnelle. (Il se tourna vers une autre.) Le courrier concernant ses affaires. Et celui-là, c'est la poésie. (Je contemplai le désordre soigneusement ordonné.) Vous ne voulez pas en entendre un extrait ?

Décidément, il passait trop de temps avec Vic.

— Peut-être plus tard.

Nous nous assîmes. Il reposa délicatement les poèmes à leur place et s'intéressa au plus gros tas, juste devant lui.

— C'était une femme d'affaires avisée. Elle a acheté tous les baux adjacents à Four Brothers, y compris celui de Jolie Baroja ; donc, elle ne récupérait pas seulement l'argent du méthane de Four Brothers, mais également celui de pratiquement un quart de la vallée.

— Peut-être que Lana devrait ouvrir une chaîne de boulangeries basques.

Saizarbitoria nous ignora et poursuivit.

— Mme Baroja était probablement une des femmes les plus riches de l'État, mais elle vivait comme une indigente. (Il jeta un coup d'œil alentour avant de me regarder.) J'essaie de trouver des éléments récurrents mais j'ai du mal. (Il sortit quelques relevés de comptes et quelques lettres de la pile personnelle.) Elle avait monté un fond en fidéicommis pour le père Baroja, dont il ne paraît rien savoir du tout. Je me souviens qu'il a dit qu'ils ne s'entendaient pas, mais elle a dû avoir pitié de lui quand il a commencé à perdre le sens des réalités. Le fidéicommis n'est pas géré dans le Wyoming mais…

— En Floride ?

Ses yeux s'écarquillèrent.

— Comment le saviez-vous ?

— C'est un petit oiseau qui me l'a dit, un petit oiseau du Sud.

Je repensai à ce que Carol Baroja avait lâché dans la salle d'attente de l'hôpital quand elle avait essayé de relier Lana à l'ETA. Je soupçonnais que pas un sou n'était allé au père Baroja, ni à l'ETA. L'argent devait aller à l'organisation caritative personnelle de Carol Baroja, autrement dit elle-même, mais je ne croyais pas que cette malversation ait le moindre lien avec les meurtres. Je poursuivis :

— Et la correspondance personnelle ?

Il se pencha un peu et baissa la voix.

— Mme Baroja a peut-être eu une longue liaison avec le shérif Connally.

L'Ours et moi échangeâmes un regard avant de nous tourner vers Saizarbitoria. C'était du cinoche, mais le Basquo le prit au premier degré.

— De la vieille histoire. Rien d'autre ?

Il marqua une pause avant de reprendre.

— La relation entre elle et ses filles était un peu tendue.

— Uh-huh. (Je me tournai sur le côté et étendis à nouveau mes jambes douloureuses ; la position assise à l'indienne m'était insupportable.) Pas de mention de Charlie Nurburn ?

— Si, anciennes, nombreuses et pas gentilles.

— Rien sur la relation financière entre Mari et lui ?

— Si, il y a longtemps, mais on dirait qu'il disparaît du paysage au début des années 1950.

Henry et moi échangeâmes un nouveau un regard, mais il fut le plus rapide.

— Tu m'étonnes.

Les yeux de Saizarbitoria passaient de l'Ours à moi à toute allure.

— Vous allez continuer longtemps à vous regarder comme ça tous les deux ou vous allez me mettre au parfum ?

— C'est quoi l'histoire sur Leo Gaskell ? Vous l'avez rencontré à Rawlins, c'est ça ?

Il grogna.

— Nous étions à l'infirmerie. Il s'était ouvert la main lors d'une bagarre avec un dealer de Cheyenne à propos de l'émission de télé qu'ils allaient regarder le soir. (Il plissa les yeux et retourna en pensée dans un lieu qu'il n'était pas certain de vouloir retrouver.) Il était attaché sur un brancard, mais il n'arrêtait pas de replier les doigts, alors je lui ai demandé s'il se sentait bien. Sans me regarder, il a dit : "Je me demande juste combien de temps tu vas pleurnicher, salope, si je chope ton cou entre mes mains."

J'écoutai le chauffage se remettre en route et résistai à la tentation de regarder l'Ours à nouveau.

— OK, Troupier, vous restez ou pas ?

Il cala un coude sur son genou et posa son bouc au creux de sa main.

— Vous n'allez rien me dire sur Mari Baroja à moins que je reste ?

Je décidai d'être franc avec lui.

— Beaucoup d'éléments dans cette affaire relèvent de l'histoire locale. Si vous retournez à Rawlins, vous n'avez pas besoin de les connaître.

Il nous regarda tous les deux, ses yeux noirs étincelants comme les dos de truites affleurant dans les eaux sombres.

— J'en suis.

Nous échangeâmes une poignée de main. L'âge moyen de notre département était définitivement passé sous la barre de la cinquantaine.

— Mari Baroja a tranché la gorge de Charlie Nurburn en 1951.

Sous le coup de la nouvelle, il s'adossa aux barreaux de la cellule derrière lui et laissa échapper un long sifflement.

— Certains poèmes sont un peu noirs.

Les chasse-neige avaient bien travaillé et l'autoroute vers le sud était dégagée, mais il fallait faire vite ; le temps n'avait pas l'air de vouloir se maintenir. Henry avait passé quelques coups de fil pendant que je rassemblais l'équipement grand froid et il avait appelé le Busy Bee pour que Dorothy nous prépare quelques club sandwichs et des cafés. Elle s'était postée sur le trottoir avec deux sacs en papier. Sans attendre de réponse, elle nous avait fait un petit signe de la main avant de se retourner pour disparaître dans son café. Nous rangeâmes la nourriture à l'avant, loin du chien, qui continuait à bouder, contrarié d'avoir dû quitter le bureau, mais Ruby sortait avec sa petite-fille ce soir et ne pouvait pas le garder.

À environ cinq kilomètres de la sortie de la ville, nous vîmes une voiture de la Patrouille de l'Autoroute qui arrivait en sens inverse. Le conducteur agita la main, fit demi-tour et se gara derrière nous une fois que j'eus ralenti et arrêté le Bullet. Je me demandai comment Leo avait réussi à ne pas se faire repérer.

— Tu n'étais pas en excès de vitesse, pourtant…

Je ne fis aucun commentaire. Je descendis ma vitre et posai un coude sur le rebord. Le gyrophare de la voiture de patrouille se mit à tourner et la portière s'ouvrit. C'était à nouveau Wes. Je le regardai redresser son chapeau à la Smokey the Bear et approcher, son Colt .357 géant battant contre sa cuisse.

— Permis et carte grise.

Il croisa les bras et s'appuya contre ma portière. Il repoussa son chapeau et une grosse mèche de cheveux gris retomba sur son front.

— Tu es le seul à tourner aujourd'hui ?

— Il y a nos deux autres patrouilles, plus trois venues de Casper et trois autres qu'on nous a envoyées de Sheridan. (Il regarda mon pansement sur l'œil.) Bon sang, qu'est-ce qui t'est arrivé ?

Je tendis un doigt vers Henry.

— L'Indien m'a tabassé.

Wes effleura le bord de son chapeau.

— Hé, Henry…

— Wes.

— Tout ce que je cherche, c'est un camion Mack avec un mobile home accroché derrière.

Wes hocha la tête.

— On devrait quand même pouvoir te trouver ça.

Je repoussai mon chapeau.

— Je croyais que t'avais pris ta retraite.

— La semaine prochaine. (Il sourit spontanément.) Pourquoi ? Tu veux faire une fête en mon honneur ?

— Non, je me demandais juste quand on aurait des patrouilleurs plus jeunes et moins myopes.

Il secoua la tête.

— Vous allez où, les gars ?

— Chez Mari Baroja, jeter un coup d'œil.

— Vous voulez que je vienne avec vous ?

— Non, mais si toi ou tes gars vous vouliez bien faire une virée à Durant… Leo a fait un petit séjour à la boulangerie de Lana, à côté de chez Evans. (Je me tournai vers Henry.) C'est quoi, la voiture de Joe Lesky ?

L'Ours jeta un coup d'œil sur un petit carnet.

— Un Jeep Wagoneer 1982, brun clair, comté n° 25, plaque numéro 3461.

Wes hocha la tête et confirma que Ruby avait déjà diffusé les informations sur le véhicule. Je souris de mon demi-sourire que j'avais maintenant bien amélioré et me tournai vers lui.

— Si je ne te revois pas… fais bien attention à toi, là-bas dans l'Arizona.

Il afficha son sourire bien à lui.

— T'inquiète.

— Tu veux que je te parle d'Ellen Runs Horse ?

Je négociai une manœuvre autour d'un poids lourd presque arrêté, qui n'était ni un Mack, ni noir.

— Volontiers.

Un long rideau de cheveux noirs descendit le long de son visage et il me lança un regard.

— Comme nous le pensions, elle est crow.

Je ne quittai pas la route des yeux, enfin, de l'œil.

— Personne ne t'aurait confirmé qu'elle a eu un enfant illégitime avec Charlie Nurburn ?

Il hocha la tête.

— J'ai bien mieux. (Il bougea un peu et s'appuya contre sa portière.) Elle a déclaré la naissance d'un enfant, Garnet

Runs Horse, aux autorités tribales, mais en 1950 elle a renoncé à ses droits maternels pour qu'il puisse être adopté.

— Lucian a dit qu'Ellen avait prétendu que l'enfant était décédé. Elle a menti, donc. Où est-il allé ?

— À Wind River.

— Il s'appelle toujours Runs Horse ?

— Je ne sais pas.

Je réfléchis.

— Ça collerait, puisque Leo a longtemps vécu près de Lander, mais où est-il allé chercher ce nom de Gaskell ?

— Peut-être que son père a pris le nom de sa famille adoptive ?

— Peut-être. (Je décrochai la radio du tableau de bord.) Allô la Base, ici unité Un, vous me recevez ?

Après quelques parasites, une voix glaciale répondit. Ce n'était pas celle de Ruby – j'avais oublié qu'elle n'était pas là.

— Qu'est-ce que tu veux encore, putain ?

Je jetai un coup d'œil à Henry, réglai le micro et décidai de garder mon sang-froid.

— Comment c'était, la librairie ?

Parasites.

— Je t'ai acheté *La Natation pour les nuls*.

L'Ours ricana.

— Merci. (J'écoutai les parasites pendant un moment – c'était plus réconfortant que sa voix.) Tu peux me rendre un service ?

Parasites.

— J't'en ai rendu un paquet ces derniers temps. (Parasites.) Quoi ?

— Peux-tu rechercher tous les Gaskells qui vivent peut-être près de la Réserve de Wind River, Lander ou Riverton ?

Parasites.

— Je connais les bleds près de Wind River. (J'observai la diode rouge de la radio pour tenter de l'amadouer et pour qu'elle soit gentille avec moi. Parasites.) Tu as signé les papiers de sortie pour Mari Baroja ? Les Sorcières de l'Ouest sont là ?

Je me demandai si elle et ses acolytes se trouvaient dans la pièce et me rendis compte que c'était bien le cas.

— J'ai signé les papiers et je les ai donnés à Bill McDermott qui doit toujours être à l'hôpital.

Parasites.

— Je vais les envoyer là-bas.

— Essaie de joindre Bill Wiltse pour voir s'ils n'auraient pas quelque chose sur les Gaskells, à Fremont.

Parasites.

— OK. (Parasites.) Juste au cas où on aurait besoin de te joindre pendant que tu te balades dans le Sud du comté, comment on fait ?

Je réfléchis un instant.

— Essaie le contremaître de l'exploitation méthanière.

Parasites.

— Double Tough ?

Je souris.

— C'est comme ça que tu l'appelles ?

Parasites.

— Ouais. C'est bien trouvé, non* ? Terminé.

Quand on parle du loup… Tandis que j'obliquais vers la sortie de l'autoroute, je vis Jess Aliff avec deux de ses voyous. Ils étaient en route pour Four Brothers, mais il prit le temps de s'arrêter et de répondre à quelques questions. Je lui demandai des nouvelles de sa blessure par balle.

* *Tough* signifie "dur, costaud".

— Quelle blessure ? fit-il.

À chaque rencontre Double Tough me plaisait un peu plus. Je lui demandai aussi s'il pouvait nous indiquer le chemin en direction de la vieille maison où Mari Baroja avait vécu avec Charlie Nurburn et si la route supporterait le passage du camion Mack doublé d'un mobile home, à quoi il répondit "peut-être".

Nous suivîmes la crête qu'il nous avait indiquée, en diagonale vers le sud-est, en direction du bras nord de la Crazy Woman. Avec le vent, il était impossible de voir s'il y avait des traces de pneus ; les nôtres disparaîtraient très vite. J'arrêtai le camion au bout de deux kilomètres. La crête se divisait et partait dans deux directions différentes.

— Et maintenant ?

Henry me regarda.

— Si j'étais une rivière, je choisirais un terrain en pente.

— Tu as raison.

C'était parfois une bonne chose d'avoir un éclaireur indien avec soi.

Nous franchîmes le sommet de la crête et contemplâmes la petite vallée. La route, ou ce que nous supposions être la route, courait au fond, le long du côté droit. Le bras nord de la Crazy Woman virait à droite en décrivant un méandre à environ huit cents mètres de nous. La neige balayée par le vent avait rempli le petit canyon et il était difficile de repérer l'exact tracé du chemin.

— Tu descendrais là-dedans au volant d'un Mack avec un mobile home derrière ?

Il prit une grande inspiration et contempla l'absence de route.

— Non, mais il y a un grand nombre de choses que Leo Gaskell ferait et que, moi, je ne ferais pas.

J'enclenchai la première – on était déjà en quatre roues motrices – et démarrai à la vitesse d'un escargot asthmatique. La couche de neige était essentiellement poudreuse et le pick-up se stabilisa quand nous arrêtâmes le gros V-10 dans le canyon, au point culminant du minuscule ranch. À l'extrémité de la propriété, je rapprochai le pick-up de la paroi de la ravine et levai les yeux vers la prairie qui s'ouvrait au fond du canyon. C'était un endroit magnifique, mais si on y passait la première partie de l'hiver, on était condamné à y rester la seconde aussi.

La maison était exactement telle que je l'avais vue dans mon rêve, battue par les intempéries et penchée selon l'angle aigu imposé par le vent dominant. Une partie s'était écroulée et on aurait dit que le temps s'était arrêté au moment où un peuplier de Virginie s'était appuyé contre elle pour la soutenir.

J'arrêtai le pick-up à l'entrée de la prairie, coupai le moteur et décidai de sortir pour examiner l'état du sol avant d'avancer. J'avais fait assez de natation pour cette période de fêtes. Je laissai sortir le chien et retrouvai Henry devant le pick-up. Les rafales s'étaient intensifiées, gagnant en puissance le long de la ravine ; elles nous frappaient en plein visage. Il ne neigeait pas vraiment, mais le vent était suffisamment fort pour soulever une bonne partie de la neige qui recouvrait la terre et la maintenir en suspension. Pas d'autre bruit que celui du vent. Nous nous tournâmes vers la petite maison en plissant les paupières tandis que le chien bondissait tête la première dans la neige et creusait à la recherche d'on ne savait quoi. Henry remonta son col pour se protéger une partie du visage. Ses cheveux rejetés par le vent tournoyaient au-dessus du capot.

Je clignai des yeux – de l'œil – et observai un nuage bas qui approchait, venant des montagnes. On distinguait vaguement les sommets enneigés. Je revis une femme traumatisée, montant à cru un cheval galopant sous la pluie nocturne, et trois jeunes enfants dans une petite chambre, serrés les uns contre les autres, à qui on avait interdit de bouger. Il me sembla que ç'aurait été commettre un sacrilège que de parler compte tenu de la tragédie qui s'était déroulée ici.

— À quoi tu penses ?

Je fus surpris par le ton de sa voix et pris un moment pour construire la phrase dans ma tête.

— Je me disais que cette affaire était devenue terriblement compliquée.

Il hocha la tête.

— Elle vient de se compliquer encore.

Sa main se leva et son doigt désigna un point au-delà de la maison en ruines. À peine visible à travers la neige qui opacifiait l'air, on distinguait le coin arrière d'un mobile home accroché à un camion Mack noir.

15

Nous restions à l'entrée de la prairie avec les Big Horn Mountains au loin, à l'horizon, comme une tenture peinte au fond de la scène où se jouaient nos vies. Je ressentais toujours des choses qu'Henry savait mieux décrire.

— Je sais que c'est la terre qui bouge, mais là, c'est comme si les nuages étaient en mouvement et le monde, immobile, suspendu.

Son cache-poussière en cuir noir battait dans le vent, et je remarquai la présence de son tomahawk des Forces spéciales dans sa main.

— Je vais chercher le fusil.

Je décrochai le Remington et pris une radio portative. Henry parla au chien.

— *Hinananjin.*

Le chien s'approcha et s'assit à côté de lui. Nous avions déjà constaté que cette brute poilue maîtrisait le cheyenne, le shoshone, l'arapaho, le crow et le lakota. L'anglais était la langue qu'il choisissait parfois d'ignorer.

Je mis la radio en route et écoutai les parasites. Je ne m'attendais pas à avoir la moindre réception dans le canyon, mais je ne perdais rien à essayer. J'appuyai sur le bouton de l'émetteur.

— Allô la Base, ici unité Un.

Je jetai un regard vers les montagnes et ressentis une appréhension familière.

— Rien ?

Je clignai de mon œil unique, montai la fréquence de quelques crans et réessayai.

— Allô la Base, ici unité Un. Vous me recevez ?

Parasites. Puis une réponse à peine audible.

— Ici BR75115, vous me recevez ?

Je souris à la radio, réglai le micro et répondis au contremaître.

— Hé, Jess. Ici Walt Longmire. Nous sommes arrivés à l'ancienne maison des Nurburn sur la Crazy Woman. Nous avons trouvé votre camion.

Parasites.

— Le Mack ?

— Exact. Vous allez rester combien de temps, les gars ?

Parasites.

— Normalement, le temps va s'gâter, mais on va essayer de continuer. J'ai une réunion à 16 h 30.

— Une réunion pour quoi ?

Un silence.

Parasites.

— Pour me virer, je suppose.

Forcément, on l'aimait, ce type.

— Il se peut que j'aie besoin de vous pour relayer des messages à mon bureau. Il y a trop d'interférences dans ce canyon et je n'arrive pas à les contacter.

Parasites.

— On peut essayer, mais si la météo se déchaîne, la réception, c'est quand elle veut. Comment vous voulez procéder ?

— On pourrait dire que je vous passe un appel toutes les heures, à l'heure pile.

Parasites.

— Ça veut dire que je passe officiellement adjoint ?

Je souris.

— On en reparlera. (Je sortis ma montre et réglai le micro à nouveau.) Dans dix minutes, il sera trois heures. Rappelez-moi à quatre.

Parasites.

— Roger.

Si je le recrutais, au moins je n'aurais pas à lui apprendre les procédures radio.

Henry continuait à regarder la maison tandis que le contremaître et moi terminions notre conversation. J'accrochai la radio à mon ceinturon et il se tourna vers moi.

— On descend à pied ?

Je scrutai le coin du mobile home.

— Ouaip. Dès que j'aurai fait remonter le chien dans le pick-up.

L'idée ne lui plaisait pas beaucoup, mais je me disais que Henry et moi savions où nous mettions les pieds et que nous allions mériter ce qui nous tomberait dessus. J'interdis au chien de jouer avec la radio.

Une partie plane s'étendait sur notre droite, là où les rives de la Crazy Woman étaient moins escarpées, mais elle semblait carrossable pour un 18-roues tractant un mobile home. Nous franchîmes la rivière gelée et avançâmes jusqu'à une cinquantaine de mètres de la maison. Elle comportait quelques lucarnes et un appentis collé de notre côté. La porte à moustiquaire battait dans le vent, ce qui produisait des craquements secs qui s'amplifiaient à mesure que nous nous rapprochions. Les troncs brisés du peuplier de Virginie étaient décolorés, blanchis par le soleil et le vent incessant.

Rien dans la maison elle-même n'indiquait que Leo y était passé. Le camion Mack et le mobile home étaient enfoncés jusqu'aux essieux dans la neige poudreuse à environ vingt-cinq mètres du côté ouest de la maison. Le mobile home était plutôt récent. Il était de petite taille, selon l'échelle des Blancs, mais il faisait pratiquement deux fois la taille de la cabane. Je voyais les marches qui avaient été dépliées devant la porte d'entrée. Elles étaient recouvertes de neige et paraissaient ne pas porter de traces.

Je jetai un œil à Henry.

— Tu vois quelque chose ?

Il s'était arrêté à environ trente mètres de la maisonnette. J'imaginais ses narines en train de palpiter. Nous nous étions inconsciemment déployés en approchant. Nous avions tous deux eu l'occasion d'apprendre – et la leçon avait parfois été dure – quels étaient les risques que l'on courait à rester groupés.

— Non.

— Une des choses que je ne vois pas, c'est un Jeep Wagoneer. Ce n'est pas que je m'y attendais tellement. Je ne pense pas qu'il ait pu descendre une voiture jusqu'ici avec toute cette neige fraîche.

Je repensai aux histoires glauques que je connaissais et avançai. Il me restait trois pas à faire pour atteindre la porte d'entrée où la moustiquaire répondait au vent en battements irréguliers. J'y posai ma main et sentis des morceaux de peinture se craqueler et se déliter comme du vieux parchemin. Le vent se tut un moment et le silence s'installa. Je risquai un œil dans la cabane. On voyait clairement qu'elle était vide ;

les seuls mouvements étaient ceux des lambeaux de rideaux en dentelle autrefois blancs qui se soulevaient avant de retomber contre les vitres brisées. Ces voiles déchirées se gonflant sous les caresses persistantes du vent me rappelèrent que Mari avait vécu ici. J'espérai qu'elle y était encore, parce que j'allais avoir besoin de tout le soutien possible, mais j'en doutais. Elle avait passé l'essentiel de sa vie dans la maison de Powder Junction. Dans mon esprit, je la voyais venir ici seulement au printemps ou pendant l'été, et elle n'entrait jamais dans la cabane. Sa présence était palpable, pourtant, au milieu des morceaux de papier peint décolorés. La cabane avait hébergé son esprit, mais elle avait payé le prix terrible de la négligence délibérée et s'était éteinte, après une longue et inévitable agonie au son de chants qu'on n'entendrait jamais plus.

Il parla doucement, et si je n'avais pas tendu l'oreille, sa voix se serait diluée tranquillement en une variation harmonieuse dans le vent.

— Il y a une cave.

J'allumai la lampe torche et la dirigeai dans l'escalier ; les marches supporteraient peut-être mon poids. Le vent n'avait soufflé qu'un peu de neige dans la cave et on distinguait le sol de terre battue, mais pas grand-chose d'autre. Je tendis le fusil à Henry et sortis mon .45. Nous nous regardâmes un moment, puis je posai le pied sur la première marche, qui grinça mais ne s'écroula pas. Je détestais les sous-sols. Je penchai la tête pour passer sous le linteau et poursuivis ma descente tout en éclairant le petit espace avec ma lampe. Les escaliers aboutissaient au milieu de la pièce. J'examinai d'abord le dessous et les côtés. Quelques barils en bois brisés et des morceaux du plancher de l'étage au-dessus jonchaient le sol. La lampe éclaira les lourdes poutres et des poteaux plantés sur des blocs de pierre directement taillés dans la roche qui constituait le fond du canyon. Je posai un pied sur la terre battue, dirigeai le faisceau de ma lampe vers les ténèbres et j'entendis bouger.

C'était un frôlement étouffé, analogue à celui que ferait un plumeau. Je fis un pas de côté et éclairai le milieu de la cave. Je vis des chaînes suspendues au plafond et les yeux dorés et brillants d'un énorme hibou gris de quinze kilos. Il poussa un cri strident, baissa la tête, puis s'élança dans un déploiement d'ailes puissantes qui devaient faire près de deux mètres d'envergure, avant de se jeter en face contre le mur écroulé. Ses serres entourées de plumes s'accrochèrent aux pierres et trouvèrent une prise. Son énorme tête se tourna lentement pour me regarder : le messager du Pays des Morts.

— Qu'est-ce qui se passe ?

— Je viens de surprendre un hibou caché de l'autre côté.

Un silence, puis sa voix gronda.

— Le messager du Pays des Morts.

— Je m'étais fait cette réflexion rassurante tout seul. (Je dirigeai la lumière vers la poutre centrale et les chaînes qui y étaient accrochées.) Attends une seconde.

Je verrouillai mon arme, la remis dans mon holster, refermai la languette et m'approchai de la poutre de plus de trente centimètres de large.

Ces chaînes très vieilles étaient plus lourdes que des chaînes de pneus. J'en tirai une et examinai la boucle métallique à l'extrémité ; j'en cherchai une identique au bout de l'autre chaîne. Je comparai une des menottes à mon poignet : elles avaient été faites sur mesure à l'intention de quelqu'un dont le poignet était deux fois plus petit que le mien. Les lourdes chaînes étaient boulonnées et cela faisait très longtemps qu'elles étaient là. Les menottes ouvertes pendaient comme des mâchoires béantes. Je les laissai tomber et les regardai cogner contre le bois en rebondissant comme un enfant accroché à la jambe de pantalon d'un adulte indifférent. La poutre était zébrée d'entailles – des traces de coups. De fouet ou de cravache. Sans pouvoir détacher mon regard, je ressentis la violence, les cris, et au plus profond de mes tripes je conclus que c'était une bonne chose que l'homme qui avait installé tout cela ici soit mort.

— T'as quelque chose ?

Je balayai une dernière fois la cave du faisceau de ma lampe, mais j'avais vu tout ce qu'il y avait à voir. Je lançai un regard au hibou ; il n'avait pas bronché. Il me suivit des yeux quand je remontai l'escalier.

— Juste des preuves supplémentaires pour me convaincre que c'est une bonne chose que Charlie Nurburn soit mort.

Il jeta un coup d'œil par-dessus son épaule.

— Je crois que je viens d'entendre un bruit dans le mobile home.

J'étais ressorti et me tenais debout à côté de lui quand nous l'entendîmes à nouveau. Nous échangeâmes un regard.

— On aurait dit quelqu'un qui gémit, non ?

Il hocha la tête et nous nous avançâmes vers la caravane. Je dégainai mon .45 et m'appuyai contre la paroi d'aluminium juste à droite de la porte. J'armai, prêt à tirer. L'Ours se plaqua sur la gauche. S'il devait se passer quelque chose de vilain dans les secondes qui venaient, ce serait dans l'encadrement de la porte, entre nous deux.

Je pris une grande inspiration et tendis la main vers la poignée. Je la tournai lentement vers la droite puis vers la gauche. Verrouillée. Je pointai un index vers Henry et vers le sol, lui signifiant de rester là. Il hocha la tête et je commençai à faire le tour pour voir s'il y avait un autre moyen d'entrer.

Je ne quittai pas les fenêtres des yeux. Les stores étaient partout baissés. Quand j'arrivai derrière, je vis une autre porte située aux trois quarts de la longueur. J'avançai lentement le long de la paroi et m'arrêtai juste avant. Il n'y avait pas de marches, mais avec un petit effort je pouvais atteindre la poignée. Du bout des doigts, je la saisis et la tournai. Elle résista un peu, puis émit un cliquetis bien trop sonore et s'ouvrit d'un coup sur environ trois centimètres.

Je rentrai un peu la tête et poussai la porte d'une trentaine de centimètres. Je jetai un coup d'œil dans le couloir qui semblait faire toute la longueur de la caravane. Tout ce qui était visible, c'étaient des lambris bon marché, un revêtement de sol usé jusqu'à la trame et quelques cadres à moustiquaires appuyés contre le mur intérieur. Pas de Leo Gaskell. J'examinai le couloir dans l'autre direction, mais tout ce que je distinguai, ce fut le plafond granité et une installation électrique sommaire ; au moins, je pouvais être certain que Leo ne me sauterait pas dessus en tombant du plafond. Je me redressai, pris une autre inspiration et ouvris doucement la porte en grand.

Rien.

Je restai immobile un moment, puis me penchai de cinq centimètres et regardai des deux côtés. Puis une fois encore, et encore une fois. Toujours rien, je risquai le tout pour le tout et passai toute ma tête dans l'ouverture, ainsi que mon .45. Je vis une porte fermée sur ma droite et une autre au bout du couloir, qui était entrouverte et donnait sur un salon. Assise sur un canapé en imitation cuir et emmaillotée dans à peu près quatre épaisseurs de couvertures en laine se trouvait celle que je supposai être Ellen Runs Horse.

Je m'éclaircis la voix.

— Hello.

La buée qui sortit de ma bouche resta devant mon visage ; il faisait probablement plus froid dans la caravane qu'à l'extérieur.

Elle ne bougea pas. Elle continua simplement à regarder entre les plis des couvertures. Au bout d'un moment elle dit :

— *Eeh.*

Du crow. Elle avait dit "oui" comme si c'était une affirmation qui ne comportait ni question ni intérêt. Le petit nuage de buée devant sa bouche resta suspendu dans la pénombre.

— Je suis le shérif Walt Longmire, du comté d'Absaroka. (Je me sentais idiot de dire ça, mais c'était la procédure.) Ellen Runs Horse ?

— *Eeh.*

Même inflexion dans la voix.

— Vous êtes seule ?

Quelques secondes passèrent.

— *Eeh.*

Je me sentais un peu rassuré, mais je décidai de lui faire passer le test infaillible de la santé mentale mis au point par Vic.

— Ellen, savez-vous que j'étais un pilote de chasse chinois ?

— *Eeh.*

De quoi être rassuré, effectivement.

Je me redressai, passai l'essentiel de mon corps par la porte et me tortillai pour entrer complètement. J'étais presque certain que Leo ne se trouvait pas dans le mobile home ; si cela avait été le cas, il m'aurait très certainement matraqué à mort au moment où je me vautrais par terre. Je repoussai la moquette douteuse et me calai contre le mur. Je scrutai l'extrémité du couloir où Ellen Runs Horse était en train de farfouiller entre les plis de ses couvertures. Elle essayait probablement de se lever. Je lui fis un signe de la main.

— Tout va bien, Ellen.

C'est alors que je vis le canon d'un .32 chromé à crosse de nacre sortir des couvertures comme un obusier et trembler tandis qu'elle essayait d'appuyer sur la détente.

— Ellen… ?

Ce fut tout ce que je parvins à dire avant que la balle ne fuse et que le plafond au-dessus de moi ne s'éventrc avec un bruit sec. Le bruit de la détonation dans ce petit espace confiné fut assourdissant et mes oreilles tintaient si fort que je pouvais à peine m'entendre hurler. Je titubai jusqu'à la cloison et sentis ma main se resserrer malgré moi sur la crosse de mon .45. Je braillai :

— Bon Dieu, Ellen !

L'automatique descendit, mais remonta aussi sec. Je plongeai dans la pièce qui se trouvait sur ma droite. La balle suivante traversa le premier mur pour aller se nicher dans un matelas qui y était appuyé. Quelle protection croyais-je trouver entre les minces cloisons du mobile home ? La structure s'écroulait bien plus vite que je ne l'aurais imaginé. Je regardai le trou dans le mur ; elle tirait de mieux en mieux.

— Ellen ?

Silence.

J'attendis, mais le coup suivant ne vint pas. Il y eut un autre bruit étouffé, alors je m'aventurai près de la porte et, lentement, jetai un coup d'œil du côté du salon. Henry était là, agenouillé devant elle, tenant le minuscule automatique au creux de ses mains.

— Je crois que ça va maintenant.

— Bon Dieu !

J'entrai dans la pièce et les regardai tous les deux.

— Tu n'as rien ?

— Bon Dieu !

Il faisait de son mieux pour ne pas éclater de rire.

— Va donc te promener dans le couloir et tu reviendras quand ton vocabulaire sera un peu plus varié.

Je restai là et pris quelques grandes inspirations tandis qu'ils poursuivaient leur conversation à voix basse, en crow, une langue qui, comme le cheyenne, semblait rester coincée dans la gorge du locuteur. Je sentis mon rythme cardiaque commencer à revenir à la normale.

Je reconnaissais quelques mots mais ne comprenais pas grand-chose. Elle avait le visage large et des sourcils épais qui paraissaient se rejoindre au milieu et remonter sur les côtés, ce qui lui donnait une expression à la fois triste et inquisitrice. Les coins de ses yeux retombaient en multiples plis qui cachaient le bord de ses pupilles couleur chocolat à cuire. Les rides marquées aux coins de sa bouche, descendant en cascades de ses pommettes, faisaient qu'il était difficile de dire si elle avait jamais souri. Le mouvement de ses lèvres était presque imperceptible et sa voix à peine audible.

Une fois qu'elle eut fini de parler, Henry prit un gobelet en plastique sur un plateau à sa droite, il en examina le fond et attrapa aux pieds d'Ellen ce qui ressemblait à une bouteille d'eau à moitié gelée. Il la secoua pour vérifier qu'il restait encore un peu de liquide, remplit le gobelet et cala la paille entre les lèvres de la vieille femme. Pendant qu'elle buvait, j'examinai les lieux. Un sapin de Noël était dressé dans un coin, un truc hérissé un peu décrépit, décoré avec des ornements maison – des couvercles de bocaux où avaient été collées de vieilles photographies. Planté à côté du téléviseur, l'arbre difforme à la festivité pathétique donnait à la pièce l'apparence la plus déprimante que j'aie jamais vue, sans parler des boîtes ouvertes et vides de maïs en grain, de la soupe aux champignons gelée où se dressait une cuillère, des croûtons d'une miche de pain blanc et d'une autre bouteille d'eau complètement gelée.

Henry referma les toutes petites mains d'Ellen autour du gobelet et elles y restèrent. Ellen suivit Henry des yeux lorsqu'il se mit debout. Il lui parla à nouveau tout doucement puis s'avança vers moi.

— Elle n'a plus toute sa tête. (Il jeta un coup d'œil à Ellen qui semblait contente d'aspirer l'eau avec sa paille.) Elle dit que pas un de ses amis n'est venu la voir depuis longtemps.

— Et d'où vient son arme ?

— Leo lui a évidemment dit de tirer sur le premier qui entrerait.

— Qu'est-ce qu'elle a dit de lui ?

— Elle pense que je suis Leo.

J'acquiesçai d'un bref hochement de tête.

— Comment t'es entré ?

— J'ai forcé la porte avec le tomahawk.

— Ça se voit ?

Il me tendit l'automatique dans lequel il restait encore une balle.

— Pas tant que ça. (Ses yeux vinrent croiser les miens.) Pourquoi ?

— Il faut que tu la sortes d'ici. (Il me regarda.) Je ne vois pas d'autre possibilité. Elle a besoin de soins, mais il se peut qu'il revienne, et si c'est le cas, je veux qu'il y ait quelqu'un ici pour l'accueillir.

— Tu n'es pas en état…

Je me tournai vers Ellen Runs Horse.

— Tu parles sa langue et elle a confiance en toi. Il est probable qu'il est encore en ville quelque part, mais je peux contacter Double Tough par radio et faire venir Vic ou Saizarbitoria ici plus tard. (Je repartis dans le couloir et regardai par la fenêtre.) Il reste environ une heure avant qu'il ne fasse complètement nuit.

Le vent soufflait à nouveau et mes traces de pas avaient presque complètement disparu. Je me retournai vers Henry.

— Tu devrais te tirer d'ici, maintenant.

Nous avions installé Ellen sur le siège passager du Bullet et avions permis au chien de rester à côté d'elle car sa présence semblait la rassurer. Je regardai la Nation Cheyenne avec mon unique œil.

— Quand tu seras sorti d'ici, passe un appel radio. Demande-leur de prendre quelques provisions et de revenir avec des renforts.

Il écarta les pans de son lourd manteau de cuir et monta. Il attacha sa ceinture et sortit le tomahawk des Forces spéciales de son dos. La surface en acier au carbone absorbait la lumière comme un trou noir.

— Tiens.

Je secouai la tête.

— Je ne veux pas de ce truc; je ne saurais pas quoi en faire.

Je tapotai la poignée chromée du petit automatique que j'avais glissé dans mon ceinturon, jetai le Remington sur mon épaule et palpai mon .45 dans son holster:

— J'ai toutes les armes à feu. (Il hocha la tête et lança un coup d'œil vers la crête.) Passe un appel radio à Double Tough et dis-lui de me contacter. Je serai là. (Il hocha à nouveau la tête sans me quitter des yeux.) Tu ne mets pas les lumières?

Je tendis le bras et appuyai sur le bouton qu'il cherchait; les gyrophares bleus et rouges projetèrent des lueurs fantomatiques sur la neige crépusculaire.

Il les contempla un moment.

— C'est le meilleur côté de ton boulot.

En passant à côté de moi, il posa une main contre la vitre, ses grands doigts sombres se déployant à plat sur le verre comme des brins de chanvre.

Je regardai le camion lutter pour se maintenir contre la paroi du canyon et disparaître dans la neige tandis que sa silhouette sombre se fondait dans le lointain. Le bruit du gros moteur plana, s'assourdit et s'éteignit. Je restai là un moment, me demandant comme toujours si j'avais fait le bon choix. La nuit allait être longue. Je pivotai et entamai ma pénible marche vers le mobile home. Je fus interrompu par un faible appel émanant de ma radio.

Parasites.

— Hé shérif, ici BR75115. Le temps se gâte, juste comme…

Je décrochai l'émetteur-récepteur de mon ceinturon.

— Unité Un, shérif du comté d'Absaroka. Vous me recevez ?

Au bout d'un moment, un signal très faible se fit entendre.

Parasites.

— Hé shérif, comment ça…

Je souris.

— Ça va, et vous ?

Parasites.

— J'suis viré.

Le signal disparut complètement ; je tournai la molette.

— Allô ? Jess ?

Rien. Je baissai la tête puis réessayai de régler l'engin.

— Jess, vous m'entendez ?

Au moins, Henry était tiré d'affaire. J'essayai encore une fois. Parasites. Je regardai la radio, méditai sur ma malchance et fis une dernière tentative.

Parasites. Merde.

Je contournai la caravane par l'arrière pour que Leo ne voie pas de nouvelles empreintes. Je refermai la porte derrière moi et décidai d'inspecter les autres pièces. Il y avait une petite chambrette au bout du couloir avec un autre matelas replié dans un coin, une armoire en contreplaqué qui avait connu des jours meilleurs, et un vieux téléviseur encastré. Le placard ne contenait rien d'autre que de vieux vêtements et des chaussures éculées, qui me donnèrent une indication sur la vie frugale d'Ellen Runs Horse. La pièce suivante était beaucoup plus intéressante ; elle contenait une table à jouer sur laquelle se trouvaient un réchaud et tous les ingrédients nécessaires pour produire du cristal méth à l'échelle d'un laboratoire clandestin. Le plancher était couvert de grandes bouteilles contenant les résidus toxiques de l'opération, et il était évident que l'entreprise criminelle de Leo était une affaire qui marchait encore.

J'allai jusqu'au salon et contemplai le faux arbre déglingué en lui souhaitant un joyeux Noël. Pour toute décoration, il portait des couvercles de bocaux entourés d'un ruban de colle pour faire tenir des paillettes auxquelles on avait ajouté des nœuds en laine à tricoter et des rubans pour donner un air bravache aux pauvres ornements. Certains d'entre eux comportaient de vieilles photographies qui auraient pu appartenir à la collection mennonite de Henry. L'une d'elles, sépia, représentait une petite fille avec des tresses, qui jouait aux billes. Elle portait une casquette, une vieille veste, et son visage trahissait une concentration extrême. Je la retournai et lus au dos, inscrit en lettres capitales : ELLEN WALKS OVER ICE. Sur une autre, un jeune homme portant la tenue des joueurs de foot de Thermopolis en pleine partie de pêche à la mouche ; je reconnus Leo. Je lus l'envers pour vérifier que j'avais raison ; l'inscription disait seulement LEO, sans nom de famille.

Il y en avait d'autres, mais celle qui retint mon attention se trouvait à l'arrière du sapin. Je crois que je la remarquai parce que l'ornement était tourné vers le mur. Il pivota lentement sur lui-même quand je le regardai : c'était Leo, très jeune, avec l'homme qui devait être son père. Il portait un chapeau, un de ces couvre-chefs plats à larges bords comme en portaient les cow-boys de la Powder River, et il penchait la tête vers le jeune Leo ; le chapeau cachait ses yeux. On ne distinguait que la mâchoire et les lèvres. Il ressemblait bien à Ellen, mais la photo en noir et blanc ne me permettait pas de dire s'il était blanc. Il n'avait pas l'air particulièrement indien, et il ne ressemblait pas particulièrement à Charlie. J'avais l'impression de faire une séance d'identification avec les pièces d'un puzzle. Je retournai la photo, mais il n'y avait rien de plus que LEO & SON PÈRE. C'était son fils et elle n'avait même pas écrit son nom, mais elle s'en était suffisamment souciée pour en garder une.

J'avais les sandwichs que nous avait faits Dorothy et le café, c'est-à-dire à manger et à boire. Je pris une des deux bouteilles d'eau, celle qui n'était qu'à moitié gelée. J'en aurais peut-être besoin et si je ne la gardais pas avec moi elle risquait fort de geler complètement. Je ramassai les couvertures qui restaient et la peau de bison, et les traînai jusqu'à une chaise aussi loin de la boîte de maïs que me le permettait l'ameublement de la pièce. Je sortis ma MagLite pour l'avoir à portée de main, posai la décoration de Noël sur un genou et le petit automatique sur l'autre. Je calai le fusil entre mes jambes, dégainai mon .45 et le vérifiai encore une fois. Je me sentais comme Zapata.

Je contemplai la photographie et fixai le visage à demi caché, sachant que j'avais déjà vu cet homme, sachant qu'il était là, quelque part, sachant que lui et Leo étaient de mèche, "de mèche" étant un terme légal dans le Wyoming – cf. mèche au premier degré, mèche délibérée, et ainsi de suite.

Je restai assis là et réfléchis aux proportions que pourrait prendre cette attente, au déroulement des événements, et j'examinai à nouveau la pièce. Je remarquai une sangle qui dépassait de sous le canapé sur lequel Ellen avait été assise. Elle semblait être du genre de celles qu'on utilise pour les sacs à dos. Je posai le pistolet sur le sol avec la photo, écartai les pans de la peau de bison et traversai la pièce pour m'accroupir devant le canapé. La sangle était attachée à un petit sac à dos crasseux. La fermeture Éclair de la poche principale était cassée, mais les deux bords étaient maintenus ensemble par une série de grandes épingles à nourrice. Je les défis et fis l'inventaire du contenu : des dizaines de petites fioles en verre et un petit paquet emballé dans des pages du *Durant Courant* contenant ce que j'évaluais à une somme d'environ quarante mille dollars en coupures variées.

Leo, tu es un vilain garçon. La question de savoir s'il tenterait de traverser un blizzard jusqu'à l'embranchement de la Crazy Woman pour rejoindre une caravane et sa grand-mère cinglée cessait tout d'un coup d'être pertinente. Leo était peut-être capable de laisser sa grand-mère mourir de faim, mais il reviendrait chercher sa drogue et son argent.

Je remis le paquet dans le sac à dos et fourrai le tout sous le canapé, quand je remarquai la présence d'une vieille glacière dans la cuisine. Je me demandai ce que Leo avait bien pu y mettre. La cuisine me rappela mon estomac vide, mais ma curiosité l'emporta sur mon appétit. Et si j'avais eu faim, ce que je découvris m'ôta toute envie de manger. De la glacière, je sortis le crâne antique d'un homme adulte. Je m'appuyai contre le plan de travail, le crâne dans la main.

— Hélas, pauvre Charlie.

La dent en or proéminente était bien là, incisive au centre à droite. J'imagine que Double Tough n'avait pas regardé la tête ; je pouvais le comprendre.

— Tu t'en es tiré à bon compte, mon salaud.

Je reposai délicatement le crâne dans la glacière et avançai jusqu'à la fenêtre. Je remontai le store juste assez pour apercevoir un banc de brume en train de se former le long de la paroi du canyon plongée dans l'ombre. L'eau de la rivière devait être plus chaude que l'air, et si la couverture nuageuse basse se maintenait, cet endroit allait devenir très brumeux et très noir d'ici une trentaine de minutes. Maintenant, tout ce qui me restait à faire, c'était me détendre en regardant le peu de lumière qui filtrait sous le store disparaître progressivement.

Parasites.

— Unité Un, ici BR75115, vous me recevez ?

Les couvertures tombèrent, la décoration alla valser par terre, mais au moins, je ne tirai pas une balle dans la porte. J'avais oublié de couper la radio. Je me débattis avec les replis des couvertures et l'en extirpai. Le petit écran affichant les canaux diffusait une lumière tout à fait rassurante.

— Hé Jess ! Ça passe ! Vous me recevez ?

Parasites.

— Shérif, j'suis au poste de radio principal, à l'entrepôt d'équipement. J'ai vot' chien avec moi, il a pris une balle.

Je regardai fixement la radio tandis qu'un million de pensées m'assaillaient, toutes horribles sans exception.

— Vous êtes certain ?

Parasites.

— Ouais, j'suis sûr. On dirait un petit calibre. Je fais tout c'que je peux pour lui.

— Comment il est arrivé là ?

Parasites.

— Il a dû se traîner jusqu'ici. Je suis sorti et j'ai suivi les traces de sang aussi loin qu'j'ai pu, mais on y voit que dalle avec ce brouillard.

Je pensai à Henry. Si le chien avait pris une balle…

— Je vais avoir besoin que vous appeliez le bureau, dites-leur que je crois qu'on a un homme à terre et qu'on a besoin de toute l'aide possible. Ensuite, faites rappliquer la Patrouille de l'Autoroute.

Parasites.

— Roger, terminé.

J'étais assis là avec tout l'armement dont nous disposions, et mon meilleur ami et frère de sang était probablement mort là-dehors, quelque part dans la neige. Il y avait près de cinq kilomètres jusqu'aux puits de méthane et encore, il fallait que j'arrive à retrouver Henry. Si Leo l'avait laissé sur place. Et quelles chances y avait-il que Leo l'ait laissé vivant ?

Je suis nul pour ignorer les premiers instincts et le mien me disait de rassembler mes armes et de me tirer. Je rangeai le petit automatique dans mon ceinturon, remis le .45 dans son holster avec la lampe torche, m'enroulai dans la peau de bison et jetai le fusil sur mon épaule. Je glissai la photo dans ma veste, avançai vers la porte, l'ouvris et fis un pas de côté. J'enfonçai bien mon chapeau et levai la tête lentement pour scruter le brouillard cotonneux. À peine visibles, des lumières rouges et bleues clignotaient, réfléchies par les parois floues du canyon.

Mon pick-up.

Les phares projetaient des faisceaux à un angle bizarre et les lumières rouges et bleues tournoyaient sur place. J'en déduisis que Leo avait mal évalué la largeur de la piste et qu'il avait enfoncé le trois quart de tonne dans le coteau. Il avait eu de la chance que ça lui soit arrivé près du fond du canyon, sinon le camion se serait retourné et il se serait tué. Les phares éclairaient vers la gauche, à l'opposé de la maison et de la caravane. Je descendis les marches et refermai doucement la porte derrière moi.

Il n'y avait que cent cinquante mètres, mais avec le brouillard, j'eus l'impression que cela faisait des kilomètres. J'entamai une marche lente, restant bien sur la droite et ne quittant pas de l'œil la portion légèrement éclairée dans le lointain blanc. S'il était en route vers la caravane, il faudrait qu'il passe par cet espace de lumière diffuse et quand il arriverait, je serais là.

Je descendis le Remington de mon épaule et le balançai vers l'avant. Avec tout mon entraînement, j'allais me retrouver à viser d'un œil. Il y eut un mouvement à ma gauche, juste à côté des cônes de lumière projetés par les phares. Je laissai ma vision partir dans le vague, transformant mon œil en détecteur de mouvement, et j'attendis jusqu'à ce que l'objet bouge à nouveau. La chose bougea. Elle était grande. Pas seulement en taille mais aussi en largeur. Je restai là, tandis que la forme avançait d'un pas lourd. Absolument pas une silhouette humaine. Au moins un mètre vingt de large et aussi haut que moi. Je me dis que c'était une vache perdue essayant de s'abriter de la tempête ou un cheval dans la même posture. Une masse indistincte dans le brouillard. La chose oscilla un moment et on aurait dit qu'une aile se déployait, puis se repliait.

Au bout de quelques secondes, l'aile s'ouvrit à nouveau et se souleva légèrement dans l'air, puis elle battit sur le côté et retomba. La chose bougea, puis ses deux ailes s'ouvrirent dans le vent et je fus certain qu'elle allait décoller du sol. Ma bouche s'ouvrit toute grande et mon esprit buta sur l'image de Henry au Busy Bee quand il avait étendu les bras en écartant les pans de son cache-poussière, et que son cri de guerre avait fait trembler les vitres du café.

Le brouillard gela l'intérieur de ma bouche.

— Bear ?

La détonation suivit instantanément. Leo avait attendu, dans l'espoir que je dise quelque chose en croyant reconnaître mon ami, et j'étais tombé dans le panneau.

C'était comme si on m'avait noué une corde autour de la jambe et que l'autre extrémité avait été attachée à un étalon lancé au galop. Je ne pouvais pas bouger. Jambe, gauche, et je pensai os et artère, tandis que le premier choc explosait puis diminuait. La raison pour laquelle son ombre était si déformée était qu'il portait Ellen – ce qui voulait dire qu'il fallait que je vise bas. Il ne s'attendait pas à une riposte et fut probablement aussi surpris que je l'avais été au moment où il fut projeté en arrière. Le feu du Remington que je n'avais pas lâché.

Avec le recul, je tombai et le canon du fusil s'enfonça dans la neige et la glace sous-jacente. Foutu. Je roulai sur mon côté gauche en essayant de ne pas le perdre de vue, mais tout ce que je voyais, c'était le brouillard givrant qui se reflétait dans les vagues lueurs des phares du camion. La douleur dans ma jambe me tordait les boyaux et me sciait les genoux, même quand je tentai de m'appuyer sur mon bras gauche. Il était à terre lui aussi, mais je ne savais pas lequel de nous deux parviendrait à se relever le premier. Il était plus malin de parier sur celui qui était shooté aux méthamphétamines.

Mon chapeau tomba de ma tête et resta dans la neige quand je levai les yeux vers Leo. On aurait dit qu'il jaillissait de la surface durcie. Le manteau de Henry essaya de le maintenir à terre pour moi, et ajouté au poids d'Ellen Runs Horse, le ralentit juste assez longtemps pour que je sorte le .32, le .45 toujours sur ma hanche enterrée dans la neige.

Je tentai d'évaluer le temps de latence du tir, attendant qu'un répit dans la douleur me permette de stabiliser ma main pour viser et tirer mon unique balle, le pistolet chromé au bout de mon bras tendu dans le brouillard. Je me sentais comme un bison à la limite de la congélation exposé au danger imminent d'être dépecé par une meute de loups, attendant qu'une des bêtes s'approche suffisamment. J'appuyai sur la détente et le petit semi-automatique gronda et se cabra dans ma main.

Son corps expulsa tout son air quand l'impact de la balle de fusil lisse le fit vaciller. Dans le mille, ou pas loin. Il tomba avec un gargouillis furieux et la détonation claqua comme un fouet tressé. Sa balle partit se perdre dans l'air gelé.

Je m'effondrai sur le côté et retrouvai ma respiration. Le flux glacé de l'oxygène me remplit la poitrine et en même temps déclencha à nouveau une douleur fulgurante dans ma cuisse. Je pris quelques inspirations et levai le menton pour le regarder. Il s'était écroulé en arrière, les jambes coupées, plié en deux comme s'il avait été en train de s'adonner à une chorégraphie de limbo perverse. Je restai immobile, le regardant toujours en essayant de rassembler mes esprits pour évaluer à quel point j'étais touché, en combien de temps je pouvais récupérer Ellen Runs Horse et combien de temps il me faudrait pour nous mettre tous les deux à l'abri.

C'est alors qu'il bougea.

Ce fut d'abord un faible geste, presque involontaire, mais malgré tout un mouvement. Je sentis mon œil unique s'écarquiller tandis que sa main, tenant toujours un très gros revolver, sortait de la neige comme une batterie antiaérienne. Une épaule se projeta vers l'avant et l'autre bras lutta pour lui donner un appui. Comme son grand-père, Leo refusait de rester dans la tombe.

Sa tête retomba sur le côté quand son corps parvint à une position presque droite, et la main tenant l'arme se traîna sur la neige. Nos respirations formaient des nuages qui se mêlaient au brouillard comme deux locomotives fonçant l'une vers l'autre.

J'extirpai mon .45, le dégageant de la peau de bison, mais il était déjà là. Le canon métallique interminable d'un Colt .357 était pointé sur mon visage. Je sentis le vent froid sur mes dents quand j'essayai de brandir mon .45, mais il était trop tard.

Il y eut un silence. Il avait marqué une pause, et tout ce que je parvins à me dire, c'est que ce serait la dernière chose que je verrais. Le temps s'arrêta et ce fut comme si l'air était mort, comme si les flocons de neige restaient suspendus tel un mobile aérien au moment où je plongeai les yeux dans la noirceur de son visage. J'attendis tandis qu'il chancelait dans le silence. Le Colt bascula et, sans me quitter des yeux, il tomba en avant, un tomahawk des Forces spéciales du Vietnam planté profondément dans la nuque.

La voix dans le lointain était confuse mais je parvins à l'entendre.

— *Nesh-sha-nun Na-woo-hes-sten Nah-kohe Ve-ne-hoo-way-hoost Ne-hut-may-au-tow.*

Dis à tes ancêtres que c'est Standing Bear qui t'envoie.

16

J'ÉTAIS certain que nous avions l'air de deux épaves humaines. Nous étions assis dans le cabinet du vétérinaire. Du côté intact de sa bouche, Henry réussit à émettre la phrase suivante :

— Comment va ta jambe ?

— J'ai mal, mais seulement quand je marche. Pas tellement quand je parle. (Il hocha la tête et nous baissâmes tous les deux les yeux.) La Division des Enquêtes criminelles va vouloir t'entendre.

Il ne broncha pas. Je poursuivis :

— Et si je racontais l'histoire, et que tu apportais les rectifications et les ajouts au fur et à mesure ?

— Mmm.

— Quoi ? (Il se tourna pour me faire face et je vis le renflement du pansement qui lui recouvrait la mâchoire.) Je plaisante… Bon, tu as trouvé la voiture de la Patrouille de l'Autoroute bloquée dans la neige à la sortie du canyon.

— Mmm.

— Tu as arrêté le pick-up et tu es sorti jeter un œil. Le conducteur n'a pas bougé. Tu as ouvert la portière. (Je hochai la tête un moment.) Comme un débutant… (Il ne répondit pas, mais je vis sa mâchoire se crisper.) C'est là qu'il lève le célèbre .32 et qu'il te tire une balle en plein visage direct cash.

— Mmm.

Je hochai la tête de plus belle.

— Tu as eu de la chance que ce soit un .32. Le .357 t'aurait dévié la cloison nasale. Tu n'as pas besoin de répondre à ça. (Il obéit.) Bon, tu tombes en arrière et là, Leo te fait rouler sur le ventre, te laisse pour mort et te pique ton manteau. C'est ça ?

— Mmm.

— Voyant ça, le chien se jette sur Leo pour le dévorer tout cru. Leo tire deux fois sur le chien et prend la fuite avec mon pick-up.

— Mmm.

Je secouai la tête et regardai la porte de la salle d'opération.

— Ensuite, tu te lèves, tu cours après le pick-up et tu suis Leo jusque dans le canyon avec un bandana noué autour de la tête pour tenir ta mâchoire. Tu as cavalé sur près d'un kilomètre avec une plaie sous-cutanée par balle allant du milieu du menton jusqu'à la nuque ?

Il sortit le fragment de plomb qu'Isaac avait extrait et me le tendit.

— Mmm.

La porte de la salle d'opération s'ouvrait. Du coin de l'œil, je vis Mike Pilch sortir pour nous donner son pronostic concernant le chien. Mike était un véto assez remarquable dans le comté d'Absaroka : il essayait à tout prix de sauver les animaux domestiques au lieu de baisser les bras et de les achever. Il s'immobilisa.

— Ouah, vous venez d'échapper à l'apocalypse ou quoi ?

Je posai un doigt sur mes lèvres pour le faire taire.

— On s'est échappés de l'hôpital. (Je jetai un œil à Henry qui leva faiblement la main vers le vétérinaire et réajusta le pan de son manteau sur son genou.) L'Indien ne parle pas aujourd'hui.

Il hocha la tête, compréhensif, et examina le visage de l'Ours d'un peu plus près.

— Comment va le chien ?

Il détourna les yeux du tableau que lui offrait Henry pour me regarder ; je ne suis pas certain que c'était plus réjouissant.

— Il a pris un coup, mais apparemment, c'est une race robuste, quelle qu'elle soit. (Il s'avança et s'assit sur la chaise à côté de la mienne.) La première balle lui a seulement éraflé le crâne. C'est la seconde qui a fait le plus de dégâts ; elle a pénétré l'abdomen et s'est logée dans le muscle près de la colonne vertébrale. J'ai fait une exploration et j'ai découvert qu'une partie de l'intestin avait été perforée ; j'ai dû en couper trente centimètres. J'ai lavé l'estomac avec une solution saline et placé plusieurs drains. Avec une balle placée si près de la moelle épinière, on ferait probablement plus de mal que de bien si on essayait de l'extraire, mais le corps se chargera de la neutraliser et ça ne devrait pas causer de problèmes à l'avenir. Il est encore groggy après l'intervention, mais il semble aller bien. Il me faut le surveiller de près pendant les quelques jours qui viennent.

Tout en quittant le cabinet de Mike, je terminai l'interrogatoire de l'Ours. Il boutonna son cache-poussière.

— Est-ce que tu as planté ta hachette dans la nuque de Leo juste pour sauver ton manteau ?

Il resserra les pans autour de ses jambes en grimpant péniblement dans le camion.

— Mmm.

— Ouah… (Je lançai un regard à l'Ours.) T'aurais pu rater ton coup. Quel débutant…

La nuit avait été longue. Nous avions étanché le sang de nos plaies et nous étions serrés avec Ellen Runs Horse dans l'habitacle de mon pick-up jusqu'à ce que Double Tough vienne dans un D9 Caterpillar pour remorquer mon camion et le sortir du lit de la rivière comme si c'était une simple luge. Il avait fixé un rendez-vous à la Police de l'Autoroute pour que le chien puisse être conduit à Durant et recevoir des soins plus professionnels, et entre-temps il avait descendu à peu près une demi-bouteille de Wild Turkey, mais il paraissait aussi imperméable à l'alcool qu'il l'avait été aux balles. Il nous dégagea du canyon en inclinant la lame pour que le mur de neige s'écroule en cascades sur les côtés et nous ouvre la voie. Sur le plat, des gyrophares bleus et rouges s'étaient joints aux nôtres, nous signalant que la cavalerie était arrivée.

La voiture de Vic était la seule qui avait pu avancer aussi loin. Avant même que nous nous arrêtions, elle était là, ouvrait brusquement la portière et me collait un pansement compressif plus adéquat sur la jambe. Saizarbitoria aida Henry. Nous laissâmes l'Ours dans mon pick-up, pensant que sa présence pourrait aider Ellen Runs Horse à garder le calme qu'elle avait fini par trouver. Saizarbitoria conduirait le pick-up jusqu'à l'hôpital et je voyagerais avec Vic. Tandis que je m'appuyais contre elle, elle tourna la tête pour me regarder.

— Tu l'as eu ?

Mon sourire s'effaça.

— C'est Bear.

Je jetai un œil vers l'arrière du camion. Vic m'imita. Le corps à moitié gelé de Leo Gaskell était enfoncé dans l'épaisse couche de neige qui s'était accumulée à l'arrière. Le tomahawk noir était encore fiché dans sa nuque comme un levier de pompe à eau.

Elle laissa échapper un sifflement entre ses lèvres pincées.

— Chié.

Quatre véhicules de la Police de l'Autoroute étaient garés sur la voie inférieure.

Wes était mort à peine une semaine avant de partir surveiller son terrain de golf. On l'avait trouvé à l'endroit où il avait dû arrêter Leo. Wes était un vétéran qui avait plus de trente-cinq ans de service et il savait que Leo était armé et passablement dangereux, mais quelque chose avait fort mal tourné.

La salle des urgences de l'hôpital, que j'avais beaucoup fréquentée ces derniers temps, était bourdonnante d'activité. De nous trois, en termes de triage, j'étais le troisième. J'attendis sur un brancard tandis qu'ils stabilisaient Henry. Bill McDermott avait découpé mon jean au-dessus de la blessure, nettoyé le trou dans ma jambe et maintenant, il me mettait un gros pansement. Ferg était appuyé contre le mur et observait le déroulement des opérations. Je lui lançai un coup d'œil en essayant d'ignorer la douleur qui me traversait la jambe.

— Où sont Cady et Lana ?

Il sourit.

— Parties faire des courses de Noël à Sheridan. (Il haussa les épaules.) Elles n'allaient pas rester plus longtemps dans cette chambre et elles ne sont pas au courant de tout ça.

Il attendit quelques instants avant de demander :

— Leo Gaskell est mort ?

Je hochai la tête, et nous regardâmes tous les deux ma jambe.

— C'est toi qui l'as eu ?

— Henry.

Au bout d'un moment, il reprit.

— Bien.

C'était une drôle de remarque dans la bouche de Ferg.

— Pourquoi, bien ?

— Il le vivra mieux que toi.

Je sentis la douleur se réveiller au terme de l'anesthésie, et me demandai où j'allais trouver un pantalon dans lequel je pourrais faire rentrer ce pansement. Je baissai les yeux vers le médecin légiste.

— Ça vous ennuie si je vous parle pendant que vous travaillez ?

Il sourit.

— La plupart de mes patients ne le font pas, mais je vous en prie.

— Comment va Ellen Runs Horse ?

— Pour une vieille dame déshydratée souffrant d'hypothermie et de dénutrition, elle ne va pas mal.

Une infirmière était assise à l'entrée de l'Unité de Soins intensifs, mais elle apprenait par cœur un numéro de son magazine féminin préféré et ne leva que très brièvement la tête à notre passage. Ellen était dans la section isolée, derrière un rideau au fond à droite ; personne d'autre dans la chambre. On l'avait lavée et elle avait l'air bien mieux. Je me sentais un peu minable de faire ça, mais quand je repensai à

Mari Baroja, Anna Walks Over Ice et Wes Rogers, je me sentis bien mieux. Trop de gens étaient morts.

Je fourrageai dans ma poche et tendis à Henry le couvercle de bocal que j'avais pris dans son mobile home. Elle suivit des yeux l'objet quand il passa d'une main à l'autre. Il le brandit devant son visage ; le couvercle tournoya sur lui-même au bout de sa ficelle, révélant la photo d'un côté, le nom de l'autre. Elle me fixa suffisamment longtemps pour me faire comprendre que je parasitais l'enquête. Je m'en allai de l'autre côté du rideau. Je l'entendis murmurer.

Peu de temps après, Henry venait me rejoindre.

— Quelque chose d'utile ?

Je vis qu'il souffrait.

— Elle ne cesse de répéter une expression qui veut dire "laisse tomber".

— Elle jette l'éponge ? Après tout ce qui s'est passé ?

Il haussa les épaules. Je lançai un coup d'œil entre les rideaux et je la vis qui nous observait. Je souris, et à ma grande surprise elle me sourit à son tour. Elle n'avait pas l'air de quelqu'un qui comptait s'en tenir là.

— Elle s'en excuse.

Je remarquai qu'il arrivait à parler doucement avec la partie droite de la bouche.

Elle n'avait pas lâché le couvercle du bocal.

— Je vais avoir besoin de cet objet.

Il se tourna vers elle et le sourire d'Ellen s'agrandit.

— Il va falloir attendre qu'elle s'endorme.

Vic s'était emportée contre moi la veille au soir, et je me disais qu'il n'y avait plus personne au bureau pour me crier dessus quand je vis la voiture de Ruby. On était dimanche, mais Lucian n'avait pas dû se sentir assez en forme pour venir travailler. Henry referma doucement la porte derrière nous et j'eus le sentiment que nous rentrions en douce après une nuit blanche très arrosée. Nous restâmes plantés sur le seuil, terrassés par une paire de flèches bleues dirigées sur nous.

— Comment va le chien ?

J'esquissai un petit sourire.

— Il va aller bien. Nous pourrons le voir dans deux jours.

Les flèches s'émoussèrent.

Nous grimpâmes péniblement les marches, Henry m'aidait en me permettant de poser une main sur son épaule. Ma jambe m'élançait, alors nous nous arrêtâmes au sommet et je repris ma respiration. Je regardai le banc à côté de la porte. Quelqu'un dormait sous une de nos couvertures en laine marquée PROPRIÉTÉ DE LA PRISON DU COMTÉ D'ABSAROKA. Cet endroit était une vraie pension de famille.

— Qui c'est, ça ?

Elle ne quitta pas son écran d'ordinateur des yeux.

— Le contremaître de l'exploitation méthanière.

Je me tournai vers Henry qui risquait de se blesser tellement il souriait.

— Allons dans mon bureau.

Je retrouvai mon fauteuil avec plaisir et envisageai d'y passer le reste de la journée, mais l'appel du devoir attira mon attention sur une grande enveloppe marron qui disait : *À mon shérif au cœur tendre*. J'avais oublié qu'elle avait déposé une enveloppe quelque temps auparavant qui me paraissait être une éternité.

Elle contenait une belle feuille de papier jaune attachée à une photocopie. Je commençai par le mot écrit en rouge, en jolies lettres arrondies qui s'étalaient sur les lignes bleues du papier jaune. *Mon Amour, je vous ai laissé un petit cadeau que j'ai trouvé lors d'une de mes recherches dans les coffres de la Durant National Bank. Le directeur a trouvé un vieil enregistrement pour le coffre n° 283, au nom d'un certain Charles Joseph Nurburn. Il n'avait pas été ouvert depuis 1950, mais quelqu'un avait payé la location jusqu'à une date qui remontait à environ dix ans. À partir de là, les factures sont revenues avec la mention "n'habite plus à l'adresse indiquée".* Cela correspondait au moment où Lucian s'était installé au Foyer des Personnes dépendantes. Il avait dû oublier ce coffre.

Je levai les yeux vers Henry, mais il regardait par la fenêtre, alors je poursuivis ma lecture silencieuse. *Je vais rester encore un jour et demi, mais il faut que je sois à Denver le 24 à 9 heures. Appelez-moi.*

Je tournai la tête vers la vieille horloge Seth Thomas, me disant que je pourrais peut-être la rattraper et la convaincre de rester un jour de plus. Puis je me demandai comment Cady prendrait la chose. Je ne l'avais pratiquement pas vue ces deux derniers jours et elle n'allait pas tarder à repartir. Je retournai le message et examinai la photocopie. C'était le testament de Charlie Nurburn. Rien de transcendant ; il laissait tout ce qu'il avait à Joseph Walks Over Ice.

Joseph.

Nous avions un nom. Je tendis le testament à Henry et appelai Ruby. Même en boitant, je parvins à la rejoindre à la porte.

— Contacte le Fichier des Recherches criminelles et demande-leur ce qu'ils ont sur Joseph Walks Over Ice, sexe masculin, environ cinquante-cinq ans, né dans le comté de Sheridan. Vois s'il en sort quelque chose. (Elle disparut et je revins à l'Ours.) Ça te dit quelque chose ?

Il secoua la tête tandis que je contournai le bureau pour retourner m'asseoir.

— J'ai une idée… (Ses yeux se rivèrent aux miens.) La personne qui a tué Mari Baroja l'a fait pour récupérer son argent. Comme les enfants illégitimes ou les beaux-enfants ne peuvent pas hériter directement, la seule façon de procéder était de faire mourir Mari avant Charlie pour qu'il puisse récupérer sa part. Ensuite, il suffit de faire mourir Charlie, déjà mort, et on peut hériter de l'argent qu'il laisse.

Les yeux de l'Ours s'écarquillèrent, et je poursuivis.

— Leo Gaskell et surtout Joseph Walks Over Ice ont soudain découvert qu'il était financièrement intéressant de continuer à faire durer la ruse de Lucian une fois lancée la production de méthane. Je crois qu'ils ont été dépassés. Ils n'avaient pas dû imaginer que beaucoup de gens savaient que Charlie était mort. Même Lana aurait pu être sur la liste. Le jour où je l'ai rencontrée, elle m'a dit que Lucian avait tué son grand-père. Tous ceux qui savaient que Charlie était mort ont été soit agressés, soit tués.

Je m'appuyai à mon dossier et criai vers l'autre pièce :

— Tu as quelque chose ?

La réponse arriva – sèche.

— Minute, papillon !

— Autre chose me tracasse. (Henry me rendit le testament et je posai la photocopie sur le bureau.) Je suis certain qu'ils ont tué Anna parce qu'elle essayait de raconter les plans de Leo ou de Joseph à Doc Bloomfield. Mais comment Leo a-t-il tué Wes Rogers ? (Le silence régnait dans la pièce.) Wes était prévenu… à moins que Leo Gaskell n'ait pas été au volant de la voiture.

La voix de Ruby s'éleva dans l'autre pièce.

— J'ai quelque chose.

Nous nous précipitâmes du mieux possible et vînmes nous coller devant l'écran ; Ruby fit apparaître le dossier de Joseph Walks Over Ice.

— Le nom est apparu dans le fichier du Département des Services de l'Enfance, à Cheyenne. Un enfant a été confié pour adoption à un orphelinat catholique, un certain institut Saint Anthony à Casper, en 1951.

Henry et moi nous regardâmes fixement. Plus important que le renoncement d'Ellen aujourd'hui, c'était celui d'il y a un demi-siècle qui importait.

— Quoi d'autre ?

— L'enfant a été impliqué dans de nombreuses altercations et était décrit comme émotionnellement perturbé. Il n'a jamais été adopté et il a quitté l'orphelinat à l'âge de seize ans. (Elle leva les yeux vers moi.) Voilà, c'est tout ce qu'on a.

Henry parla doucement à travers son bâillon de gaze.

— À cette époque, beaucoup d'enfants indiens prenaient le nom du prêtre qui dirigeait l'orphelinat.

Les doigts de Ruby se remirent à danser. Elle se tourna vers moi.

— Le prêtre qui a signé les papiers de Joseph était le père Mark Lesky.

Lesky, Joseph.

Joe Lesky.

J'attrapai le téléphone posé sur le bureau de Ruby et composai le numéro du Foyer des Personnes dépendantes. C'est Jennifer Felson qui décrocha et je lui demandai si Joe était de garde.

— Il était là il y a un petit moment, mais il a fini à huit heures. Un problème ?

— Est-ce qu'il est toujours dans le coin ?

— Je vais voir. (J'attendis, le téléphone à la main.) Shelly a vu Joe sortir d'ici avec Lucian il y a environ vingt minutes.

— S'ils réapparaissent, appelez-moi. Merci, Jennifer.

Je raccrochai et regardai Henry. Double Tough avait été réveillé par le boucan ambiant, et il nous avait rejoints. Je repris :

— On n'a pas arrêté de le croiser dans cette affaire. (Je baissai les yeux vers Ruby.) Où sont Vic et Saizarbitoria ?

Elle bégaya.

— Il y a eu un accrochage sur la bretelle de l'autoroute.

— Contacte-les par radio et fais-les revenir immédiatement. Joe Lesky est dehors avec Lucian. (Je pris une grande inspiration, essayant de m'éclaircir les idées.) Ils iraient où ?

Je pris une autre inspiration et réfléchis à haute voix.

— Où Joe l'emmènerait-il ?

Ce fut la phrase la plus claire que j'entendis sortir de sa bouche depuis qu'il avait été blessé :

— Petit déjeuner ?

En partant, je lançai à Ruby par-dessus mon épaule :

— Dis à Vic et Saizarbitoria de nous rejoindre au Bee.

Nous descendîmes les marches et je remarquai que le contremaître nous accompagnait. Je tournai la tête vers lui de façon à le voir avec mon œil valide.

— Où croyez-vous aller ?

Il sourit en attrapant la porte et laissa Henry passer le premier.

— J'me suis dit qu'vous auriez p'têt' besoin de quelqu'un qui peut à la fois marcher et parler.

Sur ce coup-là, il avait raison.

Nous nous garâmes à côté du Busy Bee juste au moment où la voiture de Vic s'arrêtait dans un grand dérapage, évitant l'avant de mon pick-up de quelques centimètres. Sa vitre était baissée.

— Putain ! Joe Lesky ?

L'endroit était bondé. Tout le monde se figea quand ils virent entrer un shérif armé, deux adjoints, un Indien et un ouvrier ; ils durent nous prendre pour les Village People.

Je croisai le regard de Dorothy.

— T'aurais pas vu Lucian et Joe Lesky ?

Cette femme était décidément toujours d'un calme olympien.

— Non.

Nous nous regroupâmes sur le trottoir et je répartis mes effectifs.

— Vic, toi et Double Tough vous allez au Foyer des Personnes dépendantes et vous attendez. S'ils réapparaissent, dites simplement à Joe que nous avons des papiers pour lui au bureau. Essayez de ne pas vendre la mèche, mais ramenez-le au bureau quoi qu'il arrive.

Ils partirent dans la voiture de Vic et je me tournai vers Saizarbitoria.

— Santiago, trouvez Ferg et faites une ronde. Appelez la Police de l'Autoroute par radio et dites-leur d'arrêter tout véhicule qui irait vers le sud sur l'I-25, et dites-leur qu'on cherche Lucian et Joe Lesky.

Je lui lançai les clés du Bullet et il disparut.

J'examinai Main Street puis me tournai vers l'Ours. Je réfléchis un bon moment.

— J'ai une question pour toi.

Il ne dit rien.

— Qu'est-ce qui nous a fait penser que c'était Joe qui avait embarqué Lucian ?

Je contemplai l'enseigne de l'Euskadi Hotel.

— Et si c'était Lucian qui avait emmené Joe ?

— B'jour Lucian, Joe…

Je clopinai jusqu'à la table. Lucian était face à la porte, donc face à moi – professionnel de la gâchette jusqu'au bout. Joe était de dos ; il se tourna et esquissa un sourire quand j'entrai. Deux tasses de café étaient posées sur la table, mais apparemment, Joe était le seul à en boire. Le chapeau de Lucian était sur la chaise à côté de lui, à l'endroit, ce qui m'étonna. Le vieux shérif avait l'air détendu, confortablement installé, les mains croisées sur les genoux. Joe avait calé ses coudes sur la table. Aucun des deux ne portait son manteau, qui était suspendu au dossier de leur chaise, et du juke-box sortait la chanson de Fred Waring and the Pennsylvanians *Ring Those Christmas Bells*.

Je les contournai en clopinant et allai me servir une tasse de café que je posai tranquillement sur une sous-tasse. Le café me permit de gagner une dizaine de minutes. Je brandis une tasse en direction de Henry qui était resté près de la porte. Il secoua la tête. Je m'installai sur un tabouret au bar, essayant de trouver la manière dont j'allais jouer le coup en me disant que les prochaines minutes risquaient de déclencher des émotions très contrastées.

— Qu'est-ce qui est arrivé à votre jambe ? (Joe me regardait tout en lançant des coups d'œil en direction de Henry et des pansements sur son visage.) Et qu'est-ce qui vous est arrivé, à vous ?

Je revins à pas lourds vers leur table, retournai une des chaises en bois courbé et m'assis ; j'avais ainsi accès à mon arme, et à Joe.

— Oh… on s'est fait tirer dessus.

Ils nous regardaient tous les deux maintenant. Lucian parla le premier.

— Qui c'est qui t'as tiré dessus, bordel ?

J'examinai le petit vase posé sur la table, ses brins de houx et de gui en plastique, puis allongeai un bras sur le dossier de la chaise ; j'avalai une gorgée de café. Ma main abîmée jurait avec la porcelaine délicate de l'Euskadi.

— Leo Gaskell. (Je gardai les yeux rivés sur le vieux shérif.) On l'a amené à l'hôpital, ils sont en train de le rafistoler.

Et hop, un autre Lazare.

Le silence retomba un moment, puis la musique reprit avec ses faux éclats et sa gaieté factice.

— Qui est Leo Gaskell ?

Je me tournai et regardai Joe Lesky. Force était de reconnaître qu'il était bon.

— Un trafiquant de drogues du comté de Fremont. On dirait bien que c'est lui qui a agressé Anna Walks Over Ice. (Tant qu'on y est, maintenons tout le monde en vie.) On est en train de l'interroger en ce moment même.

Joe hocha la tête. Lui aussi était en train d'essayer de gagner du temps, mais dans un endroit où personne n'était prêt à le laisser gagner.

— C'est une bonne chose que vous ayez mis la main sur le gars qui a fait ça.

— Ouaip.

Le vieux shérif m'observa très attentivement tandis que je me tournais vers lui et essayais de décrypter son expression.

— Qu'est-ce que tu fais dans le coin ?

— Des courses de Noël.

— Les magasins ne sont pas encore ouverts.

Lucian regarda Joe.

— J'ai tout mon temps.

Il déplaça un peu son chapeau posé sur la chaise à côté de lui. Maintenant je savais où se trouvait son arme.

Joe esquissa un mouvement pour se lever.

— Bon, ben, on dirait que vous avez pas mal de choses à faire, les gars...

Du coin de mon œil valide, je vis les mains de Henry sortir de ses poches.

— Assieds-toi.

C'était la voix douce que Lucian utilisait quand il me demandait si je voulais vraiment bouger cette pièce sur l'échiquier, la voix de mise en garde qui résonnait comme une vibration gutturale venant du fond de la gorge d'un couguar. Joe se rassit sur sa chaise et je me tournai vers Lucian.

Nous échangeâmes le regard que nous échangions depuis des dizaines d'années – un homme aveugle qui s'adresse à un sourd. Il existait une ligne qu'aucun de nous deux n'était capable de franchir ; ses railleries devant ma supposée faiblesse et mon indignation vertueuse devant son immoralité. J'étais certain que l'abîme entre nous était une différence de génération. Le monde de Lucian était plus simple et il était incapable de voir que le maintien de l'ordre était devenu une affaire compliquée à notre époque moderne. Ou alors, était-ce parce qu'il était trop proche, tellement partie prenante de tout ce merdier, qu'il avait perdu depuis longtemps tout recul sur cette affaire ? L'ombre de Charlie Nurburn planait comme un cauchemar récurrent et survivait dans l'enfant de Charlie et l'enfant de son enfant.

Je crois que Joe commençait à percevoir la tension. Il se sentit obligé de parler.

— On était juste en train d'avoir une petite conversation dans un endroit calme. (Sa voix tremblait un peu.) Je suis tombé sur des informations dont j'ai pensé qu'elles pourraient intéresser Lucian.

Je jetai un œil à Lucian qui sortait sa pipe d'une poche de sa veste et sa blague en cuir brodée d'une autre. La tension retomba mais pas de beaucoup.

— J'ai des informations aussi. (Lucian remplit sa pipe et gratta une allumette sur le côté de sa chaise.) Je... hem... (Il téta sa pipe jusqu'à ce qu'elle soit allumée, laissant échapper une épaisse volute de fumée au coin de sa bouche.) Beebee Banks est venue voir sa mère au Foyer des Personnes dépendantes, Walt. Elle m'a dit de te donner le nom de l'ancien propriétaire du local où est installée la boulangerie de la petite Baroja. (Un sourire parcourut son visage comme un reflet sur une eau mouvante.) Eh bien, c'était Joe ici présent.

Comme si mon œil était équipé d'un mode rafale, je pris six instantanés presque simultanés au moment où ma tête se tournait vers Joe, comme six battements de cœur distincts.

— Ne bouge pas.

Le poids de cette révélation était maintenant dans la pièce avec nous, comme un nuage d'orage soudain perforé. La vérité déboula comme une avalanche sur nous tous. Au moment où je vis la main de Joe glisser sous la table, j'étais certain que, des quatre hommes présents dans la pièce, trois avaient une arme à feu. Je vis l'Ours bouger mais j'étais plus près.

Les os de son poignet craquèrent dans un bruit écœurant, et je pus enfin voir le Joe Lesky qui m'avait été si soigneusement caché quand, dans un grognement rageur, il essaya de se tordre pour se dégager. Ma main gauche tint bon, mais je ne pouvais pas compter sur elle pour faire le boulot toute seule. L'expression de l'homme changea quand le canon froid du .45 s'enfonça dans sa mâchoire, l'obligeant à pencher la tête en arrière au point qu'il était quasiment obligé de fermer les yeux pour me voir.

Je pris une profonde inspiration.

— J'ai dit, ne bouge pas.

Je vis ses narines se dilater et inspirer de l'air comme un soufflet.

— Lâchez-moi le poignet !

— Je ne crois pas, non.

Je relâchai la pression du .45 et lui permis de baisser la tête suffisamment pour que je puisse voir son expression. Je repensai à un ancien sergent instructeur qui m'avait dit qu'un professionnel ne se défait jamais de son arme. Je lançai un coup d'œil vers la droite, sous mon fichu pansement sur l'œil, et vis le long canon du .38 de service de Lucian au-dessus de la table, à vingt centimètres du visage de Joe.

Je revins à Joe qui regardait son manteau et réfléchissait à la manière de l'atteindre de la main gauche.

— Tu essaies et ton cerveau ira repeindre le plafond. (Ses yeux revinrent sur moi.) Maintenant, je vais poser tes mains sur cette table et tu ne vas pas les bouger, compris ?

Je passai ma main dans son dos pour attraper son manteau et le jetai à Henry. Je décrochai les menottes de mon ceinturon.

— Mets-les.

— Vous m'avez cassé le poignet.

— Mets-les.

Il enfila la première délicatement sur son poignet abîmé et ne la referma qu'à moitié – je ne comptai que trois clics.

— Jusqu'au bout.

Il leva les yeux vers moi.

— Ça fait mal.

— Moins qu'une balle de .45.

La menotte cliqueta à nouveau, puis il referma l'autre, et jusqu'au bout. Je m'appuyai sur mon dossier et pris une autre grande inspiration en retirant le Colt de la mâchoire de Joe. Je tournai la tête pour voir Lucian du coin intérieur de mon œil valide.

— Tout va bien ?

— C'est pas moi qui ai pas d'arme, si c'est c'que tu veux dire.

Je me tournai vers Joe. Ses yeux firent plusieurs allers-retours entre Lucian et moi.

— Je ne sais pas ce qui se passe, mais je ne dirai rien avant d'avoir parlé à un avocat.

Lucian ricana.

— Qu'est-ce qui t'fait penser qu'tu vas voir un avocat ?

Ma voix paraissait distante, comme si elle venait de très loin, du pays de la raison.

— Lucian.

La main du vieux shérif ne bougea pas et le canon long du Smith et Wesson resta à la hauteur des yeux de Joe.

— J'ai l'intention de descendre ce fils de pute, ici et maintenant.

Il sortit sa pipe de sa bouche et souffla l'équivalent d'un poumon de fumée loin de nous. Les rythmes de *Ring Those Christmas Bells* reprirent de plus belle, comme pour en rajouter dans la menace.

Je m'éclaircis la gorge et déglutis.

— Lucian, je vais devoir te demander de baisser ton arme.

Il désigna Joe du bout de sa pipe.

— Tu as tué ma femme.

Il fallait que je gagne encore du temps. J'étudiai Joe.

— Quand as-tu découvert que Charlie Nurburn était mort ? (Il ne bougea pas, mais ses yeux se portèrent sur moi.)

Je parie que tu savais qu'il était mort avant de contacter Leo. Tu as dû te dire que Lucian ici présent avait maintenu Charlie vivant pendant une cinquantaine d'années et il n'y avait pas de raison que tu ne puisses pas le maintenir vivant encore un peu, au moins jusqu'à ce que tu puisses obtenir une part de l'argent de Mari.

Il ne broncha pas.

— Je ne sais pas de quoi vous parlez. (Il passa sa langue sur ses lèvres.) Walt, vous me connaissez…

— Non. (Je m'appuyai au dossier de ma chaise.) As-tu tué Mari Baroja avant d'amener Leo ici ? Tu savais que tu pourrais obtenir de lui qu'il assassine Lana et Lucian, et sûrement Anna, mais il ne les a pas tous eus. Et vous n'avez pas trop bien réussi votre coup avec Isaac.

J'étais fatigué et je voulais en finir, mais il restait tant de choses à dire.

— Leo a essayé de sauver sa grand-mère. Il était blessé et il était prêt à se tirer, mais tu savais que nous étions là-bas, à l'ancienne maison des Nurburn. C'est toi qui as descendu Wes Rogers, et ensuite tu as envoyé Leo dans la voiture de patrouille, alors que tu savais que nous y étions, et tu t'es dit que d'une manière ou d'une autre le problème se résoudrait de lui-même. (Je maintenais le .45 au niveau des yeux de Joe.) Qu'est-ce que tu comptais faire, Joe ? Tout mettre sur le dos de Leo ?

Sa voix était tendue.

— Je veux un avocat.

Lucian soupira, le bras toujours tendu.

— C'que tu peux espérer de mieux, c'est un prêtre, et très bientôt.

— Vous ne pouvez rien prouver.

Je regardai Joe fixement, essayant de trouver un quelconque point commun entre nous, mais je ne trouvai rien. Je pointai un doigt vers son manteau froissé que Henry tenait à bout de bras.

— Si je vais là-bas et que je sors un .32 de la poche de ton manteau, que je trouve une correspondance balistique avec l'arme qui a tué Wes Rogers, je vais pouvoir prouver des tas de choses.

Je tirai de ma poche la décoration de Noël et la posai sur la table. Je la poussai lentement vers Joe ; la partie visible du visage sur la photo était celle de l'homme qui se trouvait devant moi.

— Peu importe les autres… c'était ton fils, Joe. Comment pouvais-tu faire une chose pareille à ton propre fils ?

Le vieux shérif arma son revolver.

Je voyais la boucle à la base de la crosse du revolver ; celle qui servait à attacher la vieille arme de service de Lucian à sa ceinture, à la manière dont le faisaient les soldats de la cavalerie pour ne pas perdre leur arme quand ils étaient à cheval. Comme Lucian, ce matin, il était sans attache, libre dans le vent où des mauvaises choses pouvaient arriver et arriveraient certainement.

— Lucian, tu sais ce que Joe s'apprêtait à te dire. Que ce soit une monnaie d'échange ou un moyen de pression, tu ne peux pas faire ce que tu avais prévu parce que tu n'es plus seul dans cette histoire maintenant.

Il cligna des yeux et je vis les larmes monter tandis que Fred Waring et les Pennsylvanians finissaient leur refrain de Noël dans une harmonie à quatre voix.

Je vis son doigt se crisper sur la détente et la poigne légendaire écraser la crosse de bois comme s'il se cramponnait à une main courante. Au mieux, je pouvais espérer le dévier avec mon propre revolver, retourner la table ou lui rentrer dedans par le côté. Dans la fraction de seconde qu'il me fallut pour penser cela, Lucian fit pivoter son revolver et tira – cinq détonations fracassantes, vidant le chargeur dans le juke-box trépidant et désormais muet. Il jeta le .38 vide sur la table. L'arme tomba dans un bruit métallique et tournoya jusqu'à ce que le canon s'immobilise face à Joe Lesky parfaitement immobile. La voix de Lucian se fit entendre, basse et faible dans le silence.

— Bon sang… j'ai toujours détesté cet engin de merde.

ÉPILOGUE

Le piano égrenait des sons doux et juste un peu mélancoliques, créant une atmosphère lyrique et poétique qui convenait à l'environnement. Henry était debout derrière le bar ; Bill McDermott dansait avec Lana Baroja ; Saizarbitoria avec sa femme, Marie ; et Cady avec notre dernière recrue, Double Tough. Le chien était couché en boule à côté du piano ; il avait déjà décrété la fin de la journée, son ventre en partie rasé et les pansements sur sa tête et son abdomen le faisaient ressembler à une peluche.

J'assurai une transition musicale sous la forme d'une improvisation qui offrit une pause aux danseurs mais retint mon attention un peu plus longtemps. Mes doigts raides s'échauffaient peu à peu. Mon pansement sur l'œil avait disparu et la cornée n'était pas gravement endommagée ; ma vision était un peu brouillée sur le côté droit mais Vic se tenait à ma gauche. Je ne cessai de la reluquer, encore un peu ébahi par sa tenue civile. Elle portait une courte robe noire et des bottes de cow-boy noires brodées de roses rouges et de feuilles bleues. Avec ses boucles d'oreilles pendantes en turquoise et argent, son style western était teinté d'un soupçon de laisser-aller bohême tout à fait réussi.

De brefs applaudissements retentirent. Je tendis la main vers ma bière et m'inclinai vers la piste de danse à côté de la table de billard. Je me tournai et allai m'appuyer contre le mur ; je lançai un coup d'œil à Henry pour qu'il remette le juke-box en route. Je n'avais joué qu'une demi-douzaine de morceaux, mais j'avais mal aux doigts et j'avais besoin d'une pause.

Vic but une gorgée de son Dirty Martini et frissonna en entendant le vent frapper contre les murs du bar. Une autre tempête était descendue du cercle arctique et nous avait laissé près de vingt centimètres de neige. Ferg s'était porté volontaire pour tenir la permanence, mais jusqu'à maintenant, il n'y avait pas eu d'appel. C'était le genre de vacances que nous aimions, quand le temps était si mauvais que les gens se cloîtraient chez eux, y compris Ruby et Isaac, qui avaient décidé de rester à la maison pour éviter les amateurs qui auraient éventuellement choisi de sortir en voiture.

— Comment va ta jambe ?

— Toujours pas assez solide pour danser.

— Personne te l'a demandé. (Elle jeta un coup d'œil à ma fille.) Cady repart demain ?

— Si le temps le permet.

— Par Air Omar ?

Je hochai la tête et saisis l'occasion de l'observer un moment, comme je le faisais toujours quand elle ne s'en rendait pas compte.

— Tu as deux nouveaux adjoints pour Noël. (Elle restait tournée vers la piste de danse, regardant Saizarbitoria, et elle inclina son verre, prête à boire une nouvelle gorgée.) C'est l'outsider inattendu, mais il est affûté et il travaille dur.

Je bus un peu de bière.

— Sa femme est sympa.

— Si tu veux.

Je souris dans son dos.

— Et notre rustaud ?

Sa tête pivota légèrement vers Double Tough, qui dansait toujours avec Cady.

— Il est solide.

— Ça, c'est certain.

Elle se retourna vers moi.

— Bon, alors le nom de Joe lui vient du prêtre de Casper. Et celui de Leo ?

— Ses parents adoptifs dans le comté de Fremont.

Elle poursuivit :

— Joe a amené Leo ici pour faire le boulot après qu'il avait fait le travail préparatoire : faire survivre Charlie Nurburn ?

— En gros, en poursuivant les efforts de Lucian dans l'espoir de récupérer un pourcentage, mais qui sait ? On dirait qu'il était prêt à tuer la moitié des habitants du comté pour obtenir ce qu'il pensait mériter.

— Et Anna Walks Over Ice ?

— On a trouvé une lettre inachevée chez elle, en crow. (Je lançai un coup d'œil vers Henry.) Elle décrivait la situation : elle avait vu Joe mettre quelque chose dans le Métamucil de Mari Baroja, ce soir-là. (Je bus un peu de bière.) Elle a dû penser que ses doutes ne suffisaient pas pour l'accuser, et ensuite, lorsque Leo a été là, il était trop tard.

Elle posa son regard sur le piano et tendit timidement un doigt vers une touche.

— Je te trouve sacrément indulgent.

Je regardai mon ami au visage bandé. Il était toujours en train de préparer des cocktails derrière le bar.

— On n'était pas obligés de le tuer.

Dans les faibles lueurs colorées de la lampe au-dessus de la table de billard et des publicités Rainier, ma première adjointe ressemblait à une courtisane de la Renaissance, de celles qui seraient capables de mettre du poison dans votre vin.

— On est mardi soir. Il a probablement dégainé l'échiquier.

J'attendis la suite mais il n'y en eut pas. Elle resta juste assise là, le doigt à côté du clavier, les yeux perdus dans le lointain. Elle avait eu cette même expression à l'hôpital le soir où elle m'avait tendu les lettres d'amour de Lucian à Mari. Elle attendit un moment, puis se leva et tira sur sa robe d'un geste qui me parut à la fois symétrique et troublant.

— Où vas-tu ?

Elle ne se retourna pas pour me parler, mais avala son martini d'un trait avant de me lancer :

— Danser.

Tandis que je la regardais s'approcher des danseurs immobiles pour choisir sa victime, Lana vint occuper la banquette à côté de moi.

— Je m'en vais.

— Apparemment, c'est l'effet que je fais aux gens.

Elle lança un coup d'œil vers le médecin légiste de Yellowstone.

— Bill me propose de me ramener en ville.

— Vous avez raison d'en profiter.

Elle posa une main sur la mienne et pencha la tête pour intercepter mon regard. Elle ne cessait de me regarder avec ses yeux noirs si familiers. Je décidai de détourner la conversation sur autre chose.

— Qu'allez-vous faire de tout votre argent ?

Elle ne prit pas le temps de réfléchir.

— Embaucher quelqu'un pour travailler à la boulangerie. (Elle se para de ce sourire coquet qui semblait toujours déphaser le monde autour d'elle.) Que feriez-vous si vous aviez un million de dollars ?

— Je n'ai pas un million de dollars.

Elle repoussa mon chapeau vers l'arrière et déposa un petit baiser sur mon front.

— On ne sait jamais. (Gêné, je la regardais se tourner vers Bill qui l'aida à enfiler son manteau, le même tipi matelassé violet qu'avant.) Je vous ai laissé quelque chose au bar. Joyeux Noël !

Le tipi sortit en tourbillonnant au bras du coroner, et ils passèrent la porte vitrée dans un nuage de flocons qui entrèrent prendre leur place.

J'avalai le fond de ma bière, me levai avec précaution et négociai péniblement, entre ma jambe gauche fragile et mon œil droit peu efficace, un passage entre le banc et le piano. Je décidai que la prochaine fois, je ferais un effort calculé pour être blessé partout du même côté ; cela me rendrait la vie après l'aventure un peu plus facile. Je traversai la piste de danse improvisée en boitillant. Le chien me suivit et se fraya un chemin entre Saizarbitoria et Marie, Vic et Double Tough, qui m'ignorèrent.

Henry et Cady étaient ensemble au bar quand je finis par y arriver. Nous étudiâmes tous la boîte blanche entourée de ficelle posée sur la surface polie du comptoir. Cady posa ses avant-bras et y cala son menton, les yeux rivés sur la boîte, en sortant les fesses et en croisant les chevilles. Elle portait un de ces jeans sophistiqués aux poches ornées de sequins.

— Qu'est-ce qui est arrivé à Charlie Nurburn, finalement ?

— Oh, comme le mistigri, il va probablement réapparaître.

L'avocate caressa le chien en prenant garde de ne pas toucher les parties bandées.

— Qu'est-ce que tu crois qu'il lui est arrivé ?

Je haussai les épaules.

— Qui sait si les ossements retrouvés par Leo sont ceux de Charlie ?

— Tu ne parais pas très concerné.

Je lui lançai un coup d'œil.

— Cette affaire a fait sortir suffisamment de squelettes du placard. Je ne crois pas que j'ai envie d'aller en chercher d'autres.

Le sourire de Cady fut bref.

— Et Mari Baroja ?

J'attendis un moment, puis je dis ce que j'essayais de contenir.

— Elle est toujours morte. (Ils me regardèrent tous.) Mari Baroja est morte, Anna Walks Over Ice est morte, Wes Rogers est mort et Leo Gaskell est mort… Tous ces morts pour rien.

Henry n'allait pas laisser passer ça.

— Qu'est-ce qu'en dit Lucian ?

— Il n'a rien à en dire, la loi est la loi et on verra bien ce que découvrira la Division des Enquêtes criminelles. Quoi que fût Charlie Nurburn, cela a pris fin avec Mari Baroja. Elle l'a empêché de faire du mal à ses enfants, et d'une certaine façon elle l'a empêché de faire du mal aux enfants de ses enfants. Où qu'elle soit, elle peut en tirer une certaine satisfaction. (À part le juke-box, le bar était calme.) Je suis navré, je suis fatigué, et je devrais ramener le chien à la maison.

Cady protesta.

— Papa, il n'est même pas encore minuit.

— Je suis désolé, ma chérie, je suis lessivé.

Elle redressa le col de ma nouvelle chemise en velours, cadeau de Noël.

— Et qui je vais embrasser ?

Je jetai un coup d'œil dans la pièce et vis tous les possibles.

— Je parie que tu trouveras quelqu'un.

L'Ours changea de sujet et m'offrit une sortie.

— C'est jeudi qu'on a prévu d'aller voir la famille de Wes ?

— Ouaip.

J'enfilai mon gros manteau en peau de mouton et mis mon chapeau.

Il me tendit la main.

— Bonne année, Walt. (Je pris sa main et il m'attira vers lui pour me serrer et me taper sur le dos avec son autre main.) Elle sera forcément meilleure que celle qui vient de passer.

Quand je me tournai vers Cady, elle tendit les bras et noua ses mains derrière ma nuque.

— Et si je ne te laissais pas partir ?

Je me redressai lentement et sentis ses pieds quitter le sol quand je me mis à avancer, ma fille toujours pendue à mon cou. C'était un rituel que nous pratiquions depuis qu'elle avait appris à marcher, même si je ne la soulevais plus du tout à la même hauteur qu'avant. Elle me gratifia de ce froncement de sourcils qui lui permettait toujours d'obtenir ce qu'elle voulait, mais finit par abandonner la partie.

— Je rentrerai peut-être tard. Je t'aime.

Je ramassai la petite boîte sur le bar et marchai lentement vers la porte, le chien sur mes talons. Je marquai une pause auprès des danseurs et rappelai à Saizarbitoria qu'il était de service le lendemain. Il sourit ; être le dernier arrivé sur le mât totémique du Bureau du Shérif du comté d'Absaroka avait ses inconvénients. Je rappelai à Double Tough de venir jeudi ; il nous fallait ses mesures pour lui faire faire un uniforme. Il acquiesça.

Je m'apprêtai à contourner Vic quand elle se retourna et me bloqua la main gauche dans une clé qui fit soudain descendre mon visage au niveau du sien. Je sentis l'alcool dans son haleine. Les grands yeux couleur vieil or clignèrent et elle mordilla ma lèvre inférieure, transformant le contact en une longue, lente aspiration de ventouse.

Elle embrassait comme si elle pompait du venin.

Sa main descendit le long de ma nuque, ses ongles laissaient de véritables brûlures sur leur passage. Elle recula, et je n'étais pas certain de pouvoir tenir debout. Elle m'étudia pour jauger de l'effet, relâchant la pression sur ma main gauche tandis que je m'éloignais d'elle en intimant l'ordre à ma jambe blessée de cesser de trembler. Je restai là un moment et ne dis rien. Il n'y avait rien à dire. Je me souvins que je devais respirer, et à la seconde suivante elle se tourna vers Double Tough et l'entraîna à nouveau vers le centre de la piste sans plus me regarder.

Le paysage à l'extérieur était sinistre : le vent soufflait la neige dans toutes les directions. Je fermai mon œil droit encore un peu fragile et ouvris la portière pour le chien. Je le portai doucement jusqu'à la banquette recouverte d'une toute nouvelle housse, un cadeau de Cady ; il avança jusqu'à la place du passager et s'assit en regardant à travers le pare-brise, impatient de partir. Je grimpai à sa suite et démarrai le Bullet, la petite boîte de la boulangerie posée entre nous.

Je mis le dégivrage à fond, reculai sur le parking du Red Pony et tournai le volant. Je rentrai tranquillement de la frontière de la Réserve jusqu'à ma petite maison si calme.

Quand nous entrâmes, le chien s'arrêta à la porte et me regarda. Je le regardai à mon tour, déboutonnai mon manteau et restai planté au milieu du salon.

— Quoi ?

Il ne répondit rien. Il se contenta de rester assis à la porte et d'attendre.

— Quoi ? On ne repart plus, c'est tout pour aujourd'hui.

Red Road Contracting avait fini d'installer mon poêle à bois pour Noël et ils avaient laissé une carte déposée sur la surface noire qui disait JOYEUX NOËL, C'EST CADEAU !

Le chien attendait toujours à la porte.

Je haussai les épaules et avançai vers ma chambre. J'essayais de convaincre le chien du sérieux de mes convictions. C'était la chambre de Cady pour le moment et le nombre de vêtements étalés par terre me laissait peu d'espoir que nous parvenions à retrouver Omar à l'heure convenue le lendemain.

La petite lumière rouge du répondeur clignotait de son œil rouge. Deux messages. J'appuyai sur le bouton.

— Hé, bel homme, j'espérais vous trouver tout seul chez vous, mais j'imagine que vous êtes dehors en train de faire une partie de boules de neige. J'ai appris que le procureur général du Wyoming a requis votre présence ici, à Cheyenne.

Le silence s'installa assez longtemps pour que je voie dans un éclair fugace des boucles blondes et une paire d'yeux d'un bleu féroce et vorace.

— J'ai lu à nouveau des choses sur vous dans les journaux. Je crois que je vais commencer un scrapbook.

Je restai là, rajustai mon chapeau sur ma tête avec un index et regardai la machine.

— Bon, on dirait que je retourne m'installer en Virginie. Louis et moi, on va retenter l'aventure. (Silence à nouveau.) Bon, j'espère que vous passez un bon réveillon.

Je regardai la machine, m'attendant à plus, mais il ne se passa rien. Les échos de ses paroles résonnaient encore en moi, mais j'avais investi au minimum et le retour était minimal.

Le message suivant ne dura qu'un instant. Le son était à peine audible. Je me mordis la lèvre et rappuyai sur le bouton.

— Hé bel homme…

Je passai au message suivant et écoutai plus attentivement. J'entendis à peine.

— Conneries…

Le chien m'emboîta le pas avec précaution jusqu'au pick-up. Je l'aidai à monter. Il passa par-dessus la petite boîte blanche et s'installa, tout content, sur le siège passager. Je montai à mon tour me mettre à l'abri du vent, ajustai mon chapeau et démarrai le Bullet. Je regardai mon chien qui souriait de toutes ses dents :

— Pas la peine de prendre un air si satisfait.

Il restait peu de place pour se garer au Foyer des Personnes dépendantes. Apparemment la fête qui avait lieu dans le hall manquait d'entrain. Je n'avais pas franchement envie de me retrouver face à tous ces gens. Les portes extérieures étaient verrouillées à cette heure ; je me dirigeai donc vers le petit bosquet de pins devant les portes-fenêtres de la chambre 32.

La lumière était allumée mais tamisée par l'abat-jour en peau. Je sortis du parking déneigé et m'enfonçai dans la neige jusqu'à mi-mollet, le chien sur mes talons. En approchant, je commençai à discerner des formes.

Il était installé dans son fauteuil habituel, la tête un peu penchée vers l'avant, les mains à plat sur les genoux, le vrai et le faux. L'échiquier était posé devant lui sur la table pliante, les pièces blanches de mon côté, comme toujours, ainsi qu'une bouteille de Pappy Van Winkle's Family Reserve ornée d'un ruban vert.

La porte s'ouvrit doucement avec un bruit à peine perceptible. Je secouai la tête et entrai ; je permis au chien d'aller jusqu'au canapé. Je refermai la porte-fenêtre derrière moi et restai un moment sans bouger pour que la pièce retrouve son immobilité. Il devait être extrêmement fatigué ; il ne fit aucun mouvement, et le doux ronronnement de sa respiration emplissait la chambre. Je me demandai combien de fois il avait dû dormir dans le fauteuil et j'en conclus que c'était plus souvent que de raison. Je me demandai s'il était vraiment endormi ou si c'était sa manière de m'accueillir. Je repensai au lieutenant au regard triste et je me demandai ce que Lucian savait de ce bébé qui n'était peut-être pas né si prématurément, de cet enfant que Charlie Nurburn avait essayé maintes fois de tuer, et de cet homme qui avait eu la chance d'être le père d'un enfant bien à lui avant qu'une guerre insensée ne lui prenne tout ce qu'il pouvait encore donner.

Je tendis une main et, une fois encore, ouvris sur la défense de la reine indienne, la variation pétrossienne, avançant mon pion en F4 pour qu'il mette son cavalier en F6. J'approchais les échecs de la même manière que j'approchais la vie : complètement dépassé.

Je souris et fis un pas en arrière ; quand je levai les yeux, je vis une paire d'yeux noirs différents. Cela n'aurait pas été surprenant s'ils avaient été ceux du vieil homme assis en face de moi, mais le regard venait du canapé. La tête du chien était posée sur la couverture indienne qui la recouvrait. Lana sourit et fit mine de parler, mais ce n'était pas la peine ; elle tenait les lettres frangées qui avaient été attachées ensemble avec un fin ruban ; tout était dit.

Les lettres de Lucian à Mari ; celles qui révélaient à Lana à quel point son grand-père l'aimait, pourquoi son père et ses oncles avaient agi si rapidement pour marier Mari après l'avoir séparée de lui, comment Charlie Nurburn avait prospéré à ses dépens à elle. Le vieil homme avait fini par tout raconter à la personne pour qui c'était le plus important. Le flot des informations se déversa sur moi comme une cascade, m'imposant l'idée que la haine a la vie courte, mais que l'espoir et l'amour peuvent trottiner côte à côte pour l'éternité. Les échos de tout un siècle d'histoire transparaissaient dans les larmes qui coulaient des yeux de Lana.

Je posai un doigt sur ma bouche et sourit à nouveau ; elle me regarda attentivement reculer jusqu'à la porte et tapoter doucement ma jambe pour ordonner au chien de me suivre. Il n'avait guère envie de quitter la chaleur de la chambre de Lucian et Lana, mais il consentit enfin à me suivre. Je pris la bouteille de bourbon et fis coulisser la porte-fenêtre pour la refermer derrière moi.

Le chien parut étonné de me voir prendre quelques fagots de bois et les poser sur la vieille glacière que j'avais laissée dans un coin de ma petite maison, avec un cinquième de la bouteille de Pappy Van Winkle's Family Reserve et un étui d'allumettes. J'ouvris la porte de derrière et m'éloignai d'une trentaine de mètres. Je posai la glacière par terre et déballai le bois, puis je le disposai dans la neige. J'ouvris le bourbon, jetai un œil vers la porte de la maison et vis le chien en train de m'observer.

Je bus une lampée de bourbon et regardai le ciel sans étoiles. La chute de neige avait enfin cessé. Je pensai à ce que j'étais en train de faire, puis versai une grande rasade de whisky sur le bois et approchai une de mes allumettes-tempête. Le tas s'embrasa dans un souffle terrible et je reculai d'un pas pour ne pas faire roussir ma barbe. Je le regardai un moment avant de rentrer vers la maison. Je refermai la porte derrière moi et emportai le bourbon dans la salle de bain. Je le posai sur le bord du lavabo et me regardai dans le miroir en faisant couler l'eau chaude. Je sortis la crème à raser et les rasoirs que je n'avais pas utilisés depuis un moment. Cela me prit plus longtemps que je ne l'avais prévu, mais le chien ne me quitta pas des yeux, la tête posée sur les pattes, tandis que je redevenais progressivement moi-même.

J'étudiai mon reflet dans la glace et me demandai si c'était bien moi. Je m'apprêtais à faire quelque chose que je n'aurais jamais fait auparavant, mais alors je me souvins et un frisson d'effroi me traversa. Je bus une gorgée de mon bourbon de vingt ans d'âge.

J'allai jusqu'au camion, récupérai trois objets dans la console centrale et une pelle que j'avais piquée à Henry. Cette fois, le chien m'accompagna jusqu'au feu et nous le contemplâmes longtemps. Je m'assis sur la glacière avec les trois objets à côté de moi, les lueurs dansantes orange, jaunes et rouges se reflétant dans les yeux du chien et dans les miens.

Le feu déclina et il ne me fallut pas longtemps pour creuser le trou. Je bus une autre lampée de bourbon, puis m'emparai des trois objets posés sur la glacière et les calai sous mon bras. J'ouvris la glacière et sortis un os long, probablement un fémur. Je regardai le chien, mais je remis l'os à sa place. Un moment dramatique exigeait un ossement dramatique, et il ne me fallut qu'un instant pour trouver le crâne.

Je le tins au creux de ma paume ; il paraissait plus petit qu'il n'aurait dû être. Je l'étudiai en essayant de repérer quelque chose dans sa structure qui expliquerait la malveillance de l'homme, mais tout ce que je vis, ce fut le reflet sinistre de la dent en or. On dit que les hommes mauvais continuent toujours à vivre et que les bons disparaissent avec leurs os. J'espérais de tout mon cœur que ce n'était pas le cas ici, et que je faisais ce qu'il fallait.

Je jetai le crâne dans le trou et finalement y ajoutai les autres os jusqu'à ce que la glacière soit vide. Je sortis le minuscule .32 chromé à crosse de nacre que j'avais coincé sous mon bras et le jetai aussi. Je défis l'agrafe de l'enveloppe en papier kraft, m'assis et regardai chacune des photos de la défunte torturée, les rangeant au fur et à mesure dans le dossier. Une fois que j'eus terminé, je pris la pelle et comblai le trou, jusqu'à ce qu'il soit recouvert d'un petit monticule. Quand les pluies reviendraient au printemps, je tasserais la terre. C'était étonnant, tout ce qu'on pouvait apprendre en traînant dans les cimetières.

Je m'assis à nouveau sur la glacière et ouvris la petite boîte blanche. Le chien et moi restâmes là, à dévorer des rugelachs. Je regardai le tas de terre et me dis que le vieux shérif et moi n'étions peut-être pas si différents, après tout.

REMERCIEMENTS

Je remercie chaleureusement Susan Fain pour son conseil philosophique et légal, ainsi que pour ses rapports hebdomadaires, et Ana Echavarri-Daily pour ses éclaircissements concernant l'euskara, la langue basque. Donna Dubrow pour beaucoup plus que la mise à ma disposition de la *Presence Suite* et Ned Tanen pour les sorties du dimanche dans le désert et les milk-shakes aux pruneaux. Susan Miller pour avoir lu des romans à moitié écrits et avoir dit qu'elle les adorait. Marcus Red Thunder et Charles Little Old Man pour avoir disposé les chariots en cercle, parce que je ne me sens en sécurité qu'entouré d'Indiens et de livres. Le shérif Larry Kirkpatrick qui ne s'est pas moqué de moi lorsque je n'ai pas identifié un 10-54 (bétail sur la voie publique) et Richard Rhoades pour les séances intensives de tests balistiques sur des bidons d'eau. Erin Guy pour le site web et les messages téléphoniques et Joel Katz pour le logo du Bureau du Shérif du comté d'Absaroka et pour avoir observé les officiers.

À Gail Hochman, la super-agente qui a toujours le mot juste et qui est la plus rapide parleuse de New York – et ce n'est pas peu dire. À Ali Bothwell Mancini, mon rédacteur en armes, qui a toujours un sens de l'humour performant et des munitions à revendre. À Kathryn Court, dont la main sûre me charme, et à Clare Ferraro, qui se cache quand je viens à Manhattan et probablement avec raison. À Sonya Cheuse, que je remercie d'avoir trouvé un hébergement à Lucy et qui sait que trois doigts dans le Wyoming, ça fait un bout.

À Eric Boss, le VRP de l'année de chez Viking Penguin chargé de la région des Hautes Plaines, qui m'a appris à dire des choses comme "c'est un texte qui repose sur les personnages" sans perdre mon sérieux. À Scott Montgomery, le seul qui a été assez courageux pour nager alors qu'on aurait pu se contenter de faire traverser à Jim le Tongue River Reservoir à pied. À Sharon Dynak et à l'Ucross Foundation qui n'ont pas pris au sérieux ce que j'ai écrit sur la fondation, et à Bonita Schwann pour avoir renoncé à envoyer un camion de surgelés Schwann à mes trousses.

Merci à Robert B. Parker, Bob Shacochis, Dan O'Brien et Buck Brannaman pour leurs mots si gentils ; vous aurez toujours un verre de Pappy Van Winkle qui vous attendra à Ucross. À l'Independent Booksellers Association qui a inscrit *Little Bird* dans sa liste des meilleurs choix et à l'Independent Mystery Booksellers Association qui en a fait un premier choix.

À Judy qui, comme les étoiles, se demande si elle brille assez, alors que c'est toujours le cas.

243 Maren Uthaug, *Et voilà tout*
242 Ross Macdonald, *La Face cachée du dollar*
241 Pete Fromm, *Le Lac de nulle part*
240 Julia Glass, *Conte d'automne*
239 Giorgio Scerbanenco, *Vénus privée*
238 Elliot Ackerman et James Stavridis, *2034*
237 Thomas Savage, *La Reine de l'Idaho*
236 Kathleen Dean Moore, *Sur quoi repose le monde*
235 Walter Tevis, *L'Arnaqueur*
234 Paul Tremblay, *La Cabane aux confins du monde*
233 Mario Rigoni Stern, *Histoire de Tönle*
232 Kate Reed Petty, *True Story*
231 William Boyle, *La Cité des marges*
230 Keith McCafferty, *Le Baiser des Crazy Mountains*
229 Elliot Ackerman, *En attendant Eden*
228 John Gierach, *Même les truites ont du vague à l'âme*
227 Charles Portis, *True Grit*
226 Jennifer Haigh, *Ce qui gît dans ses entrailles*
225 Doug Peacock, *Marcher vers l'horizon*
224 James McBride, *Deacon King Kong*
223 David Vann, *Komodo*
222 John Farris, *Furie*
221 Edward Abbey, *En descendant la rivière*
220 Bruce Machart, *Des hommes en devenir*
219 Mark Haskell Smith, *À bras raccourci*
218 Winston Groom, *Forrest Gump*
217 Larry McMurtry, *Les Rues de Laredo*
216 Terry Tempest Williams, *Refuge*
215 Wallace Stegner, *La Vie obstinée*
214 Piergiorgio Pulixi, *L'Île des âmes*
213 Giulia Caminito, *Un jour viendra*
212 Julia Glass, *Refaire le monde*
211 David Heska Wanbli Weiden, *Justice indienne*

Retrouvez l'ensemble de notre catalogue sur
www.gallmeister.fr

CET OUVRAGE A ÉTÉ COMPOSÉ PAR
ATLANT'COMMUNICATION
AU BERNARD (VENDÉE).

ACHEVÉ D'IMPRIMER EN AVRIL 2023 SUR LES PRESSES
DE NORMANDIE ROTO IMPRESSION S.A.S., 61250 LONRAI
POUR LE COMPTE DES ÉDITIONS GALLMEISTER
13, RUE DE NESLE, 75006 PARIS

IMPRIMÉ EN FRANCE

DÉPÔT LÉGAL : MAI 2023
N° D'IMPRESSION : 2301133